DARK SOULS

DARE YOU TO ESCAPE US

TEIL 1

YULE TYREN

HEARTCRAFT

HEARTCRAFT

Yule Tyren

DARK Souls

Dare you to escape us

©2023 Heartcraft Verlag
Landwiese 21, 35085 Ebsdorfergrund
1. Auflage
Text: Yule Tyren
Bildlizenzen:
Natalie Hof – **stock.adobe**.com

ISBN: 978-3-98595-912-9
Bestellung und Vertrieb: Nova MD GmbH, Vachendorf
Druck: Mazowieckie Centrum Poligrafii Sp. z o.o, buecherdrucken24.de

Bibliografische Information der Deutschen Nationalbibliothek:
Die Deutsche Nationalbibliothek verzeichnet diese Publikation in der Deutschen Nationalbibliografie; detaillierte bibliografische Daten sind im Internet über http://dnb.d-nb.de abrufbar.

VORWORT

Scott: Du bist hier nicht willkommen. Mach nicht den Fehler, mich ergründen zu wollen. Wer zu lange bohrt, wird irgendwann auf etwas stoßen. Ich werde versuchen, dich aufzuhalten. Denn niemand soll meine Abgründe erforschen, soll tiefer sehen. Die dunkle Seite, die den Reiz auf dich ausübt, mir zu widersprechen, wird dich vernichten. Sei nicht so dumm und ignoriere das Verbotene. Ich habe dich gewarnt und werde dich nicht retten.

Craig: Scott … übertreib nicht. Sorry, er hat's nicht so mit Worten. Oder mit allem. Klar, die folgenden Seiten könnten dein Verständnis von Moral ein bisschen verschieben. Aber – hey – im Grunde sind wir gar nicht so schlimm. Einige böse Wörter, Drogen, Waffen und ein paar Leichen. Alles ganz harmlos. Nehm Scott nicht so ernst. Der ist einfach so. Also: Willkommen auf der dunklen Seite!

PLAYLIST

Stray Kids (Hyunjin, Lee Know, Felix) – Trust
Sam Smith, Kim Petras – Unholy
Placebo – Every You Every Me
Imagine Dragons – Demons
Hurts – Blood, Tears & Gold
Stray Kids – Case 143
Chris Brown – Under The Influence
ENHYPEN – Future Perfect (Pass The MIC)
Benny Blanco, Halsey, Khalid – Eastside
Itzy – In The Morning
Blackpink – Don't Know What To Do
Ariana Grande – Thinking Bout You

EINS

CHLOE

»Sieht aus, als würden wir gleich mit allem fertig werden. Wie wäre es heute Abend schon mit einer Party, anstatt bis Morgen zu warten?«, fragte Craig, während er auf einer Leiter stand und eine Girlande anbrachte. Sein Shirt rutschte dabei ein Stück hoch und gab einen schmalen Streifen seiner nackten Haut preis. Er drehte sich etwas in unsere Richtung, sodass der Ansatz seines Sixpacks zu erkennen war. Entzückt leckte ich mir unbewusst über die Unterlippe und war heilfroh, dass ich mir meine langen blonden Haare vorhin zu einem unordentlichen Dutt hochgebunden hatte, denn gerade wurde mir sehr heiß. Verdammt heiß, um genau zu sagen. So sehr, dass ich sogar meine Oberschenkel zusammenpresste, weil sich eine unendliche Hitze zwischen meinen Beinen ausbreitete. Ich begegnete seinem amüsierten Blick. Mist, Craig kannte mich und meinen Körper einfach zu gut und las mich wie ein Buch in einer öffentlichen Bibliothek. Na gut … Gab es einen Zentimeter an mir, den er noch nicht ausgiebig liebkost hatte? Wohl kaum. Direkt dachte ich daran, wie er jede Kurve meines Körpers entlangfuhr und mit seiner Zunge …

Craig räusperte sich, riss mich aus den viel zu intensiven Gedanken und widmete sich mit einem breiten Grinsen wieder seiner Arbeit. »Geht nicht, ich muss morgen früh aufstehen und arbeiten«, stöhnte meine beste Freundin Aylin neben mir und befestigte in der Zwischenzeit einen Ballon an einer der Säulen im Wohnbereich von Craigs Haus. Morgen war Craigs Geburtstag und das wollte er wie jedes Jahr groß feiern. Und da er – um ihn zu zitieren – morgen keinen Finger krumm machen wollte, dekorierten wir heute schon.

O Gott, hoffentlich hatte sie meinen kurzen Anfall eben nicht mitbekommen …

»Bist du zweiundzwanzig oder fünfzig?«, hakte Craig nach, weshalb ich belustigt schnauben musste. Wir studierten im dritten Semester Sozialwissenschaft an der Chicago-Universität und Aylin verdiente sich ihr Geld nebenbei in einem Blumenladen.

»Ich verdiene mein Geld mit ehrlicher Arbeit und muss früh aufstehen!«, konterte sie. Die beiden schienen sich einen Schlagabtausch liefern zu wollen. Derweil stieg Craig von der Leiter herunter, fuhr sich mit einer Hand durch seine hellbraunen Haare, die an den Seiten abrasiert und am Oberkopf etwas länger waren. Anschließend schlang er die Arme von hinten um mich, während ich auf dem Boden sitzend dabei war, Ballons an eine Girlande zu knoten. Seit Monaten hatten wir beide etwas am Laufen. Eine Beziehung würde ich es allerdings nicht direkt nennen. Wir mochten uns, sehr sogar, und ohne ihn konnte ich mir ein Leben nicht mehr vorstellen. Er brachte mich auf andere Gedanken und zum Lachen, wenn mir überhaupt nicht danach war. Sein Duft hüllte mich ein wie eine warme Decke. Herb, mit einer Winzigkeit an Süße – wie ein Apfel.

»Hey, zeitweise stehe ich auch früh auf, um jemanden abzuknallen. Frag deinen Freund. Er weckt mich schließlich so zeitig, um manchmal länger zwischen deinen Beinen …«, setzte er sich zur Wehr, wobei seine grünen Iriden neckisch aufblitzten, verstummte aber augenblicklich.

Irritiert blickte ich zu ihm, denn er war niemand, der einen Satz unvollendet im Raum stehen ließ und schon gar nicht zu schüchtern war, Sachen auszusprechen. Sein Blick lag nicht mehr auf meiner besten Freundin, stattdessen war er auf die Eingangstür gerichtet, die nicht länger geschlossen war. Jemand hatte sich an deren Rahmen angelehnt. Eiskalte tiefblaue Augen richteten sich auf uns. Scott trug ein enges, schwarzes T-Shirt, das seine Muskeln betonte. Seine braunen Haare waren frisch geschnitten, zumindest waren sie kürzer als das letzte Mal, als ich ihn gesehen hatte. Seine Oberarme spannte er an und sofort stellte ich mir vor, wie er mich mit seinen kräftigen Armen hochhob und mich gegen die nächste Wand presste. Doch stattdessen vergrub er seine zu Fäusten geballten Hände in seinen Hosentaschen, wodurch sich in der ohnehin schon gespannten Jeans etwas noch deutlicher abzeichnete, was mich definitiv nicht interessieren dürfte. Nicht, weil er Aylins Bruder war, sondern eher, weil die Arme von Craig um mich geschlungen waren. Außerdem … Obwohl wir unsere Beziehung nie definiert hatten, würde ich behaupten, dass diese exklusiv war. Ich wollte ihn nämlich nicht mit einer Fremden sehen und er mich ganz bestimmt nicht mit einem anderen Kerl. Die Anziehung zwischen uns war enorm. Betraten wir einen Raum, in dem sich der andere schon befand, spürten wir sofort die Nähe zueinander. Ein Kribbeln suchte mich immer heim, sobald ich Craigs Blick, der mich durchbohrte, wahrnahm und bemerkte, wie er meinen Körper abscannte. Die Art, wie er mich ansah, machte mich verrückt. Jedes Mal wirkte es so, als würde er überlegen, was er alles mit mir anstellen wollte. Wir ergänzten uns perfekt. In allen Bereichen. Wir verbrachten fast jeden Tag miteinander und bekamen nie genug voneinander. Ständig blieben wir in Körperkontakt und wenn es nur eine seiner Hände auf meinem Oberschenkel war, während wir draußen in seinem Garten in der Sonne brutzelten.

Gott, es ließ sich nicht in Worten beschreiben, wie explosiv allein schon Craigs Anwesenheit für mich war. Ich wollte ihn, immer und überall.

Allerdings gab es ein Problem: den Bruder meiner besten Freundin. Früher hatte ich ihn schon heiß gefunden, doch seit dem Kuss im letzten Jahr bei der Strandhütte – und nachdem Aylin entführt worden war und wir näheren Kontakt gehabt hatten – konnte ich definitiv nicht aufhören, daran zu denken, wie perfekt sich sein Schwanz in mir anfühlen würde. Und dabei war ich nicht einmal eine gelangweilte Frau, deren Sexleben nicht erfüllt wurde. Das tat Craig ausgiebig, aber diese Fantasien hörten einfach nicht auf. Es war ziemlich beschissen.

»Chloe?«, riss mich eine Stimme aus den Gedanken und als ich mich dieser zuwandte, stand auf einmal Aylin direkt vor mir. Ich erschrak leicht, sah mich um und entdeckte Craig nun bei Scott an der Tür, während sich die beiden unterhielten. »Du kannst froh sein, dass er hinter dir gestanden und nicht gesehen hat, dass du meinen Bruder wie ein Fünf-Gänge-Menü angestarrt hast«, flüsterte sie mir amüsiert zu und ich hauchte ein leises: »Fuck.« Aylin hatte mir schon im letzten Jahr verklickert, dass sie nichts dagegen hätte, wenn sich zwischen Scott und mir etwas entwickeln würde. Immerhin hatte sie sich seinen besten Freund gekrallt.

Aber ich empfand eben etwas für Craig. Er verstand mich auf so vielen Ebenen. Seine Eltern waren genauso beschäftigt wie meine. Ehrlich gesagt hatte ich seinen Dad in diesem ganzen Jahr nicht einmal zu Gesicht bekommen. Er arbeitete als Finanzmanager für unterschiedliche Firmen im Ausland und seine Mom ging völlig in einem Frauenverein auf. Doch Craig fühlte sich im Gegensatz zu mir nie einsam. Er unternahm viel und das reichte ihm. Ich hingegen konnte noch so viel in meinen Tagesplan einkalkulieren, die Leere wischte es nicht weg.

Er half mir, die Sorgen zu vergessen und ein wenig auf andere Gedanken zu kommen, indem wir zusammen Basketball spielten, Party machten und uns hier in seinem Haus vergnügten.

Mein Vater arbeitete als Softwareentwickler und leitete ein großes Unternehmen, wodurch er so gut wie nie zuhause war, und Mom war als Creativ Managerin in der Werbebranche tätig. Ein Job, in dem man wohl um die ganze Welt reisen musste und nur nach Hause kam, um seine Shoppingtüten abzuliefern.

»Wir müssen noch einmal los. Blake will, dass wir was erledigen«, rief Craig zu uns und erneut wurde ich aus meinen Gedanken gerissen.

»Wofür denn?«, hakte Aylin gleich neugierig nach und ich musste grinsen. Sie war von Grund auf ein wissbegieriges Wesen. Sehr zum Leidwesen ihres Freundes Blake, der zwar nicht versuchte, alles von ihr fernzuhalten, so wie es Scott einst getan hatte, aber dennoch vorsichtig mit Informationen umging.

Immerhin war sie im letzten Jahr wegen ihm entführt worden und die Schuldgefühle lagen ihm nach wie vor schwer auf seinen Schultern. Nicht, dass der düstere Blake Kingston das vor uns zugeben würde, dessen dunkle Augen und Mimik nie etwas verrieten. Doch Aylin hatte es mir anvertraut. Seit wir uns ausgesprochen hatten – nachdem sie mir verraten hatte, dass sie mich ziemlich lange über den Aufenthalt ihrer Eltern angelogen hatte –, erzählten wir uns alles. Bei dem Gedanken daran wurde mir wieder speiübel. Wie sich Aylin wohl ständig dabei gefühlt hatte, wenn sie mir die nächste Lüge aufgetischt hatte oder den ellenlangen Weg von mir nach Hause gelaufen war. Klar, ich verstand, dass sie sich nicht wohl dabei gefühlt hatte, mir zu erzählen, wo und wie sie lebte. Aber gleichzeitig hatte es mir wehgetan, dass sie davon ausgegangen war, dass ich ihre Lebensweise nicht akzeptieren würde. Geld ging mir am Arsch vorbei, wenn dadurch eine Freundschaft leiden würde. Deshalb wollten wir nie wieder zulassen, dass ein Geheimnis zwischen uns kam.

»Vielleicht erzählt er es dir später, wenn du bleibst«, bekam sie allerdings nur von Craig als Antwort, der sie angrinste und mit den Augenbrauen wackelte. Also stand für ihn die Idee für eine Pre-Party. Aylin atmete schwer aus, denn wenn Blake heute Abend kommen würde, würde sie im Traum nicht zu Hause bleiben. Nachdem Scott seiner Schwester noch einmal zugewinkt und mich keines Blickes mehr gewürdigt hatte, verschwanden die beiden auch schon durch die Tür. Wieso interessierte ich mich überhaupt für den Mistkerl, wenn ich ihm scheißegal war?

Niedergeschlagen senkte ich den Kopf und ließ die Schultern hängen, bevor ich mich mit einem tiefen Seufzer wieder aufrappelte. »Ich brauch einen Kaffee«, brummte ich, drehte mich um und lief in Richtung Küche, griff dabei automatisch nach meiner Halskette und spielte damit herum. Der Anhänger war ein kleiner Schmetterling, dessen Körper aus einem kleinen funkelnden Stein bestand. Ich trug sie schon so viele Jahre und hatte sie noch keinen Tag abgelegt. Sie erinnerte mich an eine Zeit, die ich sehr genossen hatte, ehe sie viel zu schnell geendet hatte.

So oft, wie ich hier im Haus war, kannte ich mich schon bestens aus. Deshalb hatte Craig uns nicht rausgeschmissen, als Scott und er verschwunden waren, denn für ihn war es reine Gewohnheit, dass ich mich hier aufhielt. Was wollte ich auch schon zu Hause? Wenn seine Mom nach Hause kam, quetschte sie mich mehr über mein Leben aus als meine eigene und fragte nicht einmal, was ich hier tat. »Hast du nicht schon vorhin zwei bei Starbucks getrunken?«, fragte Aylin neugierig und grinste dabei breit.

»Also bitte … Da ist mehr Zucker, Sahne und alles Mögliche drin in so einem Caramel Frappuccino als sonst was und er hat nicht annährend den Koffeingehalt, den ich täglich brauche, um zu überleben«, klärte ich sie nicht zum ersten Mal auf und hörte nur ein belustigtes Schnauben. In der Küche angekommen trat ich vor die große Kaffeemaschine. »Willst du auch einen?«, fragte ich, obwohl ich mir die Antwort denken konnte.

»Nein danke, mir reicht der Zuckerschock von vorhin. Sonst kann ich die ganze Nacht nicht schlafen, wenn mein Herz rast.«

»Als würde dich Blake schlafen lassen«, lachte ich und kassierte dafür einen Schlag gegen meinen rechten Oberarm.

»Ach, momentan hängt er mehr woanders herum als bei mir«, murmelte sie dann, band ihre lange, lockige blonde Mähne zu einem Pferdeschwanz hoch und zuckte mit den Schultern.

»Oh, wieso?«, platzte es direkt wie aus der Pistole geschossen aus mir heraus. Ärger konnte ich mir bei ihnen kaum vorstellen, obwohl es manchmal echt explosiv zwischen ihnen abging.

»Blake hat schon vor Monaten gesagt, dass irgendwann ein neuer Fisch auftauchen würde. Nur, weil er Pablos Gebiet übernommen hat, heißt es nicht, dass sich keine anderen Kriminellen zusammenschließen, um etwas aufzubauen. Und in letzter Zeit wurden viele Männer umgebracht, während sie illegale Waffen einschmuggeln wollten, und eine ganze Ladung wurde dabei geklaut.« Pablo hatte Aylin letztes Jahr entführt, weil Blake und sein Onkel Mino ihm in die Quere gekommen waren und er gemerkt hatte, was sein Konkurrent für sie empfand. Manchmal glaubte ich, nur geträumt zu haben, was alles passiert war. Die meisten Studierenden machten sich Sorgen um die nächste Party, während wir über illegale Waren redeten.

»Vielleicht wäre es einfacher, wenn du endlich zu ihm ziehen würdest?«, entgegnete ich dann. Ich wusste, dass das schon länger Thema zwischen den beiden war, denn während Aylin sich beschwerte, dass Blake nach seinen Geschäften nicht zu ihr fuhr, erwiderte er, dass sie auch einfach jede Nacht bei ihm schlafen könnte. Direkt biss sich meine beste Freundin auf die Unterlippe und warf frustriert den Kopf in den Nacken. »In einem Haus zu leben mit seinem wahnsinnigen Onkel und einem Club darunter, der nur aus Kriminellen und Nutten besteht, ist nicht wirklich mein Highlight des Sommers. Und Scott würde das niemals erlauben.«

»Du denkst immer noch darüber nach, was er davon halten würde? Hast du nichts gelernt?«, brummte ich sofort – immerhin war das ganze Drama mit der Entführung erst deshalb entstanden, weil Blake und Aylin ihre Beziehung vor Scott geheim gehalten hatten. Zwar aus gutem Grund – denn er hatte einen ziemlich großen Beschützerinstinkt und nicht gewollt, dass Aylin irgendetwas mit seinem kriminellen Leben zu tun hatte – aber das war offensichtlich gewaltig nach hinten losgegangen. Mein Gott, wenn ich daran zurückdachte, schoss mein Puls in die Höhe. Blake und Aylin hatten zu lange mit dem Feuer gespielt, als dass es gut hätte enden können. Ein gegnerischer Clan hatte damals einen Weg gesucht, Mino und seine Gefolgsleute aus dem Weg zu räumen. Außerdem hatte sich Blake nicht in Zaum halten können und Pablo ständig provoziert, weshalb sie auf Aylin aufmerksam geworden waren. Zum Glück hatte ich das damals nicht in dieser Tragweite mitbekommen – gleichzeitig jedoch zerbrach es mir das Herz, erst davon Wind bekommen zu haben, als alles schon zum Scheitern verurteilt gewesen war. Die Angst, die ich damals um Aylin gehabt hatte, war nicht in Worte zu fassen. Ich hatte zu diesem Zeitpunkt nur eins gedacht: Ohne sie an meiner Seite würde der Großteil meines Lebens keinen Sinn mehr machen. Als dann auch noch herausgekommen war, dass Eddy, Blakes Cousin, dahintergesteckt hatte, war es allen eiskalt den Rücken heruntergelaufen. Am Ende war es zu einer großen Schießerei gekommen, bei der unter anderem Pablo und Eddy gestorben waren.

»Ich muss ihm trotzdem keinen Herzinfarkt bescheren. Manchmal schreibt er mir einfach, während ich in der Uni sitze, weil er wissen möchte, ob alles in Ordnung ist. Ich weiß, ihm setzt das Ganze zu, er versucht das mit Blake und mir zu akzeptieren, aber ich bin nun mal seine kleine Schwester, die tagelang verschwunden war. Scott hat geschworen, mich immer zu beschützen, und denkt, er hätte versagt. Und jetzt soll ich ihn allein in einer Hütte im Wald zurücklassen, obwohl ich seine einzige Familie bin?«, regte sich Aylin über meinen Kommentar auf, fuchtelte dabei mit den Händen in der Luft herum und ich musste ihr in gewisser Weise recht geben. Gerade ich verstand, wie schlimm die Einsamkeit um einen herum sein konnte und wie tief sie einen in die Dunkelheit stürzen konnte.

»Bleibst du nun eigentlich heute Abend? Ich wette mit dir, dass Scott und Craig später sicher nicht aus Blakes Büro marschieren, ohne ihn mitzunehmen …«, köderte ich sie, damit die gute Laune nicht in den Keller sank, und sofort schlich sich ein Lächeln auf ihr Gesicht. Ihre blauen Augen strahlten förmlich, wenn sie an ihn dachte, und ich schüttelte amüsiert den Kopf über ihre verliebte Aura.

»Okay, okay, überredet«, hauchte sie, woraufhin ich eine Hand in die Luft streckte und ein: »Yeah!«, von mir gab.

ZWEI

CRAIG

GEMEINSAM LIEFEN wir zu Scotts Wagen, der direkt vor meinem Haus geparkt war, und stiegen ein. Eigentlich hatte ich gerade absolut keinen Bock, einen Job für Blake zu erledigen und mich von Scott herumdirigieren zu lassen, aber was blieb mir anderes übrig? Sollte ich der rechten Hand des Chefs etwa widersprechen? Wobei ich echt gestehen musste, dass es sich komisch anfühlte, meinen jahrelangen Kumpel als meinen Boss zu betiteln. Nach dem Bandenkrieg mit Pablo Azevedo und dessen Tod hatte Blake seinen Clan, die Aquilas, übernommen. Dabei waren einige von Pablos Männern übergelaufen, standen nun hinter ihm und sahen ihn als neuen Chef an. Andere waren geflüchtet und nicht mehr aufzufinden. Sie blieben Pablo quasi auch nach seinem Tod treu und uns scherte es absolut nicht, wo sie sich aufhielten. Blake hatte allen Männern das Angebot gemacht, bleiben zu können, für ihn zu arbeiten und – wenn es sein musste – zu kämpfen. Wer das nicht annahm, konnte sich zum Teufel scheren.

Seite an Seite hatten wir schon den ein oder anderen Mist gedreht, nicht auf die Weise wie Blake und Scott, aber dennoch dachte ich gern an diese Zeit zurück. Aktuell war Blake wegen einem Problem allerdings mehr damit beschäftigt, sich durch Unterlagen zu wühlen, und würde sich wohl am liebsten selbst eine Kugel in den Kopf jagen.

Wollte ich mit ihm tauschen? Keinesfalls. Ich hielt mich lieber auf der Straße auf, schlug ein paar Kerlen den Schädel ein, wenn sie nicht so handelten, wie ich es ihnen aufgetragen hatte, oder ging dem üblichen Geschäft nach. Was so viel hieß wie: Geld einsammeln, Lieferungen annehmen und neue Boten anwerben. Im Prinzip hatte sich an meiner Arbeit nichts geändert, seitdem ich von Mino zu Blake gewechselt hatte. Abgesehen vom Arbeitsklima. Fuck, bei Mino wusste man zwar meistens, an was man dran war, aber er war auch einfach unheimlich und hatte nicht mehr alle Tassen im Schrank.

Ich knallte die Tür der Beifahrerseite zu und lehnte mich im Sitz zurück. »Alter, das ist ein verdammter Geländewagen und kein Panzer!«, schnauzte mich Scott an, worüber ich nur schmunzeln musste. Dabei fielen mir direkt auch Blakes Worte ein, denn für Scott war sein Wagen wie der Vatikan für alle Katholiken. Heilig. Nur zu gern machten wir anderen uns darüber lustig. Gespielt genervt stöhnte ich auf, legte den Ellenbogen auf der kleinen Kante der Armatur am Fenster ab und rutschte im Sitz etwas herunter.

»Beruhig dich«, erwiderte ich und wartete darauf, dass er den Schlüssel im Zündschloss drehte und losfuhr. Scott schien nervös, startete den Wagen, nachdem er das Navi eingeschaltet und eine Adresse eingegeben hatte, und fuhr in Richtung Schnellstraße.

»Und ihr habt bisher den ganzen Tag damit verbracht, dein Haus zu schmücken?«, erklang es nach wenigen Minuten neben mir und ich konnte das Lachen in Scotts Stimme hören, ohne mich ihm zuwenden zu müssen. »Wie alt bist du? 12?« Ich wusste, dass er es nur aus Spaß sagte, weshalb ich ein halbherziges: »Ha, ha«, von mir gab und den Blick nicht von der Straße löste. Was konnte ich dafür, wenn er seinen immer so verbrachte, als wäre es ein ganz normaler Tag? Heilige Scheiße, mindestens einmal im Jahr durfte es doch wohl gestattet sein, das ganze Blut, die Bandenkriege und die verfickte Bedrohung hinter sich zu lassen. Die grässlichen Dinge, die ich tat. Oder durfte ich das etwa nicht?

»Was ist daran falsch, seinen Geburtstag feiern zu wollen? Ich bin kein trostloses Etwas wie du, mein Freund. Und für die Deko ist

Chloe verantwortlich. Oder hat es die letzten Jahre immer so bei mir ausgesehen?« Tatsächlich war es mir bisher immer scheißegal gewesen, wie es bei mir zu Hause ausgesehen hatte. Hauptsache, meine Kumpels waren da, der Alkohol floss in Strömen und man hatte eben eine gute Zeit. Mit ein paar Nutten und Stripperinnen – wobei sich das für dieses Jahr erledigt hatte. Mittlerweile hatte ich meine eigene Femme fatale, die im Schlafzimmer so einiges auf dem Kasten hatte und der keiner das Wasser reichen konnte. Die mich mit dem Chaos in ihren Augen um den Verstand brachte und mich neu belebte, nachdem ich bis vor kurzem wegen dem ganzen Mist mit meinen Eltern, den Lügen und meinem Job nur noch in einem dunklen Raum hatte sitzen und trinken wollen. Zuvor war ich nie in einer derartigen Beziehung gewesen …

Chloe und ich hatten noch nicht darüber gesprochen, dennoch machte es mich rasend, wenn ich daran dachte, dass sie sich hinter meinem Rücken mit einem anderen Kerl treffen würde. Genau, die Betonung lag auf ‚hinter meinem Rücken', denn ab und zu hatte ich mich schon dabei erwischt, wie ich an einen Dreier gedacht hatte. Fuck, das sollte nun nicht so klingen, als würde mir Chloe nichts bedeuten. Ganz im Gegenteil. Sie war mein Grund, morgens überhaupt aufzustehen und die Scheiße zu überstehen. Weil ich wusste, dass sie abends bei mir sein und ich nachts nicht allein sein würde. Manchmal suchten mich die skrupellosen Dinge, die ich tat, in meinen Träumen heim. Lähmten mich ins Unermessliche, sodass ich nachts in einer Art Schockstarre aufwachte und eigentlich nur meine Augen hin und her bewegen konnte. Kein Körperteil gehorchte mir in solch einer Situation, und in seinem eigenen Körper gefangen zu sein, war ein verdammt beschissenes Gefühl. Dann jedoch zu wissen, dass jemand neben mir lag, die sich meist im Schlaf an mich kuschelte und deren langsam gehender Atem mich beruhigte, war gut für mich. Hielt mich davon ab, völlig am Rad zu drehen und den Verstand zu verlieren. Nein, Chloe bekam von diesen Attacken nichts mit, da sie einen wirklich tiefen Schlaf hatte. Zu meinem Glück. Ich wollte mich absolut nicht erklären und mir vielleicht noch Floskeln à la: »Such dir etwas anderes«, anhören. In der Vergangenheit hatte ich schon einiges ausprobiert und war immer kläglich gescheitert. Zudem liebte ich die Jungs und sah es als meinen Job, die Welt von den Bösen zu befreien. Wie die anderen mich dafür betitelten, ließ ich lieber mal im Raum stehen.

Von Scott kassierte ich nur einen kritischen Blick von der Seite. Er wusste genau, dass ich die Wahrheit sagte. Gratulierte man ihm zum Geburtstag, bekam man meist nur ein Brummen als Antwort und musste von Glück sprechen, keine Knarre an den Kopf gehalten zu bekommen. Nur aus reinem Zufall hatte ich ihn und Blake mal sprechen hören und erfahren, wann sein Geburtstag war. Sehr zu seinem Missfallen. Ich musste auch hoch und heilig schwören, es niemandem zu verraten. Eigentlich gab ich nichts auf Schwüre, doch bei meinen Jungs diskutierte ich da keine Sekunde. Wir waren keine Männer, die sich die Herzen ausschütteten, zusammen herumlungerten und unseren Tränen freien Lauf ließen. Nicht einmal redeten wir über Vorfälle im Job, die uns belasteten. Aber die Freundschaften waren mir heilig. Die eine mehr, die andere weniger. Hier war auf mein Wort immer Verlass.

»Du kommst heute Abend doch auch, oder?«, fragte ich Scott, als er sich auf der Interstate in den Verkehr einfädelte, und hörte prompt sein überraschtes: »Was?« Ach, von der Überlegung hatte er vorhin gar nichts mitbekommen.

»Dadurch, dass die Mädels so schnell mit dem Dekorieren waren, habe ich überlegt, schon heute Abend zu feiern.«

»Eine Art Pre-Geburtstags-Party?« Scott war die Verwirrung anzumerken und ich musste schmunzeln.

»Okay, das hört sich wirklich an, als wäre ich ein Zwölfjähriger«, kam es deshalb von mir und wir fingen beide an zu lachen. »Fuck, trotzdem möchte ich heute Abend schon die Sau rauslassen«, fügte ich direkt hinzu und schlug mit der Faust gegen die Autotür, weshalb ich einen bösen Seitenblick von Scott erntete. Doch das war mir scheißegal. Und das, was bei meinen Partys über die Tische gereicht wurde, fand man auf keiner Kinderfete. »Es gibt doch keine bessere Methode, die ganze Scheiße in unserem Job zu vergessen, als zu feiern, zu trinken, ein paar Lines zu ziehen …«, zählte ich auf und sah im Augenwinkel, wie Scott anfing zu nicken.

»Da kann ich dir nur recht geben«, erwiderte er, blinkte und nahm die nächste Ausfahrt. Jep, eine andere Antwort hatte ich nicht erwartet. Nichts spülte die Morde und die verzogenen Fratzen der Opfer besser aus dem Kopf als mehrere Flaschen Whiskey und Wodka. Ohne die wäre ich heute wohl nicht hier, sondern in irgendeiner Gummizelle. Doch so wie die meisten hatte ich keine Wahl. Die einen taten es für ihren Stoff, andere waren hineingeboren worden oder hatten keine anderen Zukunftsperspektiven. Einige mochten wiederum einfach das Blut, die Morde und die Huren. Und dann gab es welche wie mich: Mir würde das Geld nie reichen, welches ich in einem legalen Job verdienen könnte. Ich brauchte mehr, um den Lebensstil meiner Mom weiter zu finanzieren und die Fehler meines Vaters auszubaden.

Scott bewunderte ich stets für seine Gelassenheit. Zwar wusste ich nicht, wie es in seinem Inneren aussah, doch nach außen hin wirkte er immer tiefenentspannt, so als würden all seine Taten emotionslos an ihm abprallen. Seine Mimik war fast durchgehend eisern, stahlhart und niemals verrutschte diese Fassade. Nicht einmal Blake gelang dies und er war abgestumpfter als jeder Mistkerl, den ich bisher auf der Straße getroffen hatte. Nur bei Frauen zeigte Scott eine völlig andere Seite, denn ihnen gegenüber gab er immer den liebenswerten Sunnyboy, sodass ihm das weibliche Geschlecht zu Füßen lag. Wie hatte ich mal eine Hure im Undergroundclub von Mino reden hören? »Diese eisblauen Augen machen etwas mit mir …«, weiter hatte ich damals nicht zugehört, sonst hätte ich wohl kotzen müssen vor lauter Romantik in der Luft. Er war doch nicht der beschissene Ozean! Natürlich war ich auch nicht auf den Kopf gefallen. Chloe gehörte ebenfalls zu diesen Frauen, die gerne einen Blick in Scotts anziehende Iriden warf. Sie versuchte es immer unauffällig zu tun, aber trotz allem fiel mir dieser kurze Augenaufschlag bei ihr auf, die leichte Röte, die sich über ihre Wangen legte. Machte mich das eifersüchtig? Nope, kein bisschen. Eher neugierig. Ich war immer offen für Neues, wusste allerdings nicht, wie Chloe dazu stand. Monogamie oder doch mehr? Vielleicht deutete ich die Zeichen, die auf ihr Interesse ihm gegenüber hinwiesen, auch nur falsch. Ich wollte nicht riskieren, eine von ihr geknallt zu bekommen und sie mit meinem Vorschlag zu vergraulen. Doch Scotts Meinung kannte ich. Zumindest, was Blake anging, denn die beiden hatten sich – vor seiner Beziehung mit Aylin – die ein oder andere Frau geteilt und keinen Hehl daraus gemacht. Auch wenn sich Scott von den Frauen immer nur einen Blowjob hatte geben lassen. Ob er mitziehen würde, wenn ich ihm den Vorschlag machen würde? Er war ziemlich eigen und womöglich hatte er es damals nur getan, weil der zweite Kerl sein bester Freund gewesen war. Und Chloe war auch nicht sein Typ Frau, wenn ich mir all die Verflossenen durch den Kopf gehen ließ. Zumindest die, die ich mit ihm verschwinden gesehen hatte.

»Was macht eigentlich Blakes Loftwohnung?«, fiel es mir in dem Moment ein und ich verdrängte die Stille im Cockpit.

»Was soll schon damit sein? Sie steht leer«, antwortete Scott und stöhnte auf. Er konnte das Thema nicht mehr hören, das verstand ich mit jeder Silbe, die er von sich gab. Aber es war wirklich herrlich. Ich liebte die ständigen Diskussionen zwischen ihm, Aylin und Blake, der darauf erpicht war, dass seine Freundin mit in die Wohnung zog. Jedoch sträubte sich diese noch. Warum auch immer. Ich tippte darauf, dass sie Scott ungern allein in der Hütte im Wald zurückließ.

»Wie kann man nur? Da wohnt er lieber weiter bei seinem Onkel?« Klar, bei Mino im Anwesen hatte er alles, was er brauchte. Angestellte, die ihm Essen auftischten, und wenn einem der Kopf rauchte, konnte er runter in den Club und ein paar Drinks kippen. Ich wusste nicht, weshalb man erwog, auszuziehen, verstand es allerdings, dass Blake das alles nicht mehr wollte. Als Grund dafür konnte nur ein Punkt aufgeführt werden: Aylin. Zwar blieb er immer der abgefuckte Kerl, der so manchen krassen Scheiß als Minos rechte Hand abgezogen hatte, doch für sie hatte er die ein oder andere Sache geändert. Was Liebe alles mit einem Menschen anstellte …

»Ist mir relativ egal. Es ist seine Entscheidung. Die Bude ist gekauft und ob sie leer steht oder nicht, kommt auf das Gleiche raus«, reagierte Scott gleichgültig, doch insgeheim wussten wir beide, was er wirklich dachte. Er war noch nicht bereit, seine kleine Schwester ziehen zu lassen. Obwohl er sie bestimmt nicht aufhalten würde, so schwer es ihm fiel. Oder? Ich konnte Scott schlecht einschätzen, was seine Schwester anging. Ich wusste nur, dass sein bester Freund wohl nicht ohne sein Einverständnis mit Aylin zusammenziehen würde. Blake hatte bewiesen, dass er sich gut um Aylin kümmern würde, obwohl ich eher der Fraktion angehört hatte, die zuerst der Meinung gewesen war, dass das zwischen den beiden keine Zukunft haben würde. Ich hatte mich ordentlich getäuscht. Die zwei gehörten zueinander.

Wir verfielen wieder in Schweigen, bis mir einfiel, dass ich bisher keinen blassen Schimmer hatte, wohin es für uns eigentlich ging. »Hast du mich wirklich für einen Job abgeholt oder fahren wir jetzt gemeinsam in den Sonnenuntergang?«, entglitt es mir nach kurzer Zeit belustigt, während Scott weiterhin stumm den Wagen lenkte. Denn was ich absolut nicht leiden konnte, war, ins kalte Wasser geworfen zu werden. Seine Finger verkrampften sich um das Lenkrad. Aha, es musste also neue Erkenntnisse geben. Und zwar keine guten.

»Blake hat mich vorhin angerufen und berichtet, dass Rodrigo und Emanuel tot vor unserem Bunker aufgefunden wurden. Die Kehlen wurden ihnen durchgeschnitten, nachdem die beiden einiges an Folter durchleben mussten. Da waren richtige sadistische Schweine am Werk.« Dadurch, dass er Blakes rechte Hand war, bekam er alle Informationen zuerst und gab sie an uns weiter. Und wenn er dann auch noch mitkam, hatte der Auftrag höchste Priorität. Nichts Schlimmeres konnte passieren, als dass unsere Männer dran glauben mussten, weil irgendein Wahnsinniger dachte, Anspruch auf Pablos Gebiet zu haben. Jedenfalls gingen wir vom jetzigen Zeitpunkt davon aus. Waren wurden geklaut, Männer von uns ermordet und gefoltert, als sollten sie nicht nur als Warnung dienen. Blake tappte noch im Dunkeln, weshalb er auch Minos Büro auf den Kopf gestellt und nach einem Hinweis gesucht hatte, welcher etwas Licht ins Dunkel bringen sollte. Irgendeinen Mistkerl musste Mino besonders verärgert haben. Vielleicht hatte Pablo auch Feinde, die vor seinem Tod schon sein Gebiet erobern hatten wollen und über die nötigen Mittel dazu verfügten. Jedenfalls glaubte Blake nicht, dass jemand mit so viel Können aus dem Nichts kam. Es musste irgendjemand sein, der Ahnung hatte. Aber die Leiche von Pablo konnten wir schlecht befragen. Mino hingegen zuckte dabei immer mit den Schultern. Er kannte eine Menge Leute, die er verärgert hatte, ob er nun jemanden abgeknallt oder mit dessen Frau geschlafen hatte. Die Liste war lang. Er war für die ,Wir tun noch nichts'-Methode, die Blake nicht akzeptierte. Wie gesagt: Er kümmerte sich um seine Männer. Mike, Paul, Scott und ich arbeiteten nun für Blake, andere waren Springer – je nachdem, ob Mino oder er diejenigen brauchte. Seitdem er von Mino Pablos Gebiet bekommen hatte, herrschte zwischen den beiden kein böses Blut. Blake war für Mino mittlerweile wie ein Sohn, da ihm sein leiblicher auf ziemlich beschissene Weise in den Rücken gefallen war, indem er auf die gegnerische Seite gewechselt und Informationen weitergegeben hatte. Onkel und Neffe verstanden sich weiterhin, zogen an einem Strang, wobei jeder für sein Gebiet verantwortlich war. Wir Jungs waren quasi das Starterpaket für Drogenbosse. Eventuell hatten wir einen Spitzel? Vielleicht lagen wir auch falsch und es war einfach irgendein Penner, der dachte, Blake wäre es nicht wert, das Gebiet von Pablo zu führen. Wir wussten es nicht. Nur eins war klar: Nichts regelte sich einfach so von allein. Das hatten wir schon so viele Male am eigenen Leib erleben müssen.

»Fuck«, stöhnte ich und musste sofort an die Familien der beiden denken. Klar, wir hatten ebenso schon Männer getötet, die Frau und Kinder besaßen, aber das hieß nicht, dass wir kaltherzige Mistkerle waren. Sowas traf uns, besonders, wenn es sich um Leute aus unseren Reihen handelte. Eins machte Blake in dem Fall schon besser als sein Onkel: Kam einer um, kümmerte er sich weitestgehend um die Hinterbliebenen. Dafür zog ich meinen imaginären Hut vor ihm. »Und was hast du jetzt vor?«, fragte ich Scott und schaute ihn abwartend von der Seite an. Wenn wir uns auf dem Weg befanden, musste es irgendeinen Hinweis auf die Täter geben. So viel stand fest. Er grinste schelmisch, nein, schon fast böse und auf Rache aus, ehe er weitersprach.

»Na ja, der Kerl, der die beiden vor dem Bunker abgeliefert hat, war so dämlich und hat sich von den Kameras filmen lassen. Hat wohl nicht damit gerechnet, dass unser Areal so gut überwacht ist. Er hat direkt vorm Eingang geparkt und sich einen abgeschuftet, um die Leichen zu platzieren. Es hat nicht lange gedauert, bis Blakes Kontakte bei der Polizei das Foto zuordnen konnten und wir einen Namen zu dem Gesicht hatten. Das Kennzeichen hingegen hat nichts ergeben.« Okay, Scott schien ziemlich gut im Bilde zu sein, weshalb ich keine weiteren Fragen zu dem Fall stellte.

»Und wann wolltest du mir das erzählen? Wenn wir bei dem Wichser vor der Tür stehen und auf mich geschossen wird?«, richtete ich mich gespielt ernst an ihn und musste mir ein Lachen verkneifen.

Er zog die Stirn kraus und warf mir einen kritischen Blick zu, weshalb ich mich nicht mehr zurückhalten konnte, den Kopf in den Nacken legte und losprustete.

»Sorry, ich war wohl mit meinen Gedanken ganz woanders. Hast du heute irgendwas genommen oder wieso verhältst du dich gerade so komisch? Erst anschnauzen und dann dumm lachen. Dafür sollte ich dir eine auf die Fresse hauen«, giftete er zurück und schien absolut nicht zu kapieren, dass ich gerade nur einen Scherz mit meiner pissigen Antwort gemacht hatte. Der Kerl war ein Phänomen und für Spaß dieser Art absolut nicht zu haben. Ich winkte ab und unterbrach ihn damit, bevor er sich noch mehr in Rage redete.

»Dein Gesicht müsstest du sehen. Keine Angst, ich bin schon ganz hibbelig darauf, den Hurensohn kennenzulernen.« Mein Herz fing aufgeregt an zu pochen, hämmerte gegen meine Rippen, wie früher, als ich mich als kleiner Junge auf den Weihnachtsmorgen gefreut hatte. Nur heute würden keine Geschenke unter dem Weihnachtsbaum liegen, sondern Leichen. Denn Blutrache war das Schönste an unserem Job. So beschissen sich das auch anhörte.

DREI

CRAIG

»Und hier soll der Wichser wohnen?«, entkam es mir angeekelt, als ich durch die Windschutzscheibe den Häuserkomplex vor uns begutachtete. Wir befanden uns in einer heruntergekommenen Gegend am Stadtrand Chicagos und ich gab mir selbst das Versprechen, Scotts Wagen nur mit geladener Pistole zu verlassen.

»So wie es aussieht, ja. Block C, vierte Etage«, erwiderte Scott und sah selbst nicht gerade begeistert aus. Fuck, mit seinem polierten und glänzenden Geländewagen fielen wir hier auf wie ein singender Pudel in Strapsen. Sicherlich ging er gedanklich alle Eventualitäten durch, wie wir seinen SUV vorfinden würden, sobald wir zurückkamen. Aber gut, da mussten wir nun durch. Jetzt standen wir schon hier und würden ganz bestimmt keinen Rückzieher machen, da waren Scott und ich uns einig, nachdem wir uns kritische Blicke mit zusammengezogenen Augenbrauen zugeworfen und uns zugenickt hatten. So eine Scheiße hier hielt uns nicht auf, unseren Job auszuführen. Blake würde sich außerdem dumm und dämlich lachen.

»Dann mal auf ins Getümmel«, warf ich ein, zog meine Glock aus dem hinteren Hosenbund und öffnete die Beifahrertür.

»Scheiße, steck sie wieder weg«, blaffte mich Scott an, als er ebenfalls ausgestiegen war, den Wagen mit der Funkfernbedienung verriegelt hatte und neben mich trat. »Sollen die Leute gleich wissen, wegen was wir hier sind?« Ich gab ein amüsiertes Schnauben von mir. Sonst war er doch immer derjenige ohne Gewissensbisse. Nach kurzem Überlegen gab ich ihm jedoch recht. Scott war ein wahrhaftiges Biest, dennoch verlor er nie den Überblick. Zu meiner Verteidigung musste ich sagen, dass ich sicherlich nicht allzu stark auffallen würde. Die Leute, die sich hier vor den Häusern aufhielten, konnten mir das Blaue vom Himmel erzählen, aber definitiv besaß jeder Zweite hier eine Knarre. Wortlos steckte ich die Glock dahin, wo ich sie eben herausgezogen hatte, ließ mein Shirt wieder darüber fallen und folgte Scott in Richtung Hauseingang. Im Flur stank es nach Pisse, Fäkalien und anderem Zeug, das ich nicht benennen konnte. Mir reichte es schon, dass ich den Urin mehr als deutlich herausroch, und ich rümpfte angeekelt die Nase. Wieso mussten solche Pissbirnen immer an so heruntergekommenen Wohnorten hausen? Konnte es nicht mal ein beschissener reicher Sack mit Pool und Villa sein? Hintereinander stiegen wir die Treppen in das vierte Stockwerk hoch und blieben vor einer blauen Tür stehen, die schon bessere Tage gesehen hatte. Die Farbe platzte an allen Ecken ab, vor allem an der Stelle, wo man auch das Schloss vermuten konnte. Herrlich. Auf dem Klingelschild neben der Tür stand in vergilbten Lettern *Perkins*.

Rasch drückte ich auf dieses, hörte in der Wohnung das Schellen der Klingel und kurz darauf dumpfe Schritte. Ein Mann mittleren Alters mit grauen Koteletten machte uns auf und schaute uns nacheinander griesgrämig an. Okay, das war eindeutig nicht der Kerl von dem Foto, das mir Scott vor unserer Ankunft hier gezeigt hatte. Meine Hand wanderte automatisch hinter meinen Rücken und legte sich um meine Knarre. Eine falsche Bewegung und der Kerl kassierte eine Ladung Blei.

»Was?«, schnauzte er uns an und im Augenwinkel sah ich, wie Scott seine Kiefer aufeinanderpresste und die Hände zu Fäusten ballte. Der Typ traute uns keinen Meter über den Weg. Während Scott das Ruder übernahm und nach seinem Sohn Tomas fragte, überblickte ich sein vergilbtes Shirt, dass er sicherlich schon eine Weile anhatte – was mir der leicht braune Kragen bestätigte. Ein muffiger Geruch drang aus der Wohnung und ich hoffte inständig, diese Baracke nicht betreten zu müssen.

»Was hat der Kleine schon wieder angestellt?«, motzte unser Gegenüber und schob dabei die Tür ein kleines Stück weiter auf. Im Hintergrund stapelten sich leere Pizzakartons und anderer Müll.

»Nichts, wir sind alte Freunde von ihm«, reagierte ich blitzschnell und kassierte einen kritischen Blick von Tomas' Vater. Jedenfalls hoffte ich, dass es sein Dad war und nicht sein Lover. Da traute ich dem Tomas vom Foto nämlich mehr zu. Der Kerl glaubte mir offensichtlich kein Stück, doch Scott stieg in die Geschichte mit ein.

»Wir waren gerade in der Nähe und wollten mal vorbeischauen.«

»Hierher verirren sich sonst nie seine Freunde«, murmelte unser Gegenüber und schaute zwischen uns hin und her. Seinem Gesichtsausdruck nach zu urteilen, überlegte er angestrengt, wie er nun handeln sollte. Boah, kam er endlich mal auf den Punkt? »Ach was soll's. Er ist in seinem neuen Diner, auf der Archer Avenue. Das Ding heißt Pookispy oder sowas. Dann könnt ihr ihm auch gleich seine Flausen aus dem Kopf treiben!« Und mit diesen Worten knallte er uns die Tür vor der Nase zu.

»Der Pisser hat ein Diner und wohnt in so einer Baracke?«, fragte ich verblüfft, als wir die Treppen hinabstiegen und den Wohnkomplex – Gott sei Dank – verließen. Scott lachte nur auf, schüttelte den Kopf und klopfte mir auf die Schulter.

»Dafür wird es bestimmt einen guten Grund geben«, sprach er, und ehe ich mich versah, saßen wir in seinem Wagen und fuhren los.

Wenn man eins und eins zusammenzählte, konnte es allerdings nur eine richtige Antwort auf die Frage geben, weshalb der Typ ein Diner besaß und so hauste. Mir juckte es in den Fingern, ihm gleich gegenüberzutreten und ihn dafür zu bestrafen, was er unseren Männern angetan hatte. Na ja, wenn er es überhaupt gewesen war. Momentan war noch alles offen und nur eins war sicher: Er hatte sie mit einem Transporter vor unserem Bunker abgeliefert. Und auch dafür, dass er für irgendjemanden die Drecksarbeit erledigte, würde er bluten. Definitiv.

Scott fuhr in Chicagos Ortskern. Langsam klapperten wir die Archer Avenue ab, hielten Ausschau nach dem Schuppen, den Tomas Vater uns genannt hatte. Mittlerweile war es früher Nachmittag, die meisten Menschen hatten Feierabend, was sich auf der Straße bemerkbar machte. Dadurch, dass Scott langsam fuhr, damit wir das Diner nicht verpassten, hupten die Autos hinter uns. Schimpftiraden drangen zu uns durch, und als ein Wagen mit heruntergelassenen Scheiben auf meiner Seite an uns vorbeifuhr, drückte ich ebenfalls den elektronischen Regler der Fensterscheibe.

»Hast du ein Problem oder irgendeinen Tick, dass du ständig die Lichthupe betätigt hast?« Scott blieb neben mir ruhig und genau das unterschied uns beide. Während er bei unseren Jobs akribisch vorging, keine Reue zeigte, war ich das Gegenteil, fuhr schneller an die Decke und machte mir Gedanken über die Männer, die ich tötete. Beziehungsweise um das Leben, das ich beendete. Auch wenn ich nicht gerade sagen konnte, dass ich meinen Job hasste. Aber zumindest einmal kurz innezuhalten, sollte ja erlaubt sein, bevor man wieder seinen Tätigkeiten nachging.

»Wo hat dein Kumpel seinen Führerschein gemacht?«, brüllte der andere Fahrer rüber, als ich schon an meinen Rücken fasste und die Glock spürte.

»Das zeig ich dir nur allzu gerne«, blaffte ich ihm entgegen und wollte die Knarre schon ziehen, ehe mich Scott davon abhielt, indem er seinen Arm ausstreckte und mich mit diesem in den Sitz zurückdrückte. Den Typen würdigte er dabei keines Blickes.

»Lass die Scheiße«, sagte er zu mir und ich stöhnte genervt auf. Ein bisschen Spaß durfte doch wohl sein. Dachte er, ich würde den Kerl abknallen? Er sollte nur spüren, dass er besser seine Fresse halten sollte. Wieso blieb Scott in solchen Momenten immer so ruhig? Ich beneidete ihn dafür, denn ich musste unentwegt daran denken, dem Typ in dem anderen Wagen für seinen Spruch die Schnauze zu polieren. Scheiß Temperament, aber ich kam nicht dagegen an. Deshalb streckte ich die linke Hand aus und zeigte dem Fahrer des PKWs nur den Mittelfinger, ehe ich die Scheibe wieder hochfahren ließ.

»Da ist es«, kam es wenig später von Scott, als wir fast die nächste Kreuzung erreicht hatten, und er zeigte auf ein von außen schäbig wirkendes Diner an der Straßenecke. An der Tür prangte ein Schild: NEUERÖFFNUNG NÄCHSTEN SAMSTAG. Aha, sieh an, sieh an. Wenn der Typ nicht gerade Gold geschissen hatte, war ich ganz gespannt auf seine Story, wie er sich das Diner leisten konnte. Ich tippte auf die billige Ausrede des toten Onkels. Zum Glück war direkt davor ein Parkplatz frei, auf dem Scott seinen Geländewagen abstellte, bevor wir beide ausstiegen. Von außen sah man, dass im inneren Licht brannte. Ehe mein Partner jedoch auf die Tür zugehen und nach der Klinke fassen konnte, hielt ich ihn zurück.

»Lass uns eine Wette abschließen«, richtete ich mich an ihn und grinste über beide Ohren.

»Und worüber?«, erwiderte Scott und legte seine Stirn in Falten.

»Ich tippe darauf, dass er heulen wird wie ein Schlosshund und sagt, das Diner könne er sich durch das Geld seines verstorbenen Onkels leisten.« Irritiert ließ sich Scott meine Worte durch den Kopf gehen. Das lief bekanntlich immer so. Wenn wir jemanden ausfindig und ihn auf etwas aufmerksam machten, dass überhaupt nicht zusammenpasste, kamen die Opfer meist mit irgendwelchen abstrusen Ausflüchten daher. Wir hatten einmal einen aus einer gegnerischen Bande erwischt, wie er versucht hatte, in Minos Club einzusteigen. Am helllichten Tag. Der Grund: Er hatte sein Handy vergessen. Dümmer ging es nicht. Scott grinste schelmisch, warf einen Blick zum Eingang und schürzte die Lippen.

»Ich tippe auf Lottogewinn«, grinste er, bevor er sich in Bewegung setzte und die Tür aufdrückte. Im Inneren begrüßte uns staubige und stickige Luft. Wie wollte der Kerl das in einer Woche einigermaßen herrichten? Hier stank alles nach einer recht schnell überlegten Verwertung von Geld. Im wahrsten Sinne des Wortes. Die alten Holztische an der Seite des Diners, die sich jeweils rechts und links an den Milchglasfenstern aneinanderreihten, wirkten in die Jahre gekommen, die Kanten abgenutzt und die Oberfläche der Tische so, als hätte jemand versucht, derben Dreck mit Säure wegzubekommen. Die Stühle waren ebenfalls uralt, und wenn der Typ nicht mehrere tausend Euro in der Hand hatte, würde das eindeutig keine umsatzstarke Neueröffnung werden.

»Wir haben noch geschlossen!«, erklang es aus einem Nebenraum, woraufhin eine Schwebetür aufschwang und Tomas den Raum betrat.

»Das ist mir scheißegal«, erwiderte Scott trocken, zog seine Beretta, entsicherte sie und zielte auf den Kerl, den ich ebenfalls sofort als den Typen aus dem Video identifizierte. Kaum hielt er Tomas mit dem Lauf seiner Waffe gefangen, sperrte ich die Tür hinter uns zu, an der noch der Schlüsselbund hing, und zog diesen vom Schloss ab.

»Ist noch jemand hier?«, fragte ich ihn höflicherweise in völlig ruhigem Ton, während ich auf ihn zuging, ihn umrundete, meine Waffe zog und einen kurzen Blick in den Nebenraum warf, der sich als Küche herausstellte. Kein Schwein zu sehen. Die Hintertür war ebenfalls abgeschlossen. Tomas schien seine Stimme verloren zu haben, denn er schüttelte nur den Kopf und hatte dabei die Augen ganz weit aufgerissen. Hach, mit diesem Besuch hatte er wohl nicht gerechnet. Wie blöd konnte ein Mensch sein? »Setzen wir uns doch.« Ich zeigte auf einen Tisch neben Scott, der weiterhin seine Beretta im Anschlag hielt und Tomas dabei keine Sekunde aus den Augen ließ. Zögerlich setzte sich der Diner-Besitzer in Bewegung und ließ sich widerwillig auf einem der Stühle nieder. Dabei bemerkte ich seine zitternden Hände, die er im Schoß faltete, ehe ich mich ihm gegenübersetzte und meine Glock aus dem Hosenbund befreite. Ich konnte seinen immer schneller werdenden Herzschlag förmlich in meinen Ohren pochen hören, wartete darauf, dass sein Herz seinen Brustkorb vor lauter Aufregung durchbrach und direkt vor uns auf dem Tisch landete. Der Typ hatte ordentlich die Hosen voll, was die Schweißperlen auf seiner Stirn bezeugten. Als Scott sah, dass ich mich im Stuhl lässig zurückgelehnt, meine Glock entsichert und sie auf Tomas gerichtet hatte, legte er seine Beretta vor sich auf den Tisch. Tomas‘ Blick zuckte für wenige Sekunde zu ihr und dann wieder zu uns. Daraufhin räusperte sich

Scott, lehnte sich nach vorne und stützte sich mit dem linken Ellenbogen auf der Tischplatte ab.

»Denk auch nur daran, sie dir zu greifen und ich schieb sie dir so tief in den Arsch, dass du die Engel singen hörst«, flüsterte Scott ihm zu, worauf Tomas' Adamsapfel nervös auf und ab tänzelte. Es würde nicht lange dauern, ihn zum Reden zu bringen. Da war ich mir absolut sicher. Das Wort Opfer stand ihm schon ins Gesicht geschrieben und mittlerweile tippte ich darauf, dass er eigentlich rein gar nichts mit den Morden zu tun hatte – nicht direkt jedenfalls. Dass er nur ein Mittel zum Zweck war. Doch seinem Schicksal entkam er dadurch nicht. Jeder, der mit unserem Feind, wer auch immer das war, unter einer Decke steckte, musste büßen.

»Ein nettes Plätzchen hast du hier«, wandte ich mich sarkastisch an Tomas, schaute mich um und entdeckte in allen Raumecken Spinnweben. Scheiße, hier würde ich nicht einmal ans Essen denken, auch wenn alles vor Sauberkeit blitzen würden.

»D–d–danke«, hörte ich es von ihm kleinlaut. Er senkte den Blick, spielte nervös mit seinen Händen an dem Saum seines Shirts herum und wartete sicherlich darauf, dass einer von uns weitersprach.

»So ganz anders als dein Zuhause«, fuhr Scott fort und sofort schnellte Tomas' Kopf nach oben.

»Ihr wart bei mir zu Hause?« Fuck, ja, du Versager! Am liebsten hätte ich es ihm entgegengeschrien, so verblödet er gerade dreinschaute. Dachte er ernsthaft, niemand würde herausbekommen, wer er war? Angestrengt überlegte ich, während ich seinen immer rötlicher werdenden Gesichtston beobachtete. Fuck … Tomas hatte keinen blassen Schimmer, in was für eine Scheiße er sich hineinmanövriert hatte.

»Ja, dein Dad hat uns hierhergeführt«, klärte ich ihn auf und erntete nur ein erschütterndes Kopfnicken. Wenn er gleich tot vom Stuhl fallen würde, würde es mich nicht wundern. Adrenalin rauschte durch meine Adern, innerlich wurde ich unruhig, weil die wichtigste Frage aller Fragen immer näher rückte, und ich konnte es nicht abwarten, endlich die Wahrheit zu erfahren. Einen Moment herrschte

Stille, Scott gab ihm anscheinend Zeit, selbst auf den Punkt zu kommen, denn ganz bestimmt ahnte Tomas, weshalb wir hier waren. Sonst wäre er der dümmste Mensch auf der Welt. Als jedoch nichts von ihm kam, lehnte sich Scott mit einem genervten Schnauben zurück, zog aus seiner Hosentasche ein Klappmesser und ließ die Klinge herausgleiten.

»Gut, dann lass uns mal auf den Punkt kommen.«

»Ich weiß nicht, was ihr von mir wollt«, druckste Tomas herum und in jedem Wort hörte ich die fette Lüge heraus. Währenddessen legte er seine Handflächen auf der Tischplatte ab, ehe er mit den Daumen an der Kante herumspielte. Gott, der Kerl machte mich wahnsinnig mit seinem hibbeligen Getue.

»Lüge!«, pfefferte ich ihm entgegen, griff mir blitzschnell das Messer und rammte es ihm in die Hand, heftete sie am Tisch fest. Tomas schrie schmerzerfüllt auf und für Scott war das das Startzeichen, aufzuspringen, nach seinen Haaren zu packen und seinen Kopf in den Nacken zu ziehen.

»Für wen arbeitest du?!« Die Stimme meines Freundes hallte von den Wänden zurück, erfüllte den ganzen Raum und zum Glück herrschte draußen ein wahres Chaos auf den Straßen, sodass vorbeikommende Fußgänger hoffentlich nichts hörten. Ein Wimmern entfleuchte Tomas und kurz darauf rannen ihm Tränen über die Wange. »Sag es!« Er schien zu kapieren, dass er mächtig in der Scheiße steckte, fing an zu stammeln, sodass wir keins seiner Worte verstanden.

»Hey, beruhig dich!« Wie aus dem Nichts gab ich ihm eine schallende Ohrfeige, damit er für einen kurzen Augenblick die Fresse hielt und klare Worte hervorbringen würde.

»Sprich oder ich schieß dir in die Kniescheibe«, drohte Scott ihm, schnappte sich seine Beretta und legte sie Tomas‘ ans Knie.

»Für niemanden«, erwiderte der Holzkopf und keine Sekunde später pochten mir wegen des Schusses aus Scotts Waffe die Trommelfelle. Wir verzogen alle drei das Gesicht. Scott und ich, weil es in unseren Ohren piepste, und Tomas vor Schmerzen. Er riss seinen

Mund auf und wollte losschreien, da entdeckte ich auf dem Nebentisch einen Putzlappen, nahm ihn und drückte ihn dem Penner in den Mund. Gedämpft schrie und schrie er. Unerlässlich. Das Blut floss über sein Bein, hinunter über seine Wade und sein Schienbein, würde seinen Schuh mit Blut tränken. Minuten vergingen, in denen wir seine flehentlichen Bitten abschlugen und sie ignorierten. Er musste büßen, für das, was er getan hatte. Für solche Menschen konnte ich nicht viel Mitleid aufbringen.

»Nochmal von vorne. Für wen arbeitest du?«, wandte sich ihm Scott zu, nachdem sich Tomas halbwegs beruhigt hatte, sein Blick starr vor Schmerz wurde und er mit dem Lappen im Mund fast hyperventilierte.

»Ich nehme ihn dir raus, aber wenn du schreist, machst du gleich wieder Bekanntschaft mit ihm«, flüsterte ich ihm ins Ohr, woraufhin er apathisch nickte. Rasch entfernte ich den Putzlumpen und hörte Tomas nach Luft schnappen.

»Niemanden. Ich weiß nicht, was ihr meint«, sagte er an Scott gerichtet und über meinem Kopf bildeten sich Fragezeichen. Er hielt immer noch daran fest?

»Nur mal aus reiner Neugier. Wie kann sich ein Loser wie du ein eigenes Diner leisten? Klar, das hier ist eine Bruchbude und im Gegensatz zu deinem Zuhause etwas nobler«, dabei verzog ich das Gesicht und schaute mich noch einmal um, »aber so ganz mach ich mir da keinen Reim drauf.« Tomas' Augen huschten von einer Seite zu anderen, ehe er meinem Blick begegnete und tief ein- und ausatmete.

»Meine Großmutter hat mir Geld hinterlassen …« Argh – fast. Angepisst, dass wir beide nicht richtig getippt hatten, warf ich die Hände über dem Kopf zusammen und schaute Scott mit schüttelndem Kopf an. Er musste grinsen, stützte sich mit beiden Händen auf dem Tisch ab, nachdem er sein Handy aus der Hosentasche gezogen und das Überwachungsvideo gestartet hatte.

»Und jetzt überleg dir deine Worte nochmal ganz genau, bevor du deine hässliche Fresse wieder öffnest. Ich frage dich nochmal. Für wen verfickt nochmal arbeitest du?« Scott schnaubte, schlug mit einer

Hand auf die Tischplatte, die bedrohlich anfing zu beben und Tomas zusammenzucken ließ. Was eben nur Schweißperlen auf seiner Stirn waren, glich jetzt einem wahrhaftigen Sturzbach. Sein Shirt war mittlerweile durchgeschwitzt und ich sah ihm in seinen panisch aufgerissenen Augen an, dass er ziemlich gut darüber Bescheid wusste, wie tief er in der Scheiße steckte.

Sein Kartenhaus brach zusammen, er jammerte, flehte um Gnade, weshalb ich laut anfing zu lachen. »Ach, jetzt auf einmal? Junge … schon als wir durch diese Tür gekommen sind, hättest du singen sollen.« Ich griff nach dem Messer in seiner Hand, drehte es herum und entlockte ihm einen weiteren gepeinigten Aufschrei. Tomas' Blut hatte sich schon auf dem Tisch verbreitet, klebte an Scotts Hand, der sich diese an der Hose abwischte. »Spuck es endlich aus, oder wir lassen dich hier krepieren, bis die Ratten kommen und deinen jämmerlichen Arsch anknabbern!«, schrie ich ihn an, wodurch Tomas zusammenzuckte und sich seine festgenagelte Hand leicht bewegte. Ihm stand der Schmerz ins Gesicht geschrieben.

»Ich kenne seinen Namen nicht, okay?«, sprach er drauflos und ließ alles raus. »Eines Abends kam ich nach einer Sauftour mit meinen Kumpels nach Hause und fand einen Briefumschlag mit meinem Namen in unserem Briefkasten vor. Darin befanden sich mehrere tausend Euro und ein Prepaid-Handy. Ich habe alles mitgenommen und in der gleichen Nacht fing das Mistteil an zu klingeln. Irgendein Typ hat mir ein Angebot gemacht. Ich sollte mit meinem Transporter zu einem Treffpunkt kommen und Ware überbringen. Wie alles in meinen Wagen gehievt wurde, habe ich nicht gesehen, denn ich sollte sitzen bleiben und danach zur angegebenen Adresse fahren. Dort machte ich die Hintertüren auf und entdeckte die zwei Leichen.« Die Worte sprudelten nur so aus ihm heraus. »Was hätte ich tun sollen? Ein Rückzieher war nicht möglich, sonst hätten die mich erledigt. Es gab klare Anweisungen, und sobald ich die Leichen abgeliefert hatte, gab es das gleiche Geld nochmal.« Seine Stimme glich einem Heulkonzert der Extraklasse. Gut, was erwartete ich auch? Der Penner hatte ein Messer in der Hand und eine Kugel im Knie. Beschissener konnte es ihm gerade nicht gehen.

»Und du nimmst das Geld für dieses fucking Diner?«, warf ich ein und konnte nicht fassen, wie undurchdacht sein Handeln war.

»Das war schon immer mein Traum … auf eigenen Füßen stehen und aus den Baracken rauskommen.« Wow, der Kerl verblüffte mich immer wieder. »Was hätte ich sonst tun sollen?«

»Ehm, deine sieben Sachen packen und dich aus der Stadt verpissen vielleicht? Weißt du eigentlich, in was du da hineingeraten bist?«, sagte Scott und schnaubte ebenfalls über Tomas' Leichtsinnigkeit. Wie schön es wäre, einen Job zu erledigen, Geld zu kassieren und dann erstmal auf der faulen Haut zu liegen. War er wirklich so blöd oder tat er nur so? Aber genau solche Leute suchten sich Kriminelle eben aus. Leute, die nichts hinterfragten, nur das Geld sahen und keine Schlüsse aus ihren Taten ziehen würden. Leute, die bereit waren, alles dafür zu tun, um etwas mehr Asche im Geldbeutel mit sich zu führen. Manchmal ging es vielleicht gut, doch für Tomas … sah ich schwarz. Na ja, eher dunkelgrau. Tomas verstummte, nur sein Schluchzen durchdrang den Raum, ehe Scott nochmals nach seinen Haaren griff und ihm den Kopf in den Nacken zog.

»Du musst doch irgendjemanden gesehen haben. Wie sahen die Wichser aus, die die Leichen in deinen Transporter gelegt haben?«

»Keine Ahnung!«, schrie Tomas außer sich, rutschte auf dem Stuhl herum und heulte ununterbrochen. »Ich habe niemanden gesehen!«

»Wo war die Übergabe?«, stellte ich die nächste Frage, baute mich vor ihm auf und hielt ihm zur Abschreckung den Lauf meiner Glock an die Stirn. Er riss die Augen weiter auf, sodass ich kurz dachte, seine Augäpfel würden gleich herausspringen.

»Draußen im Industriegebiet, bei dem verlassenen Areal der Molkerei. Der Wagen hatte kein Nummernschild, es war ein schwarzer Land Rover oder so«, kam es gepresst über Tomas' Lippen. Na super, so einen Wagen fuhr die Hälfte der Menschen in Chicago. Ich stöhnte auf, setzte mich auf den Stuhl neben Tomas und legte die Hand mit der Glock auf der Tischplatte ab.

»Das führt zu nichts. Der Typ hat keine Ahnung.« Doch in Scotts Augen funkelte es weiterhin, er erstarrte, schaute Tomas an und blinzelte nicht einmal. Wir steckten in einer Sackgasse. Tomas wusste rein gar nichts, war nur der verlängerte Arm von irgendeinem Hurensohn und brachte uns somit nicht ans Ziel. Unser Feind blieb weiterhin gesichtslos. »Ich würde dir raten, ab sofort nicht mehr an fremde Handys zu gehen und fremdes Geld anzunehmen. Hat man dir das in deiner Kindheit nicht beigebracht?«, sagte ich zu Tomas, nachdem ich mich wieder aufgerafft hatte, und sah ihm dabei tief in die Augen. Angst blitzte in seinen blaugrauen Iriden auf und sein Gesicht war kreidebleich. Und in seinem Schritt machte sich eine verdächtige dunkle Abzeichnung bemerkbar. Tomas hatte sich eingepisst. Der Kerl würde so schnell nicht mehr den Fehler machen, irgendeinem fragwürdigen Job nachzugehen. Mit Sicherheit würde er noch einmal darüber nachdenken, ob er überhaupt dieses Diner eröffnete. Wobei er zuerst mal die Knie- und Handverletzung überstehen musste. »Überleg dir in Zukunft ganz genau, was du tust oder nicht. Wir wissen jetzt, wo du wohnst, und kommen dich sonst nochmal besuchen, damit du Bekanntschaft mit meiner Glock machst. Komm, wir hauen ab«, richtete ich mich letztendlich an Scott, steckte die Waffe weg und lief schon in Richtung Eingangstür, um diese aufzuschließen. Dieser Kerl war ein Nichts. Ein kleiner Fisch in einem riesengroßen Haibecken, vor dem wir gewiss keine Angst haben müssten. So verschreckt wie er von unserem Besuch nun war, würde er einen Teufel tun. Ich steckte gerade den Schlüssel ins Schloss und drehte ihn herum, als hinter mir ein ohrenbetäubender Schuss erklang. Abrupt drehte ich mich herum, sah Scott, wie er die Beretta mit gestrecktem Arm auf Tomas‘ Kopf gerichtet hielt, dessen Hirnmasse auf dem Boden verteilt war. Das Gesicht und der Hals meines Kumpels waren mit Blutspritzern übersät. Emotionslos senkte er den Arm, lief auf mich zu und hob dabei sein schwarzes Shirt an, um sich das Blut abzuwischen und keine Blicke auf der Straße auf sich zu ziehen. »Was sollte das jetzt? Der Typ war doch eine totale Niete!«, gab ich entsetzt von mir und sah ein letztes Mal zu Tomas‘ Leiche, ehe ich hinter Scott auf die Straße trat und die Tür hinter mir zufallen ließ.

»Er hat unsere Gesichter gesehen und ich gehe ganz bestimmt kein Risiko ein, dass der Penner uns verpfeift. Gibt es hier einen Hinterausgang?« Ich zuckte mit den Schultern, ging zurück ins Diner und hielt nach einer Tür Ausschau. Zuerst landete ich einer Art Vorratskammer oder zumindest etwas, was daran erinnerte. In der Ecke standen haufenweise Säcke, die am unteren Teil angenagt waren. Bah, Ratten oder Mäuse. Eventuell auch beides – also schnell weg hier. Danach betrat ich die Küche und entdeckte eine Tür, durch deren unteren Türspalt Tageslicht in den abgedunkelten Raum fiel. Bingo. Ich drehte den Knauf, schwang sie auf und lugte um die Ecke in eine Gasse, die zur Hauptstraße führte. Mit schnellen Schritten verließ ich sie, bog rechts um die Ecke und landete wenige Minuten später wieder bei Scott. »Fahr hier entlang und dann die erste Gasse links«, sagte ich zu ihm.

»Okay, ich parke dort. Bring die Leiche dorthin«, erwiderte Scott, entriegelte seinen Wagen und stieg ein. Entrüstet schaute ich ihm hinterher, bis er den Motor anließ und an der Kreuzung abbog. Okay, was sollte ich darauf erwidern? Im Prinzip hatte er recht, aber … fuck! Eine Leiche wollte ich von ihm nicht zum Geburtstag geschenkt bekommen. Widerwillig ging ich zurück ins Diner, zog das Messer aus Tomas' Hand, klappte es zusammen und verstaute es in meiner Hosentasche, warf mir den Kerl über die Schulter und passierte mit ihm die Schwebetür in die Küche. Ich öffnete die Hintertür und trat hinaus in einen Hinterhof, wo auch schon Scott mit dem Wagen wartete. Für ihn war es nur ein lästiger Job. In meinen Augen hatten wir einen unschuldigen auf dem Gewissen, der keinen anderen Ausweg gesehen hatte, als den Job zu erledigen. Was war Tomas anderes übriggeblieben? Hätte er die Leichen mit einem läppischen ‚Sorry' zurückbringen sollen?

Zügig öffnete ich den Kofferraum, legte Tomas hinein und schloss die Luke wieder. Auf der Beifahrerseite stieg ich ein und starrte aus dem Fenster. Mal wieder der beste Beweis, was uns unterschied. Scott zuckte bei solchen Aktionen nicht einmal mit der Wimper, während ich darüber grübelte, ob es unbedingt nötig war. Womöglich war ich manchmal zu gutherzig und hatte Leute laufen lassen. Aber nur aus dem Grund, weil ich wusste, dass sie uns nichts anhaben konnten und sowieso schon ein beschissenes Leben führten. Doch Tomas, fuck, er war eine blöde Schachfigur gewesen und im Prinzip hätte es keinen Ausweg für ihn gegeben. Scott war das scheißegal. Für ihn war die Sache anscheinend geklärt, denn als ich zu ihm herüberschaute, hatte er den Ellenbogen auf der Tür abgestützt und das Fenster heruntergelassen und sah so friedlich aus wie der Junge von nebenan, als würde er an den Strand fahren, und nicht so, als würde er eine Leiche transportieren.

VIER

CRAIG

Auf dem ganzen Weg nach Hause bekam ich das Bild von Tomas in dem ausgehobenen Grab nicht mehr aus dem Kopf. Wie ich Schaufel um Schaufel die Erde auf ihn häufte, während Scott dabei war, ein paar Männer auf das Diner anzusetzen, damit man ja keinen Tropfen Blut mehr finden würde. Die alle Beweise, dass wir überhaupt dort gewesen waren, vernichten und seinem Dad einen Batzen Geld zahlen würden, damit er die Klappe hielt. Niemand würde bemerken, dass ein weiteres Leben auf der Erde dahingesickert war. Dass jemand wie vom Erdboden verschwunden war und nie wieder auftauchen würde. Fuck, ich wusste, wie es in unserem Job lief. Es wäre verkehrt gewesen, Tomas unbehelligt aus den Augen zu verlieren. Wer wusste schon, ob er nicht doch zu seinem Auftraggeber gerannt wäre? Aber ein wenig Mitleid durfte man haben. Auch wenn ich es gegenüber Scott niemals aussprechen würde. Ganz am Anfang hatte ich den Fehler begangen und direkt einen dummen Spruch geerntet. Seitdem hielt ich mich zurück. Und ersoff es in Alkohol und bedeckte es unter dem weißen Deckmantel von Koks. Nach der letzten Schaufel klopfte ich den Erdhügel glatt, so gut es ging, doch hier draußen im tiefsten Wald außerhalb von Chicago würde ihn so schnell keiner finden. Womöglich niemals irgendein Schwein auf dieser Welt. Tomas war von der

Karte radiert, der Auftrag zumindest erledigt, obwohl wir keinen Schritt weiter waren. Unser Feind wusste genau, wie er sich unsichtbar durch die Stadt schlich, sich seine Gefolgschaft heranzog, ohne einen Blick auf sich zu ziehen oder gar, dass jemand seinen Namen kannte. Wenn das so weiterging, würden hier in Zukunft wohl noch so einige Gräber entstehen.

»Alles ist erledigt. Ich denke, die Summe wird seinen Vater zum Schweigen bringen. Sonst landet er neben seinem Sohn.« Die letzten Worte kamen Scott mit einem Hauch Sorge über die Lippen, während er neben mich trat und sein Handy in der Hosentasche verschwinden ließ. Anstatt mir zur Hand zu gehen, hatte er sich damit herausgeredet, telefonieren zu müssen, damit Tomas' Vater mit niemandem redete. Natürlich musste das geklärt werden, aber – shit – man hätte es auch nach dem Vergraben der Leiche machen können. So schnell würde niemand an der Tür des alten Sacks läuten. Unschuldige sollte dieses Schicksal nicht ereilen. Deshalb hofften wir auf seine Vernunft, dass er den Luxus, den wir ihm mit dem Geld schenkten, zu schätzen wusste, und verstand, in was für eine Scheiße sich sein Sohn selbst geritten hatte. Ich nickte nur, wischte mir mit dem Handrücken den Schweiß von der Stirn, schnappte die Schaufel und folgte meinem Kumpel durch das Geäst zu seinem Geländewagen. Scott öffnete den Kofferraum, unter dessen Reifenabdeckung ich die Schaufel verstaute, bevor ich alles schloss und auf den Beifahrersitz rutschte. Von der Seite bemerkte ich einen bissigen Blick auf mir.

»Scheiße, ja. Ich weiß, wie ich aussehe. Ich würde dich gerne mal sehen, nachdem du eine Leiche herumgetragen, ein Grab ausgehoben und den leblosen Kerl verbuddelt hast«, schnauzte ich ihn an, schaute an mir herab und musste zugeben, dass Scott verfickt nochmal recht hatte, mich so anzuschauen. Meine Klamotten waren mit Blut durchtränkt und mit Erde verdreckt meine Schuhe kaum wiederzuerkennen – und von meinen schmutzigen Händen wollte ich erst gar nicht anfangen.

»Ich habe doch gar nichts gesagt. Werd doch nicht gleich so zickig«, scherzte Scott, so unbehelligt, als wäre dieser makabre Ausflug in den Wald das Normalste zwischen zwei Kumpels, und startete den Wagen.

»Du mich auch«, kam es genervt von mir, gefolgt von einem Schnauben. Ich sah dabei zu, wie die dicken Baumstämme nur so an uns vorbeizogen, während Scott Tempo aufnahm und auf schnellstem Weg den halb zugewucherten Landwirtschaftsweg entlang preschte. Die Sonne stand immer noch hoch oben am Himmel, brannte hinab, wodurch sich im Wageninneren eine unangenehme Hitze zusammengebraut hatte.

»Das nächste Grab hebe ich aus, okay?«, gab Scott nach einer Weile von sich und brachte mich damit tatsächlich zum Lachen, auch wenn mir gar nicht danach zumute war. Der Typ wusste immer, wie er eine Situation auflockern konnte. Zwar auf makabre Weise, dennoch nickte ich und ließ das Fenster herunter. Mittlerweile lief die Klimaanlage auf höchster Stufe, nur konnte ich den modrigen und eisenhaltigen Geruch nicht mehr aushalten. »Ich muss nochmal kurz zu Blake. Das heißt, ich setz dich zu Hause ab und komme später dann mit ihm, okay?« Ich nickte, fuhr mir mit den Händen durch die Haare und lehnte den Hinterkopf gegen die Kopflehne des Sitzes.

»Und der alte Sack wird wirklich seine Fresse halten?«, fragte ich nochmal explizit nach, woraufhin Scott kurz auflachte und mehr als eindeutig das Gesicht verzog.

»Definitiv. Es kostet zwar einiges, aber der Typ war anscheinend käuflicher als gedacht. So wie er Diego erzählte, war Tomas nur sein Stiefsohn. Und die Betonung liegt auf nur. Da kannst du dir schon denken, was die für eine Beziehung hatten, nachdem die Frau vor einigen Jahren gestorben war. Hat anscheinend nur eine Scheiße nach der anderen angestellt.«

»Dann haben wir ihm quasi einen Gefallen getan?«, grinste ich teuflisch und bekam darauf keine Antwort mehr und irgendwie beruhigte mich das. Wirklich düstere Scheiße … Und dass man nach so einer Aussage sogar ein wenig inneren Frieden fand, wie ich es gerade tat, war wohl mehr als moralisch fragwürdig. Aber es ließ mich mit dem Mistkerl abschließen. Hey, vielleicht wurde die Pre-Party doch noch ein Hit. Schon lange hatten wir keinen derartigen gemeinsamen Abend mehr verbracht. Irgendeiner von unserer Clique war immer beschäftigt gewesen und meistens waren es Blake und Scott gewesen, die sich die erste Zeit nach Pablos Tod ins Zeug gelegt hatten, sein Gebiet in die Hand zu nehmen und Leute für sich zu gewinnen …

Circa eine halbe Stunde und weiteres Grübeln später schmiss mich Scott vor meiner Haustür aus dem Wagen und fuhr direkt weiter.

FÜNF

SCOTT

Nachdem ich vor dem riesigen Anwesen geparkt hatte, stieg ich aus und bewegte mich auf die Eingangstür zu. Von außen würde niemand auf die Idee kommen, dass sich unter dem prachtvollen Stück Scheiße ein Club befand, in dem sich die Kriminellen nur so tummelten. Vor wenigen Monaten war ich hier noch täglich ein und aus gegangen, doch seitdem Blake das Gebiet von Pablo übernommen hatte und ich seine rechte Hand geworden war, trieb ich mich nur noch hier herum, wenn Blake es veranlasste. Oder er sich selbst hier aufhielt. Seit der aus dem Ruder geratenen Übergabe von Aylin nach ihrer Entführung und der Enthüllung, dass Eddy, Minos Sohn, damals zu Pablo übergelaufen war, lebten wir eine Lüge. Alle Clans glaubten, dass Blake ihn damals im Gerangel erschossen hatte. Doch in Wahrheit war ich es gewesen, um meinen besten Kumpel zu retten. Die Szene spielte sich auch heute noch vor meinen inneren Augen ab. Eine Sekunde später und wir hätten Blake zu Grabe tragen müssen. Dabei hatte ich auch zuvor Mino aus der Schusslinie gerettet, doch ich konnte nicht behaupten, dass ich dem Dreckskerl als Chef eine Träne nachtrauerte. Eher der Tatsache, dass ich nun mehr mit Paul, Mike und Craig zusammenarbeiten musste als mit Blake. Ob ich das meinem besten Freund auf dem Silbertablett servieren würde? Fuck, auf gar keinen Fall. Aber ich musste zugeben, dass ich den Mistkerl schon vermisste. Jedenfalls ein bisschen. Weshalb ich auch mit weniger schlechter Laune als noch gerade eben das Anwesen betrat und den Bodyguards, die draußen standen, zunickte. Es gab genau zwei Eingänge, einmal den offiziellen Weg für die meisten, wenn man direkt in den Club wollte, um was zu trinken, in eine Nische zu gehen oder in einem separaten Raum eine der Huren flachzulegen, und zum anderen den hier, der direkt in Minos Haus führte. Ich persönlich konnte mit den Nutten nichts anfangen, auch wenn ich dadurch nicht ihren Job schlecht reden wollte, denn für andere schien es zu funktionieren, ihren Schwanz da reinzuschieben, wo es schon viele andere getan hatten. Hatte es für meine Mutter auch. Aber ich bevorzugte andere Frauen.

Und nein, damit meinte ich ganz sicher nicht Chloe, die mich vorhin mit ihren Blicken beinahe ausgezogen hatte, während sie in den Armen eines anderen gelegen hatte. Fuck, was stimmte nur nicht mit ihr? Und noch viel mehr: Was stimmte nicht mit mir, dass ich mich dermaßen zusammenreißen musste, damit mein Schwanz nicht hart wurde bei dem Gedanken an ihren sehnsüchtigen, verlangenden Blick und daran, wie ich ihre blonden Haare um meine Faust gewickelt und sie zu mir gezogen hätte – weg von Craig. Aufgebracht stieß ich die Tür auf und knallte sie gleich wieder zu, sodass sich ein Dienstmädchen erschrocken umdrehte und beinahe eine Vase fallen ließ, die sie gerade polierte. Mino hatte wirklich ein merkwürdiges Faible. Alle Frauen, die für ihn arbeiteten, liefen hier in Kostümen herum. Als wären wir in einen Film aus den 80ern. Aber Blake meinte immer, sein Onkel bezahlte sie so gut, dass sie wohl sogar nackt für ihn herumlaufen und putzen würden, sollte er auf die Idee kommen. Ich wusste, dass es Aylin störte. Jedes Mal, wenn sie hierherkam, hatte sie einen gewissen Blick drauf. Auch wenn Blake die Damen von Mino nicht anfassen würde, spürte ich immer, wie sich ihr Augenmerk auf die Frauen hier richtete und sie genervt seufzte. Ich wusste, dass Blake mit ihr zusammenziehen wollte, dass er sich aber ein Loft geholt hatte, hatte er meiner

Schwester verschwiegen. Einfach, weil er sich sicher war, dass sie nein sagen würde, solange ich sie nicht aus der Hütte, in der wir beide lebten, rausschmeißen würde. Ich presste die Lippen bei den Gedanken zusammen. Blake hatte schon einmal mit mir darüber diskutiert, dass ich Aylin einfach sagen sollte, dass ich es okay finden würde, wenn sie mit ihm zusammenzog. Aber ich würde es nicht in Ordnung finden! Akzeptieren ja, aber nachdem, was letztes Jahr alles vorgefallen war, würde mein bester Freund noch lange nicht mein Okay bekommen.

Anstatt mich auf den Weg zu seinem Büro zu machen, schlenderte ich in die oberste Etage und in Blakes Zimmer, wo ich mich an seinem Kleiderschrank bediente und mir ein frisches T-Shirt überzog, welches nicht mit Blut bespritzt war. Das andere legte ich einfach in den kleinen Wäschekorb. Vor einer längeren Zeit hatte ich dort Klamotten untergebracht, weil ich Aylin gegenüber lange behauptet hatte, einen ehrlichen und anständigen Job zu haben. Da war es einfacher gewesen, ihr zu sagen, ich hätte mich bei der Arbeit umgezogen, als die Blutflecken zu erklären. Außerdem mochte ich es, meine Klamotten überall verstreut zu haben, denn es gab mir ein Gefühl von Sicherheit, jederzeit an alles dranzukommen.

Danach lief ich zu seinem kleinen Büro, öffnete die Tür und sah nur einen Stapel von Akten, hinter dem einige schwarze Haare sichtbar wurden. »Hätte mir jemand vor zwei Jahren gesagt, dass ich jemanden abknallen gehe, die Leiche wegbringe und das alles ohne dich, weil du dich lieber durch Unterlagen wälzt … Ich hätte denjenigen für die Lüge erschossen«, brachte ich hervor, sah nur, wie Blakes Kopf hochschnellte und begegnete seinen undurchdringlichen dunklen Augen. Seine markanten Gesichtszüge verzogen sich zu einem leichten Lächeln, ehe es wieder verschwand. Die Hände hatte er in seinen pechschwarzen Haaren vergraben und in seinem Kopf schien es ziemlich zu rauchen.

»Wenn du mir damit sagen willst, du vermisst es, mit mir die Menschheit abzuknallen … Ich auch«, entgegnete er und stieß am Ende einen frustrierten Seufzer aus. Ich trat näher zu ihm, setzte mich auf den Stuhl vor dem Schreibtisch und betrachtete meinen besten Freund eindringlich.

»Wie viel Zeit hast du hier jetzt schon verbracht?«, hakte ich sofort nach und bekam als Antwort nur ein leichtes Augenverdrehen von ihm. Er legte den Kopf in den Nacken und fuhr sich mit der Hand über diesen. Dann zuckte Blake mit den Schultern und wahrscheinlich fiel ihm die Antwort nicht einmal ein. »Da könnte man ja fast meinen, Mino hat dir nicht nur Pablos Gebiet gegeben, sondern auch seins, so oft wie du dich hier herumtreibst«, lachte ich heiser und steckte meine Hände in die Hosentaschen. Dabei spürte ich das Messer, welches mir mein bester Freund vermacht hatte, als ich seine rechte Hand geworden war. Schließlich hatten wir mittlerweile auch einen eigenen Unterschlupf in Pablos Gebiet. Eine alte Scheune, die zu unserem Quartier umfunktioniert worden war. Er hatte das Messer wohl einst von Mino bekommen, als er wiederum seine rechte Hand geworden war, und hatte es richtig gefunden, es mir nun weiterzugeben.

»Er ist immer noch der Meinung, wir lassen die Sache einfach auf uns zukommen. Sobald der Kerl mit Forderungen kommen wird, werden wir schon wissen, was er möchte«, brummte Blake und fuhr sich mit der Hand über das Gesicht. »Mino findet es schlimmer, wenn ich hier sitze, anstatt alles im Gebiet zu regeln und neue Aufträge an Land zu ziehen, doch ich kann nicht alle meine Männer riskieren, nur um zu warten, bis dieser Dreckskerl meint, mir eine Knarre an den Kopf zu halten und endlich auszuspucken, was verflucht er will«, stieß Blake seinen Frust aus. Sein Onkel hatte ihn damals zu einem eiskalten Killer machen wollen, der sich nicht um andere scherte. Dem nur seine Aufträge und das Ziel an sich wichtig sein sollten. Doch so einer war Blake nie geworden. Er hatte ein Herz, eine gebrochene Seele und meine Schwester. Bei dem Gedanken presste ich wieder die Lippen aufeinander. Ich akzeptierte mittlerweile die Beziehung und konnte nicht behaupten, dass Blake ihr nicht guttat. Eher im Gegenteil. Sie blühte auf, war fröhlicher als jemals zuvor und vernachlässigte trotzdem nicht ihr Studium, was ich früher immer befürchtet hatte. Trotzdem hatte ich eine Scheißangst, dass ihr durch Blakes Machenschaften etwas passierte, doch ich hatte gelernt, dass wir sie zusammen besser beschützen konnten, als wenn ich mich gegen ihr Glück stellte. Denn so hatte Aylin nur Unsinn im Kopf und trieb uns beide in den Wahnsinn. Ich war anders als Blake. Klar hatte ich irgendwo bestimmt ein Herz. Doch meins bestand nur noch aus reiner Dunkelheit.

Ich würde alle auf dieser beschissenen Welt – inklusive meines besten Freundes – töten, wenn es nötig wäre, um meine Schwester vor Schaden zu bewahren. Ich hatte geschworen, sie immer zu beschützen – und hatte schon einmal versagt. Das würde mir nie wieder passieren.

Somit würde ich auch jeden umbringen, um herauszufinden, wer Blake bedrohte, um für die Sicherheit der beiden zu sorgen. »Habt ihr etwas herausbekommen?«, hakte Blake nach und holte mich aus meinen Gedanken. Ich schüttelte den Kopf und fuhr mir durch die Haare, bevor ich meine Hände wieder in die Hosentasche steckte und mich im Stuhl zurücklehnte. Dabei stieß mein rechtes Bein an seinen Schreibtisch und ich wackelte mit sanftem Schwung auf dem Stuhl hin und her.

»Der Kerl wurde bezahlt. Hat einen Umschlag mit Geld bekommen und eine Beschreibung vom Weg zu diesem Transporter. Gib einem armen Menschen ein paar Flocken, und er stellt keine Fragen«, erklärte ich ihm die Situation, weshalb er die Lippen zu einer schmalen Linie verzog und eine harte Miene aufsetzte. Innerlich brodelte er sicher, ich merkte es ihm an. »Er hat ein verdientes Ende bekommen. Diego hat sich um seinen Vater gekümmert. Es wird niemandem auffallen, dass ein Dreckschwein mehr von diesem Planeten verschwunden ist«, versuchte ich ihn zu beruhigen, indem ich ihm klarmachte, dass er sich darum nicht mehr kümmern musste.

»Also tappen wir weiter im Dunkeln?«, sicherte sich Blake noch einmal ab. Ich konnte lediglich nicken, auch wenn ich wünschte, ich hätte Antworten für ihn. Wir verfielen in ein Schweigen, jeder hing seinen eigenen Gedanken nach.

Zweimal hatte ich bereits zum Reden angesetzt und es immer

wieder gelassen. Es war angenehm, einfach nur so mit ihm dazusitzen. Selbst während wir nicht miteinander redeten, gab es zwischen uns ein Verständnis, welches niemand jemals wirklich ermessen könnte.

»Okay«, durchbrach ich dann doch die Stille, als mir klar wurde, dass wir sonst den ganzen Abend hier sitzen würden und Mino wahrscheinlich nicht mal ein gut gekühltes Bier hier stehen hatte. Bestimmt nur kostspieligen Whiskey, der trotzdem in der Kehle brannte wie eine Chilischote. »Lass uns zu Craig fahren, der will eine Art Pre-Birthday-Party feiern«, informierte ich ihn und erntete einen Blick, der mir wohl signalisieren sollte, dass ich von allen guten Geistern verlassen war.

»Siehst du die zwei Stapel da? Die und noch sechs weitere vom anderen Gebiet muss ich durchgehen, um wirklich jeden zu untersuchen, der mal Pablo oder Mino ans Bein gepisst hat«, brummte er und nahm sich den nächsten, als könnte er meine Ansage einfach ignorieren, aber ich hatte einen Trumpf im Ärmel.

»Ich habe Aylin versprochen, dass du kommst«, log ich ihn an und seine dunklen Iriden richteten sich auf mich.

»Willst du mich verarschen, Scott?«, stöhnte er und legte den Kopf in den Nacken. »Weißt du, wie pissig sie sein wird, wenn ich jetzt nicht aufkreuze?«, fügte er noch hinzu und ich musste mir ein leises Lachen verkneifen. Blake konnte die Fassung bewahren, wenn fünf Männer in einem Raum die Waffe auf ihn richteten, doch der Gedanke, dass Aylin wegen ihm sauer oder traurig sein könnte, brachte ihn zum Schwitzen. Wenn ich mir das so ansah, kam mir die Liebe gar nicht so scheiße vor, vielleicht bescheuert und absolut fehl am Platz bei unserem Job, aber nicht wie ein Stück Scheiße. Trotzdem war sie nichts für mich. »Dann würde ich sagen, steig unter die Dusche und lass uns los.« Das war wohl die einzige Lösung, um ihrem Zorn zu entkommen, der gar nicht vorhanden war, da sie nicht wirklich daran glaubte, dass er auftauchte. Aber ich wusste, sie würde sich freuen. Und, fuck, meine Schwester glücklich zu sehen, war alles für mich.

»Komm, wie lange haben wir nicht mehr zusammen gesoffen? Ich geh noch eine Akte durch, während du dafür sorgst, dass du nicht mehr stinkst«, fügte ich hinzu und erntete wieder einen zornigen Blick, ehe er die Lippen zusammenpresste und sich endlich erhob.

»Also gut, dann geh ich aber auch heute Abend mit euch nach Hause«, brummte er und warnte mich wohl damit vor.

»Wenn du heute Nacht noch den Arsch poliert haben willst«, brachte ich scherzhaft hervor, obwohl ich den Teufel tun würde, Aylins Zimmer nachts zu betreten und möglicherweise etwas zu sehen, wofür ich danach einen Therapeuten aufsuchen müsste.

»Und ich dachte, du setzt dich mit mir auf den Wagen und wir schauen uns die Sterne an«, stieß Blake hervor und tat dabei so, als wäre er erschrocken über meine vorherigen Worte.

»Ach, halt die Klappe!« Tatsächlich hatten wir das schon einige Male gemacht, einfach mit einem Bier auf der Motorhaube die Sterne betrachtet, ohne ein Wort zu sagen oder über ein ernstes Thema zu reden, denn das war einer der friedlichsten Momente, die man haben konnte.

SECHS

CRAIG

Mit schnellen Schritten ging ich auf die kleine Veranda vor dem Haus zu, nahm immer zwei Treppenstufen auf einmal, damit mich die Nachbarn in meinem Aufzug nicht sahen. Den Schlüssel zog ich galant aus der hinteren Hosentasche, schloss die Haustür auf und erntete von der Couch aus direkt angewiderte Blicke von Chloe und Aylin. Von Kopf bis Fuß, sogar im Gesicht, spürte ich das getrocknete Zeug. »Ist was?«, fragte ich mit breitem Grinsen und wusste, mit der verdreckten Visage und den im Kontrast dazu aufblitzenden Zähnen musste ich wie ein Psychopath aussehen. Chloe schluckte schwer, während sie mich betrachtete und dabei ihre Halskette zwischen den Fingern hielt. Aylin griff nebenbei zu ihrem Weinglas und nahm einen großen Schluck daraus.

Manchmal fragte ich mich echt, was in Chloes Kopf abging. Hier stand ich, man sah mir eindeutig an, womit ich die letzten Stunden verbracht hatte, und trotzdem loderte in ihren Iriden eine Lust auf. Lag es vielleicht am Alkohol? Wenn ich mir den Couchtisch so anschaute, hatten sie sich schon am Weinvorrat bedient. Manchmal verstand ich sie absolut nicht. Auf eine lustige Art und Weise. Sie sah mich in diesem Aufzug und trotzdem dachte sie an etwas Versautes. Das war ein Mädchen … Immer für eine Schandtat bereit.

»Nein, nichts«, erwiderte sie, wischte sich eine lange, blonde Strähne hinter die Schulter, als ich auf sie zulief, und ich spürte ihren Blick auf meinem ganzen Körper. Von oben bis unten – wobei sie etwas zu lange an meinem Schritt hängen blieb und ich sofort merkte, wie sich etwas bei mir regte. Ich kannte einige ihrer wilden Fantasien und es wäre gelogen, jetzt zu sagen, dass sie mir nach einem Job noch nie dabei geholfen hatte, das Blut von meinem Körper zu bekommen. Meine Eier zogen sich zusammen, nachdem sich unsere Blicke gekreuzt hatten, und ich blieb direkt neben ihr hinter der Couch stehen. Es fehlte nicht viel, dass ich sie an den Haaren packen und mit mir mitziehen würde. Für einen kleinen Quickie in der Dusche. Gott, was würde ich jetzt dafür tun, meinen Schwanz ganz tief in ihr zu versenken? Wenn ich sie sah, überkam mich meist immer ein Verlangen, die nicht mit Worten zu beschreiben war. Meistens lebten wir es einfach aus, ohne etwas zu sagen. Blicke reichten aus, um zu wissen, was der andere wollte, und gerade leckte sie sich auch noch genüsslich über die Lippen. Mein Tod. Fuck. Ich nickte in Richtung Badezimmer, Chloe grinste, doch schüttelte sofort den Kopf. Okay, einen Versuch war es wert gewesen. Wobei ich nie damit gerechnet hätte, dass sie Aylin hier zurücklassen würde, um sich mit mir zu vergnügen. Rasch schüttelte ich den Kopf, um die aufkommenden schweinischen Gedanken zu verdrängen.

»Ich geh mir mal eben das ganze Blut abduschen. Das soll heute Abend keine Halloweenparty geben«, scherzte ich und ging weiter in Richtung Badezimmer. Dabei könnte ich schwören, Chloes Blick auf mir zu spüren, die mich mit ihren Augen verfolgte und wahrscheinlich gerne mitgekommen wäre. Im Badezimmer angekommen schloss ich die Tür hinter mir, begutachtete mich einmal im Spiegel und verzog angewidert das Gesicht. Okay, der Anblick war wirklich ekelhaft. An Chloes Stelle hätte ich zu jeder Tages- und Nachtzeit abgelehnt. Es war nicht das Blut, sondern die Mischung mit der Erde und dem ganzen Dreck aus dem Wald. Blätter hingen in der getrockneten Kruste auf meiner Hose und dem Shirt fest, weshalb ich zuerst die

Schuhe und Socken auszog, danach vorsichtig aus meiner Jeans und dem Oberteil herausschlüpfte und die Klamotten direkt in dem Mülleimer unter dem Waschbecken versenkte. Ebenso entledigte ich mich von den Boxershorts, ehe ich den Temperaturregler der Dusche betätigte und auf kalt stellte. Das würde helfen, den Kopf klar zu bekommen, den Job zu vergessen und Platz für den Abend und die Party zu schaffen. Heute sollte es keine Grenzen geben. In jeglicher Hinsicht. Ich lief in die offen geschnittene Duschkabine, stellte mich unter den Wasserstrahl und zuckte bei der Berührung des eiskalten Wassers zuerst zusammen, ehe ich mich mit den Händen an der Wand abstützte und das kühle Nass über meinen Rücken laufen ließ. Zu meinen Füßen sammelte sich die rotbraune Pfütze, verschwand nach und nach im Abfluss und klärte sich. Bis ich anfing, mich mit Duschgel einzureiben, und Shampoo in den Haaren verteilte. Ich schrubbte und schrubbte meine Haut, bis sie rot davon war, damit auch ja jedes Körnchen von heute von mir abließ. Irgendwie war es zu einem Tick geworden – und trotzdem konnte ich auch noch Tage nach einem Job das Blut an mir riechen. Wobei mir da meine Psyche wohl einen Streich spielte. Aber lieber ging ich auf Nummer sicher. Keine Ahnung, wie lange ich letztendlich unter der Dusche stand, doch irgendwann trat ich heraus und stellte mich vor den Spiegel, trocknete mich mit einem Handtuch ab und zog aus einem schmalen Schrank in der Ecke neue Klamotten. Hier bunkerte ich meist die herkömmlichen Sachen wie Unterwäsche, Socken, Hosen und Shirts, damit ich, verdreckt, wie ich manchmal heimkam, nicht erst nach oben ins Schlafzimmer musste, um mir neue Sachen zu holen. Seitdem ich einmal den ganzen Teppich versaut hatte, war mir das eine Lehre gewesen.

Frisch geduscht und angezogen schloss ich die Badezimmertür auf, öffnete sie und trat hinaus. Direkt drangen tiefe Stimmen zu mir und ich erkannte Blake und Scott neben den Mädels in zwei Sesseln sitzen. Scott schien sich ebenfalls umgezogen zu haben. Seine Klamotten zeigten keinen Klumpen Dreck, wobei er sich vorhin im Wald nicht einmal ansatzweise ins Zeug gelegt hatte. Doch durch den Kopfschuss hatte sich auch bei ihm Blut auf dem Oberteil verteilt. Ich musste immer schmunzeln, wenn er, egal von wo er kam, wieder wie geschniegelt aussah. Höchstwahrscheinlich hatte er sich bei Blake umgezogen, der Kerl bunkerte wirklich überall seine Klamotten. Sogar im Auto hatte er für den Notfall immer eine Tasche mit Wechselklamotten bereit und ich konnte bezeugen, dass er die auch wirklich nutzte. Bei einem Job war in der Vergangenheit mal alles eskaliert, sodass er sich noch vor Ort mitten auf der Straße neue Sachen angezogen hatte. Ich konnte es nur immer wieder sagen: Der Typ war ein Fall für sich. Ich wollte nicht wissen, woher er diese Angewohnheit hatte. Ich tippte auf seine Kindheit, in der seine Eltern ihn bestimmt ständig woanders geparkt hatten. Wie einen lästigen Köter. Nicht allzu viel hatte er mir gegenüber aus seiner Vergangenheit preisgegeben, aber eins war mir klar: Seine Eltern waren Schweine gewesen. Dagegen waren meine Vorzeigeeltern.

Was ich niemandem erzählt hatte und auch niemals vorhatte, jemandem zu erzählen, war, dass mein Dad eigentlich wegen Steuerhinterziehung im Knast saß. Und das auch schon einige Jahre. Weder seine engsten Freunde noch meine Großeltern, zu denen ich keinen Kontakt hatte, wussten davon. Niemand hatte sich darum geschert und mir war es auch scheißegal. Ich konnte getrost auf Leute verzichten, die sich nie für mich eingesetzt und dem Treiben nur zugeschaut hatten.

Nur mein Onkel, der Bruder meines Vaters, war im Bilde über die Situation. Meine Mutter hatte sich ihm nämlich mal besoffen an den Hals geworfen, war nicht mehr klar im Kopf gewesen und hatte ihm alles erzählt. Ich hätte sie dafür lynchen können, wobei damals auch etwas Hoffnung in mir aufgekommen war, dass er sich nun um uns kümmern würde. Mein Onkel Adam war steinreich, besser gesagt, meine ganze Familie väterlicherseits. Alles, was uns geblieben war, war lediglich dieses Haus. Mein Dad hatte es vor meiner Geburt bauen lassen und es lustigerweise still und heimlich nach meinem 18.

Geburtstag auf mich überschreiben lassen, ohne dass ich etwas davon gewusst hatte. Zu unserem Glück. Denn als seine Straftat aufgedeckt worden war, hatten sie es uns nicht wegnehmen können. Es war alles, was mir und meiner Mom geblieben war.

Kaum war er eingebuchtet worden, hatte zuerst Erleichterung darüber geherrscht, dass wir noch ein Dach über dem Kopf besaßen, doch schnell war klar geworden, dass es mehr brauchte, um zu überleben. Ich hatte mir einen Aushilfsjob bei einer Marketingfirma gesucht, in der ich quasi den Laufburschen gemimt hatte und von A nach B hatte rennen müssen, um wichtige Unterlagen zu überbringen. Es war absolut nicht meine Welt gewesen, aber irgendwie hatten wir eben flüssig bleiben müssen. Jedoch reichte das nicht einmal ansatzweise, um uns über Wasser zu halten. Mein Studium hatte sich an dem Punkt ebenfalls erledigt, womit ich mein Studiendarlehen für alltägliches Zeug verwendete. Irgendwann war auch damit Schluss. Adam war ein fieser Wichser, der sich nicht die Bohne darum scherte, wie es uns ging. Einzig und allein zählte für ihn, seiner mittlerweile dritten Frau die Diamanten nur so in den Rachen zu schieben. Und wohl noch ganz andere Dinge. Sofort überschwemmte mich eine Welle des Zorns, sobald ich an seine hässliche Visage dachte. Denn aufgrund der Not hatte es keinen anderen Ausweg gegeben, als für Mino zu arbeiten. Zu meinem Unglück dachte Mom nämlich nicht daran, sparsamer zu leben oder sich gar einen Job zu suchen. Sie verprasste unser Geld in Bars, Wellnesshotels, durch Maniküre- und Massagebehandlungen, als hätte sich an unserem Lebensstandard nichts verändert. Ich liebte sie, wirklich. Aber in dieser Hinsicht war sie eine absolute Katastrophe. Auch jetzt hielt sie sich irgendwo in einem Hotel mit ihren Freundinnen auf und log ihnen das Blaue vom Himmel. Wie könnte man auch nur auf den Gedanken kommen, seinen Freunden gegenüber ehrlich zu sein? Würden sie sie wirklich verschmähen? Wobei ich eigentlich kein Stück besser war. Der Apfel fiel also nicht weit vom Stamm.

»Craig, was stehst du da wie angewurzelt?«, riss mich Chloes

Stimme aus den Gedanken. Mist. Ich hob den Kopf und begegnete den irritierten Blicken der vier, setzte mich in Bewegung und ließ mich neben Chloe auf die Couch fallen.

»Saufen, oder was meint ihr?«, grinste ich schelmisch, griff nach der Weinflasche und nahm einen großen Schluck daraus.

SIEBEN

SCOTT

DAFÜR, dass die heutige Pre-Party von Craigs Geburtstag eher eine spontane Aktion gewesen war, kamen doch noch einige Leute, deren Gesichter mir absolut nichts sagten, jedoch interessierte mich das kein bisschen. Sie saßen ebenfalls im Wohnzimmer, auf den herangezogenen Stühlen des Esstisches, und fügten sich mehr schlecht als recht unserer Gruppierung an. Denn meistens blieben wir auf Partys sowieso für uns. Wir – das hieß Blake, Mike, Paul, Craig und ich. Na ja, seit einer Weile eben auch Aylin und Chloe. »Eins muss man ihm lassen. Er weiß, wie man Partys schmeißt«, sagte Blake und trank von seinem Jack Daniels mit Cola, während Aylin neben ihm an einem Cocktail schlürfte, der bunter als Einhornkotze war. »Nur eins irritiert mich ein kleines bisschen«, fuhr ihr Freund fort, schaute sich in dem offengeschnittenen Erdgeschoss um und zog die Augenbrauen zusammen. »Seit wann hängen bei ihm Girlanden herum?« Die Verwirrung stand ihm ins Gesicht geschrieben, ehe Mike und Paul einstimmten und die Deko begutachteten. Aylin senkte grinsend den Kopf, sagte nichts, doch ich konnte es mir nicht verkneifen.

»Das geht auf Chloes und Aylins Kappe. Ich habe sie heute Vormittag beim Schmücken gesehen.« Das Wort Schmücken betonte ich extra scharf mit einer höheren Stimmlage. Blake schaute fassungslos meine Schwester an und überlegte sichtbar, was er nun davon halten sollte. Die beiden zusammen zu sehen, war tatsächlich immer noch etwas befremdlich für mich. Klar, ich hatte mich daran gewöhnt, ihr nichts mehr vorschreiben zu können. Sie war alt genug, ihr Leben selbst zu bestimmen, und vor allem, zu entscheiden, mit wem sie zusammen war. Auch wenn es sich hierbei um meinen besten Freund und mittlerweile gleichzeitig meinen Boss handelte, der tiefer im Drogengeschäft verwurzelt war als jeder andere auf dieser Party. Er führte seine eigene Horde an, wie er es nett umschrieb, seitdem er eine Serie mit verdammten Orks gesehen hatte. Obwohl es mir eine verfickte Angst machte, dass Aylin etwas passieren konnte, wusste ich gleichzeitig auch, dass Blake sein Leben für sie geben würde. Und genau das war der Punkt, der mich halbwegs beruhigte. Er achtete auf sie, ebenso wie ich, und sie sah es Gott sei Dank ein, als Freundin eines Drogenbosses gewisse Vorsichtsmaßnahmen einzuhalten.

»Kleine, ich dachte, du stehst auf ganz andere Sachen«, flüsterte er ihr zu, bevor er sich ihr entgegenbeugte und sein Gesicht in ihrer Halsbeuge vergrub. Doch trotz Musik im Hintergrund konnte ich es nur allzu gut hören. Aylin lachte drauflos und zog ihn enger an sich. Die beiden hatten schon einiges getrunken, während ich seit einer Stunde an meinem Bier nippte. Irgendjemand musste ja einen klaren Kopf bewahren. Wenn ich Paul und Mike ansah, war mit ihnen heute ebenfalls nichts mehr anzufangen. Auf dem Couchtisch vor uns lagen mehrere Glasplatten, auf denen weißes Pulver verteilt war, und daneben zusammengerollte Dollarscheine.

»Fuck, was habe ich gesagt mit anzüglichen Kommentaren in meiner Nähe?«, warf ich ein und kräuselte angewidert die Nase. Niemals, nicht einmal in meinen Träumen, wollte ich mir meine Schwester mit meinem besten Freund im Bett vorstellen. Deshalb war ich eigentlich einen Deal mit ihm eingegangen, dass sie sich in meiner Gegenwart zurückhielten. Eigentlich. Der Alkohol schien die Grenzen für ihn etwas zu verwischen. Als seine Hände ihre Oberschenkel hinaufwanderten, entschloss ich mich dazu, die kleine Gruppe zu verlassen, und schaute mich im Raum um. Eins musste ich sagen:

Craig lebte hier in Saus und Braus. Das Haus war eine wahrhaftige Hochburg, die nur so vor Kronleuchtern strotzte. Aber ich liebte es hier, immer wieder. Am helllichten Tag wurde alles durch die bodentiefe Fensterfront, durch die man in den Garten gelangte, mit Licht durchflutet. Der dunkle Marmorboden glänzte dabei atemberaubend, aber auch jetzt funkelte der Bodenbelag durch die tiefhängende Lampe, ummantelt von einem riesigen Lampion aus Swarovski-Steinen, unvergleichlich auf. Der offene Kamin, vor dem ich bis eben mit den anderen gesessen hatte, war das kleine Highlight im Erdgeschoss und ein richtiger Blickfang. Im Winter hatten wir ihn schon einige Male brennen lassen und davorgesessen, fast so, als wären wir völlig normale Menschen, die einen gemeinsamen Abend miteinander verbrachten. Doch stattdessen hatten wir meist Jobs besprochen oder Lines gezogen.

Zu viele Privatpartys hatten hier schon einen Platz gefunden, wenn Craigs Mom nicht dagewesen war, und am wichtigsten: vor seiner Zeit mit Chloe. Links neben dem Kamin nahm ich die zwei Stufen, passierte die Haustür und betrat die offene Küche. Auch hier zogen sich die dunklen Farben des Marmorbodens in der Arbeitsplatte hindurch. Die Schränke waren in Hochglanzweiß gehalten. Mit wenigen Schlucken trank ich die Bierflasche leer, stellte sie neben die Spüle und mixte mir ebenfalls einen Drink. Ganz auf dem Trockenen oder zumindest nur beschwipst vom Bier hielt ich es heute Abend nicht aus. Der Auslöser … nein, ich dachte lieber nicht daran. Aber leider sprang er mir die ganze Zeit mit gestreckten Beinen ins Gesicht. Grummelnd nahm ich erstmal einen riesigen Schluck von der Mischung aus Wodka und Energy Drink. Warm floss es meine Kehle hinunter und landete in meinem Magen, der sich wohlig zusammenzog. Anscheinend waren wir einer Meinung. Endlich was Gescheites, das uns die kleine Partyrunde überstehen ließ. Gegen die morgige Feier hatte ich absolut nichts gehabt. Craig besaß ein riesengroßes Haus, einen weitläufigen Garten, wo es hundert Wege gegeben hätte, um den beiden Turteltäubchen entkommen zu können. Aber ich redete hier nicht von Blake und Aylin, sondern …

Mit dem Drink in der Hand lehnte ich mich mit dem Rücken gegen die Arbeitsfläche und hatte leider Gottes, trotz des Kamins dazwischen, einen super Blick auf die Couch, auf der Craig und Chloe nicht die Hände voneinander lassen konnten. Er flüsterte ihr etwas ins Ohr, während mir Galle die Kehle hochstieg. Boah, das hielt ich nicht länger aus. Ehe ich dem Drang, das Haus fluchtartig zu verlassen, nachgeben konnte, kippte ich den Drink mit schnellen Zügen herunter und bemerkte dabei Paul und Mike, die sich in den Garten zurückzogen. Gut, bevor ich allen den Abend vermieste und zu viele Fragen wegen meines Abganges aufkamen, folgte ich den beiden durch das Wohnzimmer, wo sich Aylin mittlerweile auf Blakes Schoß befand. Fuck, musste das sein? Ihr rotes Cocktailkleid war ihr viel zu hochgerutscht. Nicht mehr lang, und jeder würde sehen, was sie darunter trug. Zumindest hoffte ich, dass sie etwas drunter anhatte. Wann war ich eigentlich so ein prüder Sack geworden? Normalerweise wäre ich einer der Ersten gewesen, der bei einer Frau in der Position unter den Rock fasste, vor allem, wenn sie sich auf Blakes Schoß austobte. Doch das hier war nicht irgendjemand, sondern meine kleine Schwester. Zähneknirschend wandte ich den Blick ab, beachtete auch Craig und Chloe nicht, ehe ich die Glastür in den Garten aufzog und hinaustrat. Mike und Paul hatten sich in der kleinen Sitzecke neben dem Pool zurückgezogen, die Füße auf der Glasplatte des Rattan-Tischs abgelegt und saßen wie verdammte Könige auf den Stühlen. Zwar lag der größte Teil des Gartens im Dunkeln, und nur der Pool wurde durch die Innenbeleuchtung in Szene gesetzt, doch ich erkannte schnell die aufflammende Glut vor dem Mikes Gesicht. Yes, Jackpot. Ich fläzte mich neben ihm auf einen der Rattan-Stühle und streckte die Hand hin, damit er verstand, dass ich der Nächste sein wollte. Genau das, was ich jetzt brauchte. Hier draußen fand wohl die richtige Party statt.

»Wieso seid ihr hier draußen? Ihr hättet doch auch drin rauchen können«, sprach ich, nachdem ich einen tiefen Zug vom Blunt genommen und ihn Paul gereicht hatte.

»Ne danke. Da drin ist es kaum auszuhalten. Craig klebt an

Chloe, Blake an Aylin und die vier anderen Typen bekommen ihre Fresse nicht auf. Weiß eigentlich jemand, wer die sind?«, sprudelte es aus Mike nur so heraus, ehe Paul mit den Schultern zuckte und antwortete: »Soweit ich es mitbekommen habe, irgendwelche Kumpels von früher oder sowas. Keine Ahnung. Auf jeden Fall halt ich es da drin keine Sekunde länger aus. Von den anderen beiden hat jeder 'ne Muschi und wir sitzen auf dem Trockenen. Fuck, zumindest ein paar Nutten hätte er kurzfristig auftreiben können!«

»Alter, du redest von meiner Schwester! Soll ich dir eine reinhauen?«, wandte ich mich ihm zu, während er zu realisieren schien, was er eben gesagt hatte. Entschuldigend hob er die Hände, den Blunt zwischen den Lippen gefangen.

»Fuck, sorry. Du weißt, was ich meine«, kam es zynisch zurück und zu seiner Verteidigung wusste ich das wirklich. Natürlich freute ich mich für alle, dass sie glücklich waren. Aylin so strahlen zu sehen, lag verdammt weit in der Vergangenheit, und bei Craig … ja, was? Wir verstanden uns blendend, spielten in unserer freien Zeit, soweit kein Job auf uns wartete, öfters mal Basketball zusammen. Doch seit er mit Chloe das Ding laufen hatte, wurde auch das weniger. Scheiße, ich konnte nicht einmal genau sagen, was mich mehr anranzte. Dass das Basketballspielen auf der Strecke blieb oder dass er es mit Chloe trieb. Die beiden zusammen zu sehen, entfachte in mir einen Feuersturm, den ich kaum zu bändigen wusste. Eifersucht war mir bisher noch nie ein Begriff gewesen und wenn ich in der Vergangenheit etwas mit einer Frau gehabt und ihr Macker Lunte gerochen oder uns gar erwischt hatte, hatte ich über dessen aufbrausende Art nur schallend lachen können. Und bisher hielt ich mich, was meinen Kumpel und die beste Freundin meiner Schwester anging, echt zurück. Fand ich zumindest. Manchmal ging es nicht anders und ich starrte sie an, wohl zu lange, denn es war Blake bereits einige Male aufgefallen. Aber ich verglich es gern mit einem Autounfall. Da konnte man den Blick auch nicht abwenden. Denn so fühlte sich auch der Schmerz an, der sich durch meine Venen fraß, sobald Chloe Craig küsste, mit ihren Händen seine Schultern entlangwanderte und ich wie ein begossener

Pudel abseits stand und schier vorm Durchdrehen war. Wir hatten auch unsere Momente gehabt, so war es nicht.

Ich dachte zurück an das Wochenende im Strandhaus oder daran, wie Chloe mich manchmal ansah, wenn niemand es mitbekam. Und sie wohl der Meinung war, dass es auch mir verborgen blieb. Doch ich spürte es genau, wenn sie mich mit ihren großen Augen beobachtete, fühlte die glühende Spur auf meiner Haut, die sie mit ihren Blicken zog, und wie sich dabei direkt ein warmes Gefühl in meiner Brust ausbreitete. Abrupt wurde ich aus den Gedanken gerissen, als etwas Heißes auf meine linke Wange traf. »Scheiße, bist du gestört?« Schnell wischte ich darüber und schaute Mike fassungslos an, der mir eben die Glut des Blunts ans Gesicht gehoben hatte. Der Schmerz ebbte rasch ab, er hatte mich damit nur gestreift, dennoch hatte er nicht mehr alle Tassen im Schrank.

»Wenn du hier gleich auch gefühlsduselig wirst und nur hier bist, um über dein Leben zu philosophieren, kannst du direkt wieder zu den Zombies da drin gehen«, pflaumte er mich an und streckte mir den Blunt entgegen.

»Einen Dreck werde ich machen«, schoss ich zurück, griff nach der Tüte und zog stark daran. Den Rauch behielt ich einige Sekunden drin, ließ ihn durch die Nasenlöcher entweichen und spürte mittlerweile schon die Ruhe, die sich über mich legte. Vielleicht konnte der Abend doch noch gut werden. »Wir sollten wieder reingehen. Es kommt scheiße, wenn wir hier draußen sitzen wie drei Hühner auf der Stange und vor uns hin schmoren.« Was gab das überhaupt für einen Eindruck ab? Eigentlich schiss ich darauf, was andere über mich dachten, aber hier ging es nicht um irgendjemanden. Schließlich waren wir alle Freunde und ich musste über meinen eigenen Schatten springen, denn jedem einzelnen davon gönnte ich das Glück. Auch wenn sich in einer Hinsicht mein Herz verkrampfte. Warum überhaupt? Das zwischen mir und Chloe war nichts Spruchreifes, dazu war es auch nie wirklich gekommen. Das am Strandhaus, puh, wie sollte man das beschreiben? Als einen Moment der Schwäche? O ja. Damals hätte ich wirklich alles dafür getan, um sie –

»Alter, wenn du es schon vorschlägst, beweg deinen Arsch«, holte mich Mike ein weiteres Mal aus meiner Starre. Was war heute nur los mit mir? Das ging nicht. Wurde ich jetzt zu einem notorischen Grübler? Die letzten Wochen und Monate war ich Chloe tatsächlich immer gut aus dem Weg gegangen. Trafen wir Jungs uns in Minos Club, war sie sowieso nie dabei gewesen. Doch ab und zu kam es vor, dass ich Craig nach Hause fuhr und sie dort antraf. Und ich konnte mich schlecht immer sofort verpissen und das Weite suchen. Das fiel auf. Nur zu reden fiel mir mit ihr in seiner Gegenwart ebenso schwer, deshalb hielt ich mich immer kurz und knapp. Fuck, früher hatte es mir nie etwas ausgemacht, sie zu sehen, wenn sie mit Aylin unterwegs gewesen war. Aber seitdem sie mit meinem Kumpel anbandelte, machte es das alles noch schwerer, denn ich hatte sie bei unserer vermeintlich ersten Begegnung mit meiner Schwester sofort wiedererkannt und …

»SCOTT!«, schrie Paul plötzlich ohrenbetäubend laut, wodurch ich erschrak. »Ist ja gut.« Schnaubend stand ich auf, trottete hinter den beiden Vollidioten wieder zurück zum Haus, betrat das offengeschnittene Wohnzimmer und sah im Blickwinkel nur noch, wie Chloe von der Couch aufstand und in Richtung Badezimmer verschwand, das nur wenige Meter von dem Wohnbereich entfernt neben der Treppe ins erste Obergeschoss lag. Gerade als ich neben Blake, der auf dem Sofa saß, stehen blieb und ihr unbemerkt hinterherstarrte, fiel die Tür ins Schloss.

ACHT

CHLOE

Es war schon merkwürdig, wie sich das vergangene Jahr verändert hatte. Früher hatten Aylin und ich uns auf Partys geschlichen, weil sie nicht von Scott entdeckt werden wollte, der darauf geachtet hatte, dass sie lieber in ihrem Zimmer saß und fürs Studium lernte. Währenddessen hatte ich noch für Damien geschwärmt, der mit uns auf eine Uni ging, während Zayn versucht hatte, Aylin zurückzugewinnen. Obwohl seine Hoffnung auf null gesunken war, nachdem Blake auf der Bildfläche aufgetaucht war. Selbst jetzt bemerkte man, wie ihr Augenmerk vollkommen auf ihn gerichtet war. Dabei saß meine beste Freundin auf seinem Schoß und fuhr ihm dabei immer wieder durch sein rabenschwarzes Haar. Es brachte mich zum Lächeln, sie so glücklich zu sehen. »Warum strahlst du so? Denkst du daran, was ich heute Nacht mit dir anstelle?«, wisperte Craig an mein Ohr und ein heiseres Lachen kam über meine Lippen.

»Wer sagt denn, dass ich heute hierbleibe?«, erwiderte ich neckisch und neigte meinen Kopf leicht in seine Richtung, sodass ich seinen warmen Atem auf meiner Haut spürte.

»Und ich dachte, ich darf dich um 0 Uhr auspacken …«, raunte er weiter, biss zaghaft in mein Ohrläppchen, küsste mich hinter diesem und wanderte mit seinen Lippen weiter herunter zu meinen Hals. Ich musste mich wirklich beherrschen, nicht die Augenlider zu schließen … »Hmm, vielleicht habe ich ja wirklich etwas Besonderes unter dem Kleid angezogen«, flüsterte ich zurück und sah, wie sich seine grünen Augen verdunkelten und sich Verlangen in ihnen widerspiegelte. Vorhin, während Aylin und ich allein gewesen waren, war ich aus meiner Jeans geschlüpft und hatte mir ein schwarzes, knappes Kleid mit einem Schlitz am Bein angezogen. Eines der edleren Kleidungsstücke, die ich hier bei Craig im Schrank hängen hatte. Und Aylin hatte sich ein rotes Cocktailkleid von mir ausgeborgt.

Klar, hier tummelten sich nur Männer, die uns mittlerweile beinahe täglich sahen. Außerdem fand die große Party erst morgen statt, zu der mehrere Gäste kamen, und hier saßen wir nur auf der Couch und tranken etwas – und doch: Brauchte eine Frau wirklich einen Anlass, um sich in Schale zu schmeißen?

Craig pausierte für ein oder zwei Minuten und legte sein Kinn auf meinen Scheitel, bevor er fluchte und ich wegen des frustrierten Klangs grinsen musste. Dann küsste er erneut eine Spur von meinem Ohrläppchen aus meinen Hals hinab bis zu meinem Schlüsselbein. Ich erschauerte und vergrub meine Finger in die Jeans in Höhe seines Oberschenkels, als er mit seiner Zunge über jenes fuhr. Genüsslich schloss ich die Augenlider, gab mich dem angenehmen Kribbeln hin, welches mich durchflutete. Dadurch lehnte ich mich mit dem Rücken noch stärker gegen seinen Oberkörper, versuchte mehr von ihm zu spüren. Doch als ich die Augen wieder öffnete, sah ich nur in tiefblaue Iriden, die vorher noch hell gewesen waren und sich nun gefährlich dunkel gefärbt hatten. Scott durchbohrte mich regelrecht mit ihnen. Anstatt mich zu verschrecken, weckten sie eine Ruhelosigkeit und Sehnsucht nach dem Unerreichbaren in mir. In seinen sah ich ebenfalls die unaussprechliche Begierde, so intensiv, dass ich sie schmecken konnte. Fuck. Wie konnte man sich derart zu jemandem hingezogen fühlen, den man kaum kannte? Wir hatten uns nur einmal geküsst, im letzten Jahr an dem Strandhaus von Craigs Onkel, zu dem die Männer jeden Sommer hinfuhren.

In seinen Armen, auch wenn es nur für einen kurzen Moment

gewesen war, hatte ich mich so sicher gefühlt. Ich erinnerte mich daran, wie er sich über mich gebeugt hatte, wie sein warmer Atem über mein Gesicht gestreift war und sein betörender Duft mir für einen Moment alle Sinne vernebelt hatte. Er hatte nach einer Mischung aus Nadelwald und einem männlich, herben Duschgel gerochen, was mein Blut in Wallung gebracht hatte.

Ich wandte den Blick ab, hoffte, dadurch wieder einen klaren Kopf zu bekommen oder mich vollkommen auf Craig konzentrieren zu können. Von Scotts und meinem Kuss am Strandhaus wusste er nichts, und wenn es nach mir ging, würde es auch verdammt nochmal so bleiben. Ich musste diese gewisse Anziehung aus meinem Kopf streichen! Ich wollte Craig auf keinen Fall verlieren. Er tat mir in gewisser Weise gut und ich wusste nicht, wie er auf diese Nachricht reagieren würde, auch wenn wir nicht fest zusammen waren. Mir war klar, dass Craig mich genauso wenig liebte wie ich ihn, doch trotzdem passte es zwischen uns beiden einfach. Außerdem machte Liebe eh immer alles komplizierter. Aylin hatte mir einmal anvertraut, dass ich dazu neigte, voreilig für eine Person zu schwärmen. Das hatte sie bei Damien bemerkt und bei den Kerlen davor. Ich glaubte, so war es eben, wenn man sich zu Hause einsam und allein vorkam. Man suchte nach einem Puzzleteil, um sich vollständig zu fühlen, jedoch gelangte es einem nicht immer, ein solches zu finden. Und dann versuchte man, die Leere anderweitig zu füllen. Aber seit ich etwas mit Craig hatte, war ich gefestigter und geerdeter.

In dem Augenblick erlangte etwas anderes meine Aufmerksamkeit, denn mein Smartphone klingelte und ich beugte mich vor, um auf dem Tisch nach dem Anrufer zu schauen. Direkt stand ich auf, als ich die Nummer erkannte: meine Mom. »Ich bin gleich wieder da«, teilte ich den anderen mit, bewegte mich von der Couch und ging ins Badezimmer. »Hey«, meldete ich mich, als ich das Telefongespräch annahm.

»Hallo Chloe, wie geht's dir? Hattest du eine schöne Woche an der Uni?«, vernahm ich ihre herzliche Stimme, die mich zum Lächeln animierte.

»Ja, Aylin und ich mögen die Kurse des neuen Semesters sehr gerne und sind schon sehr auf die Praktika gespannt.« Ich hatte mich im Bridge Teen Center beworben, dort würde ich dann an einigen Nachmittagen aushelfen. Während Aylin es anstrebte, Redakteurin zu werden, wollte ich später mit Jugendlichen zusammenarbeiten.

»Schön, sehr schön …«, meinte Mom daraufhin. Ich konnte ihre Begeisterung förmlich spüren, doch danach machte sich Stille zwischen uns breit – was meistens nichts Positives bedeutete.

»Mom?«, hakte ich nach, wobei meine Stimme eher einem Hauchen glich. Keine Reaktion. Trotzdem konnte ich vor meinem inneren Auge sehen, wie sie sich auf der Unterlippe herumkaute, um nach den richtigen Worten zu suchen. »Du kommst nächste Woche doch nicht, oder?«, beendete ich die unangenehme Funkstille. Ein Seufzer war am anderen Ende zu hören und bestätigte meine Vermutung. Eigentlich hatte sie nächste Woche nach Hause kommen und mit mir ins Restaurant gehen wollen, um den Start des dritten Semesters zu feiern. Ich hätte einen Abend auf der Couch mit ihr bevorzugt, aber für sie wäre ich auch in ein teures Lokal gegangen. Ich wusste, sie liebte mich, aber mit Anwesenheit glänzte sie wirklich nicht.

»Es tut mir leid, hier verschiebt sich alles. Ich komme, sobald ich kann«, versprach sie mir und ein kleiner Hoffnungsschimmer machte sich in mir breit, auch wenn es naiv war und ich es besser wissen müsste. Aber ich konnte nicht anders.

»Okay«, wisperte ich daraufhin und zwang mich zu einem weiteren Lächeln. Ich hörte, wie die Tür aufging, und sah, dass Craig in das Badezimmer kam, das etwas kleiner gehalten war als das im Obergeschoss. Hier unten gab es nur eine Dusche, eine Toilette und ein Waschbecken. Genauso wie bei mir zu Hause tatsächlich.

»Danke für dein Verständnis, Chloe. Ich hab dich lieb«, hauchte sie zum Abschied und ich brachte nur ein gemurmeltes: »Ich dich auch«, zu Stande, bevor ich auflegte.

»Sie kommt nicht?«, erriet Craig sofort und ich nickte sachte, bevor ich mich an die hellen Fliesen hinter mir lehnte und durch mein blondes Haar fuhr. Auf der Stelle spürte ich seinen Körper dicht an meinem, ließ keinen weiteren Raum zu. Seine Lippen suchten sofort die zarte Haut an meinem Hals. Er fuhr mit der Zunge von meinem Schlüsselbein zu meiner linken Schulter hinab und befreite diese vom Träger. Ich bekam eine Gänsehaut und schloss die Augen. »Sie ist selbst schuld, wenn sie dich nicht besucht. Ihr entgeht etwas«, versuchte er die richtigen Worte zu finden, wobei er mir einen sanften Kuss auf den Mundwinkel hauchte. Schwach lächelte ich, doch ein besseres Gefühl gab es mir nicht.

»Ich möchte nicht darüber reden, sondern mehr davon …«, war alles, was ich von mir gab, bevor ich meine Lippen auf seine presste. Sofort erwiderte er meinen Kuss, seine Zunge strich über meine Unterlippe. Er war rücksichtslos und stürmisch, schmeckte nach Whiskey und Schokolade.

»Okay, dann lenk ich dich ein wenig ab«, raunte Craig. Diese Worte lösten ein Kribbeln in mir aus, was sich in meinem ganzen Körper verteilte. Sein Mund wanderte von meinem Kinn beginnend weiter herunter und ich keuchte, während er sich von meinem Hals entlang zu meinen Brüsten vorarbeitete und schließlich mehrere Küsse auf dem Stoff, der diese bedeckte, verteilte. Ich stöhnte und drehte den Kopf zur Seite – was sich als Fehler herausstellte, denn Craig hatte vorhin die Badezimmertür nicht zugemacht. Das wäre an sich nicht schlimm gewesen. Keiner hätte uns von der Couch aus beobachten können, und die Musik hallte so laut durchs Wohnzimmer, dass sie jedes meiner Geräusche dämpfen würde. Prüde war ich auch nicht.

Doch mein größtes Problem war, dass genau der Spalt, der den Raum offen legte, meinen Blick auf Scott richtete. Ich erschauerte und vergrub meine Finger in Craigs Haaren, der sich mit seinen Lippen immer weiter seinen Weg nach unten bahnte. Ob ich das tat, um mir selbst Halt zu geben, oder aus Wut auf mich selbst, weil nicht Craig derjenige gewesen war, der das neuerwachte Verlangen in mir ausgelöst hatte, wusste ich in diesem Augenblick noch nicht. Gleichzeitig fühlte es sich aufregend an und doch, als wäre es längst nicht genug. Ich versuchte mich wieder vollkommen auf Craig zu konzentrieren, sah herunter und verfolgte, wie er die Innenseite meines Oberschenkels küsste. Mit dem Daumen strich er über meine Haut unter dem Schlitz meines Kleides. Seine Finger fanden meinen Slip, zerrissen ihn, sodass ich keuchte und mich ihm entgegenbeugte. Er fixierte mich mit seinem Blick, seine Augen funkelten mich wild und verlangend an. Immer stärker baute sich eine Hitze in mir auf, mein Puls pochte heftig und trotzdem wandte ich mein Augenmerk noch einmal ab.

Fuck. Mir wurde heiß, sehr heiß und in meiner Mitte zog sich alles zusammen. Die Kombination daraus, wie Craig mich berührte und ich dabei Scott beobachten konnte … Dieses Zusammenspiel ließ Empfindungen durch meinen Körper rauschen, die ich noch nie gefühlt hatte. Wut und Verzweiflung einerseits und eine dunkle Spannung sowie den Drang, mich dem einfach hinzugeben, andererseits. Den Wunsch, ihm nah zu sein, seine Hände ebenfalls auf mir zu spüren. Das durfte nicht sein! Und doch war ich gefangen in meinen Emotionen, die ich scheinbar nicht unter Kontrolle hatte. Ich krallte mich stärker in Craigs Haare, als er mit dem Daumen über meine empfindsamste Stelle strich. Meine Mitte reagierte mit einem Kribbeln, das mich durchflutete. Dabei gab ich einen Laut von mir, der am ehesten als eine Mischung aus lustvollem und ungläubigem Stöhnen durchging. Ich drückte mich ihm entgegen, wollte, dass dieses Verlangen endlich aufhörte.

»Es stört mich nicht, wenn du ihn ansiehst …«, raunte Craig, als hätte er meinen inneren Kampf gehört, und überrumpelte mich damit. Was?! Er ließ mir keine Zeit, weiter darüber nachzudenken, dass er diese komische Situation in Ordnung fand, während er im Begriff war, mich in den Wahnsinn zu treiben. Alles in mir zog sich verlangend zusammen, als er seinen Finger durch meine Spalte gleiten ließ und die aufkommende Nässe verteilte. Mit dem Daumen umkreiste er genau mit dem richtigen Druck meine Perle. »Fuck«, entfuhr es mir und ich biss mir verlangend auf die Unterlippe. Ich konnte in diesem Augenblick nicht darüber denken, ob es richtig oder falsch war, doch behielt ich dabei immer noch Scott im Auge. Sein T-Shirt spannte sich um seine Arme, betonte den ausgeprägten Bizeps, und als er seine Hand hob, um einen Schluck von seinem Bier zu trinken, stelle ich mir vor, wie seine Lippen nicht die Flasche berührten, sondern meine Brüste. Ich umfasste meine Brust, stellte mir vor, er würde es tun, während Craig seine Lippen auf meinen empfindlichsten Punkt senkte. Ich stöhnte, mein Körper kribbelte an jeder nur möglichen Stelle. Oh, verdammt, war das gut. Immer wieder erbebte ich, wimmerte, wurde unruhig in meinen Bewegungen. Craig hielt mit seinen Händen mein Becken fest, um mich daran zu hindern, das Spiel schneller werden zu lassen. Ich malte mir aus, wie Scott mich an meinen Armen festhielt, mir in den Hals biss und mir ins Ohr hauchte, wie ungeduldig ich wäre, während Craig weitermachte. Diese Vorstellung ließ mich erneut vor Begierde stöhnen. Wieder nahm Scott einen Schluck von seinem Bier, doch vor meinem inneren Auge küsste er mich hungrig. Meine Iriden flackerten, als Craig mit seinem Finger über meine Spalte fuhr und über meinen Eingang, während seine Zunge meine Klit verwöhnte, doch ich wollte die Lider nicht schließen. Craig stöhnte, als würde er gerade von seiner Lieblingsspeise kosten.

»Scheiße, ich liebe es so sehr, dir beim Kommen zuzusehen«, raunte er.

»Und du machst mich vollkommen verrückt«, brachte ich leise heraus, seine Zunge fuhr zwischen meine Schamlippen und meine Beine fingen an zu zittern. Quälend langsam schob Craig zwei Finger in mich und ich keuchte, während ich ein ähnliches Geräusch von ihm vernahm. Schließlich zog er sie wieder ein Stück heraus, nur um sie wieder bis zum Anschlag in mich zu drängen. »Fuck«, entfleuchte es mir heiser und ich bemerkte, wie sich meine Mitte immer mehr um ihn zusammenzog. Craig behielt das Tempo bei, leckte dabei über meine Klit und ich betrachtete weiterhin Scott im anderen Raum, der gerade lachte. Ich konnte seinen Atem auf meiner Haut förmlich spüren. Ständig hatte ich mich zurückgehalten, an seine Berührungen zu denken. An mehr als nur einen Kuss. Und sich jetzt vorzustellen, alles von ihm zu bekommen, kostete mich den Verstand. Und dann noch meine Fantasie, sie beide zu haben … Es weckte in mir ein unbändiges Verlangen. Ich erzitterte, Craig seufzte dunkel und ließ mich erneut aufstöhnen, als er das Tempo erhöhte und sich kreisend an mir bewegte. Er trieb mich dem Höhepunkt entgegen und das wusste er, sog an meiner Klit und eine heftige Welle überrollte mich. Alles verkrampfte sich für einen Moment, ich streckte den Rücken durch und mir stockte der Atem.

Langsam ließ Craig von mir ab, meine Brust hob und senkte sich, während ich mein Bestes gab, meine Atmung zu normalisieren. Dabei versuchte ich zu realisieren, was gerade passiert war, und fuhr mir mit der flachen Hand übers Gesicht. »Verflucht«, presste ich leise und rau hervor. Craig rahmte mich mit seinen Händen an der Wand ein und hauchte mir einen Kuss auf mein Kinn. Ich spürte seinen rasenden Herzschlag an meiner Brust. »Fuck, ich könnte das so oft wiederholen und nie genug von dir bekommen. Du fühlst dich so gut an«, raunte er atemlos an meine Lippen, und im Normalfall würde ich heiser lachen und irgendetwas Versautes erwidern, doch gerade war mein Kopf völlig überfordert. *Es stört mich nicht, wenn du ihn ansiehst …*

»Chloe ist alles in Ordnung?«, hakte Craig nach, als ich nicht antwortete und ich sah ihn an. Ihn, nicht mehr Scott, sah keine Wut in seinem Blick, sondern immer noch das Verlangen.

»Was sollte dieses ‚es stört mich nicht'?«, brachte ich perplex hervor. Craig presste die Lippen aufeinander, stieß dann die Luft heraus und fuhr mit der Hand über meinen rechten Oberarm.

»Ich bin nicht dumm. Du siehst ihn öfter an und ich habe gesehen, dass dich irgendwas davon abgehalten hat, dich wie sonst fallen zu lassen. Und bei meinem Blick zur Seite wusste ich dann auch, woran es lag … Und ich dachte, ich sorg wieder dafür, dass du dich entspannst«, versuchte Craig es zu erklären, aber in meinem Kopf rasten alle möglichen Gedanken. Gedanken, die mich schon vor wenigen Minuten hätten durchströmen sollen, wenn die Ekstase nicht alle meine Gehirnzellen gekillt hätte. »Hör mal, ist doch nichts dabei, ich …«, wollte er fortfahren, doch ich unterbrach ihn, indem ich meine Hand zwischen uns schob und ihn mit meiner Handfläche an seiner Brust von mir entfernte.

»Macht ihr das öfter?«, entfuhr es mir und ich konnte die Worte nicht aufhalten – und die Gefühle, die mich bei dieser Realisation überkamen, auch nicht. Denn Craig wirkte für meinen Geschmack viel zu ruhig dafür, dass ich seinen Kumpel beobachtete, während er mich leckte.

»Was? Nein! Also jedenfalls ich …«, fing er an, doch ich schnaubte belustigt.

»War das alles ein Plan? Ich kriege die leichtgläubige Chloe herum, und sobald der Zeitpunkt gekommen ist, treiben wir es beide mit ihr?«, kam es beinahe spöttisch von mir und Craig antwortete nicht, sodass ich den Gedanken weiterspann. »Oder macht ihr das noch mit anderen? Und eigentlich wart ihr heute Morgen gar nicht bei einem Auftrag, sondern habt eure Schwänze in eine andere gesteckt?!« Gott, dieses Bild machte mich wahnsinniger, als es sollte.

»Also, wenn ich so wie vorhin von einer Affäre wiederkomme … dann wäre aber ordentlich was schiefgelaufen«, lachte Craig, hörte aber direkt auf, als ich meine Arme vor der Brust verschränkte und eine Augenbraue hob. »Sorry, fuck, also ich habe nichts mit einer anderen. Du bist diejenige, die sich etwas mit einem anderen vorstellen kann«, erwiderte er und ich öffnete leicht den Mund, um ihm etwas Wütendes entgegenzuschleudern, aber er hatte recht. Die eben noch heiße Stimmung war wie weggeblasen und übrig blieb nur kalter Rauch.

»Ich muss hier raus …«, murmelte ich, wandte mich ab, wobei meine Schulter seine Brust streifte, und verließ mit schnellen Schritten das Badezimmer.

»Chloe, verdammt, warte«, rief er, ich vernahm seine Stimme noch weiter, doch konnte nicht mehr hören, was er sagte, denn die Musik übertönte ihn und ich eilte hinaus an die frische Luft.

NEUN

CHLOE

Ein leichter Luftzug streifte mich und kühlte wohltuend meinen überhitzten Körper. Es half gegen die Schwere meiner Gedanken und ich lehnte mich gegen den Pfeiler vor Craigs Haus, sah zu den Stufen nach unten und überlegte mir, einfach ein Taxi zu bestellen, um nach Hause zu kommen. Aylin und ich waren vorhin mit meinem Wagen vom Starbucks hierhergefahren, aber ich fühlte mich zu durcheinander und vom Alkohol beschwipst, um zu fahren. Ich könnte es morgen abholen, sollte ich nicht auf die Party gehen wollen, auch wenn es Craigs Geburtstag war. Scheiße. Wie konnte in einem Moment noch alles perfekt sein und im nächsten stand man vor einem Haus, leicht bekleidet, ohne Slip, und wusste nicht mehr weiter? Vielleicht übertrieb ich auch und sollte es gelassener nehmen. Womöglich kümmerte es Craig einfach nicht, weil wir nicht fest zusammen waren und wir keine tiefgehenden Gefühle füreinander hegten. Ich hörte die Haustür auf und wieder zu gehen, doch drehte mich nicht in die Richtung.

»Ich möchte nicht weiter darüber reden«, brummte ich gleich, da ich der festen Überzeugung war, dass es Craig sein würde.

»Worüber denn?«, vernahm ich aber eine andere Stimme und streifte ihn mit einem kurzen Blick. Das hatte gerade wirklich noch gefehlt …

»Was geht es dich an?« Ich klang unterkühlt – kein Wunder. Das war mehr als unangenehm. Weshalb war Scott mir nachgegangen? Hatte ich recht und die Jungs trieben ihr Spiel mit mir? Aber es würde nicht erklären, wieso Craig dann ein Jahr lang etwas mit mir gehabt hatte. Ich presste die Lippen aufeinander.

»Wenn er was getan hat, dann …«, kam es dunkel von Scott und ich sah aus dem Augenwinkel, wie sich seine Hände zu Fäusten ballten.

»Was dann? Willst du ihn umbringen?«, hakte ich nach, schaute ihn nun direkt an und sah in seine tiefblauen Iriden, die eine gewisse Finsternis umgaben. Ich wusste, er hatte keine Probleme, damit jemanden umzubringen. Aber wäre Scott wirklich so eiskalt seinen eigenen Kumpel umzubringen?

»Bring mich nicht in Versuchung«, raunte er und ein Schauer fuhr durch meinen ganzen Körper. Wie er mich betrachtete … Beruhte dieses nicht begründbare Verlangen auf Gegenseitigkeit? Aber das würde nicht erklären, wieso Scott mir immer aus dem Weg ging.

»Also, was ist im Badezimmer passiert?«, hakte er erneut nach und brachte mich aus dem Konzept. Meine Wangen färbten sich rot und mir wurde wieder wärmer bei dem Gedanken an gerade eben, daran, als ich ihn angesehen habe, während Craigs Zunge über meine Spalte gefahren war.

»Spionier deiner Schwester gerne so viel hinterher, wie du möchtest. Aber fang jetzt bloß nicht an, mich auch kontrollieren zu wollen, Scott. Du kannst nicht die ganze Zeit von mir fernbleiben und dann hier einen auf Beschützer machen. So funktioniert das nicht!«, blaffte ich ihn dann an und merkte, wie ich mich immer mehr in Rage redete. Ich fuhr durch meine Haare und holte tief Luft, starrte ihn einfach nur an. Mein Herz beschleunigte seinen Rhythmus und in mir manifestierte sich ein Gefühl der Ausweglosigkeit. Er begutachtete mich, als wäre ich eine verdammte Vase, bei der er nicht wusste, ob sie zerbrach, wenn er sie anfasste.

»Ich bin dir nicht aus dem Weg gegangen, ich hatte dir nur einfach nichts zu sagen.« Autsch. Als Aylin damals entführt worden und wiedergekommen war, hatte ich sie zwei Wochen nicht sehen dürfen. Craig hatte Angst gehabt, Blake würde mir eine Kugel in den Kopf jagen, wenn ich sie bei der Genesung stören würde. Als bräuchte man seine beste Freundin nicht, wenn man instabil war! Aber ich hatte ihr die Zeit gegeben und Scott täglich angerufen, um mir Updates zu holen, und dann hatten wir auch angefangen, über andere Sachen zu reden. Dazu zählte eine umfassende Erklärung, wieso er und Aylin so auf Sword Art Online abfuhren. Dass Scott seine Abende, wenn er nicht arbeitete, allgemein mit Netflix und Animes verbrachte und absolut nicht kochen konnte. Ich konnte mich erinnern, wie oft er damals geflucht hatte, weil irgendetwas in der Pfanne angebrannt war. Erst hatte ich die Vermutung gehegt, dass er einfach nur wegen seiner Schwester durcheinander gewesen war, doch dann hatte ich kapiert: Es war einfach Scott. Der Gedanke daran ließ mich unwillkürlich lächeln, doch so schnell es kam, verschwand es auch wieder. Irgendwann hatten die Telefonate aufgehört. Ich konnte nicht vollkommen ihm die Schuld geben, denn auch ich hatte keinen Kontakt mehr gesucht, weil es Aylin besser ging und es offiziell keinen Grund mehr dazu gab, tiefergehende Gespräche zu führen – und trotzdem hatte es wehgetan, dass er mir seitdem fernblieb. Und jetzt meinte er plötzlich, dass Recht zu haben, sich in mein Leben einmischen zu können? Ich sollte ihn verfluchen und nicht vor Sehnsucht zergehen!

»Und jetzt hab ich dir nichts zu sagen«, fauchte ich und stieß mich von dem Pfeiler ab, um die Stufen hinabzugehen.

Doch kaum erreichte ich die erste, riss er zurück und drehte mich herum. Ich prallte gegen seinen Oberkörper, spürte das Ende der Stufe unter der Fußsohle, und würde er mich loslassen, würde ich einfach die Treppe herunterfallen. Deshalb wehrte ich mich nicht, obwohl sein warmer Atem gegen meine Haut wehte und ich ein weiteres Mal an meine versauten Gedanken erinnert wurde.

»Ich fahr dich nach Hause. Um diese Uhrzeit ist es echt nicht ratsam, wenn ich dich allein durch die Straßen spazieren lasse«, murmelte er, als hätte unser vorheriges Gespräch nicht stattgefunden.

»Ich komm sehr gut allein klar«, brummte ich deshalb, ging einen Schritt nach hinten, um die nächste Stufe zu erklimmen, um wieder an Halt zu gewinnen, und Scott ließ mich los.

»Ich weiß, es fällt dir echt schwer, aber kannst du einmal verflucht nochmal auf mich hören?« Seine Stimme klang wütend, er fasste sich mit zwei Fingern an die Nasenwurzel und schnaubte frustriert. Meinte er das jetzt ernst? Er küsste mich, ignorierte mich, telefonierte mit mir, stieß mich wieder weg und dann kam er auf die beschissene Idee, mich nach Hause fahren zu wollen? Mal abgesehen von dem Teil, dass ich ihn einfach nicht aus dem Kopf bekam und er einen Gewittersturm in mir auslöste.

»Weißt du was, Scott? Leck mich«, gab ich im gereizten Ton von mir, wandte mich erneut ab und lief endgültig die Stufen herunter. Dann blieb ich stehen und griff in meinen Ausschnitt, um mein Smartphone aus der Brusthalterung vom Dessous zu fummeln. Hände legten sich auf meine Taille und schließlich stieß ich mit dem Rücken gegen seine Brust. Sein Duft stieg mir in die Nase und berauschte mich, während seine Hand von meiner Taille nach oben wanderte, über meinen Oberarm glitt und sich den Weg zu meinem Hals suchte, um diesen zu umfassen. Er drückte leicht zu, sodass ich ihm noch näher war. Es sollte mir Angst machen, aber stattdessen ging ein Kribbeln durch meinen ganzen Körper. Sein Daumen strich sanft und langsam meine Kehle entlang und sein Schwanz presste sich gegen meinen Hintern.

»Pass auf, dass ich deine Drohung nicht wahrmache«, raunte er in mein Ohr und jeder Zentimeter meiner Haut prickelte. Ich biss mir auf die Unterlippe, um keinen Laut von mir zu geben. Ich durfte mir nicht anmerken lassen, dass ich ihn wollte. Es war schon ein Fehler gewesen, es so deutlich vor Craig zu zeigen. Vor Scott erst recht nicht. Sachte ließ Scott mich auf einmal los und ging an mir vorbei, weshalb ich perplex seinen Rücken anstarrte. »Kommst du jetzt?«, hörte ich nur von ihm, während er einfach weiter schlenderte, als wäre nichts gewesen. Der Kerl machte mich rasend.

ZEHN

SCOTT

Zum ersten Mal herrschte eine unangenehme Stille zwischen uns. Aus dem Augenwinkel sah ich zwischendurch zu ihr herüber, während ich mich gleichzeitig auf die Straße konzentrierte und versuchte, ein belustigtes Schnauben zu unterdrücken. Chloe hatte demonstrativ die Arme vor ihrer Brust verschränkt und blickte hinaus in die Ferne. Mein Herz schlug ungewöhnlich schnell, als hätte ich gerade einen Kampf ausgetragen – letztlich war es fast so. Ich könnte das Schweigen zwar unterbrechen, doch ich wusste, dass Chloe irgendwann wieder auf die unausgesprochenen Themen zwischen uns zu sprechen kommen würde. Das konnte ich nicht riskieren. Unser damaliger Kuss hatte Emotionen in mir geweckt, die ich keinesfalls in Erinnerung rufen wollte.

»Da vorne musst du rechts abbiegen«, informierte mich Chloe und ich war beinahe überrascht, dass sie doch einen Ton von sich gegeben hatte. Trotzdem sah sie immer noch stur nach vorne und hatte wohl nicht vor, mich noch einmal anzusehen.

»Ich war schon einmal da. So schlecht ist mein Gedächtnis nicht«, entgegnete ich. Denn letztes Jahr hatte mich Chloe auf ihre große Geburtstagsfeier eingeladen, damit meine Schwester auch hatte hingehen können, ohne dass ich Einwände hatte. Für manche war ich eindeutig zu streng mit Aylin umgegangen – tat es jetzt noch – doch ich musste sie beschützen. Nachdem unsere Mom vor ihren Augen gestorben und ich zu spät ins Badezimmer gekommen war, um sie vor dem Anblick abzuschirmen, hatte ich ihr versprochen, dass ich immer für sie da sein würde. Ich brach die High School ab, fing bei Mino an und beseitigte unsere Geldsorgen.

Wir lebten in einer Hütte im Wald, weil niemand jemals etwas davon erfahren sollte, und zahlten keinen Dollar dafür. Mein Dad hatte sie in seinen jungen Jahren selbst mit einigen Freunden gebaut, was zumindest ein Vorteil für uns war. Dennoch waren danach Lebensmittel, Klassenfahrten für sie und später auch das Studium kein Problem mehr. Eine Weile hatte ich selbst Dads Besäufnisse gezahlt, damit er endlich die Fresse hielt und nicht bei meiner Schwester damit ankam. Für Mino zu arbeiten, war mir damals wie Fluch und Segen zugleich vorgekommen. Denn obwohl alle äußerlichen Probleme weggefallen waren, hatte es trotzdem eine Kehrseite. Ich hatte Albträume bekommen, in denen meine Schwester entführt, ermordet oder gefoltert wurde. In denen ich bewiesen bekam, dass ein Fehler ausreichte, um ihr genau das anzutun, was unsere Eltern getan hatten. Nur Leid in ihr Leben zu bringen und sie nicht beschützen zu können. Und obwohl ich das Gefühl hatte, das ganze unter Kontrolle zu haben und alles richtig zu machen, wurde sie schlussendlich doch von Pablo entführt.

»Ach wirklich? Ich habe manchmal den Eindruck, dein Gedächtnis funktioniert nicht ganz so gut, wie du denkst«, konterte Chloe aus dem Nichts. Als hätte sie die letzten Minuten zwischen uns versucht, die Worte zu unterdrücken, und es doch nicht geschafft. Meine Mundwinkel zuckten verdächtig, denn es passte zu ihr. Chloe war wie ein Wirbelwind, der schwer einzufangen und noch weniger zu kontrollieren schien. Sie tat, was sie wollte, ohne an die Konsequenzen zu denken, und erst recht nicht daran, wie es auf andere wirken könnte. Abgesehen von ihrem Aussehen war das wohl das Attraktivste an ihr und passte gar nicht in mein übliches Beuteschema. Denn solche Frauen bedeuteten Ärger, regten einen auf und brachten einen immer mehr um den Verstand. Alles Sachen, die ich in meinem Leben nicht gebrauchen konnte.

»Vielleicht schaltet es auch nur bei dir aus«, murrte ich und bog ab, bevor wir wieder eine Strecke geradeaus fuhren.

»Also wenn mein Name auf dem Display erscheint und du nicht rangehen kannst, vergisst du es einfach?« Fuck.

»Du und Aylin, ihr habt euch doch wieder getroffen, es gab keinen Grund mehr für mich, mit dir zu reden«, stieß ich hervor und bereute die Worte im nächsten Moment. Besonders, als ich im Augenwinkel sah, wie sie sich auf die Unterlippe biss. Meine Aussage hatte sie verletzt, das stand ihr ins Gesicht geschrieben. Aber ich hatte wirklich keinen Grund mehr gehabt! Es war viel zu privat geworden, wir hatten angefangen, uns über mehr als meine Schwester zu unterhalten. Nämlich über den Anime, den ich gerade geschaut hatte, und über ihre absolute Verzweiflung, passende Winterschuhe zu finden. Verdammte Scheiße, ich wusste seitdem, was die Mailänder Modewoche war! Das hatte nicht mehr so weitergehen können …

»Okay«, vernahm ich nur von ihr, danach herrschte wieder Stille zwischen uns, eine Stille, von der ich dachte, sie würde diese jeden Moment unterbrechen und mir mehr um die Ohren pfeffern. Doch es folgte nichts. Hatte Chloe Dawson wirklich aufgegeben?

Als ich schließlich um die Ecke der West Gothe Street bog, wurde mir immer mehr bewusst, dass Chloe keinen Ton mehr von sich geben würde, und obwohl ich das gewollt hatte, umfasste ich das Lenkrad so kräftig, dass meine Fingerknöchel hervortraten. Aber ich konnte es ihr nicht übelnehmen. Mit versteinerter Miene starrte ich nach vorne, fuhr langsam durch die Straße und versuchte, mir nichts anmerken zu lassen. Da war es, ihr Haus. Es sah modern und luxuriös aus und zeigte, dass nicht alle Ecken von Chicago so abgefuckt waren. Ähnlich wie bei Craig. Sie passten zueinander. Ich hingegen würde niemals zu diesem Gebäude aus grauen und schwarzen Ziegelsteinen passen. Mit einem scheiß gepflasterten Weg auf dem Rasen, damit bloß die Schuhe nicht einsackten, und einer beschissenen Einfahrt. Ich legte den Arm um Chloes Rückenlehne, drehte mich nach hinten, um rückwärts in diese reinzufahren. Kein Lichtstreifen schimmerte durch die Vorhänge. Das hieß wohl, niemand war zu Hause. Ich wandte mich zu ihr. Wegen meines Griffs um ihre Lehne waren wir uns so nah, dass mein ganzer Körper unter ihrem forschenden Blick kribbelte. Ihre blauen Iriden wanderten immer wieder von meinem nackten Unterarm zu meinen Augen hoch. Nervös spielte sie an ihrer Schmetterlings-Kette und entlockte mir damit ein sanftes Zucken meiner Mundwinkel. Dann schüttelte sie plötzlich den Kopf und der Augenblick war vorbei. Worüber hatte sie nachgedacht? Fragend sah ich sie an, doch sie schnallte sich einfach ab.

»Alles gut, hab schon verstanden. Düstere Seele, unerfüllte Wünsche, mit einem Hang, sich eher um andere zu kümmern als um sich selbst«, analysierte sie und griff nach der Tür, um auszusteigen, doch ich legte die Hand, die sich eben noch auf der Lehne befunden hatte, auf ihren Oberschenkel. Nun starrte sie auf diese, dann auf das Lenkrad, um welches meine linke Hand gelegt war. »Fuck, hör einfach auf damit!«, gab sie erbost von sich und stieß nun die Tür auf, wobei sie vom Sitz herunterrutschte und meine Hand von ihrem Schoß glitt.

»Womit?«, hakte ich irritiert nach und runzelte die Stirn, doch Chloe knallte nur die Tür zu und ich lehnte mich frustriert im Sitz zurück, während ich sah, wie sie über den Rasen lief und dabei nicht den dafür gemachten Weg beachtete, sich durch die Haare fuhr und danach die Stufen der Veranda hochging. Selbst als sie die Tür erreichte, diese hinter sich zuzog und ich nun das schimmernde Licht zwischen den Gardinen sah, blieb ich noch eine Weile stehen. Diese Frau schaffte es immer wieder, mich mit ihren Reaktionen zu überraschen und im Dunkeln tappen zu lassen. Vielleicht war genau das der Grund, wieso es mir so schwerfiel, sie vollkommen loszulassen.

ELF

CRAIG

Seit gestern Abend plagte mich das schlechte Gewissen. Dass ich das einmal sagen würde … Doch meine Worte Chloe gegenüber, als ich es ihr im Badezimmer besorgt hatte, waren vielleicht zu viel des Guten gewesen. Natürlich war unsere Beziehung von beiden Seiten nichts Ernstes, es ging hier nicht um die verdammte große Liebe, sondern um den Spaß. Bisher hatte keiner von uns das Thema Dreier auf den Tisch gebracht, nur hatte ich es gestern nicht sein lassen können, sie zu ermutigen, weiterhin Scott anzuschauen, während ich zwischen ihren Beinen gekniet hatte. Diesen Blick, mit dem sie ihn bedacht hatte …, hatte ich wohl falsch gedeutet, wenn ich nun an ihren Abgang dachte. Sogar ihren Wagen hatte sie hier stehen lassen, was noch nie vorgekommen war.

Am besten wäre es gewesen, ich hätte es einfach ignoriert und mich daran erfreut, wie unheimlich erregt sie gewesen war. Dabei hatte ich es ihr nur angenehmer machen wollen, ihr die Hemmungen nehmen wollen.

Der Basketball flog im hohen Bogen in das Netz und schlug dumpf auf dem Boden auf, sodass ich hastig auf ihn zulief und ihn abpasste, ehe er auf die Straße rollte. In den Nachbarhäusern herrschte gähnende Leere, soweit ich es sehen konnte. Heute war Samstag und meistens nutzten unsere Nachbarn die freien Tage, um mit ihren Kindern was zu machen. Ehrlicherweise musste ich gestehen, keinen einzigen von ihnen zu kennen. Zumindest nicht richtig. Man grüßte sich, wenn man zufälligerweise hinschaute, sobald einer die Einfahrt entlangging, aber wenn mir jemand eine Pistole an den Kopf halten und nach ihren Namen fragen würde, wäre das mein Untergang. Es interessierte mich schlichtweg auch nicht. Ich legte keinen Wert darauf, mich mit ihnen zu unterhalten. Nicht, dass sie noch auf die Idee kamen, mich darüber auszuquetschen, was ich beruflich machte. Leute abschlachten und Drogen herumschippern. Die perfekte Antwort, um der Lieblingsnachbar der ganzen Straße zu werden. Bestimmt gingen sie auch davon aus, dass nur ich hier wohnte. Meine Mom ließ sich so selten hier blicken, und wenn sie dann mal hier war, verließ sie unsere vier Wände nie. Ihr Leben spielte sich hauptsächlich abends und nachts ab. Am helllichten Tag schlief sie ihren Rausch aus, während unsere Nachbarn ihrem normalen Alltag nachgingen. Demnach verpassten sie sich also jedes Mal. Wie schade.

Mittlerweile musste es früher Mittag sein, wenn ich raten musste. Die Sonne stand hoch am Himmel, knallte auf mich herab. Bestimmt schon mindestens zwei Stunden spielte ich also hier oberkörperfrei in der Einfahrt und warf einen Korb nach dem anderen. Schließlich war im Haus bereits alles für die große Party am Abend vorbereitet und die letzten Reste der gestrigen Party beseitigt. Ob Chloe heute auftauchen würde? Na ja … zumindest ihren Wagen würde sie ganz bestimmt abholen. Wobei ich ihr auch nicht wirklich zumutete, mir eine Szene zu machen. Mit Ignorieren, schnippischen Kommentaren und trotzigen Antworten. Eher gingen wir uns etwas aus dem Weg, um dann wieder zur Routine zurückzufinden. Wir wollten beide unseren Spaß und den hatten wir gemeinsam zu hundert Prozent. In Gedanken fing ich nochmals an den Ball im Rhythmus zu dribbeln, machte Schritte nach vorne, hinten und zu beiden Seiten, als ich das Quietschen von Bremsen hinter mir hörte. Ich drehte mich herum, sah den glänzenden schwarzen Lack des Geländewagens und grinste. Gerade eben noch an ihn gedacht und schon fuhr er bei mir vor. Scott. Ohne

Umschweife stieg dieser aus, kaum dass er den Wagen abgestellt hatte, und knallte die Tür ohrenbetäubend zu. Gegenüber im Haus sah ich, wie unten rechts an einem Fenster die Vorhänge wackelten, und musste noch einen weiteren Punkt auf die Was-mich-an-Nachbarn-nervt-Liste setzen. Ausspioniert zu werden. War ihr Leben nicht aufregend genug?

Ich warf den Ball auf den Korb zu, wo er am Metallrand abprallte und im hohen Bogen in Richtung Scotts Wagen flog. Wie in Slow Motion schaute ich dem runden Etwas zu, wie es mir gleich Kopf und Kragen kosten könnte, wenn es eine Delle in die verdammte Karosserie machte. Doch im letzten Moment passte Scott den Ball ab und schaute mich mit kritischem Blick an.

»Ich glaube, es ist nicht dein Wunsch, dass aus deinem Geburtstag dein Todestag wird«, gab er resigniert von sich, dribbelte den Basketball einige Male und warf ihn letztendlich zu mir. Ich packte ihn mit beiden Händen und klemmte ihn mir lässig zwischen Armbeuge und Hüfte.

»Guten Morgen, Kumpel, alles Gute zum Geburtstag«, äffte ich spielerisch seine tiefe Stimme nach, woraufhin Scott die Augen verdrehte, doch ich konnte nicht aufhören. »Oh, danke, Scott, dass du an mich denkst«, fuhr ich fort und klopfte mir selbst auf die Schulter. Mein Kumpel seufzte und schaute zu Boden, ehe er mich mit demselben gleichgültigen und emotionslosen Blick anschaute, wie sonst auch immer.

»Wie kann einem der Geburtstag nur so wichtig sein?«, antwortete er, steckte die Hände in die Taschen seiner Hose und lehnte sich mit dem Rücken gegen seinen Wagen.

»Hey, ich kann nichts dafür, wenn du all die Freude aus deinem Leben gestrichen hast«, pfefferte ich ihm entgegen und lachte gleichzeitig auf, »aber vermies sie mir nicht. Beziehungsweise versuch es gar nicht, du wirst es sowieso nicht schaffen.« Ich konnte mich nur immer wieder wiederholen: In diesem Job durfte man ja wohl ohne schlechtes Gewissen feiern, dass mein ein weiteres Jahr ohne Blessuren überstanden hatte. Oder etwa nicht? Statt weiter darüber zu diskutieren, wie affig es von mir war, darauf zu bestehen, eine große Geburtstagsparty zu schmeißen, ging Scott direkt auf das nächste Thema ein. Den Grund, weshalb er wahrscheinlich überhaupt hier war.

»Anscheinend kam unsere kleine Botschaft gestern gut an. Heute Morgen wurden zwei unserer Männer bei sich zu Hause gefunden, die eigentlich gegen acht bei Blake auf der Matte stehen sollten, um ihre Kohle abzuholen«, kam es von Scott in leisem Tonfall, nachdem er sich von seinem Wagen gelöst und auf mich zugekommen war.

»Welche Männer?«, fragte ich und schluckte schwer. Natürlich war die Scheiße noch nicht zu Ende – wie konnte ich auch davon ausgehen? Kaum brachten wir einen der Penner um, ging das Sterben auf unserer Seite weiter. Ich war mir ziemlich sicher, dass es irgendwann so weit kommen würde, dass in allen Drogenkartellen jeweils nur noch einer übrig war und sich die Überlebenden wie im wilden Westen mit einer Knarre gegenüberstanden. Wer zuerst traf, gewann. Lustige Vorstellung.

»Hey«, holte mich Scott aus den Gedanken und ihm gegenüber sprach ich diese lieber nicht laut aus. Er verstand es einfach nicht, wie ich es in so einer beschissenen Situation schaffte, etwas Lustiges darin zu sehen. Man konnte sich das Leben auch selbst schwer machen, Bro. »Julio und Loris waren es.« Ah, okay, jetzt ging mir ein Licht auf. Die beiden waren zwei sehr wichtige Waffenschmuggler in Chicago, hatten Kontakte in alle Richtungen und Länder. Blake hatte sie vor einiger Zeit auf unsere Seite gezogen, indem er ihnen seine und Minos Prostituierten im Club angepriesen und ihnen versprochen hatte, dass sie sich, so oft sie wollten, an ihnen bedienen durften, wenn sie ihm Informationen über ihre anderen Geschäfte weitergaben. Also wer bei ihnen einkaufte, was und wie viel. Im Großen und Ganzen gesagt: Was Blakes Geschäfte bedrohen könnte. Somit waren wir unseren Gegner in einer Sache einen Schritt voraus und wussten, was sie in petto hatten. Und dieser Wichser hatte keinen blassen Schimmer. Bis jetzt natürlich. Anscheinend waren die beiden aufgeflogen. Fuck.

»Fuck«, sprach ich es auch laut aus, lief rüber zur Veranda und schnappte mir von der Treppe das frische Handtuch, womit ich mir den Schweiß aus dem Gesicht wischte. »Und jetzt? Was hat Blake vor?«, fragte ich neugierig, setzte mich und starrte Scott gegen die Sonne gerichtet an, der mir brav gefolgt war.

»Gerade ist er dabei, die Leichen von den zweien unauffällig verschwinden zu lassen. Außer den Mördern soll in Chicago noch niemand wissen, dass sie tot sind. Das einzig Gute daran ist, dass niemand ihrer Kunden ihre Gesichter kennt. Sie tragen bei Übergaben immer Sturmhauben. Aber wir müssen rausbekommen, ob der Anschlag gegen Blake gerichtet war oder ob die beiden selbst Dreck verzapft haben.« Seine Worte ließen mich hellhörig werden. Er formulierte seine Sätze mit Bedacht und ich ahnte, dass da etwas Gewaltiges auf mich zukommen würde. Denn der Mord und Scotts Auftauchen bei mir waren sicherlich kein Zufall. Ich reagierte nicht auf seine Aussage, sondern wartete einfach ab, bis er weitersprach. Wenn er einen Job für uns hatte, würde er mir das bestimmt gleich mitteilen. »Blake möchte, dass wir vorerst mal den Job von Julio und Loris übernehmen. Sollte es einer ihrer Kunden gewesen sein, wird er ziemlich dumm aus der Wäsche schauen, wenn er uns in der Halle vorfindet.« Ohne darüber nachzudenken, lachte ich laut auf, legte den Ball neben mir auf die Stufe, lehnte mich nach vorne und stützte die Ellenbogen auf meinen Knien ab. Das Handtuch hing mir dabei über die Schulter.

»Das heißt, wir gehen jetzt in den Club und nehmen ein paar Prostituierte ran – wie die beiden?«, grinste ich amüsiert und wusste dabei genau, dass mein Kumpel etwas ganz anderes meinte. Aber wie so oft musste ich das Üble mit etwas Lustigem aus der Situation verschwinden lassen. Zumindest für einen kleinen Moment. Zuerst schaute mich Scott mit harter Miene an, ehe ich sah, wie seine Mundwinkel kurz nach oben zuckten. Manchmal verstand der Mistkerl wohl doch meinen Humor sehr gut.

»Ich habe Mike gesagt, dass er dazukommen soll. Er müsste jede Minute hier auftauchen. Blake meinte, dass Julio vor kurzem noch gemeint hatte, heute wäre eine große Übergabe. Deshalb sollten wir schauen, so schnell wie möglich in ihr Lager zu kommen, damit wir einen Überblick haben, bevor die Typen aufkreuzen. Vielleicht waren sie auch schon da und haben alles ausgeräumt, keine Ahnung. Wir sollten uns einfach sputen«, erwiderte Scott, ohne auf meinen Spruch einzugehen, und lehnte sich gegen die Veranda.

»Alles klar, dann geh ich schnell duschen und mich umziehen«, sagte ich, stand auf und verschwand ins Innere des Hauses. Zuerst ging ich jedoch in die Küche, geleitet von meinem Durst, schnappte mir aus dem Kühlschrank eine Flasche kaltes Wasser und exte sie fast in einem Zug. Überall auf der Arbeitsfläche verteilt standen und lagen schon die Utensilien für heute Abend. Cocktailgläser, Schneidebretter und Messer, frische Zitronen und weiteres Zeug. Auf dem Boden befanden sich mehrere Kisten Bier, im Kühlschrank lagerten Wodka und Jack Daniels. Ich hoffte, dass wir den Job schnell erledigen konnten, denn ich wollte keinesfalls zu spät auf meiner eigenen Party auftauchen. Gerade als ich den offenen Küchenbereich verlassen wollte, fiel mein Blick auf die vorbereitete Sandwichplatte, die heute Vormittag vom Catering geliefert worden war. Zuerst hatte ich sie dumm angeschaut und beschimpfen wollen, weil es bis zur Party noch einige Stunden waren und diese beschissene Platte viermal so groß war wie mein Kühlschrank – sie also nicht in diesen passte. Aber zum Glück konnte ich einfach die Klimaanlage im Haus anschalten, somit war es kein Problem, das Essen hier draußen stehen zu lassen. Im selben Moment fing mein Magen an zu knurren. Fuck, ich hatte heute noch nichts gegessen. Sachte hob ich die Frischhaltefolie, zog eine Sandwichhälfte belegt mit Salami, Salat, Gurken und Tomaten hervor und biss genüsslich rein, als die Haustür aufschwang und Scott und Mike eintraten.

»Alter, ist das dein Ernst? Beweg deinen Arsch«, gab Scott perplex von sich und bedachte mich mit bösem Blick.

»Ist ja gut, mach keinen Stress«, antwortete ich dezent genervt mit vollem Mund über seine autoritäre Ader und bewegte mich schnellen Schrittes auf die Treppe ins Obergeschoss, damit ich rasch unter die Dusche kam.

ZWÖLF

SCOTT

Gefühlt ein halbes Jahrhundert später kamen wir im Lager von Julio und Loris mit meinem und Mikes Wagen an. Es lag außerhalb von Chicago, und wenn ich außerhalb meinte, dann stimmte es mehr als alles andere. Hier draußen war nichts, abgesehen von zwei heruntergekommenen Häusern und einer weiteren Lagerhalle, die aber ebenfalls verlassen aussah. In der Ferne sah man den Highway, doch die Fahrzeuge, die ihn passierten, wirkten von hier aus eher wie kleine Modellautos und der Lärm reichte auch nicht bis hierher. Für ihr Geschäft hatten sich die beiden einen perfekten Platz ausgesucht. Falls es mal ausarten sollte, würde es hier draußen keiner mitbekommen. Ich war immer noch fassungslos darüber, wie Craig mit einer Seelenruhe in seiner Küche gestanden hatte, nachdem ich ihm erzählt hatte, was wir tun mussten. Manchmal fragte ich mich echt, ob er das absichtlich tat, um mich auf die Palme zu bringen. Okay, ich verstand, dass er absolut nicht der Typ war, der sich einen großen Kopf darum machte und gar angespannt bis zum Zerreißen war. Doch ich war leider das genaue Gegenteil von ihm. Blake war mein Kumpel, aber gleichzeitig auch mein Boss. Nein, unser Boss. Und wenn ich eins nicht wollte, dann seinen Zorn auf mich zu ziehen und den Job zu vermasseln. Denn wir hatten keine Ahnung, wann genau die Übergabe stattfinden sollte und auch nicht, um was es dort überhaupt ging. Wir brauchten so viel Zeit wie möglich, ihre Unterlagen durchzuschauen, damit wir uns halbwegs vorbereiten konnten. Größtenteils mussten wir sowieso improvisieren. Auf gut Glück. Unser Motto in jeder Lebenslage. Tatsächlich vermisste ich die Zeit, in der ich mit Blake solche Jobs übernommen hatte. Fuck, ab und zu war es uns richtig an den Kragen gegangen, nur hatten wir es immer wieder heil herausgeschafft. Ich hoffte, diese Glückssträhne mit Mike und Craig nicht zu verlieren. Unauffällig lugte ich zu den beiden herüber. Bei Craig machte ich mir eigentlich keine Sorgen. Er war der perfekte Wingman in diesem Job. Und Mike … na ja, er bekam meistens nur kleinere Übergaben oder Laufjobs aufs Auge gedrückt. Bloß für heute brauchten wir ein Backup und weitere Unterstützung, weil wir keine Ahnung hatten, was uns erwartete.

In der Halle sah alles ordentlich aus. Im vorderen Teil standen rechts und links die Kisten mit Waren, damit man noch einen breiten Weg zum Durchgehen hatte, um zum Büro zu kommen und zum Hinterraum, in dem der Großteil der Kisten gestapelt war. Die Mörder waren sicherlich noch nicht vor Ort gewesen, sonst würde hier kein einziges Behältnis mehr stehen, denn darin befand sich sicherlich weder Zuckerwatte noch Popcorn.

»Ich hab hier was«, hörte ich Craig sagen, der sich mit einer Mappe in meine Richtung umdrehte und mit dem Zeigefinger drauftippte. Wir befanden uns im Büro der Lagerhalle und schauten die Unterlagen durch. »Da steht AK-47,15:00.« Kalaschnikows. Das war doch schonmal ein Anhaltspunkt.

»Steht da auch noch ein Name, damit wir vielleicht wissen, mit wem wir es zu tun haben?«, fragte ich interessierte und ging auf ihn zu. Dabei sah ich mich in dem kleinen Büro um, das sich die Jungs in einem separaten Raum in ihrem Lager eingerichtet hatten. Hier stand zwar ein Tisch, doch nichts auf dessen Platte. Dafür befanden sich rechts und links des Schreibtischs unzählige Aktenschränke, die verschlossen waren. Gott sei Dank hatte Blake alle Schlüssel mitgehen lassen, die er bei den zwei Toten gefunden hatte. Leider hatte uns das viel zu viel Zeit gekostet, denn mit einem Blick auf die Uhr stellte ich fest, dass es schon kurz nach halb drei war. Fuck.

»Nein, auch sonst nirgends. Nur die Ware und Uhrzeit«, erwiderte Craig, klappte die Akte zu und ließ sie wieder in der Schublade verschwinden, ehe er diese zudrückte.

»Okay, dann schauen wir uns mal im Lager um, wo die beschissenen Kalaschnikows sind. Eine Kiste stellen wir dann bereit. Wir wissen ja noch nicht, wie viel davon gekauft wird, und hoffen darauf, dass uns die Penner dann einen Anhaltspunkt geben, ohne dass wir auffliegen.« *Wenn wir bei der Übergabe überhaupt so weit kommen*, schlichen sich Zweifel in meine Gedanken. Da war sie wieder, diese verfickte negative Seite, die alles schwarzsah. Bloß … was blieb mir anderes übrig? Lieber ging ich vom Schlimmsten aus und atmete danach erleichtert auf, weil alles reibungslos abgelaufen war, als von vorneherein davon auszugehen, dass es glatt über die Bühne gehen würde, und letztendlich blutüberströmt hier rauszustürmen. Nicht jeder würde meine Denkweise unterschreiben, aber für mich war es die einzig richtige.

Wir drei verteilten uns in der großen Lagerhalle, suchten auf den Kisten nach einem Hinweis darauf, dass sich Kalaschnikows darin befanden. Dabei schaute ich stetig auf die Uhr. Die Zeit rann uns davon, nicht mehr lang, dann würden –

»Hier!«, rief Mike aus einer der hinteren Ecken, woraufhin Craig und ich zu ihm stürmten und die Kiste mit geballter Kraft in die Mitte der Halle trugen.

»Habt ihr eure Waffen?«, fragte ich die Jungs, während ich nochmal checkte, ob meine wie erwartet hinten im Bund meiner Hose stecke. Beide nickten, Craig trug sie ebenfalls wie ich, nur Mike hatte sie vorne im Bund, was man durch sein Shirt sehen konnte. Außerdem besaß jeder von uns noch ein Magazin mit mehr Munition in der hinteren Hosentasche. »Fuck, nimm sie da vorne weg. Dann kannst du sie auch gleich in die Hand nehmen und ihnen ins Gesicht sagen: Wir trauen euch nicht.«

»Als wüssten die Hurensöhne nicht, dass wir bewaffnet sind«, entgegnete er kopfschüttelnd und steckte die Knarre um.

»Es ist ein Unterschied, ob du es ihnen quasi in die Fresse drückst oder es hinterrücks bist«, mischte sich Craig ein und ein klein wenig musste ich schmunzeln. So ungern er sich in den Vordergrund drängte, liebte er es ganz bestimmt auch, mal den Ton bei anderen anzugeben. Bis die Typen – oder wer auch immer – hier um drei aufkreuzen würden, verzogen wir uns noch einen Moment ins Büro und besprachen den Ablauf. Mike würde sich im Hintergrund halten und eher unseren Handlanger spielen, während Craig und ich mit den Leuten verhandeln würden.

»Und vergesst nicht: die Waffen bleiben da, wo sie sind, bis ich etwas anderes sage. Zückt sie einen Moment zu früh und die Sache ist gelaufen.« Kaum hatte ich die Worte ausgesprochen, hörten wir das Quietschen der großen Lagerhallentore, die aufgeschoben wurden. Das Spiel konnte also beginnen.

Wir zogen die Sturmmasken auf und verließen das Büro. Ich machte den Anfang, danach folgten mir Craig und Mike. Die Jungs, die die Halle betraten, sahen aus wie Mexikaner. Alle drei hatten raspelkurze schwarze Haare, die an den Seiten abrasiert waren. Zwei der Männer wirkten jünger, etwa in unserem Alter. Einer von ihnen einige Jahre älter, denn seine Haare waren teilweise graumeliert. Sicherlich war er derjenige, der die Ansagen machte, denn er trug auch ganz formell einen Anzug, während seine zwei Begleiter in Jeans und schwarzen Shirts bekleidet waren. Was sie alle drei gemeinsam hatten, waren die fetten Goldketten um ihren Hälsen. Keiner von den drei kam mir bekannt vor und ich konnte deshalb nicht sagen, ob sie aus Chicago waren.

»Hey«, begrüßte ich unser Gegenüber, zeigte auf die Kiste in der Mitte der Halle, auf die sie schon zuliefen. Bei Übergaben wurde nicht lange um den heißen Brei geredet, sondern die Ware gezeigt und – wenn akzeptiert – gezahlt. Danach folgte nur noch ein ‚auf Wiedersehen'. Wenn überhaupt.

»Wieso zu dritt?«, fragte der vermutliche Anführer mit starkem

Akzent und schaute uns drei nacheinander an. »Sonst seid ihr doch immer nur zu zweit.«

»Wir hatten was gut bei ihm, er fungiert heute als Packesel«, antwortete ich rasch und zeigte auf Mike, dem ich ansah, wie er seine Augen verdrehte. Ihm passte es nicht, welchen Titel ich ihm gab, aber das war mir gerade scheißegal. Solang die Typen es glaubten, war mir alles recht. Und wenn ich sagte, dass er unsere männliche Hure war. Die Kerle nickten, ehe ich Mike anwies, die Kiste zu öffnen.

Der Holzdeckel knarzte, als Mike ihn mit einer flachen Metallstange von der Kiste anhob, und gab uns freie Sicht auf eine ordentliche Menge an Kalaschnikows. Die Spucke blieb mir weg. Verdammt, was hatten die Penner vor? Mit solch auffälligen Waffen lief man nicht einfach mal die Shoppingmeile entlang. Damit musste man viel größere Pläne haben. Wenn ich daran dachte, was wir damit trieben, wollte ich nicht wissen, wer die andere, die nachteilige Partei in der Sache sein würde. Wir traten alle näher an die Kiste. Ich wollte genau sehen, was die Typen machten, jede ihrer Regungen genau beobachten. Sobald die Kiste geöffnet war, griff einer hinein und nahm sich eine der Kalaschnikows. Er begutachtete sie von allen Seiten, legte sie an, peilte einen Punkt in der Ferne an und löste letztendlich auch das Kunststoffmagazin heraus. Meine Augen weiteten sich, als ich die Munition darin entdeckte. Fuck, die Waffen waren schon geladen? Und der Wichser hatte sie in der Hand. Verdammte Scheiße, das würde beschissen für uns ausgehen.

»Wo ist der Rest?«, richtete der Kerl das Wort an mich.

»Noch hinten im Lager. Wir holen ihn, sobald wir das Geld gesehen und gezählt haben«, sagte daraufhin Craig, der mit verschränkten Armen neben mir stand und keine Anzeichen von Angst zeigte. Wahrscheinlich hegte er wegen der geladenen Waffen den gleichen Gedanken wie ich. Aber das nach außen hin zeigen? Niemals. Der Anführer drehte sich zum Dritten im Bunde um, redete mit ihm auf Spanisch und nickte in Richtung der Rolltore. Sofort setzte sich dieser in Bewegung, verließ die Halle, während die anderen beiden weiterhin die Waffen ansahen, sich miteinander unterhielten und zufrieden nickten. Okay, wann das hier wirklich so reibungslos ablief, wie ich gerade vermutete, musste ich mit Blake später besprechen, wie wir weiter vorgingen. Die beste Chance, die Mörder von Julio und Loris zu finden, könnte schon sein, ihren Job zu übernehmen, aber wer sagte, dass die hier auftauchten? Vielleicht waren ihnen die Waffen scheißegal und es ging absolut nur um ihre Tode. Doch irgendwann flog alles auf, das war so sicher wie das Amen in der Kirche.

Ich schaute gerade zu Craig und im Stummen gaben wir uns das Okay, dass wir beide momentan keine Bedenken wegen der Typen hatten, als das Tor quietschend aufgeschoben wurde. »Patrón … Ellos son Julio y Loris«, ertönte die Stimme des Mexikaners, woraufhin wir alle fünf zu ihm starrten. Ich musste kein Spanisch können, um zu wissen, was er gerade eben von sich gegeben hatte. Mein Herz sackte mir in die Hose, denn er betrat die Halle nicht allein. Hinter ihm kamen zwei weitere Männer rein. Zumal trugen sie ebenfalls Sturmmasken wie wir. Der Größere von ihnen hatte breite Schultern und wirkte ziemlich bullig, während sein Partner zierlicher wirkte, jedoch nicht gerade weniger selbstbewusst. Wenn mich nicht alles täuschte, konnte ich die Mexikaner von der Liste nehmen. Sie wussten bestimmt nichts über den Tod von Julio und Loris. Die beiden Neuankömmlinge allerdings sicherlich umso mehr.

»Sorry für die Verspätung, Jungs. Es gab kleine Schwierigkeiten«, meldete sich der Linke der Vermummten, ehe er mich, Craig und Mike entdeckte. Alle erstarrten auf die Sekunde. Jedem wurde klar, dass hier irgendetwas nicht stimmte. Neben mir hörte ich Craig leise: »Fuck«, murmeln, während er schon die Hand hinter seinem Rücken verschwinden ließ.

»Moment«, fing der Anführer der Mexikaner auf gebrochenem Englisch an zu reden. »Wenn ihr Julio und Loris seid, wer sind dann …?« Langsam drehte er sich um, zeigte auf uns, und seinem zornigen und verwirrten Gesichtsausdruck nach zu urteilen, verstand dieser Mann absolut keinen Spaß. Ich konnte die zum Zerreißen gespannte Luft fast mit den Händen packen. Ein Druck auf meiner Brust nahm mir die Luft zum Atmen. Fuck, es gab nur eine Möglichkeit, hier rauszukommen. Mit einem ‚Sorry' war das nicht getan. Augenblicklich, so als hätten alle den gleichen Gedanken gehabt, zog jeder seine Waffe. Die zwei Mexikaner gegenüber von uns an der Kiste nahmen sich jeweils eine Kalaschnikow, während wir unsere Knarren aus dem Hosenbund zogen. Jeder zielte auf jeden, keiner sprach und niemand vertraute irgendeinem in dieser Halle. Wer sagte nun die Wahrheit? Wer waren die anderen beiden Kerle mit den Sturmmasken? Vielleicht die Mörder von Loris und Julio? Wir mussten einen Weg finden, die beiden zu enttarnen, ohne selbst getroffen zu werden. Langsam schaute ich über die Schulter und entdeckte, dass sich Mike schon hinter einigen Kisten verschanzt hatte, um mir und Craig gleich Feuerschutz zu geben, sollte die Situation ausarten. Sollte … das würde sie definitiv. Darauf verwettete ich meinen Arsch.

Keine Sekunde später schallte der erste Schuss durch die Halle, meine Trommelfelle pochten unaufhörlich und der Kugelhagel ging los. Die ersten Schüsse waren von den Mexikanern gekommen. In beide Richtungen. Der dritte Mann, der neben den zwei Neuankömmlingen stand, feuerte auf uns, sein Chef auf die anderen beiden Maskierten. »In Deckung!«, schrie ich und direkt rannten Craig und ich und entgegengesetzte Richtungen. Mike schoss aus dem Hinterhalt, man hörte, wie Kugeln in die Holzkisten eindrangen, und ich konnte nur hoffen, dass in keiner irgendwelche Handgranaten lagerten. Die Kugeln flogen nur so in der Luft herum. Geduckt saß ich da, hielt mich bereit, selbst zu schießen. Der Lärm verklang für wenige Sekunden, ich vermutete, dass alle ihre Munition nachladen mussten, und hörte aufgebrachte Stimmen auf Spanisch schreien, was sich stark nach Flüchen anhörte.

Rasch schaute ich zu Craig herüber, der bis über beide Ohren grinste und ein amüsiertes: »Was für ein Geburtstag!«, von sich gab. Ich dachte, nicht richtig zu hören. Hatte der Typ sie noch alle? Im schlimmsten Fall gingen wir hier drauf, verdammte Scheiße. Gleichzeitig beugten wir uns um die Ecke, drückten ab und leerten das erste Magazin in Windeseile. Volltreffer! Ich traf einen der Maskierten, und zwar den Größeren von beiden, in den Oberschenkel, ging direkt wieder in Deckung und hörte ihn nur noch schmerzhaft aufschreien. Der würde uns schon einmal nicht durch die Lappen gehen. Mein erstes Augenmerk lag auf den beiden Maskierten, die Mexikaner schienen mir unschuldig und konnten von mir aus das Weite suchen. Allerdings ging von deren Seite wieder der Beschuss los. Kugeln hagelten in die Kiste hinter Craig, der den Kopf einzog und sich klein machte. Fuck, die Wichser standen weitaus näher an den geladenen Kalaschnikows als wir. Innerlich fluchte ich vor mich hin, als Mike plötzlich aufsprang und sein Magazin abfeuerte, als gäbe es kein Morgen mehr. Hatte er sie noch alle? Völlig ohne Schutzweste machte er hier einen auf Rambo. Doch zu allem Übel schien er eine Glückssträhne zu haben. Mehrere Schreie erklangen kurz darauf, schallten durch die Lagerhalle, sodass ich einen kurzen Blick hinter der Kiste hervor auf das Szenario erhaschte. Die Mexikaner schienen heute den Kürzeren gezogen zu haben, denn nicht nur Mike hatte geschossen, auch die beiden Maskierten, die ebenfalls aus ihrem Versteck hervorlugten und die toten Körper in der Mitte der Halle bestaunten. Anscheinend hatten sie sich an den Kalaschnikows bedienen wollen. Das war wohl in die Hose gegangen. Die Blutpfützen unter den leblosen Körpern breiteten stetig weiter aus, kein Zucken ging mehr durch ihre Gliedmaßen und die Augen waren starr nach oben an die Decke gerichtet.

Als ich bemerkte, dass unsere Gegner einen kurzen Moment nicht aufpassten, zielte ich und erschrak wegen eines markerschütternden Schusses links neben mir. Craig stand in voller Größe hinter der Kiste und hatte einem der beiden direkt in den Kopf geschossen. Sein Partner blickte entsetzt neben sich, wollte wohl reagieren und seine Pistole auf Craig richten, nur hielt ich ihn davon ab.

Boom, alle tot.

Mein Arsch ging auf Grundeis. Wie viel Glück konnten wir haben? Einen kurzen Moment warteten wir ab, ob sich noch jemand regte – wer wusste schon, wie viel Adrenalin diesen Pennern durch die

Adern floss? Aber nichts. Kein Mucks war zu hören, nur unsere Atmung, die schneller ging.

»Fuck«, fluchte Craig leise vor sich hin, nachdem wir langsam aus der Deckung kamen und uns das Massaker anschauten. Dass wir so schnell auf die Mörder oder zumindest auf die Kerle, die etwas mit dem Mord zu tun hatten, treffen würden, hätte ich nicht gedacht. Ich hob den Deckel der offenen Kiste auf, legte sie darauf und verbarg darunter die Ladung der AK-47. Daneben lag der Anführer der Mexikaner, hinter ihm seine zwei Lakaien. Die Kollateralschäden des heutigen Tages. Wahrscheinlich hatten sie ebenfalls genug Dreck am Stecken, weshalb ich mir wegen ihnen keine großen Gedanken machte und weiter zu den Maskierten lief.

»Na ja, ich würde sagen … der Handel ging ordentlich daneben«, sagte Mike mit lachender Miene, als hätte er soeben im Lotto gewonnen, und nahm den Koffer der Mexikaner an sich, in dem sich das Geld für die Waffen befand. Er zuckte nur kurz mit den Schultern und bat mich um meinen Autoschlüssel, damit er den Wagen vorfahren konnte, um die Waffen in diesen zu verfrachten. Zumindest die eine Kiste, all die anderen würden wir nicht in das Auto bekommen, aber dass wir die Schlüssel der Lagerhalle hatten, war schon einmal ein Pluspunkt für uns. Wir wären mehr als dumm, das Zeug nicht an uns zu nehmen. Nebenbei untersuchten Craig und ich die beiden Toten, ob sie Papiere bei sich hatten, zogen ihnen die Maske ab, hatten jedoch in beiden Punkten kein Glück. Auch kamen sie uns kein Stück bekannt vor. Nichts führte darauf zurück, woher sie kamen, für wen sie arbeiteten. Sogar die Arme und den Oberkörper suchten wir ab, um womöglich ein Gang-Tattoo zu finden. Nichts. Rein gar nichts. Sogar tot verspotteten sie uns und wir tappten weiterhin im Dunkeln. Nur die große Sauerei blieb.

»Ich geh mal kurz mit Blake telefonieren«, wandte ich mich den beiden zu und zückte dabei schon mein Handy aus der Hosentasche. Er würde nicht erfreut über die neusten Entwicklungen sein. Die Kerle tot und wir ohne Ahnung. Fuck, dabei hatte ich echt gehofft, den Wichser nur zu verletzen, um ihn dann mit in unseren Bunker nehmen zu können. Irgendwann hätte er geredet. Ganz sicher.

»Craig und ich werden die Leichen wegbringen«, entgegnete Mike und fing an, die leblosen Körper nebeneinander hinzulegen, untersuchte die Hosentaschen der anderen und zog aus irgendeiner einen Autoschlüssel heraus, ehe er verschwand.

»Scheiße, nein! Das habe ich gestern schon gemacht, heute bist du dran!«, schrie Craig ihm hinterher und schüttelte vehement den Kopf, während ich in meinen Kontakten Blakes Nummer auswählte. Es klingelte ewig, sodass ich dabei beobachtete, wie Mike den zweiten Wagen vorfuhr, den Kofferraum öffnete und mit Craig eine Leiche nach der anderen hineinverfrachtete.

»Scott«, meldete sich Blake dann doch. Was trieb der Kerl schon wieder, dass es so lange gedauert hatte? Zudem klang seine Stimme ernst, er rechnete mit dem Schlimmsten, und das, was ich ihm gleich sagen würde, würde seine Laune nicht gerade verbessern. Ich berichtete ihm vom Ablauf des Handels und auch von dem unerwarteten Besuch.

»Fuck«, schrie er auf und hob das Handy dabei anscheinend von sich weg, da ich das Gebrüll nur gedämpft mitbekam. »Okay, dann müssen wir uns etwas Neues überlegen. Oder eher auf einen weiteren Anschlag warten.« Seine letzten Worte trieften nur so vor Sarkasmus, denn langsam wurde die Lage immer brenzliger. Die Hurensöhne kamen uns stetig näher, mit immer größer werdenden Schritten, und wir besaßen nicht den Hauch einer Ahnung, woher sie stammten.

»Wir können später weiterreden. Die Lagerhalle schließen wir ab, und so, wie es aussieht, bringt Mike die Leichen gerade weg. Wir sehen uns später«, antwortete ich ihm, nachdem wir beide einige Zeit nur geschwiegen hatten. Der Kampf gegen das Unbekannte nahm neue Ausmaße an. Nur wie verteidigte man sich richtig, wenn man nicht wusste, wer der Gegner war? Es könnte jeder und niemand sein.

DREIZEHN

CRAIG

Scott und ich fuhren kurz nach Mike von der Lagerhalle los, brachten die Waffen in unser Lager bei Mino und begaben uns dann auf direktem Weg zu mir nach Hause. Vor meinem Haus hielt Scott an und ich entdeckte sofort Chloes Auto, das weiterhin in der Einfahrt stand. Okay, sie hatte es nicht abgeholt. Das war doch ein gutes Zeichen, oder? Ich vermutete allerdings nicht, dass sie schon hier war. Sonst wären alle Fenster und Türen geöffnet, denn sie liebte es, wenn der seichte Wind im Sommer durch das Haus zog und man zumindest ein kleines bisschen Abkühlung bekam, während draußen der Planet brannte.

»Lust, noch paar Runden Basketball zu spielen?« Heute Vormittag hatte es echt gutgetan, nach einer Weile wieder Körbe zu werfen, und die Chance, nach so langer Zeit wieder mit Scott zu spielen, war verlockend. Früher hatten wir fast täglich gespielt, waren sogar besser als heute befreundet gewesen. Doch jeder weitere Job für Mino hatte ihn kälter werden lassen, wodurch auch unsere gemeinsame Zeit gelitten hatte. Wie sich das anhörte … als wären wir ein total verliebtes Paar gewesen …

»Ich hab noch einiges zu tun vor der Party«, fuhr mich Scott an, stellte den Motor nicht ab und schaute durch die Windschutzscheibe, ohne mich eines Blickes zu würdigen. Ich nahm es nicht persönlich – mittlerweile wusste ich, wie Scott tickte –, jedoch ließ ich nicht locker.

»Ach, komm schon. Du bist eh schon hier und die Party fängt bald an, das lohnt sich nicht mehr. Lass es zu, mal Spaß zu haben. Irgendwann braucht man eine Pause von der ganzen Scheiße. Vor allem nach dem Lagerhallen-Flop.« Tatsächlich schienen meine Worte Scott zum Nachdenken zu bringen. Er brummte auf, schaute zur Seite aus dem Fenster und hielt für einige Minuten inne, ehe er Gas gab und zwei Straßen weiterfuhr. Der Motor verstummte, verdutzt sah ich ihn von der Seite an.

»Muss ich das jetzt verstehen?« Ich schnallte mich ab und musterte ihn akribisch, als Scott es mir gleichtat und ausstieg. Mit Schwung öffnete ich die Beifahrertür, trat in die Mittagssonne und ließ sie hinterrücks zufallen.

»Ich hab kein Bock, dass irgendein besoffener Penner später gegen meinen Wagen läuft, dagegen pisst oder ihn im schlimmsten Fall zerkratzt.« Scott hörte sich an wie ein beschissener Lehrer, der mir gerade die Leviten lesen wollte. Ja, ich hatte kapiert, dass sein Wagen sein absolutes Heiligtum war. Aber man konnte es auch ein bisschen übertreiben. Statt zu antworten, was sowieso nur in einer Diskussion geendet wäre und dazu geführt hätte, dass Scott mit großer Wahrscheinlichkeit gehen würde, zuckte ich nur mit den Schultern und schluckte die Worte herunter. Nach all den Jahren der Freundschaft wusste ich mittlerweile, wann es besser war, die Fresse zu halten. Nebeneinander liefen wir den Gehweg entlang, bis wir bei meinem Haus ankamen und ich schnell reinging, um den Basketball zu holen, den ich vorhin neben der Garderobe geparkt hatte. Beim Hinausgehen warf ich ihn Scott entgegen, der ihn im letzten Moment abfing und mir einen grimmigen Blick zuwarf. Ich lebte heute definitiv am Limit, dachte ich und grinste in mich hinein. Und diesen Kerl konnte man so einfach auf die Palme bringen.

»Hätte ich den ins Gesicht bekommen … Junge, dann –«

»Dann hättest du mir deine Waffe in den Arsch geschoben, ist klar. Du hast ihn gefangen, ich wollte nur deine Reaktionszeit testen«, scherzte ich, lief an ihm vorbei in die Einfahrt und klatschte in die Hände. »Spielen wir oder spielen wir?« Scott blieb noch stehen, starrte mich nur unentwegt an, ehe er sich in Bewegung setzte und den Ball dribbelte.

»Fresse«, motzte er und täuschte flink ein Manöver an, zog rechts an mir vorbei und versenkte den Ball. »Yes!«, rief er begeistert auf, riss die Hände in die Höhe und schnappte sich schnurstracks wieder den Ball. Ich glaubte, wir beide waren über seinen kurzen Ausbruch ziemlich überrascht, aber ehrlich gesagt, freute es mich, wenn Scott einmal von dieser üblen Strenge und Angespanntheit losließ. Wir spielten einige Sätze und verfielen in ein Spiel, so wie es früher Alltag bei uns gewesen war. Für kurze Zeit glichen wir tatsächlich unseren jüngeren Ichs, die noch grün hinter den Ohren gewesen waren. Zumindest halbwegs. Wir hatten uns erst bei Mino kennengelernt und dadurch schon unseren Weg, der uns überhaupt dazu getrieben hatte, mit der Scheiße anzufangen, hinter uns …

Sobald einer von uns verlor, forderte der andere eine Revanche und ich musste darüber schmunzeln, dass von seinen Erledigungen keine Rede mehr war. Anscheinend war es dann doch nicht so wichtig gewesen. Wir schwitzten uns den Arsch ab, weshalb wir uns irgendwann die Shirts auszogen und mit freien Oberkörpern weiterspielten. Scheißegal, wer uns sah, scheißegal, wer sich daran störte.

Nach ungefähr zwei Stunden gönnten wir uns eine Pause, setzten uns auf die Verandastufen und ich holte uns im Haus aus dem Kühlschrank jeweils eine gekühlte Flasche Wasser. »Hast du übrigens gesehen, mit wem Chloe gestern Abend abgezogen ist?«, fragte ich durch die Blume hindurch und sah im Blickwinkel nur, wie Scott den Kopf schüttelte.

»Woher willst du wissen, dass sie mit jemandem weggegangen ist?« Tja, die Frage konnte ich ihm nicht beantworten. Ich hatte es im Gefühl? Keine Ahnung. Wäre ein Taxi vorgefahren, hätte ich das mitbekommen. Davon ging ich ganz stark aus. Ich nahm einen großen Schluck aus der Wasserflasche, drückte die Plastikflasche an einigen Ecken hörbar ein und hörte Scott neben mir leise auflachen.

»Hattet ihr etwa Stress?« Ich hielt inne. Solche Gespräche führten wir eigentlich nicht, beziehungsweise hatten wir über so etwas schon lange nicht mehr gesprochen. Irgendwie fühlte es sich komisch an und gleichzeitig musste ich mit irgendjemandem darüber reden.

»Das frag ich mich auch. Kann sein, dass ich sie etwas verschreckt habe«, redete ich um den heißen Brei herum, schaute in die Ferne und stellte die Wasserflasche neben mir ab. Ich schnappte mir den Basketball zu meinen Füßen, drehte ihn zwischen meinen Händen.

»Was meinst du mit verschreckt?« Scott hörte sich belustigt an, aber noch weiter ins Detail zu gehen, ging zu weit. Das konnte ich nicht. Er würde wahrscheinlich schallend lachend zusammenbrechen.

»Verschreckt halt«, entgegnete ich und erhielt nur ein kurz angebundenes: »Aha«, als Antwort. Fuck, mehr konnte ich nicht sagen. Wenn ich vor ihm die Situation von gestern breittreten würde, würde er mich nicht mehr für voll nehmen. Keine Ahnung, wie er sonst zu dem Thema stand. Was aber auch völlig egal war. Sicherlich fing ich jetzt nicht an, mit ihm über Chloe zu reden, und darüber, wie sie ihn angestarrt hatte. Das gestern Abend war aus dem Moment heraus passiert. Mehr nicht. Zumindest das wichtigste Detail würde ich geschickt umgehen.

Ich holte tief Luft, stieß sie entnervt aus und wandte mich ihm kurz darauf zu. »Eventuell hab ich ihr gesagt, dass ich nichts dagegen hätte, sie mit jemandem zu teilen«, kam es mir über die Lippen und im gleichen Moment hätte ich mir selbst eine Ohrfeige verpassen können. Das Feingefühl einer Frau gegenüber fehlte mir eindeutig. Aber vor Chloe hatte es nie wirklich eine Freundin in meinem Leben gegeben. Es waren meist kurze Geschichten gewesen, ohne großen Belang. Sex und auf Wiedersehen. Und ob Chloe meine Freundin war? Nein, nein … Das zwischen uns war Spaß, mehr nicht. Wieso machte sie also so ein Fass auf und verschwand, ohne etwas zu sagen? Sollte sie doch nein sagen und fertig.

Scott klatschte sich neben mir seine Hände ins Gesicht, vergrub es darin und schüttelte fassungslos den Kopf. »Craig …«, lachte er auf und trank aus seiner Wasserflasche.

»Fuck, ich hab absolut keine Ahnung, was ihr Problem ist oder ob sie es überhaupt richtig verstanden hat. Ich hab ihr lediglich die Chance auf einen Dreier eröffnet«, platzte es aus mir heraus. Normalerweise war Chloe immer sehr direkt. Bisher hatte es keinen großen Streit zwischen uns gegeben, weil wir alles gleich klärten und eigentlich keine falschen Gedanken aufkommen ließen. Und jetzt konnte ich mir etwas zusammendichten? Wenn sie später kam, musste ich unbedingt mit ihr reden und es klarstellen.

VIERZEHN

CHLOE

Vollkommen übermüdet lehnte ich meine Stirn gegen die kühle Fensterscheibe des Taxis. Die letzte Nacht hatte ich kaum geschlafen. Alles war so durcheinander, so verworren. Nach gestern Abend hätte ich dringend ein Gespräch mit meiner besten Freundin gebraucht, doch wie sollte ich ihr die Situation erklären? Sonst erzählte ich Aylin alles, sie wusste, dass Scott mich schon im vergangenen Jahr wahnsinnig gemacht hatte. Doch das änderte nichts an der Tatsache, dass es mir schwerfiel, ihr mitzuteilen, dass Craig mich geleckt hatte, während ich ihren Bruder beobachtet hatte, und es sowohl Craig als auch mich noch heißer gemacht hatte. Dass diese Konstellation Verwirrung in mir auslöste, weshalb ich die Flucht ergriffen hatte. Dass Scotts Nähe beim Einparken mir eine Wärme bis in die Knochen beschert hatte. So nah, dass mir der Atem gestockt hatte. Es hatte mich so gnadenlos erfasst, dass ich ein Zittern hatte unterdrücken müssen. Ich verstand nicht, was mich an Scott Harrison so reizte. Klar, ich neigte gerne zu Schwärmereien und es war mir ab und an ein wenig peinlich, wie leicht es mir fiel, bei jemandem Herzflattern zu kriegen. Aber das schien wohl die Konsequenz, wenn die Eltern einen emotional vernachlässigten. Mein größter Fehler war wohl meine Schwäche für

Damien gewesen. In der High School hatte es irgendwann angefangen, und obwohl er dort bereits als Frauenheld gegolten hatte, hatte ich mich selbst in der Uni noch für ihn begeistern können. Bis ich Craig auf einer Party begegnet war, auf die mich Aylin netterweise mitgeschleppt hatte.

Und jetzt wusste ich nicht, was es bei Scott war, was mich so magisch anzog. Immerhin kannte ich ihn kaum, er war Aylins Bruder und ich hatte, außer was sein Faible für Kontrolle und Animes betraf, keine Ahnung von ihm. Er war ein Mysterium.

»Miss, wir sind da«, informierte mich der ältere Herr und riss mich somit aus meinen Gedanken. Ich sah ihn überrascht an, seine Wangen waren von grauen Bartstoppeln bedeckt. Er musterte mich ruhig durch den Rückspiegel und lächelte dann sanft. Ich brachte ein leises: »Dankeschön«, heraus, zog mein Smartphone aus der Hosentasche und bezahlte ihn per App. Dann stieg ich aus und hoffte, dass es kein Riesenfehler war, knapp drei Stunden vor Beginn der Geburtstagsfeier von Craig hier aufzutauchen. Eigentlich kamen alle immer eine Stunde zu spät, aber ich hatte sowohl meine Klamotten als auch den Wagen hier und wollte unbedingt vorher mit ihm sprechen. Immerhin hatten wir uns noch nie in so einer Situation befunden. Er war mir wichtig. Ich konnte Abende mit ihm verbringen, ohne ihm an die Wäsche zu wollen, und gleichzeitig gab es Momente, da wollte ich nichts lieber tun als das. Ich war gerne bei ihm. Wir waren Freunde. Ich vernahm die Motorgeräusche und blickte dem Taxi hinterher, bevor ich tief durchatmete.

Zwar hatte ich keinen blassen Schimmer, wie Craig auf mein Weggehen von gestern reagieren würde, doch ich war alles andere als feige und würde jetzt da reingehen! Mit einem kurzen Blick auf meine Füße versuchte ich diese anzufeuern, sich endlich in Bewegung zu setzen, und lief langsam auf die Veranda zu. Ich blieb stehen, als ich eine Stimme hörte, dann eine zweite und mein Herzschlag beschleunigte sich. Sofort stieg ich die Treppen wieder hinab. Wahrscheinlich war Craig mit jemandem hinten und ich hoffte wirklich für ihn, dass es keine weibliche Person war. Obwohl ich bei meinen Gedanken, die mich manchmal verfolgten, gar nichts sagen dürfte. Meine Schritte beschleunigten sich, während ich mir durch die Haare fuhr, dann das Gartentor aufstieß und vollkommen perplex stehen blieb. Das Tor knallte durch meinen Schwung an den Zaun, weshalb Craig mit dem Basketball in der Hand in der Bewegung stoppte und sein Augenmerk auf mich richtete. Er blieb nicht der Einzige, welcher mich eindringlich musterte. Scott und Craig standen gegenüber von mir. Die muskulösen Arme und die gebräunte Haut der beiden trieben meinen Puls noch weiter nach oben. Ich versuchte, dieses Gefühl von mir abzuschütteln. Fuck, ich wusste nur nicht, wie. Beide waren nur in Boxershorts bekleidet, wahrscheinlich hatten sie sich wegen der Hitze dem Rest entledigt. Die beiden Shorts hingen bei den Zweien tief auf den Hüften. Mein Blick richtete sich auf Craig, dem Schweiß von dem Hals zu seinem Oberkörper tropfte. Sein Brustkorb hob und senkte sich mit unregelmäßigen Atemzügen. Dann vernahm ich ein Räuspern und sah zu Scott, der seine Arme mittlerweile vor seiner Brust verschränkt hatte und angespannt wirkte. Sein Haar lag wirr durcheinander und der Schatten seines Dreitagebarts ließ ihn unglaublich sexy wirken. Dazu noch seine eisblauen Augen, die mich intensiv musterten, während ich versuchte, etwas in seinen Iriden zu lesen, anstatt seinen Oberkörper zu mustern, der wirkte, als wäre er aus Stein gemeißelt. Ich spürte, wie mir augenblicklich die Röte in die Wangen schoss. Warum musste dieser Mistkerl nun hier halbnackt stehen?

»Hey, was machst du hier?«, hörte ich direkt vor mir und schüttelte verwirrt den Kopf, bevor ich in grüne Augen sah.

»Sorry, ich wollte …, ach, ich komm später wieder«, winkte ich ab und wollte mich gerade umdrehen, um schnell das Weite zu suchen und meinen Herzschlag zu beruhigen. Es war seltsam, … so, als würde etwas in mir pulsieren und darauf warten, auszubrechen. Ein Griff um meinen Unterarm hielt mich von meinem Plan auf und ich hielt in der Bewegung inne, drehte mich wieder um und erwartete Craig, der meinen Arm festhielt, doch es war nicht seine Hand. Ein Kribbeln fuhr durch meinen Körper, kaum dass ich überhaupt begriffen hatte, dass nun beide ein paar Zentimeter von mir entfernt standen. Ich biss mir auf die Unterlippe. In dem Augenblick wollte ich nur eins: sie beide spüren. Einen in mir und den anderen auf meinen Lippen. Als meine Mitte daraufhin zu pulsieren begann, entzog ich Scott meinen Arm und verscheuchte hastig den Gedanken. Er wirkte, als versuchte er, mein Innerstes zu lesen, als suchte er nach einer Antwort, und presste die Lippen aufeinander. Wahrscheinlich hatte er meine Zurückweisung vollkommen falsch interpretiert. Aber das war vermutlich besser so.

»Ich lass euch zwei allein«, gab Scott zwischen zusammengepressten Zähnen zurück und wandte sich ab. Bevor er das getan hatte, hatte ich geglaubt, die gleiche Art von Verlangen auf seinem Gesicht zu sehen, wie es bei mir womöglich der Fall gewesen war, aber ich irrte mich sicher. Scott hatte mir mehr als deutlich gemacht, dass er nichts von mir hielt.

»Ich weiß, was du denkst«, hörte ich Craig hinter mir, sein nackter Oberkörper drückte sich nun gegen meinen Rücken und die vertraute Wärme durchfuhr mich wie Millionen Stromschläge. Bevor ich darüber nachdenken konnte, lehnte ich mich an ihn. »Er muss seine Seele an den Teufel verschrieben haben … bei diesem Aussehen«, raunte er an meinem rechten Ohr und knabberte an meinem Ohrläppchen.

»Was?«, hakte ich schockiert nach, wollte mich zu ihm umdrehen, doch seine Hände hielten meine Oberarme fest im Griff und hinderten mich daran. Craig wanderte weiter zu meinem Hals. »Seine muskulösen Arme, die dich sicher vollständig einschließen können, dann seine eiskalten blauen Augen, die trotzdem eine gewisse Wärme ausstrahlen … Wenn er dich enger an ihn drücken würde, könntest du seinen Duft einatmen – und ich kann dir sagen, er riecht ung–«, fuhr er fort, während er meinen empfindlichen Punkt am Hals gefunden hatte und daran saugte.

»Craig, hör auf!«, wisperte ich, klang aber nicht wirklich überzeugt und schluckte, was ihn heiser lachen ließ.

»Ich wollte mich eigentlich für gestern entschuldigen, weil ich zu forsch war und es falsch interpretiert habe, doch ich denke, das eigentliche Problem besteht darin, dass du dir selbst im Weg stehst, Chloe«, wisperte er und leckte über meinen Hals, was mich keuchen ließ, bevor ich mich endgültig von ihm abstieß und zu ihm umdrehte.

Irritiert betrachtete er mich, mit einem Hauch Neugierde und Verlangen, und ich verschränkte die Arme vor der Brust. »Ich steh mir nicht im Weg! Wenn du mit deinen Worten bezwecken willst, dass du andere Frauen ficken kannst, dann kann ich dir gleich sagen, dass –«, zischte ich, doch Craig unterbrach mich, indem er erneut dicht an mich herantrat und mir eine Haarsträhne aus dem Gesicht strich.

»Du denkst, mir geht es darum? Dass du mir nicht vollkommen ausreichst?«, lachte er wieder und schüttelte den Kopf. »Chloe, ich interessiere mich für gar keine andere.« Die Worte brachten mein Herz zum Rasen, aber sorgten auch für einen bitteren Nachgeschmack. Einerseits, weil ich es mochte, das zu hören, weil ich sonst für niemanden die Nummer eins war, andererseits weil es schmerzte, dass er an keine andere dachte, aber ich an jemand anderen …

»Und warum machst du dann sowas? Wieso willst du, dass ich an Scott denke?«

»Weil du es eh tust! Verflucht, sag jetzt nicht, dass du es nicht tust, denn ich hasse es, angelogen zu werden, Chloe«, zischte er und stieß ein: »Fuck«, aus, bevor er sich durch sein braunes Haar fuhr. »Ich sehe, wie du ihn anschaust. Du sollst nur wissen, dass es mir nichts ausmacht. Ich würde dich nicht mit jedem teilen, aber die Vorstellung …«, bei seinen Worten kam er noch ein Stück näher zu mir, hauchte mir einen Kuss auf meine Kieferpartie, wanderte über meine Wange zu meinem Ohr und wisperte weiter, »wie er tief in dir ist und ich dich küsse, während du stöhnst, macht mich verdammt an.« Ich schloss die Augenlider, ein Prickeln schoss durch mich und ich gab einen wohligen Seufzer von mir. Dann war der Moment vorbei und Craig entfernte sich ein Stück von mir. »Vielleicht interessiere ich mich nicht für eine andere, aber definitiv für euch beide«, gab er nur noch von sich, dann ging er an mir vorbei und ich drehte mich irritiert um. Doch bevor ich mir den Kopf darüber zerbrechen konnte, wandte er das Gesicht in meine Richtung und bedeutete mir mit einer Kopfbewegung, ihm ins Haus zu folgen. Ich zögerte, nicht ganz sicher, ob ich nicht einfach fliehen sollte, doch ich gehörte eher zu der Sorte Menschen, die zu neugierig war, um einfach den Rücktritt anzutreten.

FÜNFZEHN

CHLOE

Das Haus füllte sich nach und nach, doch ich konnte mich nicht wirklich auf die Feier konzentrieren. Craig und Scott waren jeweils duschen gewesen, während ich mir mein schwarzes Cocktailkleid angezogen hatte, um mir danach gleich in der Küche eine Flasche Wein zu öffnen. Ich trank selten vor Partys, eher aß ich eine fettige Pizza, um all den Alkohol des restlichen Abends in mich reinschütten zu können, ohne Probleme zu bekommen. Nun war mir warm und der Inhalt des dritten Glases rann mir wunderbar die Kehle runter. Mein Kopf fühlte sich so leicht an. Eine Stimme drang an mein Ohr. Ich hätte sie unter Millionen sofort erkannt. »Chloe?« Ich sah auf meine beste Freundin herab, die durch meine Absätze nun deutlich kleiner war als ich und mich fragend betrachtete. »Wieso stehst du hier an der Säule gelehnt und nicht auf der Tanzfläche?«, hakte sie nun besorgt nach und ich fuhr mir durch meine langen Haare. Ich wusste, wieso sie besorgt war, denn normalerweise waren Partys die perfekte Gelegenheit für mich, mich tanzend im Moment verlieren zu können. Zuhause war immer alles leise um mich herum, still und einsam, aber auf Feiern loderte die Musik in mir.

»Du hast recht, Aylin, komm …«, gab ich von mir und nahm ihre Hand, um sie zu der Tanzfläche zu führen, die gestern noch das

Wohnzimmer dargestellt hatte. Mittlerweile war die Couch an das eine Ende der Wand verfrachtet worden und die Sessel an die anderen. Die Boxen spielten gerade ‚It's my Birthday' von Cody Wise und will.i.am. Craig hatte mir schon vor einigen Tagen erzählt, dass er dieses Lied ein paar Mal in die Playlist gepackt hatte, damit es immer wieder gespielt wurde.

»Es ist unglaublich, wie sehr Craig seinen Geburtstag liebt«, lachte Aylin und wir fingen beide an zu tanzen. »Davon könnte er meinem Bruder wirklich etwas abgeben. Ich weiß jetzt schon, dass er wieder gezwungen lächeln wird, wenn ich ihm etwas schenke, aber im Grunde einfach nur ins Bett will, um den Tag so schnell wie möglich zu Ende zu bringen«, berichtete sie weiter und ich wurde hellhörig.

»Hasst er den Tag wirklich so sehr?« Ich feierte jedes Jahr meinen Geburtstag, mit einer ähnlich großen Party wie Craig, doch eher, um ihn nicht alleine zu verbringen. Mom und Dad hatten jedes Jahr eine Ausrede, um doch nicht zu erscheinen, oder Dad kam spät nachts von der Arbeit nach Hause. Sie gaben mir Geld und ich nutzte dieses, um wenigstens das Gefühl zu bekommen, sie hätten den Geburtstag für mich organisiert. Ich liebte ihn nicht, wie Craig es tat, aber ich hasste ihn auch nicht, wie es bei Scott anscheinend der Fall war. Ich fragte mich, wieso er ihn so verabscheute …

Aylin gab mir die Bestätigung, als sie nickte und dann mit den Schultern zuckte, während sie ihre Hüften bewegte und wie einige andere im Raum die Hände hob. »Ich weiß, dass seine Geburtstage eher daraus bestanden hatten, sich um mich zu kümmern, als ich kleiner war, oder Mom und Dad zu bemuttern … Aber irgendwie dachte ich, nachdem sie nun weg sind …, dass er mehr davon halten würde. Allerdings habe ich mich da geirrt«, fügte sie hinzu und stieß ein frustriertes Schnauben aus. »Aber genug von meinem Bruder, lass uns Spaß haben«, lachte sie dann und hüpfte weiter herum. War es falsch, dass ich noch mehr hören wollte? Ich wollte noch mehr von ihm wissen, ihn in echt sehen, ihn erleben. Doch wir tanzten weiter, wirbelten herum und streckten immer wieder, wenn es passte, die Hände in die Luft und lachten. »Ich wusste, dass du hier mehr Spaß haben würdest als irgendwo am Rand«, schrie Aylin gegen den Lärm an und ich nickte. Sie hatte recht, ich tanzte gerne und ausgelassen. Gerade drehte ich mich, wobei ich in einem der Sessel Craig sah, der sein Augenmerk auf mich gerichtet hatte. Unsere Blicke trafen sich und ein wahnsinnig elektrisierendes Kribbeln fuhr durch meinen Körper. Ich mochte es, was für ein wundervolles Gefühl er mir gab, und lächelte. Genau auf das sollte ich mich konzentrieren. Bevor ich wieder wegsah, schenkte ich ihm ein kurzes Lächeln, dann wandte ich mich erneut Aylin zu.

Als uns die Puste ausging und unsere Füße dem Rhythmus nicht mehr folgen konnten, entschieden wir uns für eine kleine Pause. Also stellten wir uns an den Rand, um uns von den aufgestellten Tischen einen Cocktail zu nehmen. »Wann hat Scott denn Geburtstag?«, versuchte ich die Frage eher unauffällig klingen zu lassen, nachdem Aylin einen Schluck von ihrem Mojito genommen hatte. Allerdings wurde sie wohl ein wenig misstrauisch, denn sie zog die Augenbrauen in die Höhe. »Nur, damit ich an diesem Tag weiß, dass ich ihn besser nicht ansprechen sollte.« Am liebsten hätte ich mir für diese Ausrede eine Ohrfeige verpasst. Darin war ich auch schon einmal besser gewesen.

»Weil du auch so viel mit ihm redest«, kam es mit einem amüsierten Unterton von ihr. »Es wäre wirklich viel einfacher, wenn du mir sagen würdest, dass du auf ihn stehst. Ich habe etwas mit seinem besten Freund angefangen, ich darf definitiv nicht das Geringste dagegen sagen. Auch wenn ich bei jedem schmutzigen Detail wohl das Kotzen kriegen werde, aber so ist das nun mal, wenn man an seinen nackten Bruder denkt un–«, redete Aylin gleich drauflos und ich schüttelte mehrmals hintereinander den Kopf.

»Nein!«, gab ich im gereizten Ton von mir und stoppte sie somit. Definitiv konnte ich es nicht gebrauchen, dass sie jetzt genauso wie Craig anfing. »Ich wollte es einfach nur so wissen, aber wenn du es mir nicht sagen möchtest, dann lass es halt«, brummte ich, wollte nicht weiter darüber reden, wieso ich mich dafür interessierte, weil ich es selbst nicht verstand. Lieber nahm ich einen Schluck von meinem

Caipirinha. Dabei wanderte mein Blick durch den Raum und blieb an zwei Personen hängen. Ich klimperte mit den Lidern, kniff die Augen fest zusammen und das Bild wurde klarer und deutlicher. Scott lehnte an einer Wand, mit einem Drink in der Hand, während eine Brünette dicht vor ihm stand. Sie hatte ein lockeres weißes Sommerkleid an und wirkte auf einer Party voller Krimineller vollkommen fehl am Platz. Hatte er sie etwa mitgenommen? Die Sicht auf die beiden wurde mir genommen, als sich jemand vor mich stellte.

»Hey, ich weiß, wir haben erst einmal miteinander gesprochen und das auch nur flüchtig …«, fing der Kerl an, rieb sich durch sein Haar und sah wieder auf mich herab. Killian. Ich kannte ihn von Craigs Partys. So viel ich wusste, war er früher bei Pablo gewesen und nun gehörte er zu Blake. Irgendwann hatten Craig und er einen Auftrag zusammen gehabt – was er nun aber von mir wollte, war mir schleierhaft. »Na ja, ich wollte immer mal zu dir kommen und einfach Hallo sagen, aber mir fiel nie ein guter Grund ein. Und wahrscheinlich ist das jetzt auch keiner, aber vielleicht könnten wir uns unterha–«

»Kein Interesse.« Klar und deutlich. Der Großteil wusste, dass Craig und ich keine offizielle Beziehung führten, und somit war ich halt Frischfleisch für die sie, auch wenn ich meistens zu sehr mit seinem Mund beschäftigt war, sodass die anderen gar nicht die Gelegenheit hatten, zu mir zu kommen. Meistens lächelte ich und versuchte, zu verstehen zu geben, dass wir zwar nicht zusammen waren, aber ich trotzdem nichts mit jemand anderem anfangen wollte. Gerade jedoch hatte ich keine Zeit für die höfliche Tour und schritt einfach an ihm vorbei und nahm somit Abstand – sowohl von ihm als auch von Aylin. Ich wusste nicht, was ich tat, und wahrscheinlich war das nun vollkommen irrational und dumm, und ich konnte es nicht mal hundertprozentig auf den Alkohol schieben, von dem ich mich leider nicht mehr benebelt fühlte. Ich ging auf das Bild, was mich rasend machte, zu, und bevor ich genau darüber nachdenken konnte, hatte sich mein Körper schon zwischen den von Scott und der Brünetten gedrängt, die Anstalten gemacht hatte, sich an ihn zu schmiegen.

»Darf ich kurz?«, zischte ich und griff nach dem Wodka hinter ihm. Und dann nach der anderen Flasche. Dabei war ich ihm so nah, dass mir sein betörender Duft in die Nase stieg. Vielleicht etwas zu nah. Mist, Craig hatte recht gehabt. Scott roch einfach viel zu gut. Dennoch machte ich mir in Ruhe meinen Wodka Soda fertig. Ich vernahm, wie das Mädchen hinter mir mit der Zunge schnalzte, doch das war mir egal.

»Chloe, was machst du da?«, hörte ich leise von Scott. Seine Stimme klang nicht angepisst, eher neugierig, und nicht, als würde meine Nähe ihn besonders stören. Der Gedanke zauberte mir ein leichtes Lächeln auf die Lippen. Es verwirrte alle meine Sinne, ihm so nah zu sein. Scott kam noch dichter, sodass seine Sneaker in mein Blickfeld traten. Ich nahm einen Schluck, um meine Kehle zu befeuchten. Sein herber Duft stieg in meine Nase. So nah war ich ihm lange nicht mehr gewesen. Es fühlte sich gut und aufregend zugleich an.

»Etwas trinken, mehr nicht … Wieso? Störe ich bei etwas?« Ich stellte mich dumm und erntete dafür ein belustigtes Geräusch von ihm. Danach fasste er sich mit dem Daumen und Zeigefinger an der Nasenwurzel und versuchte wohl, ein Lachen zu unterdrücken.

»Wenn es dir nicht aufgefallen ist, er war gerade mit mir beschäftigt«, zischte die Brünette und hatte wohl doch einen Mund, woraufhin ich mich ihr zuwandte.

»Oh, hab dich gar nicht gesehen. Sorry.« Zwar versuchte ich, bestürzt zu klingen, doch ich war mir ziemlich unsicher, ob ich es hinbekam, bevor ich mein Augenmerk wieder auf Scott richtete. »Was trinkst du?«

»Whiskey«, antwortete er mir knapp, doch das sah ich nicht als Zeichen an, dass er nicht mit mir reden wollte. Scott sprach von den Jungs am wenigsten, dennoch war er – wie Craig mir vor ungefähr einem Jahr berichtet hatte – dafür bekannt, dass die Frauen ihm hinterherliefen. Weil er charmant sein konnte, ansatzweise wohl wusste, wie man eine Frau behandelte, und unfassbar schöne Augen hatte. Seine Worte, nicht meine.

»Ist das dein Lieblingsgetränk?« Ich wusste nicht, woher plötzlich das Interesse von mir kam, mehr über ihn zu erfahren, aber wenn ich gerade die Chance bekam und eh schon dicht an ihn gepresst stand, dann konnte ich das auch nutzen. Auch wenn mein Puls sich verdoppelte und mein durchs Tanzen erhitzter Körper noch wärmer wurde.

»Ähm, hallo?! Ich hab dir doch gesagt, er ist mit mir beschäftigt!«, ertönte wieder diese schrille Stimme, die nun eine Oktave an Höhe gewonnen hatte.

»Und jetzt ist er mit mir beschäftigt«, gab ich nur zurück, verschränkte die Arme vor der Brust und wandte mich ihr nun vollkommen zu. Dann presste ich die Lippen aufeinander. Was tat ich hier eigentlich? Ich sollte Aylin suchen und mich weiter mit ihr auf der Tanzfläche vergnügen oder mich auf die Suche nach Craig begeben. Trotzdem stand ich nun hier und markierte mein Revier, welches gar nicht meins war. Eins, welches auch nie meins sein würde. In dem Moment, als ich das begriff, fuhr ich mir mit der Hand durchs Gesicht, gab ein: »Vergiss es einfach«, von mir und schritt einfach an der nun verwirrten Brünette vorbei. Ich brauchte einen Augenblick Ruhe ohne den Lärm, der mir sonst so viel Frieden schenkte. Einen Atemzug, um mich zu sammeln und um auf der Feier so zu tun, als hätte ich nicht gerade versucht, eine Frau davon abzuhalten, Scott zu küssen. Deshalb stieß ich die Tür auf, von der ich wusste, sie würde ins Gästezimmer führen. Ich kannte mittlerweile jeden Winkel in dem Haus. »Chloe, warte«, hörte ich plötzlich hinter mir, und anstatt dass die Zimmertür wieder ins Schloss fiel, wurde sie von einer Hand aufgehalten.

SECHZEHN

CHLOE

Ich ignorierte ihn, trat einige Schritte zurück, während ich sah, wie sich seine Lippen bewegten. »Chloe?« Er sprach meinen Namen so sanft aus, dass man darin ebenso Zärtlichkeit heraushören konnte wie die Bitte, endlich zu antworten. Verunsichert betrachtete ich ihn weiterhin, bis ich mit dem Rücken gegen die Wand prallte. War er nicht sauer auf mich, weil ich ihn dermaßen bei seinem Versuch, die Brünette ins Bett zu kriegen, gestört hatte? »Du siehst aus wie ein in die Enge getriebenes Tier«, kommentierte Scott meinen Versuch, wohl mit der Wand eins zu werden.

»Ich wollte nur ein paar Minuten allein sein«, gab ich von mir, als ich meine Stimme wiedergefunden hatte. Ich verschränkte die Arme vor der Brust, was mir ein wenig mehr Sicherheit gab. »Hast du nicht etwas zu tun?«, kam es ein wenig zu angespannt über meine Lippen. Seine verzogen sich daraufhin zu einem Lächeln.

»Ich weiß nicht, was du da gesehen hast, aber ehrlich gesagt war sie mir ein bisschen zu aufdringlich.« Anscheinend hatte also Scott nicht versucht, sie ins Bett zu kriegen, sondern eher andersherum. Es erleichterte mich auf eine Art, die ich nicht fühlen durfte.

»Und du interessierst dich nicht für sie?«, hakte ich nach, obwohl ich mir dafür am liebsten die Hände gegen den Mund gepresst hätte.

»Momentan zweifle ich ziemlich an dem, was mich interessiert und was nicht«, brummte er und klang ebenfalls so aufgeschmissen, wie es in meinem Inneren aussah. Scott trat vom einen Fuß auf den anderen.

»Ich kann nicht mehr klar denken«, wisperte ich – wenn er schon so ehrlich zu mir war, sollte ich es wohl auch sein. Anstatt etwas darauf zu erwidern, kam er noch näher und besaß die Dreistigkeit, zu grinsen. Dabei hatte er die Hände in den Hosentaschen versenkt und holte diese erst hervor, als er sie neben meinem Kopf an die Wand presste. Er war mir so nah, dass ich mich fast in seinen Augen spiegeln konnte.

Und am Ende sagte er mit rauer Stimme: »Ich weiß nicht, was ich tun soll …«

Ich schluckte. Mein Puls raste und ich glühte. Bei jedem Atemzug stieg mir sein Duft in die Nase.

»Was möchtest du denn tun?«, gab ich leise von mir und spürte ein Prickeln an meinem rechten Oberarm, als er seine Hand von der Wand löste und sanft darüberfuhr.

»Ich schwanke zwischen mich von dir fernhalten und dich gegen diese Wand pressen und mich hart in dir zu versenken«, raunte er in mein Ohr. Bei jedem Wort spürte ich seine Lippen daran und konnte ein gedämpftes Keuchen nicht unterdrücken. »Ich will dich ficken, dich in den Wahnsinn treiben und dich zum Schreien bringen«, fuhr er fort und der Blick, den er mir dabei zuwarf, war heiß genug, um alles in mir zu verbrennen. Vor allem meinen Widerstand. »Aber ich bin kein Mann, mit dem du bei Kerzenschein essen kannst, Chloe«, hauchte er, strich mit den Fingern meinen Hals hinunter über meine Schulter, fasste mich an der Taille, und ich fühlte mich augenblicklich haltlos, als er seine Hand wieder von mir löste. Scott wollte sich von mir entfernen, doch dieses Mal würde ich ihn nicht lassen, weshalb ich meine Fingernägel in sein T-Shirt krallte und ihn erneut an mich zog.

»Nicht.« Brüchig und doch bestimmend kamen die Worte von mir, während ich ihm fest in die Augen sah. »Was ist, wenn ich das gar nicht will?« Ja, ich mochte Romantik, nicht unbedingt Kerzenschein, aber ein wenig romantische Atmosphäre. Doch wenn Scott mir das nicht bieten konnte und ich ihn trotzdem wollte … »Was ist, wenn ich nur dich will?«, flüsterte ich gegen seine Lippen, die mir nun so nah waren, nachdem ich ihn an mich herangepresst hatte. Für ein paar Sekunden, die mir unerträglich lange vorkamen, herrschte eine unangenehme Stille zwischen uns. Als wäre unser Gespräch zu weit gegangen. Wir kannten einander kaum und doch konnten wir beide wohl kaum diese Anziehungskraft leugnen. Nicht seit unserem Kuss letzten Sommer. Ich sah, wie sich in Scotts Gesicht etwas regte, er presste die Lippen zu einem schmalen Strich zusammen und ich befürchtete fast, er würde mich gleich von sich wegstoßen wollen.

»Du kostest mich meinen Verstand, weißt du das?«, raunte Scott und bevor er noch weiter nachdenken konnte, überwand ich die letzten Zentimeter zwischen uns und presste meine Lippen auf seine. Sie waren rau und warm. Mit einem zufriedenen Laut öffnete er seine und begann den Kuss zu erwidern. Er schmeckte nach Bier und ein bisschen nach Minze, während sein gesamter Körper einen Duft aus Orange, Zedernholz und Amber verströmte. Die restlichen zweifelnden Gedanken, ob das hier richtig war, waren wie weggeblasen. Eher versank ich tief hinein in diesen Kuss und vergaß alles um mich herum, insbesondere, wie falsch das hier war. Nur er und ich – das war alles, was von Bedeutung war. Erneut legte Scott seine Hand an meine Taille, zog mich mehr von der Wand weg und enger an ihn. Seine Finger wanderten weiter über meinen freien Rücken vom Kleid und ich spürte überall dort, wo er mich berührte, ein Kribbeln, eine Hitzewelle, die mich überzog und mich an seinen Lippen keuchen ließ, bevor ich sanft in seine Unterlippe biss. Ich wollte mehr von ihm, so viel mehr, und das gab er mir, indem er mich ruckartig gegen die Wand presste und seine Finger in meiner Hüfte vergrub. Hart drückte sich sein Körper gegen meinen. Ein weiteres Keuchen kam über meinen Mund, als ich seine Erregung so deutlich an mir wahrnahm.

Scott beendete unseren Kuss, fuhr mit seinen Fingern durch mein Haar, strich mir beinahe sanft eine Haarsträhne aus dem Gesicht, nur um meine Haarpracht dann um seine Faust zu wickeln und meinen Kopf zur Seite zu neigen. Meine Mitte pulsierte und ich stand in Flammen, während er seine Lippen auf meinen Hals senken wollte. Doch bevor er dazu kam, hörten wir beide, wie die Tür geöffnet wurde, und fuhren auseinander. So standen wir einige Momente da, während Craigs Blick unseren traf und sich mein Brustkorb wild hob und senkte. Mittlerweile hatte Craig die Tür wieder hinter sich geschlossen, ging einige Schritte zu uns, doch anstatt uns sauer anzufunkeln, sah er eher amüsiert aus. Als hätte er nichts anderes erwartet. Dass es von den beiden geplant war, wie ich vermutet hatte, daran zweifelte ich dennoch. Ich konnte mir nicht vorstellen, dass Craig mich tatsächlich so belügen würde. Dann wäre meine Menschenkenntnis nun wirklich für 'n Arsch. Trotzdem kam mir das alles seltsam vor. Besonders, als sich Craig über die Lippen leckte und uns beide anstarrte. »Von mir aus macht gerne weiter.«

Das war wohl Scotts Stichwort, zu verschwinden, denn er entfernte sich gänzlich von mir und ich konnte nur noch seinen Rücken betrachten, während er in Richtung Tür lief. Doch bevor er diese erreichte, stellte sich Craig ihm in den Weg. »Was ist los, Scott? Hast du so eine Panik davor, mal die Kontrolle zu verlieren? Einfach zu tun, worauf du Bock hast, und nicht an deine scheiß Moral gebunden zu sein?«, stichelte Craig und funkelte ihn dabei amüsiert an.

SIEBZEHN

SCOTT

Am liebsten würde ich Craig für diesen dummen Spruch meine Faust tief in den Rachen schieben, bis er daran erstickt. Dumme Kommentare gehörten zu ihm, das wusste ich, aber dass er gerade jetzt hier reinplatzen musste und tatsächlich auf dem Boden blieb, wunderte mich. Obwohl nein, nicht wirklich. Heute Mittag vor der Party hatten wir noch dieses strange Gespräch gehabt, bei dem es um den Stress mit Chloe gegangen war. Deshalb wusste ich … sollte es nach Craigs Pfeife gehen, hatte er absolut keine Probleme mit dieser Situation. Chloe lehnte neben mir weiterhin mit dem Rücken an der Wand, atmete schwer und wandte sich mit dem Oberkörper etwas ab. Damit ich ihr vor Hitze gerötetes Dekolletee nicht sah? Fuck, dafür war es zu spät. Aber was machte ich hier überhaupt? Ich sollte meine Beine in die Hände nehmen und dem Ganzen so schnell wie möglich entgehen. Craigs neugierigen Blicken und Chloes anziehender Magie. Die Hände zu Fäusten geballt spürte ich den Druck in den Armen, wie meine Haut spannte und sich dadurch die Adern an den Unterarmen abzeichneten. Leider konnte ich mich keinen Zentimeter bewegen. Ich wollte und konnte es nicht. Wieso musste ausgerechnet ich in so eine Lage kommen? Ich, der sich von so einer Scheiße immer fernhielt, keine Gefühle zuließ und niemals, wirklich niemals, eine Beziehung mit einer Frau anfing. War das ein beschissener Scherz des Schicksals? Wollte es mir damit etwas sagen? Alles hier verwirrte mich gerade, sodass ich mich schnaubend herumdrehte, ans Fenster lief und mich mit den Händen an der Fensterbank abstützte. Meinen Kopf ließ ich nach vorne sacken und starrte hinaus.

Beide irritierten mich … Craig, der gespannt weiterhin neben der Tür lehnte und sich einen Spaß daraus machte, wie ich mich in meinem Gewissenskonflikt suhlte, und Chloe, die sich genauso wenig bewegte, als wäre sie ebenfalls nicht abgeneigt, den Worten meines Kumpels nachzugeben. Aber vor allem verstand ich die ganzen verfickten Gefühle nicht, die sich gerade in mir breitmachten. Es hatte mich schon immer rasend gemacht, wenn ich sah, dass Chloe von einem anderen Mann angefasst wurde – besonders Craig stand auf dieser Liste natürlich ganz weit oben –, weshalb ich für einen Dreier absolut nicht geschaffen war. Nicht auf diese Art. Dafür gab es zu viele Verbindungen zwischen ihr und mir. Zu viele Blicke, die wir schon ausgetauscht hatten und die auf viel mehr hinwiesen als einen läppischen Dreier. Würde ich einen Schritt über diese Klippe wagen, gäbe es kein Zurück. Chloe zu küssen, war schon der absolut schlimmste Einfall der Welt gewesen. Dadurch war sie noch reizvoller für mich geworden, als wäre sie das nicht schon genug. Ich sah ihre tiefen und eindringlichen Blicke, die sie mir zuwarf, entdeckte stets die Lust darin, die sofort wieder hinter einer Eiswand verschwand.

Oh, Baby, mir kannst du nichts vormachen. Vielleicht haben die anderen nie bemerkt, wie du mich ab und zu musterst, aber jedes Mal, wenn deine Augen meinen Körper streifen, spüre ich tausend Blitze durch ihn schießen.

Gott, in welche Richtung schweifte ich verdammt nochmal ab? Ich war nichts für Chloe. Niemals. Die sorglose Seite, die Craig an den Tag legte, würde sie bei mir vergeblich suchen. Was daran lag, dass ich zu viel Scheiße erlebt hatte, ohne sie von mir abschütteln zu können. Ich war schlichtweg gebrochen. Auf jede erdenkliche Art und Weise. Damit würde so eine lebensfrohe und unbekümmerte junge Frau nicht umgehen können.

Ich versuchte, diesen heißen Körper aus meinem Kopf zu bekommen, musste sie ins hinterste Eck meines Verstandes schieben, sie vergessen. Es war ein Fehler, hier zu sein, in ihre Nähe zu kommen, obwohl es nie ein Wir geben konnte. Dennoch regte sich etwas in mir. Ein Verlangen, Chloe endlich zu berühren und ihre weichen Lippen nochmal zu spüren. Das war ebenfalls nicht meine Art. Ich nahm mir, was ich wollte – und wer sprach hier von einer großen Liebe? Keine Sau. Hier ging es um Spaß, nichts anderes. Scheiße, es waren schon so viele Abende vergangen, an denen ich daran gedacht hatte, wie es wohl wäre, Chloe zu ficken. Ob sie genau so eng war, wie ich es mir vorstellte, und wie sie meinen Namen keuchen würde, während ich sie befriedigte. Mein Puls schoss in die Höhe, ein angenehmes Kribbeln überzog meinen ganzen Körper und ich spannte die Schultern an. Meine Finger umgriffen die Fensterbank fester, ehe ich mich langsam aufrichtete, tief einatmete und mich mit zusammengebissenen Kiefern herumdrehte. Craig behielt mich im Blick, und als könnte er meine Gedanken lesen, zuckten seine Mundwinkel nach oben. Der Bastard kannte mich. Viel zu gut. Viel zu gut, als dass ich an ihm vorbeischreiten und das Zimmer verlassen konnte. Er erkannte in meinen mittlerweile bestimmt dunklen und geweiteten Iriden die Gier nach Chloes Körper. Dieser Moment, bevor man sie an der Hand packte und sich in eine dunkle Ecke verzog. Genau das würde er gerade in meinen Augen entdecken.

Ich schaute zu Chloe, die mit gestrafften Schultern dastand, meinen Blick spüren musste, ehe sie ihren Kopf in meine Richtung drehte. Sie nickte, leckte sich dabei über die Unterlippe, und so plötzlich, wie ich mich eben von ihr gelöst hatte, als die Zimmertür aufgegangen war, so schnell ging ich auf sie zu, vergrub meine Hände in ihren Haaren und zog sie an mich. Darin lag nichts Romantisches oder Liebevolles. Sie keuchte durch meinen Griff schmerzerfüllt auf, bevor unsere Lippen aufeinanderprallten und ich sie gierig küsste. Mein Hirn wurde durch das Verlangen nach ihr in die Luft gesprengt, ich warf all meine Regeln über Bord. Länger würde ich es sowieso nicht aushalten. Chloe befand sich fast täglich vor meiner Nase, wie sollte ich dem inneren Drang weiterhin standhalten? Schließlich war ich auch nur ein Mann.

»Scheiße, ja«, hörte ich Craig in weiter Entfernung flüstern, obwohl er nur wenige Meter von uns entfernt stand. Grob zog ich Chloes Unterlippe zwischen meine Zähne, saugte daran und biss hinein, sodass sie keuchte und ihre Finger in meinen Schultern vergrub. Irgendwie kam ich mir gerade sowohl komisch vor, von meinem Kumpel dabei beobachtet zu werden, seine Freundin zu küssen, als auch komplett erregt. Dieser Teil überwog definitiv. Niemand würde mich jetzt noch von meinem Vorhaben abhalten können. Die Grenze war überschritten. Ich hatte mich ihr nochmal genähert, ihren warmen, nach Aprikose riechenden Duft eingesogen und mich einer höheren Macht unterworfen, gegen die ich nicht ankam.

Ich drängte Chloe auf das Bett zu, bis sie mit den Kniekehlen gegen die Matratze stieß und rückwärts darauf fiel. Hinter mir hörte ich Craig Schritte, spürte, wie er näherkam, und drehte mich schwer atmend zu ihm um. »Wenn du sie anfasst, Craig, bist du tot. Sie gehört mir«, raunte ich ihm zu und meinte es todernst. Es war eine Sache, jemanden dabei zuschauen zu lassen, aber ihn mit einzubeziehen, fuck, nein. Ich. Teilte. Nicht. In der Vergangenheit nicht und auch in der Zukunft nicht. Amüsiert hob Craig abwehrend die Hände, ehe er seine bereits gegangenen Schritte zurückmachte und sich wieder gegen die Wand lehnte. Kaum war er aus der für sich gefährlichen Zone raus, drehte ich mich zu Chloe herum, die sich mit den Ellenbogen auf der Matratze abstützte. Ihre Schultern lagen durch den Schnitt ihres Kleides frei, ihre Schlüsselbeine ragten heraus und ich konnte an nichts anderes mehr denken, als wenige Zentimeter darüber, wo ihr Puls heftig pochte, in die zarte Haut zu beißen. Ihre Beine hatte sie – bewusst oder unbewusst – ein klein wenig gespreizt, sodass ich einen perfekten Blick auf ihren ebenfalls schwarzen Spitzenslip hatte. Fuck, den trug sie nicht mehr lange. Ich ließ nichts anbrennen, dafür war meine Ungeduld viel zu groß, kniete vor ihr nieder und schob ihr grob das Kleid über die Hüften. Chloe schnappte nach

Atem, behielt mich im Auge und hob sofort das Becken an, als ich nach dem Stofffetzen griff, der ihre Mitte bedeckte, und ihn ihr auszog. Scheiße, was machte ich hier? Kurz hielt ich inne, betrachtete ihre feuchten Schamlippen und schob die Zweifel, die sich in mir auftürmten, zur Seite. Keine Zeit dafür. Ich musste sie ficken.

Ehe ich es mir anders überlegte, fuhr ich mit Zeige- und Mittelfinger durch ihre Spalte, blickte Chloe dabei tief in die Augen und erkannte die blanke Lust. Hatte sie sich auch schon viel zu lange diesen Moment ausgemalt? Wie es war, wenn ich sie fingerte? In sie eindrang und ihr mit schnellerwerdenden Bewegungen den Höhepunkt bescherte?

Überrascht, dass sie mir ihre Hüften entgegenbrachte, umspielte ich ihre Perle, ehe ich weiterwanderte und ohne Vorwarnung mit den Fingern hart in sie eindrang. Sie bäumte sich auf, aus ihrer Kehle kam ein Schrei, den sie sofort mit einer vorgehaltenen Hand erstickte. Gott, sie war verdammt eng und ich spürte selbst, wie mein Schwanz in der Hose anschwoll, während meine Finger von ihrer feuchten Wärme umgeben waren. Ich drang immer schneller in sie ein, massierte mit dem Daumen ihre Perle, genoss die Laute, die ihr dabei entfuhren. Nichts nahm ich um mich herum wahr, ich sah nur noch Chloe, die sich vor mir auf dem Bett wand und unseren Blickkontakt nicht abreißen ließ. Ihre Beine versuchten sich zusammenzupressen, sodass ich sie weiter spreizte, mir ihre Mitte komplett entblößte und mich letztendlich herunterbeugte, um sie endlich zu schmecken. Kaum fuhr ich mit der Zungenspitze über ihre Klit, musste ich selbst tief stöhnen und schloss für wenige Sekunden die Augen. Auch Chloe schien völlig neben sich zu stehen, ihre Hand vergrub sich in meinen Haaren, sie setzte sich auf und presste ihr Becken gegen mein Gesicht, als könnte sie es nicht erwarten, zu kommen. Ihr Stöhnen wurde intensiver, ich zog meine Finger aus ihr heraus und drang mit der Zunge in sie ein und massierte dabei unaufhörlich ihre Perle.

»O Gott, Scott …«, keuchte sie mit dunkler Stimme und brachte damit meinen Schwanz zum Zucken. Das Zittern in ihren Beinen nahm zu und ehe ich das Gefühl bekam, dass sie gleich kam, erwischte es sie mit geballter Ladung. Ihr Schrei war ohrenbetäubend. Zum Glück lief draußen auf der Party laute Musik, weshalb niemand davon mitbekam, was hier im Zimmer geschah. Fuck, ich wollte sie so sehr. Ich wartete noch das Nachbeben in ihrem Körper ab, leckte sie weiter, bis ich von ihr abließ und sie dabei beobachtete, wie sie sich rücklings auf das Bett fallen ließ. Ihre Brust hob und senkte sich unfassbar schnell, Haarsträhnen hingen ihr ins Gesicht. Als sich unsere Blicke begegneten, musste ich ein schmunzeln. Die Lust in ihren Augen war nicht verschwunden. Ganz und gar nicht. Das Feuer loderte weiterhin, genauso wie in mir. Das gerade war nur der Anfang gewesen.

»Zieh das aus«, sagte ich schon fast in einem Befehlston und rechnete felsenfest damit, dass sie mir einen dummen Spruch entgegenbringen würde. Stattdessen schnappte sie nach Luft, schaute mich lasziv an, ehe ihr Blick zu Craig wanderte.

Chloe, Chloe … Du überraschst mich mit deiner neugewonnenen Seite.

‚Wo war nochmal das Problem gewesen?', wollte ich Craig im gleichen Augenblick fragen, als sie sich ihr Kleid über den Kopf zog und in die Ecke warf. Verdammte Scheiße, kein BH. Ihre kleinen, perfekt geformten Brüste sprangen mir förmlich ins Auge. Die Nippel stachen hervor, ich leckte mir lüstern über die Lippen, ehe ich ihre Brüste umfasste und anfing, ihre harten Knospen zu liebkosen. Ich nahm sie abwechselnd in den Mund, saugte daran und entlockte Chloe die nächste Achterbahnfahrt der Erregung. Gerade eben gekommen und doch schon wieder geil. Das liebte ich.

Gleichzeitig griff sie nach dem Bund meines Shirts, zog ungeduldig daran, sodass ich mich schnell von ihr löste, es auszog und zu ihrem Kleid schmiss. Alles andere als zaghaft fuhr Chloe mit ihren Fingern meinen Bauch entlang, wanderte zum Bund meiner Hose und öffnete den Knopf. Bestimmend schob sie sie mir über den Hintern, legte meinen Schwanz frei, der direkt hochschnellte. Wie sie ihn anstarrte, brachte mich fast um, voller Gier und sogar über die Lippen leckte sie sich, kurz bevor sie ihn umfasste und mir einen runterholte.

»Fuck«, kam es mir gepresst über die Lippen, während ich sie anstarrte und sie ebenfalls nicht den Blick abwandte. Ich spürte ihren heißen Atem auf meine Haut prallen, die Gänsehaut, die sich über meinem ganzen Körper ausbreitete. Diese Frau brachte mich um den Verstand, ging mir unter die Haut wie keine andere. War das möglich? Brachte Chloe meine Mauern zum Einstürzen, deren Deckung ich niemals losgelassen hatte? Was ich gerade fühlte, war absolut nicht das Gleiche wie bei x-beliebigen Frauen vor ihr. Es fühlte sich intensiver an, zerstörerischer. Aber nicht im schlechten Sinn, sondern im Moment verdammt richtig. Kaum hatte sich der Gedanke in meinem Kopf gefestigt, fasste ich zwischen ihre Beine, fingerte sie wieder und verteilte die Nässe auf ihrer Perle. Wir stöhnten beide und Craig schien sich für mich in Luft aufgelöst zu haben, bis er neben uns auftauchte und sich auf die Kommode setzte. Er beobachtete uns akribisch. Plötzlich hörte ich ihn keuchen, ehe ich zu ihm herüberschaute und sah, dass er sich selbst einen runterholte. Fuck, was war das hier? Doch lange konnte ich nicht darüber nachdenken.

Ich stieß zischend die Luft zwischen meinen Zähnen hervor und legte den Kopf in den Nacken. Das Ziehen in der Lendengegend wurde stärker, das Pochen in meinem Schwanz auch und ich wollte nur noch eins. Mich in ihr versenken, sie zur Besinnungslosigkeit ficken.

Herrisch stieß ich ihre Hand von mir, gab ihr einen Schubs, damit sie wieder auf das Bett fiel. Die Grenze, noch aufhören zu können, war schon längst überschritten. Ich konnte nur noch an eins denken. Chloe zischte auf und spreizte lasziv die Beine, nachdem ich sie an den Hüften weiter zu mir hergezogen hatte. Craig gab ebenfalls ein Stöhnen von sich, doch ich versuchte, ihn so gut es ging auszublenden. Schließlich wollte ich nicht ihn vor mir sehen, sondern diesen nackten Prachtkörper von Chloe. Ich sah ihr an, dass sie genau wusste, was sie mit mir anstellte. Wo eben noch der Zwiespalt in mir aufgelodert war, gab es jetzt nur noch die Lust, in diesen verdammten Abgrund zu springen. Mit ihr, hier und jetzt.

Ich griff nach meinem Schwanz, positionierte ihn an ihrer Mitte und drang mit einem heftigen Stoß in sie ein. Diese Enge und

Wärme, die meine Erektion auf einmal umgaben, brachten mich fast um. Mein Herz schlug so schnell, und es fühlte sich an, als würde es gleich stehenbleiben oder in tausend Fetzen zerspringen. Gleichzeitig kam uns ein Stöhnen über die Lippen, während Chloe ihren Oberkörper aufrichtete und zwischen uns schaute. Ich war noch nicht einmal komplett in sie eingedrungen und trotzdem fühlte es sich schon besser als jeder Fick in meinem Leben an.

»Scheiße, Chloe …«, murmelte ich, hielt kurz inne, ehe ich den letzten Funken negativer Gedanken beiseiteschob und sie vollständig ausfüllte. Den Kopf gesenkt betrachtete ich meinen Schwanz, der mit jedem Stoß in Chloe verschwand. Diese verdammte Enge … ihre nassen und warmen Wände rieben unaufhörlich über meinen Schwanz, sodass ich das Gefühl hatte, in der nächsten Sekunde zu platzen. Ich beschleunigte meine Bewegungen, hielt Chloe an den Hüften fest, sodass sie mir nicht entwischen konnte, und ihr Stöhnen, wenn ich ihren empfindlichen Punkt traf, war wie Musik in meinen Ohren. Sie bäumte sich auf, warf den Kopf in den Nacken, ihre Brüste wackelten im Takt meiner Stöße. »Du bist so verdammt eng«, flüsterte ich ihr ins Ohr, knabberte an ihrem Ohrläppchen, ehe ich bei ihren nächsten Worten schluckte.

»Fick mich, Scott … so hart du kannst.« Ich glaubte kaum, dass Craig es gehört hatte, er war viel zu sehr damit beschäftigt, unsere miteinander verschlungenen Körper zu betrachten und sich einen zu wichsen. Wobei es ihm sicherlich auch nichts ausmachen würde, es mitzubekommen. Sein Blick vorhin war schon fast flehend gewesen, damit ich es mit seiner Freundin trieb. Meine Zurückweisung eben hätte zwar wahrscheinlich für seinen Geschmack nicht sein müssen, doch er hatte trotzdem sichtbar seinen Spaß.

Chloes Bitte ließ ich mir zudem nicht entgehen, weshalb ich mich von ihr löste, sie an der Taille herumwirbelte, und mit dem Gesicht in die Laken drückte. Gleichzeitig entledigte ich mich meiner Schuhe und der Hose, kniete ich mich auf die Matratze hinter ihr, packte ihre Hüften und zog ihren Arsch in die Höhe, der absolut anbetungswürdig war. Nur das hob ich mir für ein anderes Mal auf. Ein, zwei

Mal pumpte ich meinen Schwanz, drang wieder in sie ein und dieses Mal mit einem Stoß und meiner kompletten Länge.

»Ahhh«, entfuhr es ihr in einer Mischung aus Schmerz und Lust, woraufhin ich anfing, sie zu ficken, und dabei hielt ich mich nicht zurück. Meine Stöße wurden animalischer, gröber und tiefer, sodass es fast schmerzhaft war, wie meine Hüften gegen ihren Arsch prallten. Ich hielt Chloe mit einer Hand an der Schulter fest, während sie mir über diese lüsterne Blicke zuwarf.

Gott, sie will, dass ich sterbe, oder?

»Fuck, ja«, ertönte Craigs Stimme, der sich mittlerweile erhoben hatte und direkt vor dem Bett stand. Chloe schaute überrascht zu ihm hoch, während mein Schwanz sie weiter traktierte und ich meine Hände in ihren Hüften vergrub. Mein Kumpel stand genau vor ihrem Gesicht und holte sich einen runter, als ich sie ordentlich rannahm, meinen Schwanz mit voller Wucht in sie schob und mich über sie beugte. Mein heißer Atem traf auf ihren Nacken, ich roch ihr Parfüm und jeder Muskel an meinem Körper spannte sich an. Ihr Stöhnen kam mit jeder Minute schneller über Lippen, intensiver und gab mir zu verstehen, dass sie gleich so weit war.

»Stopp«, kam es harsch von mir, ehe Chloe mich über die Schulter hinweg fragend ansah und kurz darauf mit dem Rücken auf dem Bett lag. Wenn sie kam, sollte sie mich anschauen. Nur mich. Und keinen fremden Schwanz im Mund haben. Statt etwas zu sagen, keuchte sie, spreizte die Beine und nahm mich dazwischen willkommen auf. So schnell, wie mein Schwanz in ihr verschwand, konnte sie nicht schauen. Ihren Oberkörper bäumte sie auf, sodass ich über ihre Nippel lecken und daran saugen konnte, während ich sie hemmungslos und gierig fickte. Ich spürte ihre Fingernägel in meinem Rücken, zischte auf, als sie daran hinunterfuhr, und wusste sofort, dass die Male auch morgen noch zu sehen sein würden. Ich kniete mich aufrecht hin, hob ihre Hüften, indem ich meine Hand unter ihren Hintern schob, um noch tiefer in sie einzudringen. »Ja«, schrie sie voller Ekstase auf, zwirbelte ihre Nippel zwischen Zeigefinger und Daumen und schien gleich zu kommen. Craigs Stöhnen wurde ebenfalls lauter, doch ich konzentrierte mich nur auf Chloe unter mir, spürte, wie meine Eier gegen ihren Hintern prallten, und nahm an Fahrt auf. Fuck, völlig außer Atem drang ich in sie ein, fickte sie wie noch keine andere und fühlte die Welle, die auch mich gleich einholte.

Ihr verschleierter Blick huschte zu mir hoch, ehe sie losgelöst aufschrie und sie verkrampfte. Ich pumpte mich weiterhin unerlässlich in sie hinein und ergoss mich in sie. Für einen kurzen Augenblick blieb die Welt um uns herumstehen. Ich starrte nur Chloe an, mein Kopf war vollkommen leer und ich realisierte erst jetzt, was wir hier gerade getan hatten. Craig war neben dem Bett verschwunden, wahrscheinlich saß er wieder auf der Kommode oder sonst wo. Scheißegal, es zählte nur, dass ich gerade eben tatsächlich Sex mit Chloe gehabt hatte. Verdammt guten Sex, der mir fast das Hirn weggeschossen hatte. Mit der besten Freundin meiner Schwester. Was jetzt? Sie schaute mich mit müdem Blick an, als ich mich aus ihr zurückzog und auf die Bettkante setzte. Gingen wir jetzt zur Tagesordnung über oder wollten die beiden über das Ganze reden? Normalerweise hatte Blake in dem Moment die Mädels immer weggeschickt, aber neben mir saß nicht irgendjemand. Es war Chloe. Fuck, fuck, fuck!

Im Zimmer herrschte stickige Luft, es roch brutal nach Sex, und ehe das hier in einer peinlichen Situation endete, zog ich mich letztendlich langsam wieder an und Chloe tat es mir gleich. Wir wechselten einen kurzen Blick. Ich konnte jetzt nichts sagen, mein Kopf war sowas von Matsch, dass kein normales Wort über meine Lippen kommen würde. Bevor Craig auf die Idee kam, einen Kommentar abzugeben, schlüpfte ich in meine Klamotten und Sneaker, ehe ich das Gästezimmer, ohne zurückzuschauen, verließ. Ich wusste nicht, ob der Sex mit Chloe unsere verzwickte Lage besser oder schlechter machte. Irgendwie beides, denn jetzt hatte ich einen Vorgeschmack darauf bekommen, was mir immer verwehrt geblieben war. Ich war sowas von gefickt.

ACHTZEHN

SCOTT

Es war viel zu früh am Morgen, um schon auf den Beinen zu sein. Der letzte Abend war mit Mike und Paul im Club etwas ausgeartet, wir hatten ein Bier nach dem anderen gekippt, bis dann der Wodka auf dem Tisch gestanden hatte. Damit wollte ich nicht andeuten, verkatert zu sein, denn mittlerweile hielt ich eine gute Portion Alkohol aus, ehe ich besoffen in einer Ecke lag. Mir fehlte schlichtweg nur Schlaf. Denn kaum hatte ich die Augen geschlossen, hatte auch schon mein Handy geklingelt. Blake wollte mich unbedingt sehen. Keine Ahnung, um was es ging.

Vor dem Anwesen von Mino stieg ich aus dem Wagen, durchquerte die Eingangstür neben der zwei Wachmänner patrouillierten, und stieg die Treppen in den ersten Stock hinauf. Sicherlich war Blake in seinem Büro, weshalb ich den Gang entlanglief und gegen die schwere Holztür klopfte. Drinnen hörte ich nur ein dumpfes: »Komm rein, du Penner.« Typisch Blake. Es war eine unzerstörbare Liebe zwischen uns, scherzte ich gedanklich, drückte die Klinke herunter und gab der Tür einen Schubs. Sie schwang auf, knallte gegen den Stopper auf dem Boden, bevor ich sie hinter mir wieder ins Schloss warf. Blake stand mit dem Rücken zu mir an seinem Schreibtisch und schien irgendetwas zu machen. Als ich neben ihn trat, sah ich nur noch, wie er den Reißverschluss eines schwarzen Rucksacks zuzog und sich den Gurt über eine Schulter warf. Was hatte er schon wieder vor?

»Du hast mich angerufen?« Ich ließ meine Worte wie eine Frage klingen, denn auch jetzt konnte ich mir nicht zusammenreimen, wieso ich hier um neun Uhr morgens aufschlagen sollte. Keine Anzeichen weit und breit. Nur Blake mit seinem beschissenen Rucksack. Wollte er mir etwa gestehen, wieder zur Schule zu gehen? Wenn ja, musste ich echt davon ausgehen, eigentlich in meinem Bett zu liegen und ziemlich realistisch zu träumen. Kritisch beäugte mich mein Kumpel von oben bis unten.

»Lange Nacht gehabt?«, kam es mit auf und ab wackelnden Augenbrauen von ihm.

»Nicht so, wie du vielleicht denkst«, erwiderte ich, steckte meine Hände in die Hosentasche und sah ihn fragend an. Ich hatte keinen Bock auf Spielchen. Nicht nach weniger als drei Stunden Schlaf. Blake sollte Tacheles reden. Jetzt sofort.

»Ich hab eine heiße Spur, wer uns die ganze Zeit ans Bein pinkelt.« Er schien richtig stolz darauf zu sein, das verkünden zu können, und sah dabei auch noch so verdammt selbstbewusst aus. Wahrscheinlich hatte er mal wieder Lust auf einen eigenen Job. Die meiste Zeit lungerte er hier drin herum, wälzte Akten oder kommandierte seine Männer herum. Es war einfach viel zu gefährlich für ihn, etwas selbst zu erledigen, und das Schlimmste war, er wusste es selbst. Denn sollte das Oberhaupt eines Gebiets das Zeitliche segnen, ging die Scheiße erst richtig los. Kurzum gesagt: Mein Job und der der anderen Männer war es, Blakes Arsch zu beschützen und Laufburschen zu spielen. Nur ging das meinem besten Kumpel tierisch auf den Sack. Was hatte er vor kurzem zu mir gesagt? Er vermisste den Geruch von Blut. Ich lachte kurz auf und schüttelte gleich danach den Kopf. »Was ist so lustig?«, fragte Blake irritiert, doch statt zu antworten, winkte ich nur ab.

»Nichts Bestimmtes«, würgte ich die Richtung des Gesprächs ab und zeigte auf den Rucksack. »Und das in dem Rucksack hat etwas mit der heißen Spur zu tun?«

»Jep, ein Informant hat mich vorhin anonym angerufen und mir gesagt, dass er wisse, wer die ganze Scheiße fabriziert. Irgendein Michael Bloom, der momentan in dem Holiday Inn in der Innenstadt wohnt. Und du weißt, ich hab schon ewig keinen Job mehr erledigt …«, fing er an, sich das Ganze schönzureden. Jedoch hob ich misstrauisch die Augenbrauen, sah Blake an und wartete, bis er weitersprach. »Schau mich nicht so an. Ich weiß, dass sich das nach einer beschissenen Falle anhört. Deshalb kommen wir nicht allein.« Von sich überzeugt hob er seine Waffe hoch und ich könnte schwören, dass sich in dem Rucksack noch mehr befanden. Doch etwas anderes bekam meine Aufmerksamkeit.

»Wir?«, fragte ich überrascht. Meine Fresse, wie lang war das her? Ich erinnerte mich schon gar nicht mehr daran, wann Blake und ich zuletzt einen Job zusammen erledigt hatten. Es muss noch zu der Zeit gewesen sein, als er die rechte Hand seines Onkels gewesen war. Wenn er sich mittlerweile als Boss um etwas kümmerte, machte er es meist ganz allein in einer Nacht- und Nebelaktion. So, dass niemand Wind davon bekam und er wieder zu Hause war, sobald jemand von den Feinden bemerkte, dass ihr heiß geliebtes Ziel überhaupt unterwegs gewesen war. Meist schickte er mich mit Mike, Craig oder Paul irgendwo hin.

»Klar, schließlich muss jemand auf deinen Arsch aufpassen, falls du wieder in eine Falle tappst und womöglich eine Kugel kassierst«, lachte er und schlug mir amüsiert gegen die Schulter. Wollte er damit auf den Vorfall in der Lagerhalle von Julio und Loris anspielen? Fuck, der Wichser hatte mich höchstpersönlich dahingeschickt und gebracht hatte es uns auch nichts. Die Kerle waren tot und wir keinen Schritt weiter. Hätte ich mir dort eine Kugel eingefangen, hätte sie mir Blake höchstpersönlich mit den Zähnen rausholen können, schließlich wäre das seine Schuld gewesen. Blake räusperte sich, also war er mit dem Reden noch nicht fertig. Doch statt weiterzusprechen, schaute er zuerst zu Boden, ehe er mich mit einem neckischen Grinsen ansah. »Außerdem hat deine Schwester gemeint, dass du so etwas wie Bromance gebrauchen könntest – oder wie auch immer sie die Scheiße genannt hat. Du wärst seit Tagen noch schlechter gelaunt als sonst und ich hab das gar nicht mitbekommen. Liegt an dem verfickten Bunker hier, ich muss hier raus. Und da sich Aylin Sorgen macht, schlagen wir zwei Fliegen mit einer Klappe.«

Ich musterte ihn. »Es ist nichts …«, widersprach ich genervt. Seit wann benutzte Blake so beschissene Floskeln? »Vielleicht schlag ich dich und setz dem Ganzen hier ein Ende. Was passiert hier in diesen vier Wänden, dass du so hochgestochen redest?«

»Siehst du! Fuck! Lass uns verdammt nochmal gehen, sonst geh ich hier noch ein«, warf Blake ein und ging auf die Zimmertür zu, die er schwungvoll aufzog, ehe er in den Flur trat. Mit zusammengepressten Lippen schaute ich ihm hinterher, wie er aus meinem Blickfeld verschwand. Ich fluchte über mich selbst, da ich wirklich geglaubt hatte, mich vor Aylin ganz normal verhalten zu haben. Keinesfalls wollte ich, dass sie von dem Vorfall auf Craigs Party Wind bekam, und schon drei Mal nicht wollte ich mit ihr darüber sprechen. Mit niemandem. Nicht einmal mit Blake. Es verwirrte mich noch immer viel zu sehr und Chloe bekam ich seitdem auch nicht mehr aus dem Kopf.

Drei Tage waren seit dem Sex in Craigs Gästezimmer vergangen und ich hatte weder etwas von ihm noch von ihr gehört. Es herrschte Funkstille und wahrscheinlich waren sie wieder zur Tagesordnung übergangen und besorgten es sich gegenseitig. Nachdem ich das Zimmer verlassen hatte, hatte ich zuerst mit dem Gedanken gespielt, auf der Party zu bleiben und noch etwas zu trinken, aber hatte es letztendlich nicht gekonnt. Schnurstracks war ich zur Haustür gegangen, hinaus in die Nacht getreten und zu meinem Wagen gelaufen. Kein einziges Mal hatte zurückgeschaut und doch bis zu meinem Auto gehofft, dass Chloe mir hinterherkommen würde. Nur weshalb? Wieso hatte ich dieses Verlangen? Wollte ich da weitermachen, wo wir aufgehört hatten? O ja, definitiv. War es gut für mich? Für sie? Keinesfalls.

Das war der einzige Grund, der mich die ganze Zeit davon abhielt, bei ihr auf der Türschwelle aufzutauchen. Wir würden uns nur verrennen und irgendwann bemerken, es übertrieben zu haben. Ich wollte Chloe nicht in meine verkorkste Welt hineinziehen. Es fuckte mich sowas von ab, dass sich meine Gedanken nur noch um sie drehten. Noch nie hatte ich je solche Gewissensbisse gehabt, nachdem ich ein Mädchen stehen gelassen hatte. Wieso auch? Ich hatte das bekommen, was ich wollte, Sex, und war gegangen. Doch dieses Mal … mit Chloe … war es anders. Ich war anders. Als hätte ich mich um 180 Grad gedreht. Es machte mir verflucht was aus, sie zurückgelassen zu haben, und die Tatsache, dass sich Craig danach weiter um sie kümmern konnte, missfiel mir genauso. Ich war nur das fünfte Rad am Wagen gewesen, der eben zur richtigen Zeit am richtigen Ort gewesen war, um es ihr mal richtig zu besorgen und die Fantasien meines Kumpels wahr werden zu lassen. Von Anfang an war es mir klar gewesen: Sobald etwas zwischen Chloe und mir passieren sollte, gäbe es kein Zurück mehr. Und hier stand ich nun. Verbittert und allein in dem Büro meines besten Freundes. Seit drei Nächten trank ich nur, um diese verdammten Bilder von ihrem nackten Körper und ihrem heiseren Stöhnen aus meinem Kopf zu bekommen. Vergeblich. Sie suchten mich jeden Tag heim, sobald ich die Augen aufschlug. Wie auch jetzt. *Scott …*

Wütend über mich selbst ballte ich eine Hand zu einer Faust, legte die andere darum und starrte auf den Boden, ehe mich ein Räuspern aus den Gedanken riss.

»Also dafür, dass angeblich nichts sein sollte, sieht es so aus, als würdest du dir gleich selbst die Hand brechen«, kam es grinsend von Blake, der zu meinen Händen nickte. Ich schaute auf sie herab, sah meine Knöchel unter der Haut weiß hervortreten und lockerte meinen Griff.

»Können wir einfach gehen?« Im gleichen Moment wusste ich, überreagiert zu haben. Ihn jetzt derart pissig anzugehen, war nicht richtig. Dennoch konnte ich mir jetzt keine dummen Kommentare anhören oder gar einem Verhör unterziehen. Irgendwann würde dieser kümmerliche Schmerz in meiner Brust aufhören. Wenn ich Chloe weiterhin einige Tage aus dem Weg ging und die Gefühle, die sich verräterisch bei mir einnisteten, mit Alkohol ertrank und ignorierte. Denn mit mir an ihrer Seite würde sie nie glücklich sein.

NEUNZEHN

SCOTT

NACHDEM ICH BLAKE so angeschnauzt hatte, beließen wir es dabei und keiner von uns verlor während der Autofahrt Richtung Downtown ein Wort. Was auch daran lag, dass wir beide absolut nicht die Menschen waren, die über ihre Probleme redeten. Weder Blake damals, als er etwas mit meiner kleinen Schwester angefangen hatte, noch ich, der vor wenigen Tagen mit Chloe vor Craigs Augen gevögelt hatte. Ich wusste nicht einmal, wie ich dieses Gespräch anfangen sollte, geschweige denn konnte ich meine Gedanken darüber laut aussprechen. Das würde zwischen Blake und mir so viele Grenzen überschreiten. Grenzen, denen wir beide nicht gewachsen waren. Zwei Männer, die unfähig waren, Gefühle zu zeigen – wobei ich glaubte, dass sich mein bester Freund zumindest Aylin gegenüber öffnen konnte. Sonst würde sie sicherlich nicht bei ihm bleiben, denn meine kleine Schwester war das absolute Gegenteil von mir und redete nur allzu gerne über ihre Empfindungen.

Ich passierte den Millennium Park, gelangte über die New Orleans Street und den Wolf Point Plaza zum Hotel, vor dessen großem Eingang einige Parkplätze an der Seite frei waren. Zwar stand dort ein fettes Schild, das darauf hinwies, dass es sich um Taxiparkplätze handelte, jedoch war weit und breit keins zu erkennen und hier auch nicht der mega Umtrieb. Deshalb stellte ich meinen Wagen ab, schaltete den Motor aus und zog den Schlüssel. »Also, wie lautet der Plan?«, richtete ich mich an Blake, der den Rucksack zwischen den Beinen hochzog und ihn auf seinen Oberschenkeln abstellte.

»Wir gehen da rein, suchen den Kerl, versuchen es auf die freundliche Art, und wenn das nicht reichen sollte, hauen wir ihm eine auf die Fresse und nehmen ihn mit«, reagierte er prompt, was mich erkennen ließ, dass er immer noch eine aufbrausende und kaum überlegte Seite besaß. Wie damals, als er in Pablos Hotel hatte reinstürmen wollen, um ihm eine Kugel in den Kopf zu jagen. Auf die Wachleute hatte er keine Sekunde geachtet und war gerade dabei, den gleichen Fehler nochmal zu machen. Überfordert zog ich scharf die Luft ein, verdrehte die Augen und legte eine Hand auf dem Lenkrad ab.

»Nein, dann kommen wir nicht lebend raus«, regte ich mich auf, schüttelte ungläubig den Kopf. »Was hat der Informant gesagt? Wo befindet sich der Kerl in dem Hotel? An der Rezeption können wir bestimmt nicht nachfragen, weil wir nicht wissen, ob die mit ihm unter einer Decke stecken und diesem Michael Bescheid geben.« Blake lachte, rieb sich über das Gesicht und ich verstand die Welt nicht mehr.

»Dich kann man immer noch so schnell auf die Palme bringen. Hältst du mich für total beschränkt? Ich hab aus meinen Fehlern gelernt.« Mieser Wichser, solche Spiele konnte ich absolut nicht gebrauchen, wir sollten uns konzentrieren! »Der Kerl meinte, er würde sich im obersten Stockwerk in einer Suite aufhalten. Zimmer 932.«

»Alles klar«, erwiderte ich trocken, stieg aus dem Wagen und schlug die Tür hinter mir zu.

»Scheiße, dir muss aber eine ziemliche abgefuckte Laus über die Leber gelaufen sein«, hörte ich Blake hinter mir, nachdem er ausgestiegen war, reagierte aber nicht. Stattdessen kontrollierte ich, ob mein Messer griffbereit im Hosenbund steckte. Heute Morgen war ich nicht der Meinung gewesen, einen Job für ihn erledigen zu müssen, als er mich angerufen hatte, deshalb hatte ich auch keine Knarre dabei. Wobei die nicht notwendig war. Mit dem Messer konnte ich ebenso gut umgehen und in manchen Situationen war es viel hilfreicher, gerade wenn es darum ging, sich leise aus einem Gemetzel zu befreien.

Ich holte tief Luft, ehe ich mich umdrehte und das Gebäude emporschaute. Neunter Stock. Mal schauen, was uns dort erwartete. Vor allem, wer. Ich glaubte weiterhin nicht daran, dass an der Information irgendwas dran war. Auch Blake roch die Falle dahinter, doch wir wären absolut blöd, uns die Scheiße nicht einmal anzuschauen. Was, wenn uns unsere Eingebung in die falsche Richtung führte und uns wichtige Infos durch die Lappen gingen? Wir mussten uns eben auf alles gefasst machen. Sah ich Blake mit seinem Rucksack an, konnte eigentlich nichts schiefgehen. Er war krank im Kopf, also würde sich in dem Beutel einiges an Waffen befinden, von denen andere nur träumten.

Bevor wir das Hotel betraten, sprachen wir uns kurz neben dem Wagen ab, gaben und das Versprechen, aufeinander zu achten und die Deckung zu bewahren. So wie bei jedem Job. Unsere Augen mussten überall sein. Hinter jeder Ecke konnte ein dämlicher Wichser stehen. Abschließend nickten wir nur, liefen wie ganz normale Gäste in das Foyer des Hotels und steuerten die Fahrstühle an. Auf den ersten Blick konnte ich hier nichts erkennen. Klar, die Chance, dass die Rezeptionisten Bescheid wussten, gab es. Allerdings schauten sie nicht einmal von ihrem Computer hoch, weil wir keine Anstalten machten, in ihre Nähe zu kommen. In der kleinen Sitzecke links, direkt an der großen Fensterfront, saß ebenfalls kein Mensch und auch bei den Fahrstühlen hielt sich außer uns niemand auf. Es gab insgesamt drei Stück und laut Anzeige standen alle im Erdgeschoss. Ich drückte beliebig auf einen der Knöpfe, bis die Türen des rechten aufglitten und uns den Blick in die Kabine eröffneten. Ich spürte mein Herz wild pochen, sobald wir eingetreten waren, den Knopf des neunten Stockes drückten und dieser hell aufleuchtete. Das blöde an Fahrstühlen war, dass jeder auf jeglicher Etage sehen konnte, dass sich ein Aufzug in Bewegung gesetzt hatte, und wir komplett ausgeliefert waren. Ein ungutes Gefühl machte sich in mir breit, mir wurde flau im Magen und ich hörte mein Blut in den Ohren rauschen. Im Blickwinkel sah ich, wie Blake seine Fäuste ballte. Anscheinend bekam er dieselben Vibes ab. Fuck. Unser Gefühl täuschte sich nie. Und wir saßen hier verfickt nochmal in der Falle. Ich biss mir auf die Zunge, lugte zur Etagenanzeige hoch und spürte den kalten Schweiß auf der Stirn, als wir bei der 7 ankamen, es auf die 8 umschaltete, und griff instinktiv an meinen Rücken.

»Blake …«, flüsterte ich in die Stille, die nur von dem Rattern der Fahrstuhlseile durchbrochen wurde.

»Scott.« Seine Stimme klang hart und ließ keine Angst durchschimmern. Nicht bei Blake, nicht bei mir. Mir ging es eher darum, wie viele Hurensöhne gleich auf uns warteten. Das *Ping* ertönte schneller als gedacht, die Türen glitten auf und wir beiden machten jeweils einen abrupten Schritt nach vorne. Ich mit dem gezückten Messer in der Hand und Blake mit seiner Waffe. Doch da stand niemand. Wir blickten direkt den weiten Flug entlang, der zu einer Tür führte. Anscheinend konnten wir unserem Gefühl doch nicht zu hundert Prozent trauen – ich nach dem vielen Alkohol die letzten Abende sowieso nicht. Meins suhlte sich noch im Pool aus Wodka und Whiskey. »Wir sind definitiv aus der Übung«, scherzte Blake und verließ den Fahrstuhl, als plötzlich von links eine schwarzgekleidete Person angeschossen kam, auf meinen Kumpel sprang und ich eine lange Klinge aufblitzen sah. Scheiße, woher kam der plötzlich? Fuck! Blake stemmte sich sofort der Wucht des Körpers entgegen, umgriff den Wichser an der Taille und zog ihn rückwärts mit in den Fahrstuhl. Doch dabei blieb es nicht. Ich wollte ihm schon zur Hilfe eilen und den elendigen Hurensohn mit einem perfekten Schnitt in den Hals unschädlich machen, als sich sein offenbarer Komplize zu uns gesellte und mit einer Brechstange auf mich losging.

»Achtung, Blake«, schrie ich auf, als ich sah, dass der andere mit dem Messer ausholte und meinen Kumpel nur knapp an der Hüfte streifte. Die Aufzugtüren wollten sich schon schließen, als ich meinem Gegner einen heftigen Tritt in den Bauch verpasste, doch dieser fing sich zu schnell, um nach draußen in den Gang zu treten und den Sensor der Türen auszulösen. Wenige Sekunden später waren wir mit ihnen auf engstem Raum eingesperrt, jedoch setzte sich der Fahrstuhl zuerst nicht in Bewegung. An die Knöpfe kam ich ebenfalls nicht heran, weshalb wir miteinander rangelten und ich ein plötzliches Brennen in der Schulter spürte. »Verdammt«, zischte ich, hörte Blake neben mir schwer schnaufen und musste direkt wieder auf meine Deckung achten. Mein Gegenüber holte ein weiteres Mal mit der Brechstange aus, nur war ich in diesem Moment schneller, riss meinen Arm mit dem Messer in der Hand nach vorne und traf ihn in die Flanke. Schmerzerfüllt schrie er auf und ich hörte ein Schmatzen, als ich die Klinge aus der Wunde herauszog. Sofort fing diese an, zu bluten, was an der glänzenden Schicht auf seinen schwarzen Klamotten zu erkennen war. Guter Treffer, dachte ich und kreiste kurz die Schulter. Der Penner hatte ordentlich mit der Stange zugedroschen, sodass ich sie nicht mehr richtig bewegen konnte. Mein Arm fing langsam an zu kribbeln und wurde taub.

Im Fahrstuhl vermischten sich all unsere Flüche, Schmerzenslaute und das Klirren der Stange und der Messer. Fuck, es tat höllisch weh, mit dem Wichser weiterkämpfen zu müssen, während ich das Gefühl hatte, meine Schulter würde gleich entzweibrechen. Aber sobald ich auch nur einen Wimpernschlag nachlassen würde, wären wir tot. Ich versuchte, den Unbekannten mit dem Messer zu erwischen, doch er wich gekonnt aus, hatte allerdings auch nicht mehr den Speed wie zu Anfang drauf. Seine Wunde schränkte ihn ein. Perfekt. Er war eindeutig schlimmer dran als ich. Gerade stürmte ich mit letzter Kraft nach vorne, als ich auf einer kleinen Blutlache ausrutschte und rückwärts mit dem Kopf auf den Boden knallte. Kurzzeitig sah ich Sternchen und mir wurde schwarz vor Augen. Der Kerl dachte, ich wäre ausgeknockt, denn als ich aufsah, entdeckte ich, wie er ebenfalls auf Blake losging. Fuck, die würden ihn töten! Er stand in die Ecke gedrängt und konnte die beiden nur mit Ach und Krach davon abhalten, ihn zu Tode zu prügeln. Nicht einmal die Waffe konnte er betätigen, so wie er die Hiebe abhalten musste. Rasch sprang ich auf die Beine, bemerkte, wie sich der ganze Aufzug um mich herum drehte, und packte den Erstbesten an der Sturmhaube, zog den Kopf zu mir zurück und setzte die Klinge meines Messers an seiner Kehle an. Mit einem Ruck zog ich sie durch sein Fleisch, sah dem Blut zu, wie es hinabrann, sein Shirt benetzte und auf den Boden tropfte, ehe ich seinen röchelnden Körper zur Seite warf und mich auf seinen Partner stürzte.

Dieser fing an zu schreien, als er sein letztes Stündlein schlagen hörte. Ich legte ihm meine Hand um den Hals, schlug ihm die Eisenstange aus der Hand und presste ihn gegen die Fahrstuhlwand. »Wer seid ihr? Was ist euer Auftrag?«, brüllte ich ihn an, denn mittlerweile wussten Blake und ich, dass hier absolut kein Michael Bloom auf uns wartete. Besonders als der Kerl mit seinen dunklen Augen zu Blake schaute und sich der Ausdruck in seinen Iriden verdunkelte. »

Diesen Wichser umlegen«, kam als emotionslos als Antwort. Er wusste ebenso wie wir, dass er diesen Aufzug nicht mehr lebend verlassen würde. Blake neben mir schnaubte unaufhörlich, baute sich vor ihm auf und zeigte seine einschüchternde und skrupellose Seite.

»Wer hat euch beauftragt?« Seine Stimme schallte durch die Kabine und verpasste sogar mir eine Gänsehaut. Schon lange hatte ich ihn nicht mehr so ehrfürchtig klingen hören. Fuck, sicherlich genoss er diesen Moment gerade wie seit langem keinen anderen. Auf eine Antwort warteten wir vergeblich. Nur das schwere Schnaufen des Hurensohns war zu hören. Als auch nach einigen Minuten nichts von ihm kam und es für uns langsam brenzlig wurde, dass sich der Fahrstuhl in Bewegung setzte und andere Gäste einstiegen, nahm Blake seinen Rucksack, öffnete ihn und holte eine Knarre mit Schalldämpfer raus. »Wer?«, fragte mein Kumpel ein weiteres Mal und ich donnerte ihn mit dem Kopf gegen das Metall.

»Fick dich.« Boom, ein schweres Zucken ging durch den Körper des Wichsers, als die Kugel ihn in den Kopf traf und seine Hirnmasse an der Wand verteilt wurde. Sogleich ließ ich ihn los und er glitt zu Boden. Blake und ich schauten uns das Massaker an, unmerklich schüttelte ich den Kopf und machte mich dran, den beiden Toten die Maske abzuziehen. Die Gesichter sagten mir absolut nichts, doch vorsichtshalber machte ich zwei Fotos. Vielleicht erkannte sie jemand und konnte uns sagen, zu welchem Clan sie gehörten.

»Ich würde sagen, das hat es voll gebracht«, stellte ich fest, nachdem wir den Aufzug in der neunten Etage verlassen hatten. Es war wie erwartet eine Falle gewesen, die unsere Köpfe hätte rollen lassen können. Und uns absolut nicht weiterbrachte, nur diese zwei Wichser in die Hölle verfrachtet hatte, wo sie hoffentlich sehr, sehr lange schmorten.

»Na ja, wenigstens wissen wir jetzt, was sie wollen.« Blake klang resigniert. Er war es mittlerweile gewohnt, dass Leute seinen Tod wollten. Auf einen mehr oder weniger kam es anscheinend nicht an. Nur stand damit auch jemand anderes in der Schusslinie – meine Schwester –, was bei mir einen bitteren Beigeschmack hinterließ. Einen sehr makabren.

»Ja, deinen Kopf auf einem Tablett mit einem Apfel im Mund«, erwiderte ich, obwohl uns beiden gerade nicht wirklich zu Scherzen zumute war, und hielt mir die vor Schmerz brennende linke Schulter. Wenn wir uns jetzt nicht mal mehr auf Informanten verlassen konnten, wie sollte es weitergehen? Wir mussten uns einen neuen Plan ausdenken.

Ehe wir entdeckt wurden, flüchteten wir über das Treppenhaus hinunter ins Erdgeschoss und verließen das Hotel unbemerkt durch einen Notausgang.

ZWANZIG

SCOTT

»Fahr weiter«, platzte es urplötzlich aus Blake heraus, als ich den Blinker setzte, um die nächste Ausfahrt zu nehmen. Die Ausfahrt, die zu Minos Anwesen führte. Ich lenkte gegen, stellte den Blinker aus und hob misstrauisch eine Augenbraue.

»Gibt es noch einen Job, den wir erledigen müssen?« Meine Stimme triefte nur so vor Begeisterung. Oder eher dem kompletten Gegenteil. Der Vorfall in dem Hotel hatte mir eben gereicht, ich brauchte kein weiteres Aufeinandertreffen mit Leuten, die uns beziehungsweise Blake tot sehen wollten.

»Sowas in der Art«, ertönte es rechts von mir. Kurz und knapp. Typisch Blake. Doch statt mir zu sagen, wo es genau hingehen sollte, lotste er mich durch die ganze Stadt. Gab Anweisungen, wann ich rechts oder links abbiegen musste, und ließ sich nichts aus der Nase ziehen. Die Umgebung kam mir bekannt vor, ich rümpfte die Nase und konnte mir ein abfälliges Schnauben nicht verkneifen. Auch dazu kam kein Kommentar von Blake. Als ich ihn von der Seite anblickte, um irgendetwas in seinem Gesichtsausdruck zu lesen, sah ich nur, wie sein linker Mundwinkel zuckte. Mistkerl. Die etwa ein Kilometer lange Seebrücke im Michigansee kam in Sicht, nachdem ich an der nächsten Kreuzung abgebogen war. Zudem erkannte ich die vielen

Menschen, die sich zwischen den Geschäften tummelten. Es war zwar erst früher Mittag, dennoch zog der Pier die Leute in Scharen an. Ich umfuhr die Fußgängerpassage und hielt daneben auf einem Lieferantenparkplatz, abseits des Trubels. Ab der Kreuzung hatte Blake keinen Ton mehr von sich gegeben. So, als wüsste er genau, dass ich das Ziel kannte. Und damit traf er voll ins Schwarze.

Hier hatten wir zuletzt gestanden und über Aylin gesprochen. Mein Magen fühlte sich an, als hätte sich darin ein zentnerschwerer Stein abgelegt und würde meine Eingeweide zerdrücken. Was seitdem passiert war, hörte sich an wie ein neuer Thriller, der im Kino anlief. Entführung, Eddys 180-Grad-Drehung, die keiner vorhergesehen hatte, und verdammt viele Tote und Verletzte. Außerdem führten Blake und Aylin nun eine Beziehung. Ich hatte zwar ziemlich lang gebraucht, um damit wirklich klarzukommen, doch mittlerweile gehörte es zum Alltag, wenn beide übereinander sprachen und ich nicht mehr die Nase rümpfte. Kurz nach den Vorfällen hatte ich ebenso Geburtstag gehabt und war 25 Jahre alt geworden. Zu meinem Glück hatten sich Blake und Aylin zusammenreißen können und den Tag ignoriert. Für mich hatte dieser ganze Geburtstagskram keine Bedeutung. Wieso sollte man es feiern, ein Jahr älter zu werden? Ein Jahr mehr, das einem zeigte, in was für einer riesengroßen Scheiße man steckte und was hinter einem lag. »O Mann, das kann nicht gut enden«, flüsterte ich, als Blake aus dem Wagen gestiegen war und sich neben der Beifahrertür streckte.

»Ach, komm schon. Den alten Zeiten willen«, reagierte er prompt, schnappte sich den Rucksack aus dem Fußraum und schlug die Tür zu.

»Dafür mussten wir hierherkommen?« Auf tiefgründige Gespräche hatte ich jetzt absolut keine Lust. Doch die Frage ging in der Stille des Cockpits unter, es gab keine Antwort. Was sichtlich angenehmer war, als irgendeinen dummen Spruch von meinem besten Kumpel reingewürgt zu bekommen. Widerwillig stieg ich ebenfalls aus, schloss die Tür und ging zur Motorhaube vor, auf der es sich Blake schon bequem gemacht hatte. »Alter, pass mit deinen Drecksstiefeln auf«, schnauzte ich ihn an und sah, wie unfassbar nah seine Sohle drauf und dran war, das rechte Vorderlicht zu küssen. »Mach es kaputt und du stirbst«, verkohlte ich ihn und setzte eine böse Miene auf. Mein Wagen war mein absolutes Heiligtum. Auch wenn ich die Worte womöglich nicht ernst meinte, steckte ein kleiner Funken Wahrheit dahinter. Bisher hatte ich es vermeiden können, dass Kratzer, Dellen oder sonst was die Karosserie hässlich aussehen ließen, und das sollte sich so schnell nicht ändern. Blake grunzte nur auf, so wie auch sonst immer, wenn er einen Fuck auf meine Worte gab. Wie oft hatte ich mit dem Penner schon in meinem Wagen diskutiert, dass darin nicht geraucht wurde? Ich erinnerte mich an die unzähligen Debatten und verdrehte die Augen. Zum einen, weil es auch eine Zeit gewesen war, in der Blake unberechenbar gewesen war, und zum anderen, weil es mir bewusst machte, wie sehr er sich verändert hatte, seitdem Aylin an seiner Seite war. Damals war ich immer der Meinung gewesen, es würde sich rein gar nichts bei ihm ändern, sobald er meine Schwester erobert hatte. Doch ich war eines Besseren belehrt worden.

Sorgsam setzte ich mich neben Blake auf die Motorhaube, blickte der Skyline von Chicago entgegen und genoss die aufgebrachten und glücklichen Schreie der Kinder am Pier, die zu uns herüberdrangen. Eine unbeschwerte Kindheit … jeder Mensch sollte darauf zurückblicken können. Aber das war ein ganz anderes Thema, an das ich nicht erinnert werden wollte. Neben mir hörte ich Gläser aneinander knallen, drehte den Kopf herum und sah Blake im Rucksack suchen. »Was zur Hölle?«, entfuhr es mir misstrauisch und ich fragte mich, ob er hier gleich ein Massaker anstellen wollte. Laut meiner Erinnerung befanden sich in dem blöden Rucksack doch nur Waffen. Oder?

Mein Kumpel bewies mir etwas ganz anderes und zog zwei Flaschen Bier heraus. »Du willst mir gerade nicht weismachen, dass wir bei einem Job zwei Flaschen Bier dabeihatten, oder?« Ich schaute ihn verblüfft an. Klar, wir tranken oft nach unseren Erledigungen, allerdings in Minos Club oder in irgendeiner Kneipe.

»Hätte ich dir gesagt, dass ich was zum Trinken dabeihabe, hättest du doch gleich die Lunte gerochen«, antwortete Blake und öffnete beide Flaschen mit einem Feuerzeug, das er sogleich wieder in der Hosentasche verschwinden ließ.

»Keine Ahnung. Eher hätte ich gedacht, dass du jetzt komplett am Rad drehst, nachdem du nur noch im Büro sitzt.« Auf meine Worte hin zeigte mir Blake seinen Mittelfinger, während er mir ein Bier reichte und wir danach jeweils einen großen Schluck daraus tranken. Irgendwie war die Situation gerade etwas makaber. Vor nicht mal einer dreiviertel Stunde hatten wir zwei Typen erledigt und sie in einem Fahrstuhl liegen lassen. Jetzt saßen wir hier und tranken Bier – wobei es einen driftigen Grund dafür gab. Wir lebten und die eben nicht. Man konnte sich einfach alles schönreden. Wir verfielen in Schweigen, starrten beide in die Ferne. Blake schaute hinüber zum Pier, auf dem sich die Kids bis zum Riesenrad durchdrängten, Luftballons oder Zuckerwatte in der Hand hielten. Ich genoss den nur leichten Wellengang des Michigansees, blendete die Geräusche um mich herum aus und verfiel meinen Gedanken. Keine Ahnung, was wir hier suchten. Normalerweise waren wir nicht die Typen, die über Gefühle oder so 'ne Scheiße sprachen. Da konnte ich mich nur immer wiederholen. Doch ich wettete fest darauf, dass es nicht Blakes Idee gewesen war. In seinem Büro heute Morgen hatte er etwas erwähnt, dass meine Schwester sich Sorgen machte. Leise stieß ich die Luft aus. Bitte nicht … wobei es teilweise auch guttat, mal Zeit mit meinem besten Freund zu verbringen, ohne dass wir jemanden abmurksten oder Drogen abholen mussten. Das letzte Mal war viel zu lange her. Wenn da nur nicht die fette dunkle Wolke über uns schweben würde, auf deren Regen ich jede Sekunde wartete.

Ich nahm einen Schluck vom Bier, ehe Blake die Bombe platzen ließ.

»Aylin macht sich Sorgen um dich«, kam es ihm merkwürdig über die Lippen. Wahrscheinlich wusste er selbst nicht, wie er das Thema nochmals anschneiden sollte, und hatte nicht den Pier beobachtet, sondern sich den Kopf zermartert, auf welche Art und Weise er mir den Tag verderben konnte. Nur wusste ich genau, dass es bei meiner Schwester kein Entkommen gab, wenn sie sich etwas in den Schädel gesetzt hatte. Blake könnte keinesfalls ohne Antworten nach Hause kommen. Innerlich musste ich ein klein wenig lachen. Aylin hatte ihn ordentlich in den Händen, was mir umso mehr bewies, dass er alles für sie tun würde. Früher hätte er derjenigen, die solch eine Bitte hatte, nur den Vogel gezeigt und sie stehen gelassen.

»Da ist nichts«, erwiderte ich trocken und starrte, trotz dass ich Blakes Blick auf mir spürte, weiterhin auf die Wasseroberfläche und trank Bier. *Nicht nachgeben, nicht nachgeben*, befahl ich mir in Gedanken. Scheiße. Hitze schoss durch meinen Körper, als sich ein Verlangen in mir ausbreitete. Vielleicht war es gar nicht so verkehrt, einmal den ganzen emotionalen Ballast, auf den ich gut und gern einen Dreck geben wollte, loszuwerden. Es einmal gegenüber jemand anderem aussprechen. Und bei Gott, dafür kamen nicht viele Menschen in die engere Wahl. Eigentlich nur einer. Der, der gerade neben mir saß und einen auf Psychologen zu machen versuchte.

Ich machte den Fehler, zu ihm zu schauen, und zog die deftigste Arschkarte auf diesem Planeten. Blakes merkwürdigen Blick. Lag da etwa Besorgnis darin? Hatte Aylin ihn mit ihren Flausen angesteckt? Fuck, fuck, fuck. Zum einen liebte ich die gute Verbindung zu meiner Schwester, zum anderen hasste ich es, dass sie mich wie ein verdammtes Buch las. Und das nur, wenn ich ein etwas angepisstes: »Hey«, von mir gab.

»Fuck«, sprach ich es entnervt laut aus und blickte zu Boden. Meine Abwehr fing an zu bröckeln. Ich wollte so gern darüber sprechen, doch auf der anderen Seite wollte ich die ganze Scheiße nicht an mich ranlassen und zugeben, in was für eine beschissene Situation ich mich selbst gebracht hatte. Blake wusste, dass ich Chloe schon nähergekommen war. Nämlich durch unseren Trip ins Strandhaus. Doch er hatte keine Ahnung, was sich vor einigen Tagen bei Craig abgespielt hatte, geschweige denn, dass Chloe bei mir noch aktuell war. Damit jetzt anzufangen, würde so viele Fragen aufwühlen, denen ich nicht standhalten können würde. Nicht wollte, besser gesagt. Ich zögerte, bevor ich weitersprach. Zumindest konnte ich aber eins sagen, was mir schon viel zu lange auf den Lippen brannte. Und es nur ein einziges Mal auszusprechen, würde womöglich etwas die Last von meinen Schultern nehmen.

»Es ist kompliziert«, fing ich an und drehte die Bierflaschen zwischen meinen Händen. »Chloe und ich haben eine tiefere, gemeinsamere Vergangenheit, als sie es überhaupt ahnt.« Fuck. Mich die Worte sagen zu hören, war absolut krank. Noch nie hatte ich es gegenüber jemandem erwähnt, doch bei Blake wusste ich, dass es niemand erfahren würde. Jedoch entnahm ich seinem Gesichtsausdruck, dass ihn viel zu viel an dieser Aussage irritierte. Wäre es deshalb nicht besser gewesen, lieber vom Sex zu erzählen? O nein, niemals. Dass er uns im Strandhaus erwischt hatte, war das eine. Alles andere ginge zu weit. Schon, dass ich etwas über unsere Vergangenheit gesagt hatte, schoss über die Grenze hinaus. Blake hob abwartend eine Augenbraue, sodass sich auf seiner Stirn feine Fältchen abzeichneten. Das hatte ihm jetzt wohl einigen Stoff zum Nachdenken gegeben. Schnell winkte ich ab und redete meine Lage herunter, so wie immer. Weil ich nicht weiter darauf eingehen und die Gefühle in mir nicht zum Leben erwecken wollte. Es hatte schon viel zu viel Kraft gekostet, sie in den die hintersten Ecken meines Bewusstseins zu drängen. Blake zu erklären, warum ich Chloe nicht näherkommen konnte und durfte, war das Problem, nicht der Sex. Über Sex hatten wir früher viel gesprochen. Diese verdammte Angst, jemanden an mich heranzulassen, zu verlieren, bei der ganzen Scheiße, die in meinem Leben los war – das war das Problem.

»Übrigens … bin ich bei Aylin letztens in ein ziemlich großes Fettnäpfchen getreten«, änderte Blake nach kurzer Zeit das Thema und darüber war ich heilfroh. Froh, dass er nicht weiter darauf einging, und verdammt glücklich, heute den Deckel auf das Chloe-Thema setzen zu können. Rasch ließ ich die Gedanken an sie in meinem Kopf verblassen und konzentrierte mich auf Blake.

»Was hast du getan?«, fragte ich mit voller Vorfreude, denn sobald er von einem Fauxpas berichtete, wurde es bestimmt lustig.

»Na ja …«, druckste er herum. »Letztens war sie shoppen und kam mit mehreren Tüten zu mir. Sie verschwand im Badezimmer, kam nach einigen Minuten heraus und hatte so einen Body aus schwarzer Spitze an. Zuvor war ich unten im Club gewesen und eine von Minos Nutten hatte genau das Gleiche angehabt. Ich meinte nur: Heaven hat denselben. Und statt mich ausreden zu lassen, ist sie angepisst zurück ins Bad.« Schnell versuchte ich, die Bilder, wie Aylin Blake in einem hautengen Body bezirzen wollte, loszuwerden, und schüttelte den Kopf. Nein, daran gewöhnte ich mich nie. »Auf jeden Fall gab es riesigen Stress, weil sie meinte, ich wollte damit sagen, sie sähe aus wie eine Nutte. Wobei ich damit nur ausdrücken wollte, dass sie sich etwas anderes kaufen sollte. Fuck, ich hab mich um Kopf und Kragen geredet, bis sie mir vergeben hat. Aber kurz war ich echt der Meinung gewesen, dass es das gewesen wäre zwischen uns«, redete er weiter und in seiner Stimme hörte ich richtig die Verzweiflung heraus, als würde er den Moment noch einmal durchleben. Eine völlig neue Seite an meinem Kumpel. Es erstaunte mich jedes Mal aufs Neue. »Ich kann dir eins sagen, Scott. Verlieben ist einfach, aber Vergessen verdammt schwer. Ich würde niemals über Aylin hinwegkommen, das schwöre ich dir.« War irgendwas in seinem Bier? Solche Worte von ihm zu hören, war absolut ungewohnt. Verblüfft verzog ich das Gesicht.

»Ich werde mich nicht daran gewöhnen, dass du so schnulzig über meine Schwester redest. Und dass so eine Scheiße überhaupt aus deinem Mund kommt.« Blake war dazu bereit gewesen, sich für seine Beziehung zu ändern, das erkannte ich. Aber ich würde nie meine Panik ablegen können und verstand auch nicht, wie er sich manchmal verhielt, als würde er ein ganz normales Leben führen. Es war das absolute Gegenteil und genau das schwirrte mir immer im Kopf herum, ließ mir keine Ruhe und mich nachts nicht schlafen. Niemals konnte ich eine Frau so nah an mich heranlassen, wenn es sich bei meiner Schwester schon anfühlte, als würde man mich mit glühender Lava übergießen. Ich dachte zurück an die Entführung, wie mir die Angst ins Gesicht geschrieben stand und ich jede Sekunde dafür betete, sie heil und unbeschädigt zurückzubekommen.

»Fuck, Scott. Ich versuch gerade poetisch zu sein. Also hör mir zu oder du bekommst meine Knarre in die Fresse!«, unterbrach Blake mein Gedankenwirrwarr und brachte mich damit zum Lachen.

»Ist ja gut«, antwortete ich entschuldigend und hob abwehrend die Hände, bevor er seinen Worten Taten folgen ließ. »Du weißt doch, wie Aylin sein kann. So aufbrausend wie ein Hurrikan.«

»Ja, das hat es mir mal wieder bewiesen.« Blake lachte auf und trank aus seiner Bierflasche.

»Weißt du … damals hatte ich etwas gegen eure Beziehung, weil ich Angst hatte, Aylin könnte etwas zustoßen. Was auch passiert ist«, brach es verbittert aus mir heraus und es war langsam Zeit, es Blake gegenüber anzusprechen. »Natürlich war auch dein Verhalten Frauen gegenüber ein Problem, aber das war von beidem das kleinere Übel. Aylin ist alles für mich, und wenn es um sie geht, reagiere ich sofort mit Panik und Ablehnung –« Blake unterbrach mich, indem er mir auf die Schulter klopfte.

»Lass gut sein, ich versteh schon. Aber sei dir in einem sicher: Ich beschütze deine Schwester mit meinem Leben.«

»Ich auch.«

»Nichts und niemand kommt ihr zu nahe, das schwöre ich dir.« Ich nickte nur, ließ seine Worte sacken.

»Deshalb könnte ich auch niemanden an mich heranlassen. Weil ich immer die ganze Kacke im Kopf habe, mit der wir uns rumschlagen. Und diese Vollidioten, die unsere Ärsche kriegen wollen. Wie könnte ich jemanden zu diesem Leben zwingen, nur damit ich nicht allein bin?« Selbst verwundert über meine Worte schaute ich Blake an, der missmutig das Gesicht verzog. Denn wenn man es genau nahm, hatte er genau das mit Aylin getan, wobei ich ihm glaubte, dass er sie mit seinem Leben beschützte. Nach der Entführung hatte es Klick in seinem Kopf gemacht und er lief mit ihr nicht einfach über die Straße, wie normale Pärchen es taten. Nur meiner Angst war das scheißegal. Blake arrangierte sich damit, weil die Liebe zu meiner Schwester größer war. Nur ich konnte diesen Schritt nicht gehen, jemanden zu diesem Leben zu verdammen. Woher kam eigentlich diese plötzliche Gefühlsduselei? Lag es daran, dass Blake und ich schon so lang nicht mehr zusammengesessen hatten? Dass ich jetzt alles rauslassen musste? Es wunderte mich außerdem, dass von ihm kein dummer Spruch kam. Fuck, aus uns waren echt Mimosen geworden. Ich räusperte mich, signalisierte damit, dass das Thema beendet war, und stützte mich mit einer Hand hinter dem Rücken auf der Motorhaube ab. Den Kopf legte ich in den Nacken und genoss die Sonne, die uns brutzelte wie ein Spiegelei in der Pfanne.

»Es tut gut, hier zu sitzen und sich mal für einen Moment nicht um irgendeine Scheiße zu kümmern«, sagte Blake.

»Stimmt. Kommt nicht mehr oft vor.« O Mann. Jetzt wurde ich auch noch melancholisch.

»Wir sollten mal wieder etwas unternehmen. Warst du die letzte Zeit mal im Oxygen?«, fragte Blake, leerte sein Bier und verstaute die Flasche im Rucksack. Das Oxygen war ein Boxclub, in dem ich öfters mal eine kleine Session einlegte. Doch das letzte Mal lag einige Wochen zurück. Zudem boxte ich nie gegen andere Leute, sondern meist für mich selbst. Wenn ich den ganzen angestauten Frust loslassen wollte, war mir ein Boxsack lieber, den ich vermöbeln konnte. Keine Ahnung, wie mein Gegner danach aussehen würde. Erinnerungen an meine Zeit bei den Underground-Boxkämpfen kamen auf, die vielen aufgeplatzten Lippen, Cuts und Blutergüsse, die mich meist tagelang beschäftigt hatten.

Mein Gott, waren das Zeiten gewesen. Es war, bevor ich für Mino angefangen hatte zu arbeiten. Irgendwie hatte ich damals meinen Zorn loswerden müssen und es hatte sich immer befreiend angefühlt, die Fäuste in den Boxsack zu rammen, während ich mir jemand ganz anderes vorstellte. Meinen Dad. Doch nachdem ich Jobs für Blakes Onkel erledigt hatte, war dafür keine Zeit mehr gewesen. Hätten die anderen Clans mitbekommen, wo sie mich finden könnten, hätten sie diese Chance ausgenutzt. Nur hatte ich mich entscheiden müssen. Weiterhin zu boxen oder neben der High School etwas Geld dazu zu verdienen. Und wir wussten alle, wie ich mich entschieden hatte. Nämlich für Zweiteres. Auch meine Noten hatten nie darunter gelitten, obwohl ich oft nicht anwesend gewesen war, und sicherlich hätte ich es auf die Uni geschafft, wenn ich dieses Ziel angestrebt hätte.

»Ist schon etwas länger her«, antwortete ich und reichte ihm nach dem letzten Schluck meine ebenfalls leere Bierflasche.

»Dann eben einen Filmabend?« Ich nickte. Das hörte sich gut an und danach war mir viel eher, als die Fäuste zu schwingen. Es reichte, wenn ich bei den Jobs ums Leben kämpfen musste, dann musste ich es nicht noch zum Spaß. Kaum hatten wir uns für etwas entschieden, fiel mir auf, dass ich schon verdammt lange keine Auszeit mehr genommen hatte. Aber warum auch? Für wen? Ich wollte lieber tätig sein, als sinnlos zu Hause herumzusitzen und die Wände anzustarren. Da gab es niemanden, mit dem ich Zeit verbringen wollte. Obwohl … ja, nein. Ach, scheiß drauf. Nicht schon wieder! Wieso ließen mich diese Gedanken nicht in Ruhe? Warum schlich sich Chloe ständig in meinen Kopf? Ich wurde noch wahnsinnig. Reichte es denn nicht aus, dass ich mir um Aylin Sorgen machte und Panik schob, wenn sie nicht gleich auf meine Nachrichten oder Anrufe reagierte? War es nicht genug, wenn ich bei dem Gedanken durchdrehte, dass sie noch einmal entführt werden und verletzt werden könnte? Das letzte Mal war glimpflich ausgegangen, wie würde es das nächste Mal sein? Nein, so durfte ich nicht denken. Ich beschützte sie mit meinem Leben, genauso wie Blake. Viel mehr musste ich mir eingestehen, dass es nichts brachte, denn Aylin war schon lange nicht mehr die einzige Frau, um die ich Angst hatte.

EINUNDZWANZIG

CHLOE

Zwei Stunden Psychologie hinter sich zu bringen, obwohl man mit seinem Kopf ganz woanders war, glich der Hölle auf Erden. Kaum blickte ich länger als zwei Sekunden auf einen Punkt im Raum, driftete ich mit den Gedanken ab und wurde nur durch Aylins Ellenbogenhiebe wieder in die Realität zurückversetzt. Ich würde mich am liebsten selbst dafür ohrfeigen, denn in diesem Kurs nicht mitzukommen, war absolut indiskutabel. Deshalb stach ich mir mit der Bleistiftspitze immer wieder in die Handinnenfläche, wenn ich bemerkte, wie alles vor meinen Augen verschwamm, und heftete mich an die Lippen unserer Professorin Miss Day. Doch es fiel mir unheimlich schwer – auch das Mitschreiben endete in einem Desaster. Die Sätze ergaben keinen Sinn und mir kam es gefühlt vor, als würde Miss Day kreuz und quer reden. Lugte ich allerdings zu Aylin herüber, sah ich alles feinsäuberlich auf ihrem Block niedergeschrieben. Niemand raufte sich im Hörsaal die Haare, weil er wie ich nur Kauderwelsch verstand. Also lag es an mir und meinen bescheuerten Gedanken. Ich schnaubte leise und legte den Stift beiseite. Es hatte absolut keinen Sinn. Ich würde später einfach meine beste Freundin mit klimpernden Wimpern fragen, ob ich ihre Notizen haben durfte.

Kaum beendete unsere Professorin die Doppelstunde, sprang ich vom Stuhl auf und stopfte meine auf dem Tisch ausgebreiteten Utensilien wahllos in meine Umhängetasche. Aylin tat es mir gleich und wenige Minuten später verließen wir den Hörsaal. »Was war denn heute mit dir los?«, fragte mich Aylin besorgt und stupste mich in die Seite, ehe sie mir einen Arm um die Taille legte.

»Schlecht geschlafen«, erwiderte ich kurz angebunden und wollte keinesfalls weiter darauf eingehen. Weder darauf, was mich seit einigen Tagen wachhielt, noch darauf, wie heiß mir wurde, sobald ich an den Sex mit Scott dachte. O Gott, Aylin würde aus allen Wolken fallen, wenn ich ihr das erzählen würde.

»Okaaaay«, gab sie langgezogen von sich, beugte sich ein klein wenig mit dem Oberkörper nach vorne und beäugte mich kritisch. Doch einer guten Angewohnheit konnte ich mir sicher sein. Meinem Pokerface. Wenn ich nicht wollte, dass irgendjemand etwas in meinem Gesicht lesen konnte, ließ ich es auch nicht zu. Das hatte ich mir schon ziemlich früh angeeignet und bemerkte immer wieder, wie wertvoll diese Eigenschaft war. Deshalb grinste ich sie breit an, bevor sie meine Maske durchschaute, denn ich durfte nicht vergessen, wer vor mir stand. Aylin kannte mich viel zu gut und ich wollt nicht riskieren, aufzufliegen. Lieber kein Risiko eingehen.

»Ich habe zu lang gelernt«, bluffte ich und würde alles dafür geben, dass meine Müdigkeit und Abgeschlagenheit wirklich daher rührten.

»Wir können ja auch einfach mittags nach der Uni zusammen lernen. Ist für uns beide bestimmt angenehmer, als allein ewige Nachtschichten zu schieben, oder?«, schlug Aylin vor und zog mich mit sich in die überfüllte Mensa. Ich nickte nur und fand den Vorschlag gar nicht mal schlecht.

Die Schlange für das Essen sah schlimmer und länger aus, als sie war. Zügig ging es voran, bis wir uns jeweils ein Tablett und Geschirr nahmen und uns die Köchin eine ordentliche Portion der Lasagne und Salat auf den Teller schleuderte. Bei ihrem Schwung wunderte es mich jedes Mal, dass unsere Klamotten nicht ständig aussahen wie nach einer Essensschlacht. Die Tische in der Mensa waren erstaunlicherweise total überfüllt, obwohl draußen das tollste Wetter war. Eben typisches Maiwetter. Wärme, Sonne und frische Luft. Nichts gab einem einen besseren Frischekick. Aylin und ich dachten nicht einmal daran, uns an einen der runden Tische zu quetschen, und gingen schnurstracks auf den Außenbereich zu. Die großen Glasschiebetüren der Mensa waren zu beiden Seiten aufgezogen worden, wodurch wir ohne blödes Rumhantieren mit den Tabletts nach draußen traten. Wir verstanden uns ohne Worte, visierten beide direkt den Tisch an, der in der Sonne stand, und ließen uns an diesem nieder. Sofort spürte ich das angenehme Kribbeln, das die kräftigen Sonnenstrahlen auf meinem Rücken auslösten, und schloss für einen Moment die Augen. Außer uns befanden sich nur fünf weitere Personen hier draußen. Drei davon hatte ich schon einmal gesehen, und wenn mich nicht alles täuschte, gehörten sie dem Schachclub der Uni an. Sie hatten die Köpfe zusammengesteckt und schienen über etwas zu diskutieren. Die anderen beiden kannte ich nicht.

»So, und wann willst du mir den wahren Grund für deine gedankliche Abwesenheit erzählen?«, knallte mir Aylin gegen den Kopf, als ich mich gerade über die Lasagne hermachen wollte. Ich stockte in meiner Bewegung, senkte rasch den Kopf und schaute auf mein Essen. Schlagartig sackte mir mein Herz in die Hose, mein Puls beschleunigte sich und allein der besorgte Unterton in der Stimme meiner besten Freundin brachte mein Kinn zum Beben. Vielleicht brachte es mir etwas, mir den Kummer, oder wie man es sonst nennen sollte, von der Seele zu reden. Aylin mein Herz auszuschütten.

Vor ihr hatte ich schon einmal betont, dass Scott eine Augenweide war. Wahrscheinlich wäre sie für einen Moment wie erstarrt, doch keinesfalls würde es in so einer Szene wie zwischen Scott und Blake ausarten. Ich schluckte schwer, spürte Aylins Hand auf meiner, die sie über die Tischplatte zu mir herübergestreckt hatte, und gab dem drängenden Gefühl, alles rauszulassen, nach. Immerhin war ich noch nie gut darin gewesen, alles in mir zu behalten. Irgendwann würde eh alles aus mir herausplatzen – wie eine Bombe, wo die Zündschnur ordentlich glühte.

»Also, weißt du, ich –«, fing ich an und wurde durch lautes Rufen unterbrochen.

Wir wandten beide die Köpfe in die Richtung der Mensa und erblickten Damien, Luca, Camilla und Gino, die direkt auf uns zusteuerten. Damien kannten wir schon seit der High School, die anderen drei hatten wir erst an der Universität kennengelernt und zu den Anfangszeiten viel miteinander unternommen. Auch Aylins Exfreund Zayn hatte zu der Clique gehört, doch seitdem sie offiziell mit Blake zusammen war, hielt er sich im Hintergrund und mied es, auf uns zu treffen.

»Hey, ihr beiden! Wieso sitzt ihr hier draußen in der brutalen Hitze?«, fragte Lucy, setzte sich neben Aylin und schirmte mit ihrer Hand die Sonne ab. Camilla nahm neben mir Platz, ebenso so Luca, während Damien stehen blieb und die anderen Tische überblickte.

»Dort drin ist alles viel zu überfüllt und frische Luft war nach zwei Stunden Psychologie dringend nötig«, hörte ich Aylin antworten, während sie mich zwischendurch musterte. Jetzt wusste sie definitiv, dass mir etwas auf dem Herzen lag. Ich war kurz davor gewesen, mich ihr gegenüber zu öffnen, und von unseren Freunden unterbrochen worden. Ein Zeichen, lieber die Klappe zu halten. Ich schnitt mir hastig ein Stück von der Lasagne ab, brachte die Gabel zu meinem Mund und kaute genüsslich. Zumindest konnte ich so nicht reden und Aylins strafenden Blicken aus dem Weg gehen. Doch sogleich brachte mich Damien dazu, ihm meine volle Aufmerksamkeit zukommen zu lassen. Zuerst hörte ich ihn Luca etwas zuflüstern und verstand von seinen Worten nur Schachclub. Und ehe ich mich versah, schnappte er sich eine Cocktailtomate aus meinem Salat. »Hey!«, schnauzte ich ihn an, nachdem ich schnell die Lasagne heruntergeschluckt hatte, und versuchte, sie ihm aus der Hand zu schlagen. Bloß war es zu spät gewesen. Er hatte schon ausgeholt und sie einem der Mitglieder des Schachclubs volle Kanne gegen den Hinterkopf geschmissen. Schelmisch lachte er auf, klatschte mit Luca ab und ich war absolut fassungslos von so viel Dummheit. Verdammt, der Kerl war Anfang zwanzig und verhielt sich wie ein Raufbold in der fünften Klasse. Auch die anderen Mädels schauten entsetzt drein und Aylin entschuldigend zum Tisch des Schachclubs.

»Musste das jetzt wirklich sein?«, fauchte ich ihn entnervt an, rollte dabei mit den Augen und wollte am liebsten im Erdboden versinken. Wie konnte ich tatsächlich mal auf diesen Kerl gestanden haben? So etwas Kindisches hatte ich selten erlebt. War er schon immer so gewesen und ich einfach nur blind vor lauter Schwärmerei? Als Antwort bekam ich nur einen abschätzigen Blick zugeworfen, so als wäre ich die Blöde, weil ich über dieses peinliche Manöver nicht lachen musste. O Herr, steh mir bei. Rasch widmete ich mich wieder meinem Essen, ignorierte die zwei Vollidioten und hörte die Mädels miteinander reden. Mich in das Gespräch einzuklinken, fiel mir nicht in hundert Jahren ein, ich wollte nur essen und meinen Frieden haben, weshalb ich nicht einmal den Kopf hob. Damiens Aktion regte mich einfach zu sehr auf, und würde ich jetzt einfach aufstehen und das Weite suchen, würde er mir ganz bestimmt folgen und mir weiterhin auf den Keks gehen. Früher hatte ich, musste ich mir leider eingestehen, oft über diese penetrante Art gelacht, wenn er einem tausend Fragen stellte und nicht von der Seite wich. Ich hatte es schmeichelnd gefunden. Was war nur mit mir los gewesen? Vorsichtig lugte ich zu ihm auf, da ich bemerkte, wie er mit Luca sprach, und hörte, dass sie immer noch über den Tomatenwurf lachten. Okay, dem war eindeutig nicht mehr zu helfen. Ich griff nach der Wasserflasche in meiner Tasche, schraubte den Deckel ab und nahm einen großen Schluck daraus.

Klar, Craig war im Gegensatz zu Damien auch kein Unschuldslamm. Ich sagte gerne zu ihm, dass er sich manchmal wie ein Kind verhielt, aber ich mochte es, dass er trotz der ganzen Scheiße, obgleich seine Eltern so oft weg waren, irgendwie immer einen Witz auf den Lippen hatte. Auch wenn er ebenso eine dunkle und starke Aura ausstrahlen konnte. Nur waren die Dinge, die er tat, nicht ansatzweise so beschämend für andere. Zum Beispiel hatte er mal

Mehl in den Föhn gefüllt, während ich duschen war. Hatte ich geflucht? Ja. Hatten wir kurz darauf darüber gelacht und Versöhnungssex gehabt? Aber sowas von. Bei seinen Streichen wurde niemand in der Öffentlichkeit angeprangert oder dazu gebracht, mit hochrotem Kopf zu flüchten.

Augenblicklich dachte ich an Scott, der absolut nicht der Typ von Streichen war. Er war eben … na ja, Scott. Was schon an sich zu viele Reize auf einmal in mir auslöste. Er musste mich nicht spielerisch zur Tobsucht oder zum Lachen bringen. Da reichte es schon, wenn er mich nur mit seinem nichts aussagenden Blick anschaute und einen von sich drängte, obwohl man etwas ganz anderes wollte. Instinktiv fing ich in Gedanken an, Craig und Scott miteinander zu vergleichen. Sie könnten unterschiedlicher kaum sein, abgesehen von ihrem gemeinsamen Job, dem Basketballspielen und … mir. Ja, mich musste ich mittlerweile als Gemeinsamkeit auf die Liste setzen.

Craig liebte es außerdem, zu kochen. Viel zu oft hatten wir schon bis spät in die Nacht in der Küche gestanden und ich hatte ihm dabei zugesehen, wie er Eigenkreationen entworfen hatte. Wohingegen es Scott laut Aylin sogar schaffte, Spiegeleier anbrennen zu lassen. Craig fuhr zudem gerne Motorrad, während Scotts größtes Heiligtum sein Auto war. Wie konnte man von so zwei gegensätzlichen Männern magisch angezogen werden? Sie schenkten mir beide so unendlich viele Empfindungen.

Auf so unterschiedliche Arten. Mit Craig konnte ich reden, über Gott und die Welt, der Sex war atemberaubend, und wir unternahmen auch viel gemeinsam. Er löste in mir das Gefühl von Geborgenheit aus. Auch wenn wir das zwischen uns nie klar als eine Beziehung definiert hatten, wusste ich doch, dass ich ihm blind vertrauen konnte. Ich liebte seine ehrliche Seite, obwohl sie mir gleichzeitig oft den Atem verschlug – wie seine Aussage, dass ich gerne Scott anschauen könnte, während er mich befriedigte.

Scott hingegen löste in mir ein Feuer aus, von dem ich nicht wusste, wie ich es löschen konnte. Schon allein durch seine oft abweisende Art setzte er meinen Körper in Flammen und hatte es mit dem stürmischen und intensiven Sex vor ein paar Tagen geschafft, mir einen Vorgeschmack darauf zu geben, was mich mit ihm erwartete.

Leicht schüttelte ich den Kopf. Sicherlich war hier nicht der beste Platz, um die beiden in Gedanken miteinander zu vergleichen. Ich würde nie ein Ende finden. Sie hatten beide viel zu viele Eigenschaften, die mir imponierten und mich gleichzeitig zur Weißglut brachten. Doch ehe ich mich versah, dachte ich wieder an Craigs Geburtstagsparty und daran, wie Scott aus dem Gästezimmer gestürmt war. Hatte er es etwa bereut und ich ihn deshalb seitdem nicht mehr gesehen? Gott, von diesen vielen Fragen platzte mir irgendwann noch der verdammte Kopf! Denn zwischen Craig und mir war alles normal. Nur Scott hatte sich seitdem nicht mehr bei ihm blicken lassen oder ihn wegen eines Jobs abgeholt. Er war wie vom Erdboden verschluckt. Zumindest für mich.

Wie in Watte gepackt bekam ich mit, dass sich Camilla und die anderen verabschiedeten und wieder das Unigebäude betraten. Zum Glück – obwohl ich es ganz gut geschafft hatte, ihre Stimmen auszublenden.

»Hat sich Scott die letzten Tage eigentlich komisch verhalten?«, platzte es aus mir heraus, ehe ich richtig darüber nachdenken konnte. Ich musste es wissen. Aylin hob verwundert eine Augenbraue, hörte auf, ihre Lasagne zu schneiden, und legte ihre Handgelenke auf der Tischkante ab.

»Du meinst, komischer als sonst?«, schmunzelte sie und hielt meinen Blick fest. Verdammt. Wieso stellte ich so eine offensichtliche Frage? Sicherlich zählte sie eins und eins zusammen. »Wieso? Hatte er Stress mit Craig?«, fuhr sie fort und ich atmete erleichtert aus.

»Ach, nur so«, winkte ich ab und aß weiter. »Sollen wir nach der Uni heute Mittag vielleicht etwas zusammen unternehmen?« Ich hatte keine Lust, wieder allein zu Hause zu sitzen und Trübsal zu blasen. Craig hatte mir nämlich vorhin schon geschrieben, dass er heute nicht konnte und etwas für Blake erledigen musste, weshalb ich auf meine beste Freundin und einen Plan, die vielen herumwirbelnden Gedanken in meinem Kopf zu verdrängen, hoffte.

»Gerne.« Aylin nickte zustimmend, grinste über beide Ohren und schob sich die Gabel mit einem Stück Lasagne darauf in den Mund. Denn wenn wir mal ehrlich waren, hatte es schon lange keinen ausgelassenen Nachmittag mehr gegeben, den wir nur zu zweit wie ganz normale Mädels verbracht hatten. Die Jungs mussten einmal von ihrem Thron gestoßen und durch Spaß und Sorgenfreiheit ersetzt werden. Ja, genau das war mein Plan für heute!

ZWEIUNDZWANZIG

CHLOE

Gegen Nachmittag verliessen Aylin und ich die Starbucksfiliale auf dem Jackson Boulevard. Beide hielten wir ein Getränk in der Hand, auf das ich mich die letzten Stunden in der Uni immens gefreut hatte. Ich hatte mir einen Caramel Macchiato und Aylin sich einen White Chocolate Mocha bestellt. Mit dem Röhrchen nahm ich einen Schluck aus dem To-Go-Behälter und stöhnte genüsslich auf.

»Das schmeckt himmlisch«, wisperte ich, was größtenteils von den lauten Autogeräuschen um uns herum geschluckt wurde. Aylin lachte nur, probierte ebenfalls von ihrem Mocha und nickte.

»Jap, ich stimme dir zu hundert Prozent zu.«

Eine Straße weiter, nämlich auf dem öffentlichen Parkplatz des Grant Parks hatte ich meinen Wagen abgestellt, mit dem wir beide hergekommen waren. Ich hatte Aylin angeboten, sie mitzunehmen, da sie Blake heute Morgen bei der Uni abgesetzt hatte und sie nicht abholen konnte. Doch statt zu meinem Auto zurückzugehen, betraten wir den Grant Park, liefen durch die Anlage und gelangten letztendlich an das Ufer des Michigansees. Ich hatte mir vorhin auf dem Weg hierher fest vorgenommen, nicht an Craig oder Scott zu denken, sondern einfach nur die Zeit mit meiner besten Freundin zu genießen. Wir unterhielten uns noch einmal über den Vorfall mit Damien und lachten am Ende darüber, dass ich mal auf ihn gestanden hatte. Gott, wie ich diese ungezwungene Atmosphäre vermisst hatte. Unsere letzten Treffen hatten meist nur mit den Jungs stattgefunden oder sich auf die Uni beschränkt, weshalb ich mich jetzt bei Aylin unterhakte und von meinem Macchiato trank. In mir machte sich immer mehr der Drang breit, mit Aylin über die Sache mit Craig und Scott zu reden. Zumindest wollte ich es ihr nicht weiter verschweigen, dass ich mittlerweile auch etwas mit ihrem Bruder gehabt hatte und ich absolut nicht wusste, in welche Richtung sich das zwischen uns entwickeln würde. Ich schaute zu Boden, knabberte auf meiner Unterlippe herum und suchte nach den richtigen Worten.

»Okay, spuck es aus«, lachte Aylin und stupste mich mit der Schulter an. »Seit heute Morgen sehe ich dir an, dass dir etwas auf der Zunge liegt, und in der Pause wurden wir unterbrochen. Da war ich mir ziemlich sicher, dass du mit der Sprache rausrücken wolltest.« Da hatte sie recht. Während dem Essen hatte ich wirklich mit ihr sprechen wollen und es letztendlich doch sein gelassen, als wäre das Auftauchen von Zayn und den anderen ein Zeichen gewesen.

»Ich weiß nicht, wie ich anfangen soll«, gestand ich und schaute sie entschuldigend an. Sofort runzelte sie ihre Stirn, hielt mich zurück, sodass wir stehenblieben, und schaute mich mit ernster Miene an.

»Sag es direkt heraus.« Für einen kurzen Moment herrschte Stille zwischen uns, abgesehen von dem immensen Verkehrsaufkommen und den vielen Fußgängern um uns herum.

»Ich hatte Sex mit Craig und Scott.« Statt zu antworten, weiteten sich Aylins Augen, sie riss ihren Mund auf und doch kam kein einziger Ton heraus. Irgendwann kamen ihr abgehakte Worte über die Lippen, die ich nicht verstand. Doch ich konnte mir schon vorstellen, in welche Richtung ihre ersten Fragen gehen würden.

»Wie, was, wo?«, platzte es aus ihr heraus, als sie anfing, wie ein Hüpfball auf der Stelle zu springen.

»Auf Craigs Party. Das ist alles so verwirrend«, fing ich an und erzählte ihr alles. Wie Craig den Vorschlag gemacht hatte und es letztendlich in seinem Gästezimmer dazu gekommen war. Aylin hörte dabei aufmerksam zu, schnappte ab und zu nach Luft und grinste in sich hinein. Jedoch unterbrach sie mich kein einziges Mal, bis ich meine Ausführungen beendete. Ich atmete schwer aus, nachdem ich mir den Ballast von der Seele geredet hatte, und musste mir eingestehen, dass es sich ziemlich gut anfühlte. Wie eine neugewonnene Freiheit. Wieso hatte ich mich so davor versperrt? Aylin war meine beste Freundin. Niemals würde sie mich für irgendetwas verurteilen. Zumal ich gerade nicht sehr ins Detail gegangen war, was meine Gefühle für Scott anging.

»So, und welche Frage brennt dir nun so auf der Zunge?«, witzelte ich und nahm einen Schluck von meinem Macchiato.

Aylin räusperte sich. »Na ja, etwas finde ich komisch. Du erzählst das so, als wäre Scott nur eine Randfigur in dem Ganzen. Aber deine Augen sagen etwas anderes, sobald du seinen Namen aussprichst.« Erwischt, Mist. Sie kannte mich einfach zu gut.

Ich spielte an dem Deckel des Starbucks-Bechers herum, um etwas Zeit zu schinden, doch Aylin griff nach meiner Hand und hielt mich somit davon ab, noch tiefer in meine Gedanken zu versinken. »Ich kann es nicht in Worte fassen. Er macht etwas mit mir und es fühlt sich einfach perfekt an. Der Sex war auch –«

»Stopp, bitte keine Details«, grätschte Aylin lachend dazwischen und fuchtelte mit einer Hand in der Luft herum.

»Aylin …«, fuhr ich fort und stöhnte. »Scott ist ein absoluter Sturkopf und er treibt mich viel zu oft in den Wahnsinn. Aber dennoch hat er eine Seite an sich, die unbeschreiblich ist. Wenn er einen anschaut, hat man das Gefühl, nur für ihn zu existieren, und gleichzeitig verwirrt es mich total, weil ich Craig ebenfalls mag und nicht weiß, wo mir der Kopf steht.« Meine beste Freundin legte mir einen Arm um die Schulter und zog mich mit sich.

»Ich habe dir schon einmal gesagt, dass es mir nichts ausmachen würde, wenn du und Scott etwas miteinander hättet. Auch wenn ich gerade absolut nicht damit gerechnet habe, eher mit einem … ‚Ich bekomme meine Tage nicht'.« Warte, was? Ich wollte ihr schon ins Wort fallen, als sie weitersprach. »So, wie sich das anhört, trägst du schon länger diesen Zwiespalt mit dir herum, was deine Gefühle für meinen Bruder angeht, und ich möchte, dass du weißt, dass du jederzeit zu mir kommen kannst, okay? Sei dir nur im Klaren, wo das hinführen wird. Ich will dir nichts einreden, aber bei Dreien kann es gut sein, dass irgendwann einer benachteiligt ist. Keine Ahnung, ob das nur Spaß für euch alle ist …« Sie begutachtete mich intensiv und wusste sicherlich, dass ich von Spaß ganz weit entfernt war.

»Das weiß ich ehrlich gesagt auch nicht«, erwiderte ich und spürte sofort wieder das beklemmende Gefühl, sobald ich an Scott und seine Nähe dachte. Aylin hatte recht. Was wir zu dritt trieben, nahm ganz bestimmt kein gutes Ende, aber wie entsagte man etwas, das sich so gut anfühlte? Vielleicht war es auch nur eine einmalige Sache gewesen und kam in Zukunft nie wieder vor. Doch schon allein bei dem Gedanken daran zog sich mein Unterleib zusammen.

Zumindest wusste Aylin nun über alles Bescheid. Ein riesiger Felsbrocken fiel mir von Herzen.

»Und jetzt lass uns den Nachmittag genießen, okay?«, versuchte mich Aylin zu einem Grinsen zu bringen, indem sie beide Zeigefinger nahm und meine Mundwinkel nach oben zog. »Die Jungs nehmen schon viel zu viel Zeit in unserem Leben ein«, scherzte sie und spielte noch einmal auf die Situation mit Zayn und den anderen heute Vormittag an, um das Thema zu wechseln.

»Ich muss echt überlegen, ob ich damals an einer Geschmacksverirrung gelitten habe. Der Typ ist sowas von peinlich. Ich habe die Leute vom Schachclub übrigens noch auf dem Flur getroffen zwischen zwei Stunden und mich aufrichtig bei ihnen entschuldigt«, fing ich an zu erzählen und wurde von Aylins Lachen unterbrochen.

»Damals hört sich an, als wären seitdem Jahre vergangen«, prustete sie los, sodass sogar ihr Getränk in dem Behälter kurz überschwappte. Sie fing sich wieder und erhielt von mir einen spielerischen Schlag gegen die Schulter.

»Hey! Das ist nicht fair. Du sollst mir zustimmen und mich nicht niedermachen«, grinste ich und musste ihr insgeheim recht geben. Es waren absolut keine Jahre vergangen, seitdem ich für Damien geschwärmt hatte. Eher Monate.

Aylin und ich fingen an, uns gegenseitig unsere Fauxpas an den Kopf zu werfen, lachten unbekümmert und achteten für einige Augenblicke nicht auf unsere Umgebung. Ein schrilles Klingeln und derbes Fluchen unterbrach uns, ehe wir auf die Seite sprangen und fast auf den Rasen flogen. Vor lauter Lachen hatten wir nicht mitbekommen, wie viele Radfahrer und Leute auf Segways unterwegs waren. Denn obwohl es langsam auf den Abend zuging, war weiterhin wunderbares Wetter. Die Hitze hatte sich etwas gelegt, die Sonne stand nicht mehr so hoch am Horizont und mittlerweile ging auch eine leichte angenehme Brise. Natürlich lockte es da die Leute aus ihren Büros ans Wasser und in den Park. Auch Familien waren unterwegs, picknickten auf den großen Rasenflächen und die Kinder spielten miteinander, rannten herum und für ihre Leichtigkeit beneidete ich sie. Wir setzten uns auf eine Bank, genossen den Ausblick auf den Michigansee und beobachteten die Boote.

»Weißt du noch damals, als wir mit dem Studium angefangen hatten und am vierten Tag in der falschen Lesung saßen?« Aylin brachte mich dazu, wieder an unsere Anfänge zu denken. Ich lachte laut los, schlug mir auf den Oberschenkel und verschüttete etwas von meinem Macchiato.

»O nein, bitte nicht.« Meine beste Freundin stimmte ein und uns hielt nichts mehr davon ab, Tränen zu lachen. Tatsächlich hatten wir uns durch diesen Vorfall richtig angefreundet. Zwar hatten wir uns die Tage zuvor schon in den Vorlesungen gesehen und wenig Worte miteinander gesprochen, doch ich war der festen Überzeugung, hätte es diesen peinlichen Vorfall nicht gegeben, würden wir heute nicht hier sitzen. Ich war damals an dem Tag zu spät gekommen, in die Uni gehetzt und hatte Aylin auf dem Flur entdeckt, die mich mit großen Augen angesehen hatte. Mit Glück hatte ich festgestellt, gerade noch rechtzeitig gekommen zu sein, weshalb ich ihr einfach zum nächsten Hörsaal gefolgt war, ohne auf meinen Stundenplan und somit die Hörsaalnummer zu schauen. Tja, hätte ich es bloß getan. Stattdessen hatten wir auf den zwei freien Plätzen in der zweiten Reihe einer Finanzvorlesung gesessen und uns nicht getraut, aufzustehen, da es sonst jeder mitbekommen hätte.

»Du warst schuld!«, schnauzte ich Aylin lachend an und wischte mir die Lachtränen aus den Augenwinkeln.

»Nein, du! Wegen dir hab ich die Ziffern vertauscht und statt der Hörsaalnummer 132 die 123 angesteuert. Mit deinem hastigen Schnauben und Zuspätkommen hast du mich voll aus dem Konzept gebracht.«

»Das hätte ich an deiner Stelle jetzt auch gesagt«, stachelte ich sie weiterhin an und konnte einfach nicht aufhören, zu lachen. Es tat so gut, mal den ganzen Mist zu vergessen und nur die Zeit mit meiner besten Freundin zu genießen. Seitdem war so viel passiert, dass sich gar nicht in Worte fassen ließ, und so sehr ich Aylin die Beziehung mit Blake gönnte, kam ich nicht umher, sie ein klein wenig zu vermissen. Klar, ich unternahm auch viel mit Craig, doch für spontane Unternehmungen war ich immer zu haben. Wie zum Beispiel einen entspannten Filmabend, feiern oder etwas essen gehen. Durch die Beziehung verbrachte sie viel Zeit mit ihm, was ich natürlich verstand. Er konnte momentan nicht einfach machen, was er wollte, musste aufpassen, wo er sich zeigte und vor allem mit wem. Denn Aylin sollte nicht noch einmal ins Kreuzfeuer geraten. Und das wollte ich natürlich genauso wenig.

An uns fuhren unendlich viele Gruppen auf ihren Segways vorbei, sicherlich Touristen, die die Stadt erkundeten. Mit diesen Geräten war es bestimmt entspannter, als mit dem Auto im Berufsverkehr stecken zu bleiben, weshalb ich schon oft mit dem Gedanken gespielt hatte, mir mal so ein Teil auszuleihen. Aylin und ich beruhigten uns kurz darauf, schwiegen für einen Moment, in dem ich meinen Kopf auf ihrer Schulter bettete und wir wieder in die Ferne schauten. Ich nahm den letzten Schluck von meinem Macchiato, ebenso Aylin von ihrem Mocha, und schmiss beide Behälter neben der Bank in den Mülleimer. Sie Sonne strahlte uns direkt ins Gesicht, weshalb wir unsere Köpfe nach oben ragten und die Wärme auf unserer Haut genossen.

»Sowas wie jetzt machen wir viel zu selten«, warf ich in die Stille ein und griff nach der Hand meiner besten Freundin. Zudem arbeitete Aylin noch in dem Blumenladen, was einige Nachmittage unter der Woche in Anspruch nahm. Vielleicht schafften wir es ja, uns einen festen Tag vorzunehmen? Ich wusste, dass sich das echt kitschig anhörte und ich wie eine Art Klette wirken musste. Doch ich spürte einfach, wie gut es mir tat, dem ganzen Alltag für wenige Stunden zu entfliehen, den Kopf freizubekommen und mich um kein Problem kümmern zu müssen. Nicht auf mein Handy achten und nicht an die Uni denken zu müssen. Gedanken aus, Welt an. Mit Anfang zwanzig hatte ich mir mein Leben ganz anders vorgestellt und nicht so, zwischen zwei Stühlen stehen zu müssen. Nicht vor und zurück zu wissen. Was richtig und falsch war. Verdammt, nein! Ich wollte nicht an die beiden denken.

Abrupt sprang ich auf, entdeckte in einiger Entfernung drei E-Scooter, die wohl bereit waren, gefahren zu werden. Ich grinste teuflisch, griff nach Aylins Handgelenk, die gegen die Sonne zu blinzeln versuchte und aufschrie, als ich sie mit mir riss. »Was hast du vor?«, fragte sie mich und kam fast ins Straucheln, weil ich immer schneller wurde.

»Ich will mit so einem Teil fahren!« Voller Überzeugung stellte ich mich auf einen der Scooter und las die Anleitung. Wenn schon kein Segway, dann eben so ein Gefährt. Alles war mir recht, um Spaß zu haben. Aylin beobachtete mich belustigt, stemmte die Hände in die Hüften und schüttelte den Kopf. Sicherlich fragte sie sich, was in mich gefahren war, doch sie dachte nicht einmal im Traum daran, das auszusprechen. Weil sie die Auszeit selbst genoss, dachte ich und musste innerlich schmunzeln. In weniger als fünf Minuten hatte ich den Scooter entsichert und war bereit zum Losfahren, als meine beste Freundin weiterhin wie angewurzelt neben mir stand. »Auf was wartest du?«, fragte ich und zeigte auf den Scooter neben mir. Aylin runzelte die Stirn.

»Ehm, du weißt schon, dass ich mein Handy nicht dabei habe? Das liegt in deinem Wagen in meiner Tasche.« Okay, das war Mist. So weit hatte ich nicht gedacht. Und zum Fahren musste man den Roller unbedingt über das Handy entsperren und seine Kontodaten eingeben.

»Dann steig auf«, antwortete ich überzeugt, rutschte auf der Platte weiter vor, um ihr Platz zu machen.

»Bist du verrückt?«, grinste Aylin. Jedoch erkannte ich den Schalk in ihren Augen, und als ich nicht antwortete, quietschte sie fröhlich auf. Sie stellte sich hinter mich auf den Scooter, klammerte sich an mir fest und ich hörte sie leise vor sich hinmurmeln. Ich würde lügen, wenn ich behauptete, dass mir das Herz nicht bis in den Kopf schlug. Entweder wir hatten jetzt den Spaß unseres Lebens oder landeten in der Notaufnahme. Und danach dürfte ich mir ein neues Zuhause in einem ganz anderen Bundesstaat suchen, weil ich Aylin geschadet hatte. Deshalb hielt ich ganz fest an Ersterem fest. Langsam beschleunigte ich und bekam mega Schiss, weil es eine ziemlich wacklige Angelegenheit war. Aylins Griff um meinen Bauch wurde fester, wir versuchten, das Gleichgewicht zu halten, und tasteten uns langsam voran. Wie kleine Kinder, die laufen lernten, lernten wir, nicht mit dem kompletten Scooter umzufallen. Die Leute starrten uns an, obwohl wir uns vornehm verhielten und uns am Rasen entlang pirschten statt mitten auf dem Fußgängerweg und dadurch allen im Weg waren. Wir lachten aus tiefster Seele, brauchten einige Anläufe, bis wir das Mittelmaß gefunden hatten und eine kleine Runde durch den Park drehten.

»Wuhuuuu«, rief Aylin hinter mir, legte ihr Kinn auf meiner Schulter ab und schaute in der Gegend herum. Sobald ich merkte, schneller zu werden, drosselte ich das Tempo und genoss unsere kleine Ausfahrt.

»Yeah!«, schrie ich auf, grinste über beide Ohren und behielt den Lenker fest im Griff. Ich fuhr eine kleine Kurve, um wieder zurück ans Ufer zu gelangen, als ich auf dem Weg dorthin zwei Ordnungshüter entdeckte, die uns beobachteten. »Mist«, fluchte ich und konnte mir das Lachen aber weiterhin nicht verkneifen. Vielleicht hatte ich vor lauter Euphorie vergessen, Aylin etwas Wichtiges zu sagen.

»Was ist los?«, fragte sie sogleich und schien überrascht, dass ich anhielt. Die Ordnungshüter kamen auf direktem Weg auf uns zu und ich hatte keine Lust, für ein wenig Spaß eine Strafe zu erhalten.

»Eventuell darf nur eine Person so einen Scooter fahren.«

»Okay.« Aylin zog die Stirn kraus und schien sich trotz dieses Fakts nicht davon abhalten zu lassen, weiterfahren zu wollen.

»Und eventuell kommen gerade zwei Ordnungshüter auf uns zu«, sprach ich weiter, woraufhin sie sich erschrocken herumdrehte und mich dann wieder anstarrte.

»Was jetzt?« Wenige Sekunden schauten wir uns an und schienen wohl das gleiche zu denken, als wir gleichzeitig anfingen zu grinsen. »Lauf«, flüsterte Aylin und wir rannten los, während ich gleichzeitig die Benutzung des Scooters über das Handy beendete. Wir kicherten dabei wie kleine Kinder und verhielten uns wie Schwerstverbrecher. Als wir fast den Park verließen, schaute ich über die Schulter zurück und sahen die zwei Ordnungshüter, wie sie uns verwundert hinterherschauten und selbst lachen mussten. Wahrscheinlich hätte es keine Strafe gegeben, sondern nur einen netten Hinweis darauf, dass wir den Scooter nicht zu zweit fahren dürften. Aber uns war das egal. Wir liefen um unser Leben, rannten die Straße entlang, bis zum Parkplatz und meinem Wagen. Außer Atem zog ich den Schlüssel aus meiner Tasche, entriegelte das Auto und wir stiegen ein.

»Das war der Spaß meines Lebens«, grinste ich weiter, steckte den Schlüssel ins Zündschloss und startete den Wagen.

»Ja«, schnaufte Aylin, wischte sich einzelne Haarsträhnen aus dem Gesicht und hinter das Ohr. Ich brauchte noch einen Moment, ehe ich losfahren konnte, holte einige Male tief Luft und stieß sie langsam aus.

Nun mussten wir zurück in unseren Alltag kehren, in das normale Leben, was mich etwas traurig machte.

Ich fädelte mich in den Verkehr ein und verließ die Stadt, um circa eine halbe Stunde später in die schmale Einfahrt des Waldes abzubiegen. Auf direktem Weg zu Aylins und Scotts Hütte. Wir schwiegen fast die ganze Fahrt, womöglich dachte Aylin das Gleiche wie ich, ich wusste es nicht. Doch ich wollte den witzigen Nachmittag nicht vermiesen, indem ich vielleicht noch schwach wurde und Aylin alles erzählte.

Ich hielt einige Meter entfernt von der Waldhütte, sah Scotts Wagen davor parken und spürte gleich darauf ein heftiges Ziehen im Magen. Er war zu Hause. Nur wenige Meter von mir entfernt. Sollte ich mit reingehen und ihn zur Rede stellen? Nein, das würde bei Aylin nur Fragen aufwerfen, darauf hatte ich keine Lust. Die heitere Stimmung von eben verabschiedete sich immer mehr und brachte mir die Traurigkeit zurück, die ich mit aller Kraft versuchte, wieder in die hintersten Ecken meines Kopfes zu schieben. »Kommst du noch mit rein?«, riss mich Aylin aus den Gedanken, was mich auf einer Seite freute. Bis vor einigen Monaten hatte sie mir verschwiegen, wo sie wirklich lebte. Dass sie mich jetzt völlig normal hereinbat, als wäre nie etwas gewesen, entlockte mir ein Lächeln. Der ganze Mist hatte uns näher zueinander gebracht, auch wenn der Anlass dafür den Titel für das Schlimmste in meinem bisherigen Leben verdient hatte.

»Nein danke«, lehnte ich freundlich ab, ohne zu sagen, weshalb. Aylin nickte nur, erkannte nicht meinen Zwiespalt und verabschiedete sich mit einer Umarmung von mir, bevor sie ausstieg. Ich wartete noch, bis sie im Haus verschwunden war, legte den Rückwärtsgang ein und fuhr aus der kleinen Einfahrt, die zur Hütte führte. So schnell wie möglich wollte ich viel Abstand zwischen Scott und mich bringen, mir nicht vorstellen, was er gerade tat. Trainieren? Mit freiem Oberkörper und … Stopp! Grummelnd wendete ich in einer kleinen Bucht den Wagen, fuhr aus dem Wald hinaus und steuerte mein Zuhause an.

DREIUNDZWANZIG

CHLOE

Völlig in Gedanken versunken fuhr ich unsere Einfahrt hinauf und hielt direkt vor der geschlossenen Garage an. Ja, ich könnte den Wagen auch reinstellen, aber ich fand es viel einfacher, ihn draußen zu lassen. Ich schaltete den Motor ab, zog den Schlüssel und stieg aus. Während ich den schmalen Kiesweg zur Eingangstür unseres Hauses lief, verriegelte ich mein Auto noch über die Schulter mit der Funktastatur und blieb abrupt stehen, als ich bemerkte, dass im ganzen Haus die Lichter brannten. Also zumindest in den Zimmern, die von hier vorne zu sehen waren. Hatte ich etwas nicht mitbekommen? Meine Eltern hatten kein Wort gesagt, dass sie nach Hause kommen würden. Ich rechnete eigentlich erst in ein paar Wochen wieder mit ihnen. Und ich hatte die Lichter heute Morgen bestimmt nicht angelassen.

Zögerlich kramte ich meinen Haustürschlüssel aus meiner Handtasche heraus, ging die wenigen Stufen zur Tür hoch und schloss auf. Im Innern umgab mich direkt ein herrlicher Duft nach etwas Essbaren, der aus der Küche hinaus wehte. Das Klappern von Töpfen und Klirren von Geschirr war zu hören, ebenso die zischenden und brutzelnden Geräuschen von etwas, das in der Pfanne angebraten wurde. Also ein Einbrecher würde mir definitiv nichts kochen, würde ich sagen, weshalb ich freudestrahlend meine Tasche auf der Kommode neben der Haustür abstellte und durch den großgeschnittenen Flur und das angrenzende Esszimmer in die Küche trat. Meine Augen mussten förmlich Funken der Freude schießen, zumindest war Dad von meiner Überraschung sichtlich angetan. Da stand er, als wäre es das Normalste der Welt, dass er jeden Abend das Essen machte, und streckte beide Arme von sich. In einer Hand hielt er einen Pfannenwender, in der anderen eine Gabel.

»Darling«, sagte er zur Begrüßung, stellte die Gasflamme der Herdplatte herunter, legte die Kochutensilien zur Seite und umrundete die Kücheninsel. Das laute Dröhnen der Abzugshaube dämmte etwas die Lautstärke seiner Stimme, doch ich hatte ganz genau hören können, wie ihm mein Spitzname über die Lippen gekommen war. So nannte er mich schon mein ganzes Leben. Außer, wenn ich Mist gebaut hatte, dann sprach er mich immer mit meinem richtigen Namen an. Bloß waren diese Momente eher Einzelfälle gewesen, so wenig, wie sich meine Eltern zu Hause blicken ließen.

»Dad«, hauchte ich, ging auf ihn zu und schlang ihm beide Arme um die Taille. Er strich mir sanft über den Rücken, zog mich fest an sich und ich spürte, wie sich ein Kloß in meinem Hals bildete. Sein vertrauter Duft nach diesem überaus teuren Moschus-Parfum stieg mir in die Nase, und vermittelte mir ein Gefühl der Vertrautheit. Geborgenheit, die ich hier viel zu selten zu spüren bekam. »Was machst du hier?«, fragte ich ihn, nachdem wir einen Moment innegehalten und den Augenblick ausgekostet hatten. Es fühlte sich schon fast wie Weihnachten und Geburtstag zusammen an. Die Überraschung war ihm eindeutig gelungen, wobei … wenn ich mich entscheiden müssten, hätte ich ihn lieber täglich bei mir.

»Ich war geschäftlich in Minnesota und dachte mir, ich nutze die Gelegenheit und komme nach Hause. Wir haben uns viel zu lange nicht gesehen.« Die letzten Worte kamen ihm bitter über die Lippen, wobei ich mir ziemlich sicher war, dass Mom und er sich nicht ansatzweise so viele Gedanken darüber machten wie ich. Na ja, wie ich sie mir gemacht hatte. Mittlerweile hatte ich mich daran gewöhnt, ganz allein in diesem riesengroßen Haus zu leben. »Und nachdem ich gesehen habe, dass im Kühlschrank nur eine Packung Milch, Käse und Toast liegt, bin ich direkt einkaufen gegangen, um uns das hier zu zaubern.« Er löste sich von mir und zeigte zu der Arbeitsplatte, auf der sich so manches Allerlei erstreckte. Kleine Schälchen mit Feldsalat und Jakobsmuscheln, zwei Teller gefüllt mit einer Cremesuppe und in der Pfanne entdeckte ich zwei Lachsfilets, die, wie ich meinen Dad kannte, perfekt durchgebraten waren. Wie auf Kommando fing mein Magen an zu knurren und ich leckte mir hungrig mit der Zungenspitze über die Unterlippe. Er hatte alles richtig gemacht. »Setz dich«, bat er mich und zeigte hinüber zum Esstisch, der ebenfalls schon mit Besteck ausgestattet war.

Ich nahm die Schälchen mit dem Salat, lief hinüber und setzte mich auf einen der Stühle. Perfekter hätte dieser Tag nicht enden können, auch wenn ich heute Morgen eher der Meinung gewesen war, er wäre für die Tonne. Wie man sich manchmal täuschen konnte. Kam dabei jedoch das hier heraus, machte ich das allzu gerne. Ich schnappte mir schnell mein Handy aus der hinteren Hosentasche, drehte mich zu Dad herum und machte ein Foto von ihm, wie er dabei war, den Lachs mit Gemüse und Kartoffelscheiben auf den Tellern anzurichten. In seinem Job war es meist schwierig, irgendein Hobby auszuführen, wodurch er angefangen hatte, Kochshows anzusehen, und die Gerichte nachkochte. Meist dann, wenn er nach vielen Wochen mal zu Hause war, um mich zu verwöhnen und auf seine Art die Abwesenheit wiedergutzumachen. Manchmal kochte er auch in seinen Hotelsuiten, die meist mit einer Küche ausgestattet waren, und schickte von den hergerichteten Tellern Bilder. Ich musste gestehen, seitdem Dad dem Kochen verfallen war, konnte man sowieso nicht mehr mit ihm essen gehen. Er war mittlerweile sowas von eigenwillig und beschwerte sich viel zu oft über die Qualität der Restaurants.

»Wie lang bleibst du?«, fragte ich ihn, nachdem er mit den Suppen herübergekommen war und wir beide uns gesetzt hatten. Ich machte mich direkt über meinen Teller her und aß zwischendurch immer etwas von meinem Salat, wofür ich von Dad einen belustigten Blick von der Seite zugeworfen bekam. Ja, das war eine üble Angewohnheit.

Normalerweise aß man in unseren Kreisen einen Gang nach dem anderen, wofür ich oftmals in meiner Kindheit eine Rüge eingesteckt hatte. Aber ich konnte sie nicht ablegen und war umso glücklicher nie außer Haus essen zu müssen, in irgendeinem fünf Sternerestaurant.

»Nur bis morgen«, erwiderte er und schob sich mit der Gabel eine Jakobsmuschel in den Mund. Ich nickte nur, verkniff mir eine Antwort. Was erwartete ich auch? Dass er urplötzlich eine Woche bleiben würde? *Komm schon, Chloe.* Das war noch nie der Fall gewesen. »Danach geht es für mich nach Seoul.« Als würde es mich brennend interessieren, statt mich glücklich zu machen, grinste ich neugierig und fragte höflicherweise danach, was er dort machte. Natürlich wünschte ich meinen Eltern allen Erfolg, den es gab. Doch wie bisher jedes Mal stand ich, ihre eigene Tochter, in dessen Schatten. Ja, ich liebte meine Eltern. Abgöttisch. Es herrschte kein böses Blut zwischen uns und es war keinesfalls so, dass wir uns nichts zu sagen hatten. Wenn beide zu Hause waren, sahen und gaben wir uns wie eine stinknormale Familie. Nur kam es eben auch vor, dass sie ihren Besuch ankündigten, anders konnte ich es mittlerweile nicht mehr nennen, und kurzfristig absagten. Meist überhäuften sie mich mit Geschenken und hatten dabei wohl das Gefühl, es würde ihre Vernachlässigung mir gegenüber wettmachen. Das tat es zwar nicht, aber sie ließen es dennoch nicht bleiben. Was mir auch die kleine Samtschatulle neben meinem Wasserglas bestätigte.

»Ich hatte gehofft, dass du nach Hause kommst, denn ich war mir nicht ganz sicher, ob du nicht vielleicht doch bei Craig bist. Die Überraschung wollte ich mir nicht entgehen lassen«, gab Dad stolz von sich, nahm mit der Gabel einige Salatblätter auf und führte sie zu seinem Mund. Seine Augen funkelten – wie meine, als ich ihn vorhin entdeckt hatte – und ich könnte schwören, dass es für ihn ebenfalls stets ein wunderbares Gefühl war, nach Hause zu kommen. Dieses Haus war sonst immer so leer und still. Ich hatte damals immer lachen müssen, wenn ich Mom gesehen hatte, die mit Innenraumausstattern hier herumgerannt war und all ihre Wünsche und Vorstellungen mitgeteilt hatte. Sie war in der Einrichtung unserer vier Wände so furchtbar gewesen, dass die Angestellten mit rauchenden Köpfen hier herausgegangen waren. Einmal hatte ich sie eher als Scherz gefragt, wieso sie sich so viel Mühe gab, wenn sie doch nie hier war. Danach war sie furchtbar traurig und gleichzeitig sauer gewesen. Wie ich es nur wagen könnte, sie so etwas zu fragen. Sogar geweint hatte sie, dabei wollte ich sie absolut nicht als schlechte Mutter darstellen. Noch heute wurde mir das Herz schwer, wenn ich an diesen betrübten Ausdruck in ihren Augen dachte. Aber ich musste zugeben, ihren Job hatte sie perfekt gemacht. Zwar tigerte ich hier meist allein herum, dennoch ging mir das Gefühl des Ankommens nie verloren.

»Nein, heute nicht. Er hat zu tun«, antwortete ich einen Moment später, als ich bemerkte, dass Dad mich abwartend anschaute. Meine Eltern hatten Craig noch nie kennengelernt, jedoch hatte ich ihnen von ihm erzählt.

»Und wie läuft es in der Uni?«

»Ganz gut, demnächst stehen Klausuren an, für die ich noch einiges lernen muss.« Zudem durfte ich nicht vergessen, deshalb im The Bridge Teen Center Bescheid zu geben. Durch das Lernen würde ich einige Male ausfallen und sie mussten jemand anderen für mich einteilen. Ich arbeitete dort, weil es sich zum einen perfekt mit meinem Sozialwesen-Studium koppeln ließ, und zum anderen, weil ich die Kids, die dort hinkamen, viel zu gut verstand. Je nachdem, wie viel Zeit mir durch die Uni blieb, und wie dort der Bedarf an Helfern war, ging ich ein oder zwei Mal in der Woche für einige Stunden hin. Dort redete ich viel mit den Jugendlichen, weil sie sich einsam fühlten und jemanden zum Sprechen brauchten. Wer konnte dieses Gefühl besser nachvollziehen als ich? Allerdings wussten meine Eltern nichts davon, ich bekam auch kein Geld vom Center, sondern tat das alles ehrenamtlich. Es genügte mir, den Jungs und Mädchen zumindest für einige Stunden das Gefühl der Geborgenheit und des Verstandenwerdens zu geben. Das Leuchten in ihren Augen, das dabei meist entstand, gab mir viel mehr, als es Geld je tun könnte.

Ich spürte kaltes Metall zwischen meinen Fingern und schaute hinab. Unbewusst hatte ich nach der Goldkette um meinen Hals gefasst. Eher nach dem Schmetterlings-Anhänger. Sofort rasten meine Gedanken viele Jahre zurück, warfen mich in die Zeit zurück, in der ich den mir bis heute unbekannten Jungen auf dem Spielplatz kennengelernt hatte. Was er wohl heute machte? Manchmal glaubte ich, dass unsere Gespräche damals die Weichen für meinen Werdegang gelegt hatten. Als wäre es gestern gewesen, konnte ich mich an seine Worte erinnern. Was ihn zu Hause alles abfuckte und dass es dort eben nicht rund lief. Er hatte nie Beispiele erläutert, dennoch hatte ich immer diesen aufkeimenden Schmerz in seinen Augen gesehen, den kein Kind oder Jugendlicher erleben sollte. Das hatte gereicht. Wie wir dort immer auf den Schaukeln gesessen hatten. Jeden Nachmittag nach der Schule. Gott, ich würde gerne die Zeit zurückdrehen und ihn nach seinem Namen fragen. Es hatte zu sehr geschmerzt, als er mir eines Tages gesagt hatte, nicht mehr kommen zu können. Nein, das Herz hatte es mir zerrissen. Bis heute machte ich einen großen Bogen um diesen Spielplatz. Ich wollte ihn nicht einmal sehen, weil sonst wieder diese traurigen blauen Augen vor mir aufleuchten würden. Wir hatten das Gleiche gefühlt und auf zwar andere Weise, aber auch dasselbe durchgemacht. Vernachlässigung, Einsamkeit und dann war alles in wenigen Sekunden zu einem Scherbenhaufen zusammengebrochen. Noch nie hatte mich jemand so gut verstanden. Ich schnaubte kurz auf, als mein Herz anfing, schneller zu schlagen, drehte den Schmetterling zwischen meinen Fingern herum und blickte starr auf den Tisch.

»Schmeckt es nicht?«, erklang plötzlich Dads Stimme und ich zuckte zusammen.

»Doch natürlich!«, erwiderte ich. »Sorry, es war heute ein langer Tag. Danke, dass du das alles für uns gezaubert hast. Es hat hervorragend geschmeckt. Sonst hätte ich heute wohl nur eine Tiefkühlpizza in den Ofen geschoben.« Danach nahm ich mehrere Löffel der Suppe und verputzte den restlichen Salat. Wir aßen stillschweigend weiter, Dad servierte kurz darauf den Lachs und auch dieser schmeckte hervorragend. Eine absolut perfekte Abwechslung zum Fast Food, das ich mir meist auf dem Heimweg von der Uni mitnahm.

»Sollen wir danach vielleicht noch einen Film schauen?« Ich nickte zur Antwort und wusste ganz genau, was er gerne sehen würde. Dad konnte nicht lügen. So sehr er seinen Job auch liebte, so sehr liebte er es, zu Hause zu sein, etwas Bequemes anzuziehen und nur auf der Couch herumzulümmeln. In dem Punkt kam ich definitiv nach ihm.

Nach dem Essen half ich ihm beim Abräumen und dem Abwasch, was für uns immer ein schöner Moment war, um Erinnerungen an damals aufkommen zu lassen. Dass es sich dabei meist um wenige Tage im Jahr handelte, sprach keiner von uns beiden aus. Ich genoss es, dass sich die Erzählungen anfühlten, als wäre mein ganzes Leben damit durchzogen. Nicht so, als würden meine Eltern 340 Tage im Jahr nur ihren Jobs wegen in der großen weiten Welt unterwegs sein. Klar, wir hätten auch alles in die Spülmaschine schmeißen können, aber ich wollte so viel Zeit wie nur möglich mit meinem Dad verbringen. Kurz darauf legte ich zufrieden das Geschirrhandtuch auf die Seite, nachdem ich den letzten Teller abgetrocknet hatte, und gemeinsam gingen wir hinüber ins Wohnzimmer.

Welchen Film wir schauen wollten, musste nicht lange diskutiert werden. Wir entschieden uns für einen Klassiker, in dem ein Leutnant in ein Fettnäpfchen nach dem anderen trat, während er einen Fall löste. Dad lachte sich dabei immer tot. Meinen Geschmack traf es nicht zu hundert Prozent, aber ich liebte es, meinen Dad völlig entspannt und losgelöst zu erleben. Ehe er den Film startete, huschte ich schnell in die Küche und machte uns Popcorn. Als ich mit der vollen Schüssel zurückkam, bekam Dad große Augen.

»Wo soll das noch hinpassen?«, fragte er verwundert und strich sich über den vollen Bauch.

»Hallo? Für Popcorn und Eis ist immer noch ein klein bisschen Platz«, antwortete ich gespielt schockiert und schlug mir eine Hand vor den Mund. Zudem … wer schaute schon einen Film, ohne etwas zum Snacken zu haben? So wollte es das Gesetz! Neben Dad mummelte ich mich auf der Couch ein, streckte meine Beine aus, die über die Lehne hingen, und kreuzte sie über den Knöcheln. Die nächsten Stunden schauten wir nicht nur den ersten Teil, sondern auch noch die beiden anderen, zu denen mich Dad überredete. Wie konnte ich ihm das ausschlagen? Wir waren zwar beide sichtlich müde, dennoch machte niemand von uns den ersten Schritt, ins Bett zu gehen. Doch irgendwann wurden meine Augenlider immer schwerer, ich kämpfte mit jeglicher übriggebliebenen Kraft dagegen an und verlor trotzdem am Ende. Ich spürte noch, wie mein Kopf zur Seite rutschte und auf Dads Schulter liegen blieb, ehe ich ins Land der Träume abschweifte.

VIERUNDZWANZIG

SCOTT

Langsam zweifelte ich an meiner sonst so bekannten Willensstärke. Eigentlich dachte ich, ein wenig Abstand würde sie mir aus dem Kopf treiben und diese Nacht gleich mit. Aber nicht einmal ein halber Mordanschlag auf Blake und mich konnte die Erinnerung löschen und mein Gehirn auf Stand-by setzen. Und das Gespräch mit meinem besten Freund auf dem Wagen hatte auch nicht wirklich dazu beigetragen, eher im Gegenteil. Nun – zwei Tage später – war ich innerlich schon mit einem Bein aus der Haustür auf dem Weg zu ihr.

»Scott?!« Irritiert blickte ich zu meiner Schwester, die aussah, als würde sie mir am liebsten den Kopf abreißen.

»Hm?«

»Zuerst bittest du mich, dir Frühstück zu machen. Und jetzt komme ich fast zu spät zur Uni, weil du mir einfach keine Antwort geben kannst, ob nun mit Speck oder ohne!«, brummte sie und ich glaubte nicht, dass sie wegen der Tatsache so wütend war. Ich kannte sie besser als irgendjemand sonst. Sie war besorgt um mich, deshalb brachte sie allein diese Situation schon aus der Fassung. Aber ich konnte nichts dagegen tun. Es war, als würde Säure durch meine Adern fließen, die alles brennen ließ. Ich verstand mich selbst nicht mehr. »Okay, es reicht«, donnerte sie mir an den Kopf und legte einfach das Rührei auf meinen Teller. »Kein Speck für dich.« Unwillkürlich musste ich darüber grinsen, wie sie die Pfanne wieder auf den Herd stellte, diesen ausmachte und die Arme vor der Brust verschränkte.

»Soll ich dich gleich zur Uni fahren?«, bot ich ihr an, um ein wenig die Schärfe aus der Situation zu nehmen, doch Aylin fuhr sich nur durch die Haare und betrachtete mich weiter wütend.

»Wenn ich einen Wagen hätte, wäre das alles gar kein Problem. Oder vielleicht eine Wohnung in der Nähe. Aber nein, ich hocke hier. Und muss mich zusätzlich wohl alleine unterhalten, weil du einfach seit Tagen nicht mehr mit mir sprichst!«, herrschte sie mich an. Autsch. Ich presste die Lippen fest aufeinander und erhob mich.

»Komm, fahren wir.« Damit ließ ich ihre Worte unkommentiert und versuchte einfach, sie zu überhören. Deshalb drehte ich mich um, trat zur Tür und zog mir die Schuhe an. Aylin hatte ihre schon an, was ich deutlich hörte, als sie langsam auf mich zukam.

»Scott, tut mir leid. Ich habe bald Prüfungen, meine Tage und Blake hat mir von dem Vorfall im Fahrstuhl erzählt.« Verdammter Trottel, er hätte wissen müssen, dass Aylin gleich in Panik verfallen würde. Wieso musste er immer so verdammt ehrlich zu ihr sein? Als würde er versuchen, das auszugleichen, was ich zu meiner Schwester nie gewesen bin. Aufrichtig. Ja, damit hatte ich schon immer ein gewisses Problem gehabt.

»Er hätte dir nichts sagen sollen …«, gab ich aufgebracht von mir und richtete mich wieder auf.

»Im Gegensatz zu dir hat er mich sofort noch an dem Abend angerufen.«

»Das hat er in dem betrunkenen Zustand noch hinbekommen? Alle Achtung«, kam es nun doch belustigt von mir. Sie senkte geknirscht den Blick. Ein leises: »Fuck«, entfuhr mir. Wenn ich sie nicht mal mit einem Scherz aus der Reserve locken konnte, war ich echt verloren. Ich seufzte schwer.

»Hast du nicht gesagt, du kommst zu spät?« Damit öffnete ich die Tür, damit wir beide ins Freie traten und uns auf dem direkten Weg zu meinem Wagen machten. Meine Hoffnung, dass dieses Gespräch dadurch endete, verschwand im Rauch, als sie wieder ausholte.

»Ich hab eben das Gefühl, dass du gerade mit etwas zu kämpfen hast. Und du redest einfach nicht mit mir. Schon wieder! Ich bin kein kleines Kind mehr und es ist mir egal, ob es um meine beste –« Ich schlug sachte die Tür zu, nachdem sie eingestiegen war, damit sie einerseits nicht weiterreden konnte, und anderseits, damit ich auf die Fahrerseite laufen und einsteigen konnte. »– auch wenn es dabei um Chloe geht«, redete sie aber sofort weiter.

»Hast du irgendwo einen Ausschaltknopf, den ich noch nicht gefunden habe?« Ich ließ mich verzweifelt stöhnend in den Sitz fallen.

»Ich bin deine Schwester, du bist verpflichtet, mich zu lieben und mir zuzuhören«, gab sie überzeugt von sich und brachte mich damit zum Schmunzeln.

»Wo steht das denn geschrieben?« Ich lachte schnaubend, während ich den Motor startete und losfuhr.

»Ich bin mir ziemlich sicher, es gibt irgendeinen Geschwistercodex.« Dabei breitete sich auf ihrem Gesicht ein Grinsen aus. So mochte ich das schon viel lieber. Aber die Sorgenfalten auf ihrer Stirn verblassten nicht. »Ich bin einfach nur in Gedanken, weil ich überlege, was ich tun soll.« Langsam kapierte ich, dass Aylin nicht lockerlassen würde. Erst hatte sie Blake auf mich angesetzt und nun wurde ich hier im Wagen einem Sherlock-Verhör am frühen Morgen unterzogen. Ganz toll. »Aber falls Blake es dir noch nicht erzählt hat, ich arbeite dran«, fügte ich hinzu und sah im Augenwinkel kurz zu meiner Schwester. Sie wirkte nicht gänzlich beruhigt, aber etwas erleichtert.

»Blake erzählt mir vielleicht alles von euren Jobs, aber er würde mir nie berichten, was ihr im Privaten besprecht. Dafür gibt es –«

»Lass mich raten: auch einen Codex?«

Ihr Lachen erfüllte den Wagen und mir ging es eindeutig besser, wenn sie nicht allzu besorgt war. Ich hatte geschworen, sie zu beschützen, als unsere Eltern versagt hatten. Nachdem sie hatte dabei sein müssen, als unsere Mutter ihre letzten Atemzüge getan hatte. Sie war keine gute Mom gewesen und doch hatte Aylin immer die Hoffnung gehabt, wir würden irgendwann eine richtige Familie sein. Selbst unseren Dad, der seinen versoffenen Arsch endlich aus Chicago geschafft hatte, hatte sie immer wieder eine Hand gereicht.

Deshalb hatte ich mir damals geschworen, ihr wenigstens ein wenig die Familie zu geben, die sie sich immer gewünscht hatte. Und sie immer zu beschützen. Wegen ihr ging bei mir die Familie über alles. Und dazu zählten Aylin und Blake. Ich würde mein Leben für sie geben. Das Gleiche würde ich auch für Chloe tun, auch wenn sie nicht einmal die leiseste Ahnung hatte, wieso ich so dachte. Dass es nicht nur unser Kuss war, der mich damals umgeworfen hatte. Dass er nur wieder alles ins Rollen gebracht hatte. Jede Emotion, die ich mir, was sie betraf, verbot, jegliches Gefühl, welches ich so lange eingesperrt hatte. Genaugenommen an jenem Tag, als Mom gestorben war.

»Langsam hast du es«, zogen mich Aylins Worte wieder aus den Gedanken und ich bog in der Straße zur Uni ab. »Chloe hat mir übrigens geschrieben, dass sie heute nicht zur Uni geht«, lenkte sie das Thema wieder in diese Richtung.

»Und inwiefern sollte mich das interessieren?«, hakte ich nun nach. Auch wenn in meinem Kopf sofort der Gedanke kam, ob es an dem Abend lag. Aber das war nun schon beinahe eine Woche her. Aylin zuckte mit den Schultern.

»Auf jeden Fall hat sie mir gestern genauso wenig zugehört wie du die restlichen Tage. Und mich beschleicht das Gefühl, es gibt da einen Zusammenhang.«

»Eventuell schaust du auch einfach zu viel Detektiv Conan«, mutmaßte ich, obwohl sie wahrscheinlich goldrichtig lag. Sie wirkte allerdings ertappt und wich meinem Blick aus.

»Sie haben gesagt, dass Ran endlich bald erfährt, wer Conan ist! Ich hab den Anime vor Jahren aufgehört, weil es unmöglich war, alles zu sehen. Aber jetzt, wo die Möglichkeit auf ein Happy End besteht, muss ich einfach nochmal ALLES sehen.« Ich parkte und lachte dabei. Ja, mit Detektiv Conan hatte damals alles bei uns angefangen und in einer Sammlung von gefühlt Tausenden von Animes geendet. Früher hatte ich sie aus einem Laden geklaut. Es war für uns eine Zuflucht als all dem Chaos gewesen.

»Viel Spaß in der Uni. Und das mit den Prüfungen packst du«, sagte ich und griff an ihr vorbei, um die Tür zu öffnen, während sie nickte.

»Danke. Du schaffst es auch, worüber du auch immer nachdenkst«, erwiderte sie leise und stieg aus. Noch einmal winkte sie, schubste die Tür zu und ich sah ihr noch nach, wie sie geradewegs in das Gebäude stolzierte.

FÜNFUNDZWANZIG

SCOTT

Ich sollte aus den Fehlern der Vergangenheit lernen. Nur weil es bei Blake und Aylin unerwartet zu einem Happy End gekommen war, hatte das noch lange nichts zu bedeuten. Nur, dass meine Schwester schon immer mehr Mut bewiesen hatte. Ich entschied hingegen lieber mit dem Kopf. Die Fesseln der Dunkelheit lagen tief um mein Herz. Die Dunkelheit, meine Dunkelheit, würde mich immer umgeben.

Trotzdem stieg ich die Stufen der Veranda hoch und schaute nach oben zu einem Fenster. Die Gardinen waren aufgezogen, doch ich konnte nicht weit genug in das Zimmer sehen. Aber Licht schien, also würde sie zu Hause sein. Außerdem hatte Aylin erzählt, dass sie nicht in der Uni war. Ich atmete tief durch und klingelte.

Anders als erwartet öffnete mir nicht Chloe die Tür, sondern ein Mann. Ich erkannte sofort, um wen es sich dabei handelte. Die Ähnlichkeit zwischen Chloe und ihrem Dad war einfach unübersehbar. Er hatte nur einen Spalt geöffnet, runzelte die Stirn und begutachtete mich von oben bis unten. Ich räusperte mich, musste dem Drang widerstehen, selbst an mir herunterzuschauen. Meistens gab es da nicht mehr als eine schwarze Jeans und ein ebenso dunkles Oberteil. Dieselbe Farbe würden wohl auch meine Schuhe haben. Abgesehen von dem blonden Haar wäre ich wohl die männliche Version von Wednesday Addams. Der Gesichtsausdruck und die Tanzmoves wären auf jeden Fall passend.

»Craig?« Autsch. Da blieb ich eindeutig lieber bei meinem Wednesday-Vergleich. Ihr Dad musterte mich weiterhin neugierig und absolut gespannt, sodass ich einen Augenblick überlegte, ihm einfach den Gefallen zu tun, aber, scheiße, nein.

»Nope. Scott …«, gab ich knapp von mir und steckte die Hände in die Hosentaschen. Langsam ließ ich meinen Körper nach vorne und nach hinten schaukeln und spürte, wie ich nervös wurde. Ich hasste dieses Gefühl. Dann fiel die Tür ins Schloss und ich stand wie ein begossener Pudel dort. Hatte er mir ernsthaft die Haustür vor der Nase zugeknallt?!

»Da ist ein Typ! Aber es ist nicht Craig. Lassen wir den Kerl rein?«, ertönte die Stimme so laut, dass ich sie hier draußen hören konnte, und ich presste die Lippen aufeinander. Der Tag war jetzt schon für den Arsch. Ich überlegte, mich einfach umzudrehen und die Sache zu vergessen, bevor ich mich aber abwandte, öffnete sich abermals die Tür, nur dieses Mal stand Chloe dort.

»Sorry, mein Dad hat's nicht so mit Menschen. Eher mit Technik«, versuchte sie das Verhalten ihres Vaters zu erklären und ich nickte. Komischerweise konnte ich ihn da sogar verstehen.

Wie so oft herrschte danach Stille zwischen uns. Wir schauten uns eine Zeit lang an, keiner von uns schien so recht zu wissen, was er sagen sollte. Ich hatte keine Ahnung, wie ich anfangen sollte, dabei wollte ich ihr so vieles sagen. »Kann ich reinkommen?«, hörte ich mich selbst. Doch meine Stimme kam mir fremd und weit weg vor.

»Klar!« Ich nickte erleichtert, lief an ihr vorbei. Chloe hatte nun im Gegenzug zu ihrem Dad ein Stirnrunzeln aufgesetzt und drückte die Haustür hinter mir ins Schloss. Dann ging sie voraus, aber blickte immer wieder über die Schulter zu mir. So oft, dass sie gegen einen Schrank in dem langen Flur lief. »Fuck«, entfuhr es ihr und sie hielt sich den Ellbogen. Schnell trat ich zu ihr, legte meine Hand auf ihren Unterarm und versuchte irgendetwas zu erkennen, doch ich sah nur ihre weiche Haut. »Mich hat nur ein Schrank angegriffen, kein Grund zur Panik«, ertönte nun doch belustigt ihre Stimme. Meine Mundwinkel verzogen sich zu einem Grinsen.

»Sicher, dass du nicht eher den Schrank angegriffen hast?«, konterte ich und Chloe boxte mir prompt gegen die Schulter. »Keine Angst, Schrank, sie ist nicht nur gegenüber dir so aggressiv. Es liegt wohl in ihrer Natur«, stieß ich seufzend hervor, zuckte mit den Schultern und sah zum Möbelstück, als würde es mir gleich antworten.

»Und du bist also hergekommen, um mit Gegenständen zu reden?« Da war sie wieder. Nicht die stille, zögerliche Chloe, sondern die, die alles direkt auf den Punkt brachte. Und was ich irgendwie ziemlich leiden konnte. Mehr als ich es sollte.

»Meine sind schon genervt von mir«, erwiderte ich daraufhin und zwinkerte, wobei ich am liebsten meine Hand aus der Hosentasche gezogen hätte, um mir diese aufs Gesicht zu klatschen. Aber Chloes Mundwinkel zuckten eher amüsiert, als dass sie irritiert wirkte. Ich räusperte mich: »Also eigentlich bin ich hier, weil …«

»Möchte dein Besuch mit uns essen?«, ertönte es aus einem anderen Raum und ich wurde somit von ihrem Dad unterbrochen. Sofort blickte mich Chloe fragend an und ich wusste nicht, ob sie erwartete, dass ich einfach weiterredete oder die Frage von ihrem Dad beantwortete.

»Er wollte nach dem Frühstück aufbrechen, danach können wir reden«, nahm mir Chloe die Entscheidung hauchend ab und ich folgte ihr, nachdem sie an mir vorbeigeschritten war.

Ich wusste nicht, wann ich das letzte Mal mit einer Familie am Tisch gesessen hatte. Klar, mit Aylin oder mit Blake und Mino. Obwohl man die kurzen Essen mit meinem besten Freund und seinem primitiven Onkel wohl kaum als Familienessen bezeichnen konnte. Mino bezeichnete ich in meinen Gedanken gerne als Neandertaler. Man sollte zwar keine Leute nach ihren Vorlieben verurteilen, aber die niederträchtigen Dinge, die er mit Frauen anstellte, waren absolut abschreckend.

Nun gemeinsam mit einem Vater am Tisch zu sitzen und ein

Omelett auf den Teller zu kriegen, anstatt dem Geschirr auszuweichen, erschien mir in den ersten Augenblicken unwirklich. Ihr Dad setzte sich, nachdem er die Eierkuchen verteilt hatte, und fing an zu essen. Ich beobachtete das Szenario, bevor ich mich selbst meinem Teller zuwandte und nach der Gabel griff. »Und, Scott, woher kennst du meine Tochter?«, drang sofort die erste Frage an mein Ohr und ich hätte mir dann doch lieber die fliegenden Sachen gewünscht.

»Meine Schwester und sie gehen zusammen zur Uni.«

»Aylin? Oh! So ein nettes Mädchen. Sie hat nie einen Bruder erwähnt«, murmelte er und ich konnte mir vorstellen, warum. Aylin hatte eine Zeit lang so getan, als wären unsere Eltern oft auf Reisen, selbst vor Chloe hatte sie das große Geheimnis erst vor kurzem aufgedeckt. Und wenn sie über mich sprach, würden auch irgendwann unweigerlich unsere Eltern zum Thema werden.

»Ich bin auch nur der nervige Bruder, der will, dass sie lernt«, erklärte ich ihm und zwang mich zu einem Grinsen, welches er direkt mit einem lauten Lachen erwiderte. Dabei klopfte er sich auf die Schenkel und es fehlte nur noch, dass er sich den Bauch hielt. Es war wirklich seltsam, mit einem Dad am Tisch zu sitzen, welcher nicht schien, als würde er jeden Moment aufstehen, um dir seine Faust ins Gesicht zu rammen. Der nicht lachte, weil die Flasche Wodka ihn dazu brachte, und dessen Witze kaum verständlich waren, durch das ohrenbetäubende Lallen. Zwar hatte ich so ein Verhalten eh nicht von Chloes Eltern erwartet, dennoch hätte ich es auch nicht so positiv vermutet. Einfach, weil sie so selten da waren, dass man automatisch dachte, da wäre etwas faul. Aber anscheinend waren ihre Eltern wirklich nur arbeitstüchtige Menschen.

»Oh, ja, Chloe erwähnt uns sicher auch nicht gerne, denn wenn wir telefonieren, ist meine zweite Frage immer gleich, wie es in der Uni läuft. Die Maus lernt schließlich nicht halb so gerne, wie es Aylin tut«, erklärte Mr. Dawson und ich gab ein belustigtes Geräusch von mir bei der Bezeichnung ‚Maus', weshalb ich einen bösen Blick von Chloe erntete.

»Aylin hat auch die ganze Zeit jemanden im Nacken sitzen. Ich hingegen hänge in meinem Zimmer allein herum und niemand kontrolliert mich.« Ich wusste nicht, ob sie nun zum Schlag gegen ihren Dad oder mich ausholte, aber wahrscheinlich traf sie uns genau mit einem Pfeil in die Brust. Wenige Sekunden lang schwiegen wir alle. Chloes Augen schimmerten traurig und dunkelblau.

»Deine Eltern sind sicher stolz auf dich, dass du so um die Bildung deiner Schwester besorgt bist?«, unterbrach Mr. Dawson die Stille, aber seine Stimme klang nicht mehr ganz so fröhlich wie vorhin. Von Chloe vernahm ich ein trauriges Seufzen und ich selbst räusperte mich. Verdammt … Ich hatte weder Erfahrung mit Eltern, noch damit, über meine zu plaudern. Vielleicht sollte ich das Gegenteil von dem, was ich sonst immer tat, probieren und es mal mit der Wahrheit versuchen? Nein, das würde ich mir definitiv für einen anderen Moment aufheben. »Sie sind nicht mehr da. Ich kümmere mich um Aylin, auch wenn sie mittlerweile wohl ihren eigenen Weg geht.«

Mr. Dawson sagte nichts zu meinen Worten, dass unsere Eltern nicht mehr da waren, doch er sah für einen Augenblick noch bedrückter aus als vorher.

»Dad, erzähl Scott doch von deinen Projekten auf der Arbeit. Ihr bringt doch bald dieses Game raus von Sword Art Online, richtig?« Nun war ich derjenige, der abwechselnd schockiert zu Chloe und ihrem Dad sah.

»Ein Game, wirklich?«, stieß ich sofort hervor und mein Blick wandte erneut zu ihr. »Und das hast du mir verschwiegen?«

»Ist ja nicht so, als hättest du mir viele Chancen gegeben, mit dir zu reden.« Punkt für sie. Irgendwann hatte sie mir mal am Telefon erzählt, dass ihr Dad etwas mit Spielen machte. Aber viel nachgehakt hatte ich nicht. Ich hatte nie ein großes Interesse an ihren Eltern gezeigt, weil ich ein falsches Bild davon gehabt hatte, wieso die beiden Chloe so oft allein ließen. Ich hatte gedacht, sie würde nicht geliebt werden, aber ein Blick in die Augen ihres Vaters zeigte, dass ich mich irrte. Gleichzeitig konnte ich Chloe aber auch verstehen, dass ihr diese

Liebe allein nicht reichte – sie wollte sie nicht nur sehen, sondern auch fühlen. Mit diesem fucking deprimierten Gefühl kannte ich mich aus. Nur hatte ich irgendwann akzeptiert, dass es so etwas für mich nie geben würde. Aber es faszinierte mich umso mehr, dass Chloe anscheinend weiterhin an dieser Vorstellung festhielt.

SECHSUNDZWANZIG

CHLOE

»Dad kann dich leiden …«, warf ich in den Raum, während Scott mein Zimmer unter die Lupe nahm. Es war merkwürdig, mit ihm hier zu sein, nicht beängstigend oder beklemmend, sondern einfach seltsam, und es machte mich auf eine gewisse Art und Weise nervös. Im gleichen Moment lagen meine Finger an dem kleinen Schmetterling um meinen Hals, den ich in alle Richtungen drehte. Er lief zu meinen Schminktisch, nahm mein Parfum in die Hand, welches die Form eines High Heels hatte.

»Nur weil er mich nicht wirklich kennt«, murmelte er dabei, fuhr mit den Fingern über den Absatz, der mindestens acht Zentimeter lang war.

»Also, er weiß nun, dass du verrückt nach Animes, ein großartiger Bruder und verantwortungsbewusst bist. Klar, wir hätten auch hinzufügen können, dass du ein ziemlicher Kontrollfreak bist, aber ich denke, deswegen würde Dad nicht schlecht von dir denken«, erwiderte ich und klang zum Ende hin ziemlich amüsiert. Dabei lehnte ich mich gegen die Wand und versuchte, ihn nicht allzu sehr zu betrachten.

»Ich hätte vorhin wohl lieber sagen sollen: Sie interessieren sich nicht für uns. Genaugenommen ist unsere Mom tot, wohingegen Dad nichts Besseres zu tun hat, als zu saufen. Aber das hat er schon, bevor sie starb, also kann ich nicht sagen, es liegt daran. Bestimmt wäre deinem Dad die Gabel auf den Teller geknallt.« Bei seinen Worten lehnte er sich gegen den Schminktisch. Mir blieb für einen Moment der Mund offen stehen. Prüfend glitten meine Augen über ihn, bevor ich endlich meine Stimme wiederfand.

»Eure Eltern definieren dich nicht … Selbst, wenn du es gesagt hättest, es macht aus dir keinen schlechten Menschen.« Dachte er etwa so von sich?

Aber Scott hatte nicht vor, darauf einzugehen oder das Gespräch weiter in die Richtung zu lenken, denn er hielt das Parfüm höher. »Damit könntest du jemanden umbringen …« Das ließ mich leise lachen, während ich mich von der Wand abstieß und langsam zu ihm herüber schlenderte.

»Passt zu der Werbung. Original Good Girl von seiner dunkelsten Seite. Ein Kontrast zwischen Licht und Schatten.«

»Und das soll alles ein kleiner Schuh aussagen?« Wieder betrachtete Scott den Parfüm-Schuh, als könnte ihm dieser irgendwie ein Geheimnis erzählen.

»Oh, Schuhe können viel mehr als das! Aber dieser hier …«, ich nahm ihm den Flakon ab, »soll sogar eine aphrodisierende Wirkung haben.« Meine Tonlage klang belustigt, auch wenn ich den Duft wirklich sehr mochte und ihn fast jeden Tag trug. Um den High Heel wieder an seine gewohnte Stelle zu legen, trat ich noch einen Schritt vor und stand nun ganz nah an Scott.

»Damit könnten die Hersteller recht haben …«, wisperte dieser an meinem Ohr. Plötzlich spürte ich seine Hand an meiner Hüfte und am liebsten hätte ich mich sofort an ihn geschmiegt. Unsere Blicke trafen sich. Ein Kribbeln durchfuhr meinen Körper. Es vibrierte in meinem Inneren und gleichzeitig machte er mich unglaublich nervös. Ich hatte so oft an unseren Kuss gedacht, viel zu lange an den heißen Sex in Craigs Gästezimmer und allein bei dem Gedanken wurde mir wärmer. Doch dieses Mal hatte ich mich mehr unter Kontrolle und würde ihn nicht berühren. Warum musste nur alles so kompliziert sein?

Sein Blick glitt an meinem Körper hinab, musterte mich so intensiv, dass sich das Kribbeln unter meiner Haut verschlimmerte. Dann wanderte er nach oben und blieb an meinem Gesicht hängen. Seine Iriden leuchteten in einem hellen Blau, sie schienen zu lodern, doch ein bitteres Lächeln huschte auf seine Lippen – nur für wenige Millisekunden – und ich würde alles geben für seine Gedanken. »Es tut mir leid«, brachte er urplötzlich hervor, und hätte ich nicht gesehen, wie sich sein Mund bewegt hatte, hätte ich nicht geglaubt, dass diese Worte von ihm stammten.

»Was?«, stammelte ich, war wie gelähmt und konnte mich nicht rühren. Er hingegen strich mit einer Hand über meinen Hals und blieb dann einen Moment bei meiner Kette hängen. Er betrachtete sie, nahm den Anhänger zwischen seine Finger, ließ ihn wieder los und legte seine Hand dann an meine Taille.

»Dass ich letztens einfach gegangen bin. Deshalb bin ich hergekommen …« Passierte das hier wirklich? Ich wollte etwas erwidern, doch schaffte es nur zu einem: »Lag es an C–?«, dann schüttelte Scott den Kopf, ließ seine Hand von meiner Hüfte gleiten und legte den Daumen auf meinen Mund. Sanft fuhr er über meine Lippen.

»Lass mich kurz ausreden, ich hab's nicht so mit Worten …«, fügte er hinzu und ließ die Finger wieder an die ursprüngliche Stelle wandern. Wegen meines bauchfreien Tops spürte ich genau, wo seine Finger über meine Hüfte tänzelten. Doch nun fing er mit dem Daumen der anderen Hand an, auch noch über meine Seite zu streichen. Wie sollte ich mich so auf sein Gesagtes konzentrieren? Doch ich ließ ihn, denn es schien ihm zu helfen, die Worte zu finden, die er suchte. »Es lag nicht an Craig. Es wäre nicht das erste Mal, dass mir jemand beim Ficken zusieht. Auch wenn ich es lieber mag, jemanden ganz für mich zu haben, kam es schon manchmal vor, dass …«

Scott brach ab, da er wohl genau bemerkte, wie sich mein Blick verfinsterte. Ich hatte wirklich kein Interesse daran, mir ihn mit einer anderen vorzustellen. Das meiste wusste ich ja auch schon. Scott trieb es nicht mit Nutten, suchte sich eher Frauen auf Partys und hatte dabei sogar noch eine charmante Art und Weise, dass die Weiber nur allzu gerne mit ihm mitgingen. Und wenn Blake und er sich eine geteilt hatten, war er nur bei einem Blowjob geblieben. Es war erstaunlich, wie viel die anderen Jungs über das sexuelle Leben der anderen geredet hatten, am Anfang, als ich noch mehr Zeit mit ihnen verbracht hatte. Mike und Paul konnten einfach nie die Klappe halten. Doch mittlerweile störte es mich mehr als damals. Jetzt wollte ich so etwas nicht mehr wissen, weder von Craig noch von Scott.

»Es liegt an dir.« Fuck. Augenblicklich rückte ich von ihm ab und presste die Lippen aufeinander.

»Na dann …«, stieß ich zischend hervor und wandte mich ab, doch er hielt mich am Handgelenk fest, drehte mich schlagartig um, sodass ich prompt gegen seine Brust knallte. Die Wärme seines Körpers und der betörende Duft benebelten mir meinen Verstand. Verdammt! »Wenn es an mir liegt, dann solltest du mich wirklich nicht mehr sehen«, gab ich gereizt von mir und hoffte, er sah nicht, dass ich mich trotzdem zu ihm hingezogen fühle. Mit der anderen Hand fuhr er sich übers Gesicht.

»So meinte ich das nicht, fuck …, ich bin echt schlecht in sowas …« Dafür dass Scott sonst immer so kalt und unnahbar wirkte, hatte er jetzt wohl wirklich die Maske fallen gelassen, denn er starrte mich hoffnungslos an, als er den Blick auf sein Gesicht wieder freigab. Und das Blau seiner Augen hatte mit der Emotion darin eine noch anziehendere Kraft auf mich als sonst. »Du hast vorhin selbst gesagt, ich bin ein Kontrollfreak – und das stimmt. Dadurch bin ich ein guter Killer. Ich mache den Mist, den andere nicht machen, ich achte darauf, dass wir keine Spuren hinterlassen und es macht mir nichts aus, ein Leben zu beenden, weil es mein Auftrag ist und ich dadurch alle beschützen kann. Denn jeder Zeuge kann den Ruin bedeuten.«

Es sollte mir Angst machen, aber das tat es nicht. Ich hatte schon so lange mit dem Underground zu tun, dass ich nur verwirrt fragte: »Was hat das mit mir zu tun?«

»Weil ich bei dir nicht klar denken kann. Du hast eine weite graue Jogginghose an und ich kann trotzdem an nichts anderes denken, als dich aufs Bett zu drücken.«

Nun sah ich ihn noch irritierter an, wusste noch weniger, wo das Problem lag. Eher brachte es meinen Herzschlag dazu, sich zu beschleunigen. »Fuck, Chloe, ich ficke mit einer Frau und fertig. Zu meinem Schutz und zu ihrem. Und danach verschwende ich keinen Gedanken mehr daran, aber du kreist mir seit Tagen noch mehr im Kopf herum als sonst. Wenn ich hier bei dir bin, gefährde ich dich.« Nun ließ er mich los, verschränkte die Arme vor der Brust und lehnte sich erneut gegen den Schminktisch. »Und gleichzeitig will ich zu dir, weil du mich um den Verstand bringst.« Erneut fuhr er sich mit der Hand übers Gesicht. »Ich habe dich nicht einmal gefragt, ob du die Pille nimmst … Es war mir scheißegal in dem Moment und sowas darf mir nicht passieren.«

Meine Gefühle überrollten mich auf verschiedensten Ebenen. Es tat mir leid, dass er offensichtlich mit dem Chaos in seinem Kopf zu kämpfen hatte. Ich verstand auch, dass er es scheinbar nicht gewohnt war, mal nicht nachzudenken, sondern einfach zu tun, wonach ihm war. So viel ich von Aylin wusste, hatte er angefangen, auf sie zu achten, als er gerade zur High School gegangen war. Seitdem hatte er die Verantwortung für seine kleine Schwester getragen, hatte sich Mino angeschlossen und dafür gesorgt, dass ihr an nichts fehlte – und sich selbst dabei vergessen. Andererseits war ich erleichtert, dass ich wohl doch nicht die Einzige war, die seit dem Kuss bei der Strandhütte darüber nachdachte.

In dem Moment fasste ich einen Entschluss: Wenn er nicht an sich dachte, dann würde ich anfangen, an ihn zu denken. Ich legte meine Hand auf seinen Unterarm, woraufhin er aufsah. »Falls es dich wenigstens etwas beruhigt, ich nehme die Pille und ich bin gesund«, hauchte ich, schob seinen Arm an meinen Rücken und schmiegte mich mehr an ihn. Seine Hand wanderte über meinen Rücken, folgte dem Saum meines Tops über meinen freien Rücken und fuhr unter den Stoff. Mein Körper spannte sich an. »Und vielleicht solltest du ab und an wirklich mal deinen Kopf ausschalten«, riet ich ihm und hauchte ihm einen Kuss auf die Unterlippe. Ich war ein wenig nervös, immerhin könnte es sein, dass er mich jeden Moment von sich stieß.

Doch ich hoffte, er würde es zulassen. Mich zulassen. »Was auch immer gut für deine Seele ist – mach es«, wisperte ich und knabberte an seinen Lippen, fuhr mit den Fingern seinen Oberarm entlang. Ich wollte in dem Moment nichts mehr, als sein Rückzugsort zu sein. Er sollte mich nicht ausschließen, sondern seine Dunkelheit spüren lassen.

Ich spürte, wie seine Hand zu meiner Hüfte wanderte, die andere blieb nach wie vor an meiner Taille. Dann verloren meine Beine die Verbindung zum Boden, denn einen Moment später berührte mein Hintern die Ablage vom Schminktisch. Worte wollten meinen Mund verlassen, doch ich hatte Angst, diesen Augenblick zu zerstören, und blieb ruhig sitzen, während er die Finger an meine Wade legte und die Haut dort zum Kribbeln brachte.

»Das würde bedeuten, dich anzufassen, wann ich will. Jede Gelegenheit auszunutzen«, raunte er gegen meine Lippen, wobei seine Nasenspitze meine Wange streichelte.

»Ganz genau«, hauchte ich genauso leise wie er und mir wurde schlagartig wärmer. Und weil ich keine Sekunde länger warten konnte, neigte ich mich ein kleines Stück vor und küsste ihn. Ehe ich mich versah, umrahmte er mein Gesicht mit seinen Händen und ich fühlte mich auf einmal wie elektrisiert. Bittersüße Sehnsucht mischte sich mit seiner Nähe und ich wollte so viel mehr davon. In den Kuss lächelnd schlang ich die Beine um seine Hüfte, kreuzte meine Füße und zog ihn enger an mich heran. Seine Zunge strich über meine Lippen und ich öffnete sie automatisch. Mein Atem wurde immer schneller und flacher, ich hörte auch ihn keuchen, was mich noch mehr um den Verstand brachte. Scott biss in meine Unterlippe, dann drang er mit seiner Zunge gerade weit genug ein, um einen Vorgeschmack zu bekommen. Ein frustrierter Seufzer trat aus meiner Kehle und ich spürte sein Grinsen an meinen Lippen. Meine Hände fuhren über seinen Oberkörper, wo ich die Muskeln unter seinem T-Shirt spüren konnte, dann schlang ich meine Finger um seinen Nacken und presste ihn hart an mich, während sich meine Zunge ihren Weg bahnte und ich unseren Kuss vertiefte. Er konnte nicht mit mir spielen. Denn ich wartete schon zu lange darauf. Ich versank in seinem Geschmack, dem Gefühl, seinem Duft. Während seine Zunge mit meiner spielte, fuhr seine Hand von meiner Schulter an meinem Arm runter, glitt auf meinen nackten Bauch und von dort zu meinen Brüsten. Ich stöhnte auf unter dieser Berührung.

»Fuck«, keuchte er in den Kuss. Seine raue Stimme jagte mir zusätzlich einen wohligen Schauer über meinen Rücken. Letztes Mal waren wir von der Lust so vereinnahmt worden, dass wir nicht genügend Zeit gehabt hatten – nun kam es mir so vor, als könnten wir uns nicht genug nehmen. Mit der anderen Hand an meiner Hüfte presste er mich enger an sich. Ich nahm seinen harten Schwanz an meiner Mitte wahr, die anfing zu pulsieren. Wir dehnten den Kuss aus, bis ich praktisch nach Luft rang. Erst dann löste er seinen Mund von meinem. Scott fuhr mit seinen Lippen über meinen Hals und an meinem Nacken herunter, während er anfing, meine Brust zu massieren und seine andere Hand fest in meine Haut zu krallen. Ich stöhnte, vergrub meine Finger in seinen Haaren und zog dran. Doch plötzlich spürte ich etwas, das nicht dazu gehörte …

»Ich hoffe, das ist nicht dein Schwanz, welcher so vibriert …«, kam es heiser lachend von mir, wodurch ich ein amüsiertes Geräusch von ihm erntete.

»Ich muss da wohl kurz rangehen …«, murmelte er genervt und ich dachte, er würde von mir wegrücken, doch stattdessen hob er mich erneut hoch. Ich stieß einen erschrockenen Laut aus.

Seine Hände schoben sich unter meinen Rücken und er ließ mich sachte auf dem Boden ab. Etwas irritiert blickte ich zu ihm, während er zwischen meinen Beinen auf den Knien saß. Aber meine Verwirrung minderte eindeutig nicht mein Verlangen nach ihm, denn ich ließ mir bereitwillig das Oberteil ausziehen, als er dessen Saum hochzog.

»Leg dich hin«, raunte er mir ins Ohr und ich tat es. Scott holte sein Smartphone heraus, was inzwischen aufs Neue vibrierte, und legte es neben mir ab. »Verdammt, Scott, wo steckst du?«, erklang Blakes wütende Stimme aus dem Hörer. Ich musste mich derweil beherrschen, keinen Laut von mir zu geben, denn Scott küsste meinen Hals weiter herunter bis zu meinem Dekolleté.

»Ich mach mich gleich auf den Weg.« Dabei antwortete er so ruhig, als würde sein Kopf nicht gerade zwischen meinen Brüsten stecken.

»Du bist noch nicht mal auf dem Weg?! Was treibst du denn? Das Boot mit der neuen Lieferung kommt gleich und momentan können wir nicht noch weitere Probleme gebrauchen, also …«

»Fahr schon mal hin, ich bin von hier aus schneller da«, gab Scott nur knapp von sich, bevor er seine Zunge über meine Brustwarze kreisen ließ. Ich biss mir auf die Unterlippe. Ruhig dabei zu bleiben, war eine Qual. Ich spürte, wie er sich an dem Bund meiner Jogginghose zu schaffen machte und sie mir langsam herunterzog.

»Wo bist du denn?«, kam es neugierig von Blake, doch anstatt ihm zu antworten, bewegte Scott seinen Arm und legte scheinbar einfach auf.

»Er wird dich umbringen«, kommentierte ich das Geschehene und erlaubte mir endlich, einen wohligen Seufzer von mir zu geben.

»Das ist es mir wert«, wisperte Scott über meine Haut und zog eine lange, heiße Spur bis zu meinem Bauchnabel. Um mich herum drehte sich alles. Ich fühlte mich wie benebelt und hätte ihm nur allzu gerne sein T-Shirt ausgezogen, um seine Haut auf meiner zu spüren. Scott erreichte allerdings mit seinen Küssen meine Leiste, fuhr über die Innenseite meines Oberschenkels und mit einem leisen Aufstöhnen glitt ich mit meiner Hand in seine Haare. Ich brauchte einen Halt, etwas, um ein wenig Dampf abzulassen, von dem Verlangen, welches sich in mir ansammelte. Langsam näherte sich sein Mund meiner Mitte, ich nahm seinen heißen Atem an ihr wahr und hob ungeduldig mein Becken. Direkt drückte er es zurück und machte mich damit bewegungsunfähig. Scott wusste eindeutig, was er tat und wie er mich um den Verstand brachte. Mit seiner Zunge strich er über meine empfindlichste Stelle und die Berührung war so federleicht, dass ich überrascht zusammenzuckte. Mit seinen Armen wanderte er unter meine Oberschenkel und hielt meine Hüfte fest.

Somit war ich ihm weiterhin ausgeliefert. Scott sah mich von unten an. Als würde er den Anblick meiner feuchten, glänzenden Pussy genießen. Er fuhr sich mit der Zunge über die Lippen, danach neigte er seinen Kopf wieder und leckte erneut über meine Perle. Mit kreisenden Bewegungen trieb er mich in den Wahnsinn. Ich stöhnte auf. Ein Zittern ging durch meinen ganzen Körper. Immer wieder ließ er seine Zunge über meine Klit flattern, stimulierte sie genau so, wie ich es brauchte. Dann drang Scott mit einem Finger in mich ein, fickte mich mit kurzen, harten Stößen und meine warme, nasse Pussy schloss sich eng um ihn. Ich keuchte, warf stöhnend den Kopf mit geschlossen Augen zurück. Seine andere Hand bewegte sich nun über meinen Schenkel, gab mir ein wenig Freiheit zurück, mich zu bewegen, und scheiße, das tat ich. Die nackte Haut, welche er berührte, kribbelte. Je intensiver sein Tun wurde, desto mehr schloss sich meine Mitte um seine Finger zusammen und ich spürte, wie ich kurz vor der Explosion stand. Mein Atem wurde immer flacher, ich zitterte unter ihm, bevor mich die Wellen überrollten und ich kam.

Mein Herz raste wie verrückt, mein Brustkorb hob und senkte sich schnell. Scott rutschte wieder höher. Anstatt von mir abzulassen, fuhr er mit seinen Fingern durch mein Haar und hauchte mir einen Kuss auf die Lippen. »Ich musste das hier leider schneller beenden, als ich wollte, aber nächstes Mal …«

»Nächstes Mal?«, unterbrach ich ihn überrascht. Scott Harrison sprach tatsächlich von einer Wiederholung? Er grinste über meinen verdutzten Gesichtsausdruck.

»Eine gewisse Person hat mir geraten, den Zustand wohl einfach zu akzeptieren, dass ich nicht von dir loskomme …«

»Scheint mir eine sehr schlaue Person zu sein«, gab ich belustigt von mir.

SIEBENUNDZWANZIG

CHLOE

»Und wohin genau fahren wir?«, fragte ich Craig argwöhnisch, während ich durch das Beifahrerfenster die vielen Häuser beobachtete, an denen wir vorbeifuhren. Nichts gab mir einen Hinweis darauf, was er vorhatte. Nach dem … nein, ich wollte es nicht einmal in Gedanken aussprechen, zu was es mit Scott gekommen war. Das schlechte Gewissen hatte mich unheimlich geplagt und zuerst hatte ich nicht wie ausgemacht gegen Abend zu Craig fahren wollen, doch letztendlich hatte ich Sehnsucht nach ihm gehabt. Wie stark konnte man zwischen zwei Stühlen stehen? Als ich bei ihm angekommen war, war er gerade mit dem Kochen fertig geworden und beim Essen hatte ich kein Sterbenswörtchen herausbekommen. Normalerweise war ich sonst nie so, verschwieg Craig nichts, weil es bisher auch keinen Anlass dazu gegeben hatte. Aber das … keine Ahnung, wie ich mich verhalten sollte. Und genau deshalb, so war ich der Meinung, hatte er mich wohl nach dem Abwasch dazu aufgefordert, meine Sachen zu schnappen und ihm zu folgen. Er kannte mich viel zu gut und hatte sicherlich gespürt, dass etwas nicht stimmte. Meist umgingen wir solche Momente und lenkten den anderen ab, statt darüber zu sprechen. Wobei ich nicht einmal wüsste, ob er sauer oder böse auf mich wäre, denn er selbst hatte vor kurzem noch dabei zugesehen, wie Scott mich gefickt hatte. Okay, gut. Das konnte man nun auslegen, wie man wollte. Schließlich war Craig dabei gewesen und es hatte nicht hinter seinem Rücken stattgefunden. Würde er mir glauben, wenn ich ihm sagte, dass das absolut nicht geplant gewesen war? O Mann, am besten ich hielt einfach meine Klappe. Ich wollte den Abend nicht ruinieren, vor allem, da ich Craig ansah, wie sehr er sich über die Überraschung für mich freute. Auf meine Frage bekam ich auch keine Antwort, so wie schon bei ihm zu Hause, bevor wir losgefahren waren. Stattdessen grinste er nur schelmisch vor sich hin. Den linken Ellenbogen auf der Verkleidung der Tür abgestützt und mit der rechten Hand den Wagen lenkend. Ich stieß den Atem langsam und leise aus, ließ meine Schultern nach vorne senken und machte mich gedanklich auf alles gefasst. Craig war nämlich alles zuzumuten. Einmal hatte ich in der Uni eine Klausur verhauen und damit ich meinen Frust rausschreien konnte, waren wir zum Bungeejumping gefahren. Toll, oder? Dabei hatte man mich bestimmt bis nach Phoenix gehört.

»Wir sind gleich da«, unterbrach Craig einige Minuten später die Stille und wie auf Kommando fing mein Herz in meiner Brust an zu hämmern. Vor einem nichts aussagenden Backsteinhaus, das durch helle Scheinwerfer beleuchtet wurde, blieben wir stehen. Der Name des Ladens sagte mir nichts, weshalb ich Craig schräg von der Seite anschaute, nachdem wir aus dem Wagen gestiegen waren und nebeneinander auf dem Fußgängerweg gingen. Seine Mundwinkel zuckten, und anstatt etwas zu sagen, schnappte er sich meine Hand und zog mich hinter sich her ins Innere.

Die Wärme, die von seiner Hand ausging, benetzte meinen ganzen Arm, wanderte weiter über meine Schlüsselbeine und traf zuletzt in meiner Brust auf mein Herz, das nach Sehnsucht schrie. Nur nach was war die Frage. Craig bedeutete mir so unfassbar viel, dass ich es gar nicht richtig in Worte fassen konnte. Beziehungsweise gab es dafür gar nicht die richtigen Worte. Er bescherte mir Herzrasen allein durch einen Blick, doch Scott war in der Hinsicht kein Unschuldslamm. Bei ihm kochte alles in mir auf, drohte, mich von innen zu verbrennen, und dennoch fühlte ich mich bei ihm ebenfalls sicher. Vielleicht hätte ich diesem Dreierding – oder was das zwischen uns überhaupt war – nie nachgeben sollen. Dann würden mich gerade nicht so viele Gedanken plagen, mir das Leben erschweren und das zwischen mir und Craig kaputtmachen. Ich fühlte mich wie eine Verräterin, die es wohl verdient hätte, wenn man auf sie sauer war. Wie scheinheilig war ich denn? Zuerst hatte ich mich vehement dagegen gewehrt, Craig sogar eine Szene gemacht – und jetzt? Ließ ich mir von seinem Kumpel still und heimlich so einen intensiven und überaus explosiven Orgasmus schenken. Bei dem Gedanken daran wurde mir schon wieder ganz warm. Ich schüttelte sachte den Kopf und entdeckte, dass der Laden von innen wie eine Bibliothek aussah. Was zur Hölle? Was wollten wir in einer Bibliothek? Craig sprach derweil mit dem jungen Mann hinter der Rezeption und ich konnte mir auf all das keinen Reim machen. Wo befanden wir uns?

»Hier sind dann eure Schläger. Ihr müsst den Flur entlang und dann vorne rechts abbiegen, dort geht es zu den Bahnen. Wenn ihr etwas essen wollt, müsst ihr in den ersten Stock«, hörte ich den jungen Mann zu Craig sagen und runzelte die Stirn. Kurz lugte ich über seine Schulter und entdeckte die Golfschläger, die er meiner Begleitung aushändigte. Craig bedankte sich bei ihm und gab mir mit einem Nicken zu verstehen, dass ich ihm folgen sollte.

»Ist das hier eine Minigolfanlage? Davon hab ich ja noch nie was gehört«, sagte ich daraufhin und hielt mit ihm Schritt, ehe er mir einen der Schläger reichte. Craig nickte.

»Ja, ich dachte, das wäre mal was anderes. Und das hier ist keine normale Anlage, wie man sie sonst im Freien kennt, mit diesen öden Bahnen …« Dann bogen wir rechts ab und traten durch eine große geöffnete Flügeltür in den angrenzenden Raum. Wow. Mir fiel fast die Kinnlade herunter. Das hier war absolut nicht normal. Sowas hatte ich noch nie gesehen. Der Raum war wie auch schon vorne an der Rezeption wie eine Bibliothek gestaltet. Jede Bahn befand sich in einer kleinen Nische, die sich versteckt durch den ganzen Raum erstreckten und jeweils anders dekoriert waren. Zumindest sah ich es bei den drei Bahnen, die man von unserem Platz aus erkennen konnte. Doch eins blieb immer gleich: Die Wände bestanden aus eingelassenen Regalen, in denen sich Buch an Buch aneinanderreihte. Ob die echt waren? Langsam ging ich auf die erste Bahn zu, fuhr mit dem Finger an den Buchrücken entlang und japste auf, als ich ein Buch tatsächlich aus dem Regal ziehen konnte. Wie viele davon an einem Tag verschwanden? Direkt fiel mein Blick an die Decke, wo überall durch die Reflexion des Lichtes im Raum kleine Kameras aufblitzten. Natürlich hatten die Besitzer vorgesorgt.

»Und … gefällt es dir?«, flüsterte mir Craig plötzlich ins Ohr und stand ganz nah bei mir. Hinter mir. Ich spürte seine Wärme überall.

»Ja«, grinste ich, wobei mein schlechtes Gewissen tonnenschwer wurde. Er machte so etwas für mich und ich … *nein, Chloe. Wir genießen den Abend!* Intensiv begutachtete ich die erste Bahn vor mir. Der Boden war mit rotem Teppich ausgelegt und gegenüber von mir thronte einer dieser riesengroßen ausgestopften Bären. Dabei ging mein Geschmack eindeutig in eine andere Richtung, aber gut, nur wegen so etwas verließ ich nicht gleich schreiend den Laden. Craigs Hand kam zu meiner Seite vor und hielt mir einen Ball entgegen.

»Ich lasse dir den Vortritt«, sagte er und gab mir einen Kuss auf die Schulter, ehe er Abstand zwischen uns schaffte.

»Aha, bestimmt nur, damit ich mich gleich zu Anfang vor die blamiere, oder?«, fragte ich lachend und schaute ihn schmunzelnd über die Schulter an. »Ich glaube, als ich das letzte Mal Minigolf gespielt habe, war ich acht!« Doch das tat dem Ganzen nichts ab. Ich freute mich gerade wie ein kleines Kind, hier zu sein. Wann würde ich schon selbst auf den Gedanken kommen, Minigolf spielen zu gehen?

»Dann wird es mal höchste Zeit«, kam es von Craig und er verlagerte sein Gewicht vom einen Bein auf das andere. Dabei sah er irgendwie nervös aus. So hatte ich ihn noch nie erlebt, denn er schaute mir akribisch zu, als ich den Ball hinlegte und mich positionierte.

»Was ist los?« Ich konnte meinen Blick nicht von ihm abwenden. Vor allem, als er sich eine Hand in den Nacken legte und ihn massierte. Da dämmerte es mir. »Hast du noch nie Minigolf gespielt?« Er grinste breit und ich sah die Unsicherheit in seinem Blick.

»Nope, aber ich dachte, dir macht es bestimmt Spaß.« Rasch richtete ich mich auf, zielte mit dem Schläger auf ihn und zwinkerte Craig zu.

»Ich würde sagen, wir sorgen dafür, dass uns der Abend beiden gefällt!«, erwiderte ich, ging wieder in Position und schlug den Ball. Natürlich viel zu fest, denn er kullerte über die Bahn hinaus und landete hinter dem Bären. »Wobei es sei könnte, dass das etwas dauern könnte.« Wir lachten beide auf, ehe ich den Ball suchen ging. Für diese Bahn brauchte ich sage und schreibe zehn Anläufe, bis ich es geschafft hatte, ihn um die kleine Kurve in dem Loch zu versenken. Zuerst waren wir beide eher ruhig, sagten nicht viel, doch mit jedem Missgeschick regten wir uns spielerisch ein klein bisschen mehr auf und lachten so viel, dass mir irgendwann sogar der Bauch davon wehtat.

»Okay, am besten, du gehst jetzt«, sagte Craig, als er an der Reihe war und den Golfball positionierte.

»Was? Das lass ich mir doch jetzt nicht entgehen. Ich würde darauf tippen, dass du dem Bär mindestens eins der Glasaugen rausschlägst«, witzelte ich und gab ihm einen kleinen Schubs gegen die Schulter.

»Ha, ha, sehr witzig«, hörte ich ihn grummeln und wurde das breite Grinsen dabei einfach nicht los. Es wurde still. Abgesehen von uns befanden sich zwar noch weitere Leute in dem weitgeschnittenen Raum, jedoch alle in etwas Entfernung, sodass ich schon fast Craigs Atem hören konnte. Schon niedlich, wie konzentriert er schaute. Minigolf war meiner Meinung nach eine Wissenschaft für sich. Viele Leute hatte ich schon dabei beobachtet, wie sie den richtigen Winkel ausrechneten, damit der Ball direkt ins Loch fiel. Und dann gab es Leute wie mich, die damit nur Spaß in Verbindung brachten. Wieso hatte ich es so viele Jahre nicht mehr gespielt?

Einige Minuten später schlug Craig ab, jedoch viel zu sanft, sodass der Ball nicht einmal in die Nähe der Kurve kam. »Was war denn das?«, lachte ich und trat neben ihn. Dabei sahen wir zu, wie der Golfball schon fast wieder auf uns zugerollt kam.

Craig nuschelte etwas vor sich hin, legte den Ball wieder an die markierte Stelle und schlug mit mehr Kraft zu, sodass er an die gegenüberliegende Wand knallte und uns entgegenschoss. Im richtigen Moment wich ich aus, sonst hätte ich ihn wohl direkt in den Unterleib bekommen. Überrascht sah ich ihn an und bekam als Antwort ein entschuldigendes Grinsen. Doch keine Sekunde später mussten wir lachen. Ich hatte ganz vergessen, wie ungeduldig dieser Mann sein konnte.

Er versuchte es noch einige Male, aber das Ziel war nicht in Sicht. Fast zwanzig Minuten später fluchte Craig und wollte schon an die nächste Bahn gehen. »Nein, stopp«, hielt ich ihn zurück und winkte ihn zu mir. »Du wirst diese Bahn so lange probieren, bis du triffst.« Bevor er mir widersprechen konnte, legte ich einen Ball auf den Boden und machte die Bewegung vor. »So musst du das machen. Nicht zu stark und nicht zu sanft. Bekomm ein Gefühl dafür.« Craig stand einige Meter von mir entfernt, bewegte sich zuerst nicht von seinem Fleck, als er schließlich doch zu mir kam und es sich ein paar Mal ansah. »Du kriegst das hin, das weiß ich«, flüsterte ich und spürte ihn plötzlich hinter mir stehen. Seine Arme schlangen sich um meine Taille und seine Hände umgriffen meine um den Schläger.

»Ich find es gut, wie du mit dem Schläger umgehen kannst«, hauchte er in meinen Nacken und augenblicklich schluckte ich schwer. Okay, mit der Wendung hatte ich nun absolut nicht gerechnet, konnte allerdings auch nicht sagen, dass es mich völlig kalt ließ. Ich spürte, wie er seinen Schritt gegen meinen Hintern drückte, ehe ich ihm mein Becken entgegenpresste und mich sachte an seiner Beule rieb. Er stöhnte, doch im nächsten Moment löste ich mich direkt von ihm.

»Nein. Du hast mich zum Minigolfspielen hergebracht, so können wir das jetzt nicht enden lassen. Vor allem nicht an der ersten Bahn.« Craig schien zu überlegen, bevor er mit den Schultern zuckte und ein: »Na gut«, hervorpresste. Zwar hatte ich absolut nichts gegen Zweisamkeit, aber ich wollte diesem Abend nicht so schnell ein Ende bereiten.

Er hatte sich Mühe gegeben, um mich auf andere Gedanken zu bringen. Und genau das, wollte ich genießen.

Wir spielten alle anderen Bahnen nacheinander und man glaubte es kaum, aber wir wurden auch mit jeder einzelnen besser. Zudem machte es Craig irgendwann auch Spaß, als er es schaffte, zu treffen, und das nicht erst nach dreißig Minuten. Wir johlten bei jedem Treffer und ich fühlte mich im Hier und Jetzt mit ihm an meiner Seite vollkommen frei und losgelöst. Nichts konnte mir in dem Moment Sorgen bereiten. Allein Craigs Lachen brachte mich aus dem Grinsen nicht mehr heraus. In den meisten Fällen wirkte er immer abgeklärt, als würde ihn nichts auf der Welt groß interessieren oder erschüttern.

Und dann gab es solche Abend wie heute, an denen er mir alles von sich zeigte. Sein Innerstes, seine Seele und die Wärme, die er in sich besaß. Seine Augen funkelten, wenn ich den Ball versenkte und ihm jubelnd um den Hals fiel. Ja, vielleicht etwas übertrieben, aber für uns fühlte es sich in dem Moment alles richtig an, auch wenn die anderen Gäste uns manchmal komisch beäugten. Uns war das egal, wie sonst auch immer. Es gab so viele schöne Momente zwischen uns, die mein Herz zum Hämmern brachten und die ich unmöglich alle aufzählen konnte. Einmal waren wir abends in eine Karaokebar gegangen und hatten uns die Seele aus dem Leib gesungen. Sehr zum Unmut der anderen Barbesucher, die bestimmt froh waren, als wir gegangen waren. Mit Craig unterwegs zu sein, ließ mich die Einsamkeit zu Hause vergessen und die Tatsache, dass meine Eltern den Großteil des Jahres unterwegs waren und nur ihre Geschenke zu Hause abstellen ließen, damit ich ihnen dafür verzieh.

ACHTUNDZWANZIG

CHLOE

Kurz nach Mitternacht gaben wir unsere Golfschläger an der Rezeption ab und ich entschuldigte mich kurz bei Craig, um die Toilette aufzusuchen. Vom ganzen Lachen tat mir mein gesamter Körper weh und mittlerweile wurde ich auch ziemlich müde, obwohl Mitternacht nicht wirklich die Uhrzeit war, zu der ich schon im Bett lag. Ich lief den Gang entlang, auf dem mir noch weitere Gäste entgegenkamen, die ebenso wie wir mit den Bahnen durch waren und nach Hause wollten. Akribisch suchte ich nach dem Schild der Damentoilette, da ich es vorhin noch gesehen hatte, und erschrak schon fast, als neben mir urplötzlich eine Tür aufgezogen wurde und eine Frau herauskam. Dahinter entdeckte ich die Waschbecken und die einzelnen Kabinen. Ich atmete tief ein, schüttelte über meine eigene Dummheit den Kopf und hielt die Tür auf, ehe sie ins Schloss fiel. War ich so in Gedanken gewesen, dass ich fast an der Toilette vorbeigelaufen wäre? Mein Gott … aber der Abend mit Craig war wunderschön gewesen. Gerade würde ich ihm gerne auf so viele Wege sagen, wie froh ich war, ihn zu haben. Dass er es spürte, wenn mich etwas beschäftigte, auch wenn der Grund dafür ihn womöglich eher dazu veranlassen würde, mich aus seinem Haus zu schmeißen, als auszuführen. Mit wenigen Schritten trat ich an eins der Waschbecken, betätigte den Hahn und benetzte meine Hände mit dem kühlen Nass, ehe ich sie mir auf die Stirn und in den Nacken legte. Es fühlte sich perfekt an. Mein Körper war durch das Spielen und das ständige Lachen aufgeheizt, besonders durch Craigs Nähe. Hattet ihr schon einmal jemanden getroffen, der vom Minigolfspielen geil wurde? Nein? Ich auch nicht. Aber bei Craig kam es mir tatsächlich so vor.

Ich hörte eine Spülung, ehe ich die Hände wieder unter den Wasserstrahl hielt. Kurz darauf trat eine Frau neben mich, wusch sich die Hände und verschwand danach durch die Tür. Mein Gesicht glühte förmlich, weshalb ich mich herunterbeugte, das Wasser mit den Händen aufnahm und es mir sanft ins Gesicht spritzte. Ein Hoch auf wasserfeste Mascara. Nach mehr Schminke war mir, bevor ich zu Craig gefahren war, nicht gewesen.

Hinter mir hörte ich das Knarzen der Toilettentür und nahm an, dass eine Frau den Raum betrat und in einer der Kabinen verschwinden würde. Doch als ich mich wenige Sekunden später aufrichtete, begegnete ich im Spiegel Craigs undurchdringlichem Blick. Da stand er, neben der Tür, die Arme vor der Brust verschränkt, und sagte kein Wort. Meine Brust hob und senkte sich schnell und mir schoss – wieso auch immer – das Adrenalin nur so durch die Adern.

Statt ihn zu fragen, was er hier suchte, spürte ich das Knistern zwischen uns und bewegte mich keinen Millimeter. Ich blieb genau da, wo ich war, und beobachtete ihn. Craig setzte sich in Bewegung, jedoch kam er nicht zu mir, sondern ging auf die Kabinen zu und schaute, ob alle frei waren, ehe er zu der Toilettentür trat und das Schloss herumdrehte. Okay … was ging hier vor sich? Langsam, wie ein Löwe, der seine Beute anvisierte, kam er auf mich zu, leckte sich mit der Zungenspitze über die Unterlippe und packte mich bei den Hüften. Ich erschrak in dem Moment vor der Stärke seines Griffs und prallte mit dem Rücken gegen seine Brust. Sich an mich schmiegend beugte er seinen Kopf herunter, bis er mit seinen Lippen an meinem Ohr ankam und ich seinen Atem hören konnte, die Wärme auf meiner Haut spürte und die Augen schloss, um seine Nähe zu genießen.

Zwischen uns herrschte immer ein unsichtbares Band, was uns jedes Mal, egal wo wir waren, zueinander führte. Eine Hand löste er von meiner Hüfte, wanderte langsam meine Taille hoch bis zu dem Ausschnitt meines Oberteils, das er kurzerhand zur Seite schob und unter welches er mit seinen Fingern verschwand. Nach Luft schnappend hielt ich mich an dem Rand des Waschbeckens fest. Obwohl ich genau wusste, was Craigs Plan war, turnte es mich unheimlich an, wie langsam er mal wieder vorging. Er trieb meine Ekstase immer wieder auf die Spitze des Eisbergs, ließ jede seiner Berührungen tausendfach in meinem Körper nachhallen, sodass ich keine vergessen konnte. Wir mussten nicht viel sagen. Er nicht, weil ich keine Worte brauchte, um zu wissen, was er wollte, und ich nicht, weil ich es unheimlich genoss, solch ein Begehren in ihm auszulösen, dass er es nicht einmal abwarten konnte, bis wir bei ihm zu Hause waren. Um die anderen Gäste machten wir uns keine Gedanken, Gott, wir hatten schon an den verrücktesten Plätzen Sex gehabt und uns keine Sekunde darum geschert, wer uns hörte, sah oder wem wir damit in irgendeiner Weise im Weg standen. Ich keuchte, als Craig mit seiner Hand meine Brust umfasste und sie knetete. Tatsächlich trug ich heute keinen BH. Zwar waren meine Brüste nicht sonderlich klein, jedoch hasste ich dieses Gefühl, zugeschnürt zu sein. Ich lehnte meinen Hinterkopf gegen seine Schulter, verlor mich fast in der Berührung, ehe er mir Worte ins Ohr flüsterte.

»Weißt du eigentlich, wie sehr ich mich beherrschen musste, dich nicht direkt auf einer der Bahnen zu ficken?« Seine Stimme klang rau und furchtbar tief. Ich hörte pure Erregung heraus, was meine Knie umso weicher werden ließ. Zur Antwort raunte ich nur, kam ihm mit meinem Hintern entgegen und wusste direkt, dass Craig schon einen Ständer hatte. Wie hatte er mal gesagt? Ich machte ihn in jeglicher Lebenslage verrückt. Kokett drehte ich mich herum und fand es gleichzeitig schade, dass sich dadurch seine Hand von meiner Brust löste. Ich wollte ihn spüren, überall und jetzt sofort.

»Ach ja?«, antwortete ich mit hochgezogener Augenbraue, griff den Bund seiner Jeans, fuhr daran herunter und packte nach der Beule in seinem Schritt. Craig sog scharf die Luft ein, schloss für eine Sekunde die Augen, ehe er sie wieder öffnete und mir loderndes Feuer in seinen Iriden entgegenschlug. Fuck, schon allein dieser Blick reichte aus, dass ich alles um mich herum vergaß und ich mich verführerisch auf die Knie sinken ließ, während Craig nach meiner langen, blonden Mähne griff und sie sich locker um die Faust wickelte. »Dann muss ich das wohl wiedergutmachen …« Die Worte hauchte ich eher vor mich hin, doch hier im Raum war es so still, dass es Craig gehört haben musste und nur ein tiefes: »Fuck, ja«, von sich gab. Quälend langsam öffnete ich den Knopf seiner Jeans, zog den Reißverschluss auf und die Hose samt Boxershorts herunter, bevor mir sein Schwanz schon entgegenschnellte. Den Moment wollte ich etwas ausreizen, weshalb ich mit gesenkten Lidern zu Craig hochschaute und seinen abwartenden Blick genoss. Sicherlich stellte er sich im Kopf bereits vor, wie ich seinen Schwanz lutschte und dabei genüsslich stöhnte. Ich erkannte es an der freien Hand, die sich mittlerweile um den Waschbeckenrand gelegt hatte.

Ich nahm seinen Schwanz in die Hand, übte Druck aus und bewegte mich daran auf und ab, wobei Craig anfing zu stöhnen und den Kopf in den Nacken warf. Ja, genau … auch eine Frau durfte es genießen, wenn die Männer unter ihren Händen zu Wachs wurden. Ich grinste in mich hinein, ließ meine Bewegung schneller werden und hielt mich mit der anderen Hand an Craigs Hüfte fest, die mir schneller entgegenkam, als ich es erwartet hätte. Anscheinend hatte ihm das Minigolf ziemlich zugesetzt. Armer Junge, lachte ich innerlich.

»Fuck, Chloe. Nimm ihn in den Mund«, stöhnte Craig und erst ließ ich ihn einige Sekunden zappeln, ehe ich mich vorbeugte und seinen Schwanz in meinem Mund aufnahm. Ich legte meine Lippen um ihn, saugte und leckte an ihm und entlockte Craig Geräusche, wie nur ich es schaffte. Der Griff in meinem Haar wurde fester, er versuchte, das Tempo vorzugeben, und rammte sich mit einer

Bestimmtheit in meinen Mund, dass es zwischen meinen Beinen ebenfalls anfing zu kribbeln. Ich fühlte, dass sich meine Brustwarzen aufgestellt hatten und an dem Stoff meines Oberteils entlang streiften. »Scheiße«, keuchte Craig, seine Bewegungen wurden ungestümer und ich blies ihm einen, wie er es am liebsten mochte. Als ich bemerkte, dass er kurz davor war, zu kommen, löste ich mich von ihm, schaute benebelt zu ihm auf und entdeckte seine geweiteten Pupillen, die mich unentwegt anstarrten. Ich könnte das Vergnügen ganz auf seiner Seite lassen, aber das Problem war, dass ich ihn jetzt genauso in mir spüren wollte. Für ein letztes Mal nahm ich seinen Schwanz in meine Hand, leckte seine komplette Länge nach und saugte zuletzt daran, bevor ich mich aufrichtete und ebenfalls meine Hose öffnete. Craig grinste dabei dreckig, weil er es liebte, wenn ich genauso versaut wie er dachte oder ihn zumindest in seinem Vorhaben unterstützte. Was sprach dagegen? Wir waren verrückt nacheinander, so wie ich es noch bei keinem anderen Menschen verspürt hatte. Wie sehr konnte man sich nach einem anderen Körper verzehren und fast wahnsinnig werden, wenn man ihn nicht ganz tief in sich spüren konnte?

Kaum hatte ich mich meiner Hose entledigt, packte mich Craig schon an den Hüften und drehte mich herum. Direkt spürte ich zwei seiner Finger, die unter meinen Slip tauchten und durch meine nasse Spalte fuhren. Ich war mehr als bereit für ihn, dafür brauchte es absolut kein Vorspiel. Im Spiegel erkannte ich sein Grinsen, während er meinen Slip zur Seite schob und ich mich mit dem Oberkörper nach vorne beugte.

»O ja«, stöhnte ich laut auf, als er sich tief in mir versenkte, meine Wände spaltete und an ihnen rieb. Mir war es scheißegal, wer sich draußen auf dem Gang befand, ich ließ all meine Lust mit diesem Stöhnen heraus und wurde fast verrückt, weil es mir immer noch nicht reichte. »Mehr«, keuchte ich und Craig tat wie geheißen. Er rammte sich in einem schnellen Rhythmus in mich, vergrub seine Finger in meinen Hüften, damit ich an Ort und Stelle blieb. Viele Male traf er meinen empfindlichen Punkt, entlockte mir damit ein Stöhnen nach dem anderen, welches immer tiefer und lustvoller wurde. Dabei hielt ich seinem Blick im Spiegel stand und wir schauten uns tief in die Augen, während er mich grob fickte und ich meine Klit massierte. Es wurde wilder, animalischer, als Craig an Tempo zulegte, den Kopf senkte und dabei zusah, wie sein Schwanz in mir versank, was mich nur noch mehr anturnte. Mehr, ich brauchte viel mehr. »Stopp«, sagte ich, woraufhin er mich sofort losließ und aus mir herausrutschte. Perplex schaute er mich an, weil ich ihn unterbrochen hatte.

Rasch drehte ich mich herum, zog Craig mit mir an die Wand neben den Waschbecken und sogleich hob er mich hoch, damit ich meine Beine um seine Hüfte schlingen konnte. Wenn wir beide kamen, wollte ich ihm direkt in die Augen schauen, ihn küssen und ihn näher bei mir spüren, als es möglich war. Mit einem heftigen Stoß drang er ein zweites Mal in mich ein, presste mich dabei gegen die Wand und fickte mich um den Verstand. Ich spürte seine Hände, die sich in meinem Hintern vergruben, seine Lippen, die an meiner Hauptschlagader lagen und die empfindliche Haut darüber küssten, und hielt mich an seinen Schultern fest. Aus unseren Bewegungen und den Berührungen las ich die unzensierte Gier heraus. Ich konnte es mir selbst nicht erklären, weshalb ich so süchtig danach war.

Unser Stöhnen vermischte sich zu einem, Hitze stieg in mir auf, als ich den Orgasmus näherkommen spürte. »Craig«, kam es mir außer Atem über die Lippen, als er stärker zustieß und mir ein überrascht lautes Keuchen in der Kehle aufstieg, während er den empfindlichen Punkt erreichte. Meine Beine verkrampften sich, als die Welle mich einholte, meine Fingerkuppen sich in sein Fleisch gruben und er schmerzhaft zischte. Für einen Moment sah ich schwarz, gab mich dem tosenden Sturm hin und zerging unter Craigs Stößen, der mir kurz darauf mit einem tiefen Stöhnen folgte.

Wir atmeten schwer, verharrten ineinander verschlungen, und statt mich direkt von ihm zu entfernen, legte ich ihm eine Hand auf den Hinterkopf und drückte ihn weiter gegen meine Halsbeuge. Wobei Craig anscheinend nichts dagegen hatte, weiterhin so stehen zu bleiben, denn er wehrte sich nicht. Erst als wir beide wieder den Bezug zur Realität gefunden hatten, ließ er mich runter, ich verschwand mit meiner Hose in einer der Kabinen, und als ich zurückkam, lehnte er mit dem Rücken an einem der Waschbecken. Seine Wangen waren gerötet, ebenso mein Gesicht, das einer Tomate ziemliche Konkurrenz machen könnte. Obwohl ich damit rechnete, draußen auf dem Gang verstörenden Blicken ausgesetzt zu werden, musste ich grinsen. Mit viel Glück hatte es niemand mitbekommen, mit viel Pech standen die Cops schon parat.

»Gehen wir?«, fragte Craig, nachdem ich mir ein letztes Mal etwas Wasser ins Gesicht gespritzt hatte, und entriegelte die Toilettentür. Ich war mir nicht ganz sicher, was ich antworten sollte. Vielleicht war das Fenster eine andere Möglichkeit. Doch ehe ich den Vorschlag aussprechen konnte, hatte Craig die Tür geöffnet und war hinausgetreten. Zögerlich folgte ich ihm, entdeckte niemanden auf dem Gang und folgte ihm rasch aus dem Laden. Nur der junge Mann hinter der Rezeption warf uns einen vielsagenden Blick zu. Ich glaubte, wenn wir noch einmal Minigolf spielen gehen wollten, dann am besten woanders.

»Ich würde sagen, das war ein krönender Abschluss des Abends«, scherzte Craig, als er seinen Wagen entriegelt hatte und mir die Beifahrertür aufhielt. Kurz lachte ich auf, ehe ich nickte und einstieg. Zu so einer Aktion hatte mich bisher nur Craig gebracht. Er wusste, welche Hebel er betätigen musste, um mich zum Schmelzen und zum Stöhnen zu bringen. Egal, wo wir waren.

NEUNUNDZWANZIG

CRAIG

Am nächsten Morgen wachten wir eng beieinander liegend auf. Na ja, eher gesagt lag Chloe halb auf mir. Ihr Kopf war auf meiner Brust gebettet, ihr Bein umschlang meine Beine und ihre Hand ruhte neben ihrem Gesicht auf meinem Oberkörper. Ihrem ruhigen Atem nach zu urteilen, schien sie noch tief und fest zu schlafen, weshalb ich den Moment ausnutzte. Der zarte Duft ihres Parfums lag in der Luft, hatte sich bestimmt auch schon in meine Bettwäsche eingebrannt. Ihre langen, blonden Haare trug sie beim Schlafen immer offen. Sachte fuhr ich mit meinen Fingern hindurch, streichelte zart ihre Schulter und fuhr ihre Taille hinab. Darauf bedacht, sie nicht zu wecken, aber dennoch ihre Wärme unter meinen Fingern zu spüren. Dabei schloss ich die Augen und dachte an den gestrigen Abend zurück. Ich hatte absolut keine Ahnung, was Chloe so sehr bedrückt hatte, dass sie während dem Essen kein Sterbenswörtchen verloren hatte. Jeglicher Versuch, sie etwas zu fragen, war fehlgeschlagen, und ich musste ihr alles aus der Nase ziehen. Da hatte ich nur eine Möglichkeit gesehen, den Abend zu retten. Ablenkung. Und es hätte wohl nicht besser laufen können.

Meistens lief es so ab, dass einer von uns beiden nicht über seine Probleme reden wollte, aber dennoch nach wenigen Minuten damit herausplatzte. Sie erzählte mir oft von ihren Eltern, die sich meist nur kurz bei ihr meldeten und ihr schlechtes Gewissen mit Geschenken wettmachten. Das war okay, denn ich kotzte mich ab und zu über meine Nachbarn aus, über die Jungs oder sonst was. Wobei man hier auch schon den Unterschied bemerkte. Ich unterließ es, über meine Eltern zu reden. Chloe kannte zwar meine Mom und ihren Lifestyle, aber nicht die Hintergründe. Oder gar, wo mein Dad war. Manchmal tat es mir wirklich leid, dass ich mich in der Hinsicht ihr gegenüber nicht öffnete, obwohl sie es bei mir tat. Aber ich lehnte diese Art von Wahrheit nicht ab, weil es Chloe war, sondern weil es absolut nicht peinlicher ging. Erniedrigender. Kein Wort traf die Scheißsituation am besten.

»Das kitzelt«, lachte Chloe verschlafen auf und legte ihren Kopf in den Nacken, damit sie mich ansehen konnte. In ihren Augen war noch verdammt viel Schlaf und ich könnte mich jetzt schuldig fühlen, sie doch geweckt zu haben. Aber wenn wir nun mal beide schon wach waren, konnten wir da weitermachen, wo wir gestern auf der Toilette aufgehört hatten. Ich grinste schelmisch, zog meinen Arm unter ihrem Körper hervor, sodass sie sich neben mir ablegte und sich ihre langen Haare auf dem ganzen Kissen verteilten. Fuck, wie eine Göttin. Mit dem Ellenbogen stützte ich mich auf der Matratze ab, ehe ich mich über sie beugte und ihre Halsbeuge küsste. Ich wusste, dass sie das am liebsten mochte und spürte direkt, wie sie sich verkrampfte und ihre Fingernägel in meine Oberarme schlug. »So wache ich am liebsten auf«, nuschelte sie nah an meinem Ohr und durch die leicht kratzige Stimme wurde mein Schwanz noch härter, als er es wie jeden Morgen sowieso schon war.

»Ich zeig dir auch gerne, wie ich am liebsten den Tag starte«, antwortete ich erregt, fuhr mit einer Hand unter die Bettdecke und hakte meine Finger in den Bund ihrer Shorts ein. Oh ja, Morgensex machte all den Stress, der mich meist am Tag erwartete, wett. Gerade als ich meinen Weg mit der Hand fortfuhr, in Chloes Slip eintauchte und ihr dadurch ein sanftes Stöhnen entlocken wollte, packte sie meine Hand und zog sie wieder über die Bettdecke. Hatte ich etwas verpasst? Seit wann hielt sie mich davon ab, weiterzumachen?

Der verschlafene und gleichzeitig amüsierte Gesichtsausdruck von gerade eben war aus ihrem Gesicht verschwunden. »Was ist los?«, fragte ich völlig perplex und starrte sie an. Den Umschwung hatte ich nicht kommen sehen. Wirklich nicht. Doch statt mir zu antworten, setzte sich Chloe auf, zog die Decke vor ihren Oberkörper und verschloss sich auf die Art vor jeglicher Berührung meinerseits. Wenn ich etwas getan hatte, was sie nicht wollte, hätte sie es mir schon längst gegen den Latz geknallt. Da kannte sie nichts.

»Ich muss dir was sagen«, fing sie an und ich wurde hellhörig. Was kam jetzt? Wollte sie etwa darüber sprechen, was sie gestern so belastet hatte?

»Okay«, entgegnete ich und richtete mich neben ihr auf, stützte mich mit den Händen auf dem Laken ab und schaute sie abwartend von der Seite an. Überraschenderweise mied sie meinen Blick, schaute lieber zum Fenster, wo die Rollläden noch heruntergelassen waren und nur feine Lichtstrahlen durch die Schlitze ins Zimmer drangen. Dadurch war es noch recht dunkel, weshalb ich nun, wo Abstand zwischen uns herrschte, nicht sehen konnte, was sich in ihrem Gesicht abspielte. Hören konnte ich allerdings auch nichts, was Weinen schon mal ausschloss.

»Gestern ist etwas passiert«, fuhr sie fort und hielt sogleich wieder inne. Wieso druckste sie plötzlich so herum? So kannte ich sie nicht. Normalerweise wusste Chloe immer genau, was sie wollte, und sagte alles frei heraus. Was trieb sie dazu, jetzt nicht mit der Sprache rauszurücken? »O Mann«, hörte ich sie flüstern, eher zu sich selbst, und sie fuhr sich mit einer Hand durch ihre Mähne. »Gestern Abend, bevor ich zu dir gekommen bin, kreuzte Scott bei mir auf und wir …« Wieder eine Pause.

»Wir was?«, fragte ich nach einigen Sekunden, als ich merkte, dass sie nicht von selbst anfangen würde, weiterzureden. Sachte legte ich ihr eine Hand auf die Schulter, drückte zu, damit sie mich ansah.

Wieso kam mir das hier gerade wie eine Beichte vor? Vor allem schien es Chloe total unangenehm zu sein.

»Wir hatten keinen Sex, aber es war definitiv mehr als küssen«, platzte es kurz darauf aus hier heraus und ihr schien ein Stein vom Herzen zu fallen. Als würde sie einen Wutanfall von mir erwarten, schaute sie mich danach mit zusammengezogenen Augenbrauen an. Doch ich blieb ruhig, verkniff mir ein Grinsen und wartete einen Moment ab, nicht dass Chloe dachte, ich machte mich über sie lustig. »Craig?«

Ich räusperte mich, kratzte mich mit dem Daumen kurz an der Nase, obwohl es keinen Anlass dafür gab und schaute sie an. »Das ist okay«, erwiderte ich und musste mir vorstellen, wie sie Scott einen blies oder er sie mit dem Mund befriedigte. Direkt kamen Erinnerungen an meine Geburtstagsparty zurück, wie ich den beiden beim Sex zugeschaut hatte, und ich spürte das Pochen und Zucken zwischen meinen Beinen. Fuck, der Gedanke, dass die beiden etwas miteinander hatten, machte mich verdammt heiß. Dieses kleine Luder hatte uns gestern beide gehabt. Klar, dadurch war auch ihr betrübter Gesichtsausdruck zu erklären. Aber sie wusste ja schon, dass ich für mehr offen war. Ob es weh tat, zu wissen, dass sie ohne mich etwas mit meinem Kumpel hatte? Nein. Wir waren kein klassisches Paar, von Anfang an nicht, eher liebte ich die Hitze, die sich in mir ausbreitete, wenn ich daran dachte, sie mit jemandem zu teilen.

»Okay?« Sichtbar verwirrt von meinen Worten hielt sie inne und die Worte verließen eher stockend ihren Mund. Um die schwere Last von ihren Schultern zu nehmen und die Situation zu entschärfen, beugte ich mich vor und fing an, Küsse auf ihrer Halsbeuge zu verteilen.

»Hm. Es macht mich eher an. Was hat er getan?«, fragte ich lüstern, während meine Hände nach ihrer Taille packten und sie in die Laken zurückdrängten. Ich arbeitete mich vor zu ihrem Schlüsselbein, zog ihr Top herunter und bahnte mir mit dem Mund einen Weg zu ihrer Brust. Chloe keuchte und reagierte nicht sofort. Mein Verhalten überraschte sie bestimmt. Aber was hatte sie erwartet? Den Anstoß zu diesem Dreierding hatte ich doch damals auf unserer Gästetoilette gegeben. »Erzähl es mir«, bat ich sie nochmal und hörte sie schwer atmen, nachdem ich mit der Zungenspitze ihren harten Nippel umkreist und mit der Hand in ihrem Slip abgetaucht war. Scheiße, Chloe schien nicht abgeneigt von dem Gedanken zu sein und sie stöhnte, als ich mit zwei Fingern in sie eindrang und ihre Wände spaltete.

»Gott«, entfuhr es ihr. Ihre Finger vergrub sie in meinen Haaren und presste mein Gesicht stärker an sich. »Er hat mich geleckt und … ah!«, kreischte sie laut auf, als ich härter in sie stieß und ihren empfindlichen Punkt massierte. »Und mich gefingert, bis ich heftig gekommen bin.« Scheiße, mein Schwanz pochte unaufhörlich. Diese Vorstellung machte mich völlig verrückt. Ich ließ von Chloe ab, zwängte mich zwischen ihre Beine und wollte ihr gerade die Shorts und den Slip ausziehen. Doch etwas durchkreuzte meinen Plan. Nämlich das schwere Zufallen der Haustür im Untergeschoss. Fuck, was zur Hölle? Wir hielten beide abrupt inne und schauten in Richtung der Zimmertür.

»Craig, ich bin zu Hause!«, drang die Stimme meiner Mom zu uns herein und mein Ständer war somit Geschichte. Wieso war sie zu Hause? Wollte sie nicht erst morgen kommen? Bevor der Fall eintrat und sie ins Zimmer hereinplatzte, stand ich vom Bett auf und zog mir eine Jogginghose, die am Bettende lag, über. Und ja, meine Mom war so eine Art von Mutter, die einfach mir nichts dir nichts ohne Anklopfen hereinkam. Egal, in welch peinlicher Lage sie einen erwischte.

»Ich geh mal runter«, wandte ich mich Chloe zu, lief zur Tür, öffnete sie und lief den schmalen Flur und die Treppen hinunter. Meine Mom fand ich in der Küche, wie sie an der Kochinsel stand und Trauben aus der großen Keramikschale aß. »Was machst du denn hier?«, richtete ich mich ein Tick zu schroff an sie und kassierte einen erschrockenen Blick.

»Ich wohne hier vielleicht?«, sagte sie total entrüstet, woraufhin ich mich für meinen schroffen Ton entschuldigte. »Außerdem wollt ich meinen Jungen sehen, bevor es heute Mittag für mich nach Los Angeles geht.« Los Angeles?

»Was? Solltest du nicht bis morgen in Cedar Rapids sein? Klär mich auf.« So sehr ich meine Mom liebte, wusste ich absolut nicht, was sie jetzt wieder im Schilde führte. Es war schon anstrengend genug, ihren Konsum und Lebensstil zu unterhalten, aber machte sie sich nie Gedanken darüber, wie ich das Geld nach Hause brachte? Dachte sie auch nur mal annähernd daran, einen Gang zurückzuschalten?

»Es stellte sich heraus, dass diese Matratzenausstellung ein totaler Reinfall gewesen war, weshalb wir heute Morgen schon abgereist sind. Dafür hat uns Bethany eine neue Tour rausgesucht. In Los Angeles ist diese Woche eine Messe für Saunen. Das kann ich mir nicht entgehen lassen« flötete sie fröhlich und mir fiel fast die Kinnlade herunter. Ich glaubte, zu träumen. Was ging in ihrem Kopf nur vor?

»Du willst eine Sauna?«, fragte ich perplex und setzte mich auf die Arbeitsplatte der Küche. »Wo soll die bitte schön hin?«

»Na, wir könnten doch den Keller ausbauen, dann hätten wir haufenweise Platz.« Vielleicht wäre es mal gut, meine Mom mit zu einem von Blakes Job zu nehmen, damit sie endlich erkannte, wie und vor allem was ich tat, damit sie sich keinen Zacken aus der Krone brechen musste. Ich biss mir auf die Zunge, bevor ich etwas Falsches sagte. Wie oft war ich schon an diesem Punkt gewesen. Aber das Schlimme … ich konnte meiner Mom nichts abschlagen. Sie hatte mit meinem Dad so viel Scheiße durchlebt, dass ich nicht nein sagen oder sie davon abhalten konnte, nach Los Angeles zu gehen.

»Alles klar«, antwortete ich emotionslos und wurde zum Glück durch Chloes Auftauchen aus diesem Gespräch gerettet.

»Darling!« Meine Mom schmiss die letzte Traube in ihrer Hand in die Schale und ging mit ausgebreiteten Armen auf Chloe zu, um sie in eine herzliche Umarmung zu schließen. Tatsächlich gefiel es mir, wie sehr sich die beiden mochten, auch wenn die Begegnungen meistens zeitlich stark begrenzt waren. Direkt hörte ich die zwei schnattern und stellte auf Durchzug. Bei Chloe musste ich immer schmunzeln, wenn sie anfing, nach dem Frauenverein meiner Mom zu fragen, und wo es sie dieses Mal hin verschlagen hatte. War es echtes Interesse oder nur gespielt? Ach, was dachte ich da. Natürlich interessierte sich Chloe dafür. Sie war jedem Menschen gegenüber offen und zeigte ständig, dass sie alles über ihr Gegenüber wissen wollte. Davon würde ich mir gerne eine Scheibe abschneiden und hatte es einige Male probiert, aber keine fünf Minuten ausgehalten, ehe in meinem Kopf Leere geherrscht hatte. Fehlte nur der kleine, Becken schlagende Affe aus den Simpsons.

Mich rechte es einfach nur auf, dass Mom unsere Lage auf eine Art und Weise belächelte. Sie tat so, als würden wir das normalste Leben der Welt führen. Aber ganz ehrlich? Irgendwie musste sie doch ahnen, dass mein Job nicht ganz legal sein konnte. Ich hatte zwar einen High-School-Abschluss, jedoch keinen Uniabschluss und mit welchem Job könnte ich so viel Geld verdienen, dass ich das ganze Haus und ihren Lifestyle unterhalten konnte? Ich sprang von der Arbeitsfläche, ging zum Kühlschrank rüber und öffnete die Tür. Die Kälte sprang mir förmlich ins Gesicht und prallte an meinem Oberkörper ab, während ich mir einen Becher Eiskaffee herausnahm und mich auf einen der Barhocker an der Kücheninsel setzte. Ich beachtete Chloe und Mom nicht mehr, trank meinen Kaffee und starrte ins Nichts. Wie beschissen konnte eigentlich ein Morgen beginnen? Zuerst hielt mich Chloe im Bett zurück, dann unterbrach uns Mom. Was konnte noch Schlimmes passieren? Stürmten etwa gleich die Cops das Haus? Dann könnte ich mir vielleicht eine Zelle mit der hinterhältigen Echse namens Dad teilen.

»Was ist denn los, Grummelbär?« Chloe stand plötzlich neben mir, lehnte sich mit einem Unterarm auf der Arbeitsplatte ab und musterte mich. Ich schüttelte den Kopf, gab ihr zu verstehen, dass ich darüber nicht reden wollte, und schaute hinter sie. Mom war weg. Hatte ich gar nicht mitbekommen. Eventuell auch gut so. Nicht, dass mir doch noch der Kragen platzte, wenn sie weiter über Los Angeles redete. »Sie ist sich frisch machen gegangen und wollte dann ihren Koffer neu packen. Aber sie wollte dann noch gemeinsam mit uns essen«, sagte Chloe, als sie meinen suchenden Blick sah.

»Ah ja.« Ich konnte ihr nicht mal etwas vorspielen, sondern gab die Worte leicht genervt von mir.

»Was ist denn? Es ist doch schön, dass deine Mom fast täglich nach Hause kommt und Interesse an deinem Leben zeigt. Ich wäre froh, wenn das bei mir der Fall wäre.« Die letzten Worte gab Chloe verbittert von sich und mir entlockte es nur ein Schnauben. Klar, ihre Lage war echt mies – ihre Eltern waren nur unterwegs und hatten keine Zeit für ihre Tochter. Außer der Terminplan ließ es alle paar Monate zu. Aber sie kannte nicht die Geschichte meiner Familie.

»So einfach ist das nicht …«, erwiderte ich und starrte auf die Tischplatte. Meine Abwehr schien zu bröckeln, denn Chloe strich mir mit einer Hand über den Rücken und schaute mich mit einem interessierten Funkeln in den Augen an. Fuck, nein. Wenn ich ihr alles erzählte, sah sie mich womöglich anders. Dann war ich höchstwahrscheinlich der Idiot, Sohn eines Versagers und Betrügers, der seine Mom finanzierte, anstatt ihr eine Ansage zu machen, und dafür sogar seine eigene Karrierelaufbahn auf den Haufen schmiss. Wollte ich das wirklich?

Aber anders gesagt sprachen wir hier von Chloe, die niemandem gegenüber Vorurteile hegte, sondern alles neutral betrachtete und eher Tipps gab, als jemanden zu verurteilen. Mein Magen zog sich schmerzhaft zusammen. Ich hatte mit niemandem jemals zuvor darüber gesprochen.

Im Obergeschoss hörte ich das Rauschen des Wassers im Bad und wusste, Mom würde die nächste halbe Stunde sowieso nicht runterkommen. Es wäre schnell ausgesprochen und ich könnte dadurch ein wenig der Last auf meinen Schultern loslassen. Ich spielte an der Kartonverpackung des Eiskaffees herum, suchte nach den richtigen Worten. Und mit einem Mal war ich nicht mehr der eiskalte Kerl, der Leute erschoss und mit Drogen dealte. Sondern der Junge, der sich von einer Minute auf die andere von seinem Vater verabschieden musste, eher dieser in den Knast ging. Mit einer Mutter an seiner

Seite, die dem ganzen Druck nicht standhalten konnte und alles zu verdrängen versuchte. »Es ist so …«, fing ich an, pausierte kurz und öffnete dann wieder den Mund, um weiterzureden. Doch das Klingeln meines Handys unterbrach mich. Wer zur Hölle wollte heute unbedingt sterben? »Fuck«, fluchte ich, zog das Handy aus der Tasche meiner Jogginghose und las den Namen auf dem Display. Okay, wenn ich nicht abnahm, war ich derjenige, der heute sterben würde.

»Ja?«, nahm ich den Anruf entgegen und hörte im Hintergrund Stimmengewirr und ein schweres Schnauben.

»Komm sofort her.« Und schon war die Leitung wieder getrennt. Blake hatte echt ein Faible für die perfekten Ansagen. Wie wäre es mal mit einem ‚Guten Morgen', du Penner? Aber wenn er sich das alles sparte und nur das Wichtigste von sich gab, musste die Kacke wohl am Dampfen sein. Damit reihte er sich nur in die Schlange meiner heutigen Lieblingspersonen ein. Wie oft konnte man an einem Morgen noch unterbrochen werden?

Na ja, wie sagt man? Alle guten Dinge sind drei. Herzlichen Glückwunsch, Mister Kennedy. Sie sind mein Herzblatt.

»Was ist los?«, fragte Chloe, nachdem ich aufgelegt hatte und stöhnend von dem Barhocker aufgesprungen war.

»Das war Blake. Ich muss zu ihm«, sagte ich knapp und verließ die Küche in Richtung Treppe. Dieser Tag konnte nur perfekt werden. Er fing ja schon herrlich an.

Ha, Witz komm raus, du bist umzingelt, dachte ich und verdrehte beim Treppenhochgehen die Augen. Da möchte man sich einmal öffnen, auf eine Weise, die es vorher nie gegeben hatte, und dann trat mir das Karma so hart in den Arsch. Womöglich war das ein Zeichen, dass ich besser meine Klappe halten sollte. Und genau diesen Rat würde ich befolgen.

DREISSIG

CRAIG

Nach derart herrischen Anrufen von Blake wusste ich sofort, wohin es mich verschlagen sollte. Zwar besaß er bei seinem Onkel im Haus noch ein kleines Büro, doch wenn es um dringliche Angelegenheiten ging, trafen wir uns in seinem Revier. Das hatte ich jetzt – nach all den Monaten – gelernt, aus seiner Stimme herauszulesen.

Nachdem ich Chloe bei meiner Mom zurückgelassen hatte, stieg ich in meinen dunkelgrauen Audi und fuhr in den Süden der Stadt, in den Bezirk, der ehemals Pablo gehört hatte. Als es damals Blake überschrieben worden war, hatten wir alle darauf plädiert, dass er die Villa von dem Drecksack übernehmen sollen, doch danach stand es meinem Kumpel absolut nicht. Stattdessen hatte er in der Nähe eines Wohngebiets eine alte Scheune auserwählt, die nach einer kurzen Fahrt zwischen den Bäumen vor mir aufragte. Sie war schon einige Jahre verlassen gewesen, ehe Blake Leute hineingeschickt hatte, um sie herzurichten. Der Ort sollte topsecret sein, weshalb auch nur die Leute darüber Bescheid wussten, die für ihn arbeiteten. Nicht einmal Mino hatte einen Schimmer, wo Blake seine Opfer verhören ließ. Zugegeben, bisher waren es noch nicht allzu viele gewesen. Unsere momentanen Gegner waren noch Phantome, die in der Nacht herumirrten und uns mächtig auf den Sack gingen.

Ich bog von der schmalen Hauptstraße ab und fuhr den gepflasterten Weg bis zur Scheune hinauf, wo auch schon vier Wachmänner zu sehen waren. Zwei standen neben den schmiedeeisernen Eingangstoren und die beiden anderen bewegten sich über das Territorium, während sie in ihre Walkie-Talkies sprachen. Zwischen den Bäumen erkannte ich weitere Schemen, die über das Gelände liefen und kontrollierend ihre Umgebung im Blick behielten. Und dieses Detail erschreckte mich irgendwie. Normalerweise hielt Blake das Sicherheitspensum niedrig, damit es nicht zu auffällig wurde.

Das perfekte an der Scheune war, dass sie zentral im Gebiet lag, wodurch man all unsere dort verteilten Waffen und Drogenlager in kürzester Zeit erreichen konnte, und doch war sie für Vorbeifahrende absolut nicht einsehbar. Und die nächsten Nachbarn waren mindestens fünf Kilometer entfernt, weshalb man die Schreie im Keller der Scheune niemals hören würde.

Ich parkte meinen Wagen neben Blakes und dem von Mike, erblickte noch einige andere und ging davon aus, dass die Kacke wirklich am Dampfen sein musste, wenn mein Kumpel die großen Geschütze auffuhr. Nur Scotts SUV sah ich unter ihnen nicht, denn ich hätte gerne noch ein Wort mit ihm über Chloe gesprochen. Während ich daran dachte, was sie mir heute Vormittag noch gestanden hatte, schlich sich ein breites Grinsen auf meine Lippen und zugleich pisste es mich an, dass ich nicht zum Abschluss gekommen war. Der Gedanke an sie und Scott turnte mich immer noch auf viele Arten an. Bevor ich in meinem Kopf versackte und es nicht mehr in die Scheune schaffte, stieg ich rasch aus, nachdem ich den Motor abgestellt hatte, und eilte zum Eingang. Die Wachmänner kannten mich, weshalb ein kurzes Nicken reichte, damit ich passieren durfte.

Die komplette Scheune war blitzhell ausgeleuchtet und der absolute Unterschied zur alten Fassade des Gebäudes. Alle Wände und die Decke waren weiß gestrichen, im vorderen Bereich, wo ich mich noch befand, standen rechts von mir zwei schwarze Ledersofas nebeneinander, auf denen wir schon das ein oder andere Mal ein Bier getrunken hatten. Links von mir erstreckte sich eine kleine Küche für diejenigen, die hier tagein, tagaus saßen, wobei ich mir ziemlich sicher war, dass sie noch niemand benutzt hatte. So viel Exklusivität hätte ich Blake nie zugetraut, doch das Einrichten der oberen Etage hatte er einem Raumausstatter überlassen, der der Meinung gewesen war, hier würde ein Büro erstehen. Ganz abwegig war der Gedanke nicht, denn wenn man an Raumaufteilern vorbeiging, entdeckte man vier Schreibtische mit Computern darauf, dahinter ein Whiteboard. Am besten vertuscht waren die Haufen Kisten Bier zu meiner Rechten, die sich haushoch stapelten und schon zur Hälfte gesoffen waren. Einen Menschen konnte man eben nie komplett ändern. In den Keller kam man über eine Treppe an der Rückseite der Scheune. Dort konnte man auch ohne Bedenken mit dem Auto hinfahren, um seine Fracht, wie wir es gerne umschrieben, abzuladen und sicher wegzuschließen.

Ich staunte jedes Mal aufs Neue, wenn ich hier auftauchte. Blake hatte es weitgebracht, was ich niemals für möglich gehalten hatte. Aber es machte mich auch stolz, ihn jetzt über Pablos Gebiet herrschen zu sehen. Zumal ich an seiner Seite sein durfte. Blake, Mike und ein paar andere Männer sah ich an einem der Tische stehen, wie sie alle auf den Bildschirm des Macs starrten. Eine Miene finsterer als die andere. Lässig ging ich auf die Gruppe zu, stellte mich neben Blake und schlug ihm zur Begrüßung auf die Schulter.

»Wo drückt denn der Schuh?«, fragte ich in die Runde und kassierte übel dreinschauende Gesichtsausdrücke.

»Sie kommen uns immer näher«, erwiderte Blake mit tiefer Tonlage und rieb sich das Kinn. Ich schaute derweil auf den Monitor und runzelte die Stirn. Zu sehen war eine Aufnahme der Überwachungskamera. Wenn mich nicht alles täuschte, war es das Lager ein paar Blocks entfernt und leider Gottes auch unser wichtigstes. Darin befand sich unser ganzes Koks, weshalb die Umgebung eigentlich von mehreren Männern gesichert wurde, und auch in der Halle befanden sich einige von Blakes Männern mit scharfen Geschützen. Wie könnte man es am besten beschreiben …? Würde man uns wirklich bei den Eiern packen und schaden wollen, versuchte man, dieses Lager zu entern. Zuerst sah man nur die Wachen, die ihre gewöhnliche Runde liefen, als plötzlich der Kugelhagel losging, die Männer zu Boden fielen und dafür drei Maskierte auf der Bildfläche auftauchten. Ted, Blakes Mann für alle Überwachungskameras und derjenige, der sich in die Cams der Straßen einhackte, schaltete auf die Innenansicht der Lagerhalle. Dort brachen die drei Männer ein, kein bisschen überrascht darüber, dass die Ware so perfide bewacht wurde, wodurch man davon ausgehen konnte, dass sie über jeden einzelnen Wachmann Bescheid wussten. Sie töteten alle sechs mit einer fast perfekten Schusstechnik. Wie Dominosteine fielen unsere Männer um, was mich, kurz bevor der Verlust an mir nagte, staunen ließ. Dass da waren keine angeheuerten Vollidioten wie Tomas, das waren verdammte Profis. Man konnte ihnen noch dabei zusehen, wie sie hastig durch die Lagerhalle rannten und einige der gepackten Sporttaschen mit heraustrugen, die eigentlich für einen Deal vorgesehen gewesen waren. Jeder trug zwei Stück, einer sogar drei und sah dabei aus, als würde er Tüten voll Zuckerwatte tragen. War das etwa Hulk persönlich? Die Täter verschwanden aus dem Bild, doch über die Boxen hörte man die Schüsse. Wow, hatten sie etwa …?

»Sie haben alle Männer umgelegt und waren innerhalb von zehn Minuten wieder weg«, sprach Blake meinen Gedanken weiter.

»Fuck«, fluchte Paul, der bestimmt mit Mike gekommen war, und raufte sich die Haare. »Was hast du jetzt vor?« Blake nickte Ted zu, der auf der Tastatur herumklimperte, ehe die Aufnahme einer Straßenüberwachungskamera lief. Man erkannte einen dunklen Ford Mustang, Ted stoppte und zoomte heran, sodass wir das Gesicht des Fahrers in Hochauflösung sahen.

»Sie sind mit den Taschen einige Blocks weit gelaufen, haben Gassen und Hintergärten benutzt, um ihren Weg zu finden. Ich hab Ted darauf angesetzt, alle Kameras in der Nähe durchzugehen, bis wir dieses Prachtstück entdeckten. Ich schwöre euch, wenn ich die in die Finger bekomme, mach ich Hackfleisch aus ihnen«, sagte er und ballte die Hände zu Fäusten. Adern traten an seinem Hals hervor und ich würde darauf wetten, dass sein Kopf kurz vorm Platzen war, so rot wie er wurde.

»Was sollen wir tun?«, fragte Mike, setzte sich auf die Tischkante und verschränkte die Arme vor der Brust.

»Ich möchte, dass ihr die Dreckskerle findet. Wie, ist mir scheißegal, aber ich denke, mit der Aufnahme sollte es nicht allzu schwer sein«, erwiderte Blake. »Scott ist schon unterwegs und befragt einige Kontaktleute auf der Straße, ob sie den Kerl irgendwoher kennen. Aber bis jetzt hatte er kein Glück.« Na, das war ja klar. Die rechte Hand des Bosses agierte auf eigene Faust.

»Kannst du uns die Visage ausdrucken?«, richtete ich das Wort an Ted, der nur nickte und auf den Drucker in der hinteren Ecke der Scheune neben den Kästen Bier zeigte. Ich streckte den Daumen nach oben, lief hin und nahm das Blatt Papier an mich.

»Paul, Mike und Craig, ihr geht zusammen. Doug und Alex, ihr auch. Wir sollten nicht allzu viele Männer losschicken. Nicht, dass wir noch mehr Aufsehen auf uns ziehen und es die falschen Leute mitbekommen. Es wird Zeit, dass dieser Scheiße ein Ende gesetzt wird. Ich möchte endlich wissen, wer uns an den Karren pisst, und den Wichser ins Jenseits schicken«, kam es ehrfürchtig von Blake und ein klein wenig bekam ich selbst vor ihm Schiss. Er klang nicht so, als könnte man mit ihm noch verhandeln. Wobei man bei ihm mit Gnade sowieso an der falschen Adresse war. Wir nickten alle und Mike, Paul und ich nahmen uns den Ortskern von Chicago vor. Die Bars und Clubs, in denen solche abgebrühten Wichser eventuell herumlungerten.

»Wir fahren mit meinem Wagen«, sagte ich zu Paul und Mike, die mir widerstandslos folgten.

»Wo sollen wir anfangen?« Paul setzte sich auf den Beifahrersitz, während Mike hinten Platz nahm. Es war schon eine Weile her, dass ich nur mit den beiden unterwegs gewesen war. Meistens machte ich die Jobs mit Scott oder einer von den beiden half uns dabei. Erinnerungen an alte Zeiten kamen hoch, die sich anfühlten, als würden sie Jahre zurückliegen, und doch waren es nur einige Monate. Witzig, was die Zeit für Späßchen mit einem machte oder wie sie einen gar hinters Licht führte.

»Ich würde sagen … im Humble«, entgegnete ich, startete den Wagen und parkte rückwärts aus, ehe ich die gepflasterte Einfahrt entlangfuhr und auf die Straße abbog. »Ich hab schon öfters gehört, dass da ein paar Pfeifen herumlungern und einen auf dicke Hose machen. Könnte mir gut vorstellen, dass einer von denen was weiß.« Man musste kein Genie sein, um zu wissen, dass es absolut kacke war, einen Typen in einer Großstadt wie Chicago ausfindig zu machen. Dennoch gab es immer Plätze, die wir als Drogendealer abklappern konnten, um Informanten zu finden. Jeder Clan hatte seine Stammlokale, die wir natürlich nicht einfach mal so betreten konnten, doch ein Vögelchen zwitscherte immer, wenn man im direkten Umfeld anfing zu suchen. Die Jungs widersprachen mir nicht, weshalb ich in Richtung Innstadt fuhr, einen Parkplatz suchte und wir kurz darauf den Schuppen betraten.

Die Suche gestaltete sich leider zäh wie Kaugummi, denn im Humble wurden wir nicht fündig. Wir klapperten eine Bar nach der anderen ab, um irgendetwas über diese Hackfresse herauszufinden, kamen zu unserem Glück aber immer unbeschadet raus. Wenn man es so nahm, war das alles eine wirklich beschissene Idee, denn wie sicher konnten wir sein, dass nicht einer von den anderen beiden Maskierten dort saß? Wobei ich nichts gegen eine Schießerei gehabt hätte. Dass die Kerle unser Koks geklaut hatten, ging mir nämlich mächtig auf den Sack. In der letzten Bar namens Struggle riet uns der Besitzer sehr diskret, in einem Stripclub nachzufragen, der sich nicht unweit von ihm befand. Er hätte mal mitbekommen, dass einige Bandenmitglieder dort ihre Freizeit verbrachten und sich um die anderen nicht scherten, solange genug Abstand zwischen ihnen herrschte. Zwar verwunderte mich diese Aussage, aber dennoch gingen wir drei seinem Tipp nach, suchten das Etablissement auf und setzten uns dort angekommen an die Bar.

»Und wie sollen wir das jetzt anstellen? Sollen wir hier wie die Pfadfinder herumlaufen und jedem das Bild zeigen?«, stellte Mike die wichtigste Frage und in dem Moment wusste ich es selbst nicht genau. Ich wollte nicht, dass wir aufflogen und jemand den Pennern einen Wink mit dem Zaunpfahl gab, damit sie das Weite suchen konnten. Ich überlegte einige Minuten.

»Ich würde sagen, wir trinken jetzt erstmal unser Bier, checken die Lage hier und schauen, wer den Laden betritt und verlässt. Aber wenn ich eins aus Filmen gelernt habe, dann, dass der Barkeeper meist am ehesten was weiß«, grinste ich und schaute mich hinter der Theke um. Zum einen entdeckte ich ein paar Meter neben uns eine leicht bekleidete Frau und zum anderen im Schatten hinter ihr, wo es durch eine Tür bestimmt in die Küche ging, einen Mann mit schwarzem Shirt und ziemlich muskulösen Oberarmen. »Den Kerl müssen wir fragen«, sagte ich rein intuitiv und nickte möglichst unauffällig in seine Richtung. Paul und Mike schienen es zu kapieren, weshalb sie an ihren Flaschen nippten und ein leises: »Okay«, von sich gaben. Zuerst gönnten wir uns ein paar Bier, damit niemand Verdacht schöpfte, weil wir hier reinkamen und direkt Fragen stellten. Irgendwie mussten wir es schaffen, den Kerl in ein Gespräch zu verwickeln. Nur wie?

EINUNDDREISSIG

CRAIG

Wir verbrachten bis nachmittags unsere Zeit an der Bar, beobachteten den Kerl, wie er nur im Hintergrund fungierte und den Club überblickte. Das ein oder andere Mal lugte ich über meine Schulter und sah die Tänzerinnen an ihren Stangen. In dem Raum mit gedimmtem Licht waren mehrere Podeste mit Poledance-Stangen verteilt. Darum standen einige Stühle, auf denen es sich dann Saftsäcke bequem machten, um die Weiber beim Tanzen zu begaffen. Dabei wedelten sie mit ihren Scheinen und animierten sie meistens für ein bisschen mehr Geld zu unglaublichen Verrenkungen. Schaute man sich die Gäste an, gab es mir einiges zu denken. Wie viele von den Männern hatten Frauen zu Hause sitzen, die ihnen Essen richteten und auf sie warteten, während sie auf den Arsch einer anderen schauten? Ich wollte es nicht wissen. Es war das Gleiche wie mit Nutten und ihren Freiern. Manche waren nicht einmal so schlau und entfernten den Kindersitz von der Rückbank. Alles schon gesehen.

Und deshalb liebte ich mein Was-auch-immer mit Chloe. Wir hatten eine innige Verbindung, die weit über etwas Platonisches oder Freunde mit gewissen Vorzügen hinausging, und dennoch würde sie mir wohl niemals einen Einlauf verpassen, wenn ich hier einige

Scheine verteilen würde. Eher würde sie neben mir sitzen und danach hätten wir heftigen Sex im Auto. Der Gedanke gefiel mir.

Ich nippte an meinem dritten Bier, mittlerweile schon fast eine Stunde lang, und ließ meinen Blick wieder zu dem Barkeeper schweifen. Er hatte endlich den Weg an die Bar gefunden und strahlte weiterhin eine enorme Arroganz aus. Sein schwarzes Haar, das am Oberkopf länger als an den Seiten war, hatte er mit ziemlich viel Gel nach hinten frisiert, sogar die Stroboskoplichter spiegelten sich darin. Heilige Scheiße. Sein schwarzes Shirt spannte über seinem Bizeps und sein Gesichtsausdruck war absolut ausdruckslos. Paul bestellte noch ein Bier bei ihm, und statt zu uns herüberzukommen, nickte er nur, öffnete den Kühlschrank unter der Bar und holte eine eisgekühlte Flasche heraus. Kaum war sie geöffnet, ließ er sie über die Theke zu Paul schlittern. Na toll. Wie sollte das heute noch funktionieren?

Plötzlich strömten immer mehr Männer in den Club, wahrscheinlich, weil sie mittlerweile Feierabend hatten. Ich wurde langsam unruhig, da ich ohne Infos nicht zu Blake zurückwollte und langsam keine Ahnung mehr hatte, welchen Club oder Bar wir noch aufsuchen sollten.

Als sich zu viele Gäste an die Bar drängten und uns komplett von dem Barkeeper abschirmten, stand Mike irgendwann auf und beugte sich zu mir herüber. »Sieht so aus, als würde er pissen gehen. Ich folge ihm mal.«

»Nimm Paul mit.« Mehr musste ich nicht sagen, Mike grinste hämisch und winkte unseren Kumpel hinter sich her. Es tat mir zwar ein kleines bisschen leid, dass wir die Lage etwas anders angehen mussten, aber ich sah hier in dem Trubel sonst keine andere Lösung. Wir könnten hier noch stundenlang sitzen und der Laden würde sich immer mehr füllen. Da saß ich also, drehte mich auf dem Barhocker herum und beobachtete einen Lap-Dance am Tisch in meiner Nähe. Fuck, die Frau hatte verdammt gute Moves drauf. Der Kerl unter ihr starrte sie mit weit aufgerissenen Augen an, sein Hemd spannte über seinem Bierbauch und in der linken Hand hielt er ein Bündel Scheine. Der Song, der zu mir herüberwehte, kam mir ebenfalls bekannt vor.

War der nicht aus einem bekannten Stripperfilm, der besonders bei den Frauen durch die Decke ging? Den würde ich so schnell nicht mehr loswerden.

Entspannt trank ich den letzten Schluck meines Bieres und schaute mich nach Paul und Mike um. Weder die beiden noch der Barkeeper kamen aus der Tür, die zu den Toiletten führte, weshalb mir langsam mulmig zumute wurde. Doch kurz darauf entspannte ich mich, als meine Kumpels mit hastigen Schritten herauskamen und mir zuwinkten, was wiederum dazu führte, dass ich fluchend aufsprang und ihnen eilig aus dem Club folgte. Erst als wir in meinem Audi saßen, schaute ich in den Rückspiegel und begegnete Mikes Blick, der außer Atem war und sich über die rechte Faust strich. »Also nach diesem schnellen Abgang gehe ich mal davon aus, dass der Kerl nicht reden wollte?«

»Zuerst nicht«, schmunzelte Mike und seine Mundwinkel zuckten.

»Mike hat ihm auf den Zahn gefühlt«, hörte ich Paul neben mir, der sich dann räusperte und sein Gesicht von mir abwandte.

»Moment. Was?« Ich hatte schon oftmals von Mikes verstörenden Methoden gehört, wie er Dinge aus Leuten herausbekam. Und Pauls Spruch machte mir nicht gerade Hoffnung, dass das Gespräch glimpflich ausgegangen war. »Willst du mir etwa sagen, dass –«

»Scheiße, natürlich nicht. Ich habe ihm eine gezimmert, mehr nicht. Danach ist es nur so aus ihm herausgesprudelt. Und eins weiß ich jetzt auch: So wie er gewimmert hat, wird er seinem harten Gesichtsausdruck an der Bar nicht gerecht«, lachte Mike auf dem Rücksitz und schien den Moment auf dem Klo in Gedanken Revue passieren zu lassen. Okay, gut. Ich hatte schon gedacht, er hätte seine spezielle Zange in der Hosentasche dabeigehabt.

»Und was hat er gesagt? Komm auf den Punkt«, spornte ich ihn an, weiterzureden, ehe mir graue Haare wuchsen. Wieso musste man ihm alles aus der Nase ziehen?

»Er kannte den Kerl auf dem Foto. Und meinte dann, er wüsste nicht, zu welchem Clan er gehöre, aber dass er mal erwähnt hätte, in der Autowaschanlage an der Interstate zu arbeiten.« Ein Gangmitglied, das in einer Waschbahn arbeitete? Meine Fresse, der Kerl musste sogar unter dem Hund des Hausmeisters stehen.

»Alles klar, dann fahren wir dorthin.« Ich startete den Wagen, parkte aus und fuhr aus der Stadt in Richtung Interstate. Wegen des Feierabendverkehrs dauerte dies etwas länger als normalerweise, doch nach circa fünfunddreißig Minuten kamen wir bei der Waschanlage an und schauten uns nach der Drecksvisage, die so viele unserer Männer auf dem Gewissen hatte, um. Wir sahen den Autos dabei zu, wie sie an die Kasse fuhren, ihr Ticket bekamen und dann in einer Reihe vor der ersten Station warteten. Wie so oft wurde in solch einer Autowaschanlage zuerst außen gereinigt. Zwar übernahmen die Maschinen, dennoch standen zwei bis drei Männer neben ihnen und kontrollierten alles. Bloß sah von ihnen keiner dem ähnlich, den wir finden mussten. Über eine Stunde standen wir auf einem der Parkplätze und waren schon genervt, weil sich nichts tat, weshalb ich mich entschloss, einfach einmal durch die Waschstraße zu fahren. Ich kaufte ein Ticket, fuhr hinter das nächste Auto und schleppend ging es voran. Wir passierten die Waschhalle – sicherlich glänzte mein Baby jetzt – und entdeckten dann die angrenzende Halle, in der der Innenraum gesäubert wurde. Man hatte die Wahl, selbst zu saugen oder es machen zu lassen. In Schrittgeschwindigkeit fuhr ich die Linie entlang, schaute mir die Mitarbeiter eindringlich an und wollte schon dem lieben Gott danken, als ich ganz zum Schluss den Penner von der Überwachungskamera entdeckte.

Als der Platz vor ihm frei wurde und das Auto, das er soeben gesäubert hatte, die Halle verlassen hatte, stellte ich mich direkt vor ihn und nickte den Jungs zu, dass sie sich um ihn kümmern sollten. Durch einen großen Van neben konnte uns glücklicherweise niemand sehen und auch die Überwachungskameras waren so ausgelegt, dass wir nicht von ihr eingefangen werden dürften – und wenn doch, waren wir sowieso schon über alle Berge, bis seine Kollegen hier ankamen.

Draußen hörte ich dumpfe Stimmen, die ein Gespräch führten.

»Bitte nur den Kofferraum reinigen«, sagte Mike, während ich im Rückspiegel sah, dass Paul am Kofferraum stand und ihn öffnete.

»Okay, soll ich nicht noch den Rest saugen und reinigen? Sie bezahlen schließlich für das Allroundpaket.« Ein Staubsauger ging ohrenbetäubend laut an, ehe ich neben Paul eine zweite Person erkannte.

»Nein, ich glaube, heute hast nur du das Allroundpaket gebucht, Schätzchen«, erwiderte Paul und in dem lauten Röhren des Staubsaugers ging sein dumpfer Schlag in den Nacken des Kerls unter. Ehe ich mich versah, hievten sie seinen bewusstlosen Arsch in meinen Kofferraum und schlugen die Luke zu.

In Windeseile verließen wir die Waschanlage, preschten über die Interstate und fuhren zur Rückseite der Scheune, bevor der Penner aufwachte, und brachten ihn hinunter in eine unserer Suiten – so nannten wir unsere Folterkammern scherzhaft.

Draußen dämmerte es mittlerweile. Durch die kleinen Schachtschlitze drei Meter über uns schienen die letzten Sonnenstrahlen herein und verschwanden kurz darauf. Die beginnende Nacht tauchte die Kammer in Dunkelheit, weshalb Mike die Neonröhren zu beiden Seiten von uns einschaltete. Der Kerl war von Paul an einem Stuhl festgebunden worden, sein Kinn lag auf der Brust und er atmete gleichmäßig.

»Kommt, beschleunigen wir das etwas. Ich habe keine Lust, die Nacht hier zu verbringen«, sagte ich zu Paul und Mike, die daraufhin auf ihn zugingen und ihm einen Hieb in die Magengrube und gegen den Kopf gaben. Mit einem Schmerzensschrei kam der Typ zu Bewusstsein, schaute sich apathisch um und wünschte sich wohl an einen ganz anderen Ort. Palmen, 40 Grad, Sandstrand, eine Hängematte und ein Sex on the Beach in der Hand. Scheiße, da wäre ich jetzt auch gern.

»Also gut, ich denke, du weißt sehr genau, weshalb du hier bist«, fing ich an zu reden, trat auf den Kerl ein, in dessen Schritt ein dunkler Schatten immer größer wurde. Klasse, jetzt pisste er sich auch noch ein. Er fing direkt an zu wimmern, schaute abwechselnd von mir zu Mike und Paul. Doch in jedem unserer Gesichter würde er das Gleiche sehen. Absolute Gleichgültigkeit. Mir war es scheißegal, wie sehr er womöglich in wenigen Minuten flehen würde. Wir hatten eine Mission und die war, endlich herauszubekommen, wer uns am Rockzipfel hing. Gerade als ich weitersprechen wollte, zog Paul neben mir einen Schlagring aus der Hosentasche, legte ihn an und zimmerte ihn dem Kerl zentral auf die Nase, die mit einem lauten Knacken höchstwahrscheinlich zu Bruch ging. Augenblicklich schoss Blut aus seinen Nasenlöchern, er krümmte sich, soweit es ging, vor Schmerzen, wurde von Mike an den Haaren gepackt und sein Kopf in den Nacken gezogen. Die Beine des Kerls waren leicht gespreizt, weshalb ich einen Fuß dazwischen auf dem Stuhl abstellte und mit der Fußspitze über seinem Schritt schwebte. »Wie ist dein Name?« Das Wimmern wurde heftiger, ging ins Heulen über.

»Travis«, mit großen Augen starrte er mich an und wusste genau, dass mir das nicht reichte. Tränen kullerten ihm über die Wangen, als er sich seinem Schicksal bewusst wurde. Wieso brachen diese Matschköpfe schon bei solch einer Frage zusammen? Zumal wir uns die Aufnahmen des Überfalls wiederholt angeschaut und festgestellt hatten, dass Travis derjenige gewesen war, der für das Koks zuständig gewesen war. Eine Killermaschine stellte er gerade nicht dar. Eher ein Häufchen Elend. Das bisher kam nicht einmal ansatzweise an das heran, was andere Männer hier drin ereilt hatte. Aber sicherlich hatte der Junge – er war bestimmt nicht älter als 22 – nur das große Geld gesehen, das ihm irgendein Penner dafür geboten hatte, als Handlanger für ihn zu arbeiten.

»Travis Schmidt«, stotterte er und gab sich Mikes festem Griff hin, um womöglich den Schmerz auf seiner Kopfhaut zu lindern. »Bitte … tu meiner Familie nichts. Sie haben damit nichts zu tun.« Okay, gut. Das war schonmal ein Eingeständnis seiner Tat.

»Deine Familie geht uns so ziemlich am Arsch vorbei. Oder haben sie unsere Männer getötet und das Koks mitgehen lassen?«, fragte ich ihn, woraufhin Mike ihn losließ und Travis energisch den Kopf schüttelte. »Eben. Würde ich auch sagen. Dann fassen wir doch nochmal zusammen. Du bist mit zwei Kumpels –«

»Sie waren nicht meine Kumpels. Ich kannte sie nicht«, warf Travis schnell ein. »Wenn es ihre richtigen Namen waren, dann heißen sie Jesse und Winston. Ihren Nachnamen kenne ich nicht.« Süß, wie er dachte, wenn er kooperierte, die Kammer verlassen zu können. Aber ich ließ ihn gerne in dem Glauben.

Ich sah Paul an, der sich die Infos gerade anscheinend im Handy notierte, was uns aber leider noch nicht weiterbrachte. Wir brauchten mehr. »Und … wie seid ihr zu dem Job gekommen?«, richtete ich die Frage wieder an Travis, der sichtlich angestrengt versuchte, nicht wieder loszuflennen.

»Ich habe Geld gebraucht und über ein paar Ecken wurde mir dann ein Kerl empfohlen, bei dem schnelles Geld zu machen war. Ich hab ihn immer beim Kino in der Nähe des Navy Piers getroffen. Es stellte sich heraus, dass er einem Clan angehörte. Er stellte mich seinem Chef vor, für den ich ein paar Dinge erledigte, eben auch den Überfall auf die Lagerhalle. Er meinte, es wäre kein großes Ding, ihr hättet ihm sein Zeug geklaut und er wollte es unbedingt zurück. Und für uns wär es quasi eine Prüfung, damit wir fest in seinem Clan aufgenommen werden.«

»Was hat er euch dafür geboten?«, fragte Mike, zog fester an Travis' Haaren, sodass er heftig die Luft zwischen den Zähnen einzog.

»50.000 Dollar für jeden.«

»Habt ihr das Geld schon bekommen?«, fragte ich, konnte mir die Antwort aber schon denken.

»Nein. Heute Morgen sollte jemand vorbeikommen und mir das Geld bringen, aber es kam niemand.« Ja, genau, weil dein Boss wusste, dass ihr Scheiße gebaut habt, und euch zu Freiwild ernannt hat.

»Wer ist dein Boss? Und was hat er noch über uns erzählt?« Travis hielt inne und zögerte, weshalb Paul seine Waffe zückte und ihm ins rechte Knie schoss. Autsch.

»O Gott«, schrie sich Travis die Seele aus dem Leib, krampfte seinen Körper zusammen und fing an zu würgen.

»Sprich!«, kam es mir bissig und hart über die Lippen, als ich meine Fußspitze senkte und Druck auf seinen Schritt ausübte. Travis‘ Augen schienen mir fast entgegenzuspringen, während er anfing zu stammeln.

»James! James!«, schrie er und versuchte, seine Beine zusammenzudrücken und die Arme hinter der Rückenlehne des Stuhls zu befreien. »Sein Name ist James. Er ist Pablos Neffe! Er möchte Rache für Pablos Tod, für den er euch verantwortlich macht.« Na ja, zumindest das stimmte schonmal. Travis stand die Todesangst ins Gesicht geschrieben, während ich den Druck auf seinen Schwanz mit dem Schuh erhöhte und er kraftlos nur noch abgehackte Laute von sich gab.

»Wo findet man ihn oder seine Leute?«, wandte sich Mike an Travis, der mit dem Kopf schüttelte.

»Ich … ich weiß es nicht«, flüsterte er und kassierte daraufhin einen weiteren Schlag in den Bauch von Mike. Travis spuckte Blut, bestimmt hatte er sich auf die Zunge gebissen. »Okay, okay«, kam es leise von ihm, »wir durften nie dabei sein, aber der Kerl, der mir alles weitergegeben hatte – sein Name war Rafael – meinte, dass sie sich immer in einem Stripclub namens Polecats treffen.«

»Okay, das hört sich doch alles gut an«, erwiderte ich, nahm meinen Fuß von Travis‘ Schritt und ging einige Schritte zurück.

»Kann … kann ich jetzt gehen?«, flehte er und alle Anspannung war aus seinem Körper gewichen.

»Nein, tut mir leid. Das widerspricht unserem Gesetz. Außerdem hat dir mein Kumpel ja vorhin schon gesagt, dass du bei uns das Allroundpaket gebucht hast.« Miteingeschlossen der Tod und das Verbuddeln, nur das behielt ich für mich. Mit dem Rücken zu Travis zückte ich meine Knarre aus dem vorderen Bund meiner Hose, hielt sie mir beim Umdrehen hinter den Rücken und ging auf ihn zu. »Sorry, Kleiner.«

Der Knall hallte durch die Kammer. In meinen Ohren piepste es ekelhaft, doch ich hatte ganz genau dabei zugesehen, wie die Kugel in Travis‘ Brust eingedrungen war und ihm das Leben aushauchte. Blut quoll aus der Wunde, Mike ließ von ihm ab, sodass sein Kopf nach hinten in den Nacken sackte. Leblos hing er nun auf dem Stuhl und ich war froh, Blake neue Informationen liefern zu können. »Kümmert euch darum«, sagte ich zu Mike und Paul und verließ die Folterkammer. Dieses Mal war gar nicht so viel nötig gewesen … Travis hatte wie ein Vögelchen gesungen.

Ich verließ die untere Etage der Scheune, lief einmal um sie herum und trat durch den Haupteingang ein. Blake saß neben Ted an seinem Schreibtisch, schaute auf und runzelte die Stirn, nachdem er mich gesehen hatte. »Erfolgreich gewesen?«, rief er mir zu, ich nickte und lief zu ihm. Er stand auf und bat mich, mit ihm in den Nebenraum zu gehen, wo ich mein Spiegelbild in der Glastür entdeckte. In meinem Gesicht waren einige Blutspritzer und ich sah verdammt fertig aus.

Schnell berichtete ich ihm alles, sein Gesichtsausdruck wurde immer argwöhnischer, ehe er sich auf der Tischkante niederließ und die Arme vor der Brust verschränkte. »James sagt mir absolut nichts. Hast du den Namen in Verbindung mit Pablo schon einmal gehört?«, fragte Blake und schaute grüblerisch aus dem Fenster.

»Nein«, entgegnete ich und schüttelte den Kopf. »Die Frage ist nur: Was machen wir jetzt? Sollen wir vor diesem Polecats Wache stehen und den Laden sprengen? Wer kann uns aber versichern, dass dieser James unter ihnen ist? Denn wenn nicht, ist die Kacke noch mehr am Dampfen.«

»Ich hätte eine Idee, doch die ist ziemlich waghalsig«, sagte Blake fast zehn Minuten später, in denen wir beide Brainstorming betrieben hatten, um einen perfekten Plan auszuklügeln.

»Und welche?«

»Wir könnten jemanden einschleusen. Wenn es wirklich so einfach ist, den Kerl zu treffen und über ihn seinen Boss, nur weil man schnelles Geld machen muss, sollten wir diesen Weg versuchen. Es ist momentan die beste Option, die wir haben. Stürmen wir das Polecats, besteht immer noch das Risiko, dass zumindest einer entkommt und diesen James warnt«, fuhr Blake fort.

»Und du hast mit Sicherheit schon jemand Bestimmten im Kopf, den du einschleusen möchtest, oder?«

»Ja, dich.« Verdutzt schaute ich meinen Kumpel und zugleich Boss an und zog überrascht die Augenbrauen hoch. Natürlich fühlte ich mich geschmeichelt, dass er mir diesen Job zutraute, dennoch hatte ich eher damit gerechnet, dass er Scott nehmen würde.

»Ehm, okay. Aber würde mich dort nicht jemand erkennen? Wenn ich auffliege, bin ich ein toter Mann«, warf ich meine Bedenken ein, doch Blake schüttelte den Kopf.

»Ich denke nicht. Nein, das ist eigentlich unmöglich. Scott können wir nicht einschleusen, da jeder mittlerweile wissen sollte, dass er meine rechte Hand ist. Das wäre zu gefährlich und sicherlich wissen sie auch von seiner Verbindung zu Aylin, was alles als Druckmittel verwendet werden kann. Gegen uns alle. Aber bei dir haben wir nicht das Problem. Alle Männer von Pablo, die dich bisher gesehen haben, sind tot. Davon gehe ich zumindest aus, wenn ich das Blut in deinem Gesicht richtig deutete.« Da hatte er verdammt nochmal recht. Seit wir diesem James – endlich hatten wir seinen Namen – auf den Spuren waren, hatten alle, mit denen ich es zu tun hatte, das Zeitliche gesegnet.

Der Gedanke, mich in einen anderen Clan einzuschleusen, fühlte es sich ein klein wenig wie Verrat an, doch es kam direkt vom Boss, also sollte es damit keine Probleme geben, nicht wahr? Scheiße, ich würde wirklich alles tun, damit dieser Krieg endlich endete und jeder wieder seinen eigenen Geschäften nachging. Bevor die Bedenken in mir hochkamen und ich irgendwelche Einwände finden würde, um den ganzen Plan abzublasen, wandte sich mir Blake nochmal zu. »Du bist der Einzige, dem ich das neben Scott zutraue, Craig.«

Und damit war die Sache für mich beschlossen. Für Blake würde ich es tun. Für niemanden sonst. Er hatte mich schon viel zu oft aus der Scheiße gerettet und ohne ihn wäre ich womöglich gar nicht mehr im Geschäft und würde mit meiner Mom unter einer Brücke leben. Deshalb schlug ich ein, als er mir eine Hand hinhielt, ging auf ihn zu und klopfte ihm auf den Rücken. »Dann besprechen wir das Morgen nochmal in aller Ruhe mit den anderen. Ich muss jetzt erstmal aus den Klamotten raus«, sagte ich und lief in Richtung der Tür.

»Okay«, hörte ich es lachend hinter mir und stoppte abrupt.

»Eins möchte ich allerdings schon einfordern. Wenn ich dort hingehe, möchte ich eine Abschiedsparty. Genau hier! Mit einem fetten Barbecue draußen vor der Scheune und der fucking Band, die zu meinen Ehren spielt. Hast du verstanden?« Der Platz zwischen der Scheune und dem angrenzenden Wald machte sich hervorragend für solche Anlässe, die es bisher noch nicht gegeben hatte. Also wieso kein Exempel statuieren? Das sollte ich Blake wert sein. Nicht, dass ich dort draufgehen sollte und sich niemand mehr an den Penner erinnerte, der so verrückt war, sich bei einem verfeindeten Clan einzuschleusen.

ZWEIUNDDREISSIG

SCOTT

»WIESO HAST du ihm das durchgehen lassen?«, stöhnte ich genervt und nahm einen Schluck von dem Whiskey in meiner Hand. Heute brauchte ich definitiv etwas Stärkeres als Bier. Erst zuckte Blake mit den Schultern, dann plötzlich kam Bewegung in seine Gesichtszüge. Seine Mundwinkel verzogen sich zu einem breiten Grinsen.

»Ich hab nichts gegen Partys …«, stieß er hervor und ich sah ihn mit hochgezogenen Augenbrauen von der Seite aus an. Blake hatte die Zentrale der Scheune ausräumen lassen und daraus eine wahre Partylocation gemacht.

»Ist ja nicht so, als würde er nicht wiederkommen«, brummte ich und verdrehte anschließend die Augen.

»Wenn du damit verschleiern willst, dass du dir verdammt nochmal Sorgen um den Mistkerl machen wirst, dann machst du es verflucht schlecht.« Fuck.

»Ich versteh einfach nicht, wieso du nicht mich da reinschickst«, brachte ich zwischen zusammengepressten Lippen hervor, danach benetzte ich meinen Mund mit dem Alkohol und hoffte, dass bald ein dumpfes Gefühl eintreten würde.

»Scott, du bist meine rechte Hand. Das haben wir die letzten Tage schon durchgekaut.« Nachdem ich vor drei Tagen die Nachrichten von Blake gehört hatte, hatten wir mächtig diskutiert. Klar, ich war seine rechte Hand, aber ich war es auch nicht ohne Grund. Craig tat jeder Tod leid, ich hingegen tötete, weil ich die beschützen wollte, die ich liebte. Weil irgendjemand den Müll beseitigen musste und ich der Beste in diesem Job war. Ich wollte nicht, dass Craig etwas passierte. Er bedeutete Chloe viel und sie sollte nicht leiden. Außerdem wollte ich vermeiden, dass sie ins Visier unserer Feinde geriet.

»Bei Pablo haben wir zum größten Teil immer gewusst, woran wir sind, hier tappen wir im Dunkeln. Ihn dort hereinzuschicken, könnte in einer Kamikaze-Aktion enden«, griff ich trotzdem wieder das Thema auf. Blake warf mir einen scharfen Blick zu. Er mochte es nicht, wenn jemand seine Ansagen in Frage stellte. Immerhin gehörte ihm der Clan und jeder andere hätte nun schon eine Waffe am Schädel. So oft, wie ich ihm ans Bein gepisst hatte wegen der Sache. Aber ich war sein bester Freund und konnte mir somit ein wenig mehr leisten. Was nicht bedeutete, dass er sich meinen bitteren Tod nicht gerade innerlich vorstellte.

»Und genau deshalb muss Craig da rein. Er muss mehr herausfinden. Und, Scott, du bist ein guter Killer, aber definitiv kein guter Redner. Bis dir jemand Geheimnisse anvertraut, sind wir alle tot.«

»Außer ich halte ihnen mein Messer an die Kehle«, erwiderte ich amüsiert und sah nur, wie sich mein bester Freund mit der Hand durchs Gesicht fuhr.

»Versuch einfach, die Party zu genießen.« Direkt kamen mir wieder Chloes Worte in den Sinn. Wieso waren eigentlich alle der Meinung, dass ich mal Dampf ablassen müsste? Ich presste die Lippen aufeinander, nickte und führte das Glas erneut an meine Lippen.

Mein Blick glitt über die Tanzfläche, während Blake seine Hand auf meine Schulter legte und sie leicht drückte, bevor er verschwand. Wahrscheinlich zu meiner Schwester, um den restlichen Abend mit ihr zu verbringen. Denn seit der ganzen Scheiße hatte ich das Gefühl, dass sich die beiden zu selten sahen. Vielleicht weil Blake versuchte, sie zu beschützen, oder einfach, weil er zu viel unterwegs war. Aber das hier sollte ein Abend werden, an dem die Sorgen vergessen wurden. An dem nicht daran gedacht wurde, was draußen lauerte. Mein Augenmerk richtete sich auf Chloe. Ich sah ihr beim Tanzen zu, wie sie ihre Arme in die Höhe gestreckt hielt und ihre Lider geschlossen blieben. Sie fühlte die Musik. Eine Weile betrachtete ich sie. Erneut dachte ich an ihr Schlafzimmer zurück. Ihre Worte. Die Nähe. Die Vertrautheit, die sie ausgestrahlt hatte. Und an die Kette, welche zwischen ihren Brüsten geklemmt hatte, als ich es ihr besorgt hatte. Vielleicht wurde es Zeit, ihr zumindest die Chance einzuräumen, mir aus dem Weg zu gehen. Ich sollte mich von ihr fernhalten. Nur zuschauen, nicht handeln. Immerhin könnte es sich als ein Fehler herausstellen. In der Sekunde, in der ich sie endgültig in mein Leben ließ, brachte ich sie in Gefahr. Und musste damit klarkommen, ständig mit Angst erfüllt zu sein, ihr könnte etwas passieren. Es könnte sie alles kosten.

Sei einmal egoistisch.

Missmutig schüttelte ich über meinen eigenen Gedanken den Kopf, genehmigte mir einen größeren Schluck und hoffte, die Flausen in meinem Schädel somit zu vertreiben. Trotzdem starrte ich sie weiterhin an, betrachtete ihre Bewegungen und blieb mit dem Blick an ihre Hüften hängen, in die ich mich hineinkrallen wollte, um sie fest an mich zu ziehen. Fuck. Es gab gar nicht die Option, ihr fernzubleiben. Nicht mehr. Nicht, nachdem ich sie geschmeckt hatte. Mir sollten die Konsequenzen für meine Entscheidung nicht egal sein. Doch zum ersten Mal verstand ich, was Blake wohl empfunden hatte. Ich hatte ihn immer für einen Volltrottel gehalten, dafür, dass er sich meiner Schwester genähert und sie in Gefahr gebracht hatte. Dass er sie all unseren Feinden auf dem Silbertablett präsentiert und unsere Freundschaft gefährdet hatte. Weil *ich* es immer geschafft hatte, mich zu kontrollieren. Weil *ich* mich selbst damals dazu gezwungen habe, die einzige Person, die mir außerhalb meiner Familie etwas bedeutete, wegzustoßen. Nur um es heute nicht mehr tun zu können. Scheiße. Ich konnte nicht mehr so standhaft bleiben. Verdammt, es war gefährlich. Vielleicht würde es uns beiden alles kosten. Aber lieber sollte die Menschheit bluten, als dass ich hier länger ohne sie stand.

Bevor ich die Kontrolle über meinen Körper tatsächlich verlor, ballte ich die Hände zu Fäusten und knallte das Glas hinter mir auf den Tisch. Dann bewegte ich mich durch den Raum. Ich tanzte nicht gerne. Eigentlich nie. Und doch strich wenige Sekunden später meine Hand über Chloes Rücken. Augenblicklich machte sie sich total gerade, drehte sich herum und fixierte mich mit einem überraschten Gesichtsausdruck. »Scott?«, hakte sie unglaubwürdig nach, als würde sie vermuten, auf eine Fata Morgana gestoßen zu sein. Ich verstand es. Immerhin hatte ich mich nicht oft von meiner extrovertiertesten Seite gezeigt. Umgänglich war ich auch wirklich nicht, aber irgendwas schien Chloe an mir zu finden. Keine Ahnung, was das sein sollte. Automatisch legte ich meine Hände auf ihre Taille, zog sie näher an mich heran und bewegte mich etwas zurückhaltend zu der Musik. »Du tanzt nicht oft, oder?«, wisperte sie leise in mein Ohr, nachdem sie sich auf Zehenspitzen gestellt hatte, und ein Schmunzeln lag in ihrer Stimme.

»Stimmt. Aber ich probiere gerade mal etwas Neues aus«, bestätigte ich ihre Vermutung, als sie sich herumdrehte und ihr Rücken an meinem Oberkörper lag. Ihre Hände legten sich auf meine, sie gab den Takt vor und ich folgte ihm. Ihr Körper an meinem fühlte sich so wunderbar warm an. So nah an meinem. Direkt presste sich sie noch mehr an mich und ich spürte, wie mein Schwanz langsam anschwoll durch ihren prächtigen Hintern, der sich weiterhin im Rhythmus bewegte. Ihr Duft erinnerte mich daran, wie intensiv es letztens zwischen uns bei Craig gewesen war. Und bei ihr danach zu Hause. Wie sehr ich sie jetzt schon wieder wollte und dieses Mal, ohne zu zögern. »Vielleicht finde ich Tanzen doch gar nicht so schlecht«, flüsterte ich dicht an ihrem Ohr, bevor ich sie sanft darauf küsste. Spielerisch nahm ich ihr Ohrläppchen zwischen die Zähne und Chloe warf ihren Kopf leicht zurück. Sie seufzte leise auf, biss sich auf die Lippe. Fuck, ich hätte mich nicht so lange dagegen wehren sollen. Ich hätte von Anfang an wissen müssen, dass ich aufs Neue an diesen Punkt gelange, wenn ich Chloes Nähe abermals zulasse. Was machte mich in Bezug auf sie nur so schwach? Die Sehnsucht? Die Vergangenheit, die wir miteinander teilten? Der Punkt in meinem Leben, wo alles noch ein kleines Fünkchen normal wirkte? Mein Herz? Oder war es ihres, was mich dermaßen den Verstand kostete?

»Und ich hätte gedacht, ihr verkriecht euch nur im Dunkeln«, hörte ich eine amüsierte Stimme, die dafür sorgte, dass ich von Chloe abließ. Jedenfalls, was meinen Mund anging, denn ich blieb trotzdem dicht an sie gepresst. Craig fixierte uns mit einem interessierten Gesichtsausdruck. Er stand direkt vor uns und kam sogar noch näher, womit Chloe wie ein Stück Papier zwischen uns gepresst wurde. Stürmisch presste er seine Lippen auf ihre und sah mich dabei an. Wahrscheinlich wartete der Penner meine Reaktion ab, ob ich ihn wegstieß oder einfach wortlos verschwand. Allerdings blieb ich stehen, selbst als sie in den Kuss keuchte und er ihr erregt seine Zunge in den Mund schob. Während er sie küsste, bewegte sich ihr Arsch gegen meinen Schwanz. Ich fuhr mit meiner Hand über ihre Haare, schob sie zur Seite, bevor ich sie um meine Faust wickelte und zurückzog. Ein leises Stöhnen stieg aus ihrer Kehle und ich legte meine Lippen auf ihren Hals. Verlangend verteilte ich Küsse auf ihrer Haut, strich mit der anderen Hand über ihren Oberarm und wanderte dann über ihren Bauch. Mir wurde unvorstellbar heiß und fuck … ich sah, dass es den beiden anderen ebenfalls so erging. Ich wusste nicht genau, was ich hier tat, aber es fühlte sich unglaublich gut an.

»Wie wäre es, wenn wir die Party woanders hin verlegen?«, raunte Craig gegen ihre Lippen, sein Blick immer noch auf mich gerichtet. »Aber dieses Mal werde ich mich nicht im Hintergrund halten, Scott«, fügte er hinzu und ich nickte. Mir war klar, dass ich sie nicht allein besitzen konnte. Craig gehörte ebenso zu ihr wie ich. Sie waren unzertrennlich, zwei Hälften eines Ganzen. Das musste ich wohl oder übel akzeptieren – auch wenn ich noch nicht ganz wusste, wie ich damit auf Dauer klarkommen würde. Aber jetzt wollte ich erst einmal nicht daran denken. In diesem Moment spielte es keine Rolle.

Meine Finger schlossen sich um ihr Kinn, dann zog ich an ihren Haaren, damit ihr Mund hart auf meinen prallte. Wild küsste ich sie, schob ihr meine Zunge zwischen die Lippen. Aus dem Augenwinkel sah ich, wie Craig seine Hände an ihre Hüften gelegt hatte, sich nah an sie presste und ihr Dekolleté mit seinen Lippen bedeckte. »Willst du uns beide?«, raunte ich mit tiefer Stimme und trennte dabei für einen Augenblick unsere Zungen.

Sie musste mir gar nicht antworten. Ihr Blick verriet alles.

DREIUNDDREISSIG

CHLOE

GEMEINSAM BETRATEN wir einen Gang im oberen Stockwerk mit dunkelroten Wänden, an denen viele Gemälde hingen, in dem man nichts mehr von der Party mitbekam. Irgendetwas sagte mir, dass das nicht Blakes Geschmack traf, sondern es eher noch von der Zeit von dem Vorbesitzer der Scheune stammte. »Warum sind wir nicht unten in einen der Nebenräume gegangen?«, hakte ich leise nach, während ich hinter Scott lief. Craig befand sich neben mir und blickte mich mit einem schiefen Grinsen von der Seite an.

»Weil Scott nicht riskieren will, dass jemand hereinplatzt und dich so sieht, wie er will, dass nur *wir* dich sehen«, beantwortete Craig mir meine Frage, beugte sich dafür näher zu mir, sodass sein Atem meine Haut traf. Ich wusste nicht, was mir in dem Moment das heißere Prickeln verschaffte. Seine Worte oder die Nähe. Nach ein paar Schritten standen wir bereits vor einer Zimmertür. In dem Abteil des Clans war ich noch nie gewesen. Allerdings hatte ich mich hier auch selten herumgetrieben. Eher vor dem Eingang, um Aylin oder Craig abzuholen. Im Inneren hatte ich mich erst zwei Mal befunden, und das sehr kurz, und bis heute nie gedacht, dass ich je mehr sehen würde.

»Also sind die unteren Nebenräume für jeden zugänglich?«, kam es interessiert von mir. Auch wenn mein Körper von Lust überflutet wurde, schoss durch mich immer noch die Neugier.

»Ja, dort spielt sich das ganze Leben ab. Männer vergnügen sich mit Prostituierten, Handel werden geschlossen oder Lieferungen angenommen. Hier oben dürfen sich nur Blakes engste Leute aufhalten und zu denen gehören Scott und ich …«, wieder beugte er sich näher zu mir und berührte mit seinen Lippen meine Ohrmuschel.

Scott drückte die Tür vor uns auf, betrat den Raum und ich lief hinterher, während ich mich umsah. Nachdem auch Craig hereingekommen war, drückte ich die Tür zu und lehnte mich dagegen. Abgesehen von einigen Stühlen an den Wänden und einem Bett befand sich nichts in dem Zimmer. Eine doppelseitige Tür führte zu einem Balkon und ließ Licht hinein. Lange konnte ich jedoch nicht durch sie ins Freie schauen, denn Craig zog die Vorhänge zu.

Langsam stieß ich mich von der Wand ab, tapste durch den Raum, weil ich nicht wie angewurzelt herumstehen wollte. Trotzdem war die Situation neu für mich, anders als beim letzten Mal, da ich mich bewusst in die Lage gebracht hatte. Doch genau wie damals auf der Party hieß es hier wohl auch: Kopf ausschalten und genießen. Somit streifte ich mir langsam mein Top ab und ließ es auf den Boden fallen, bevor ich den Knopf meiner Jeans öffnete und mich ihr ebenfalls entledigte.

Dabei spürte ich durchgehend die Blicke der beiden auf mir. Hitze schoss durch meinen Körper.

Scott bewegte sich zuerst auf mich zu, zog sich dabei das schwarze T-Shirt aus und warf es achtlos auf den Boden. Ich setzte mich aufs Bett, seine Hände legten sich neben meinen Seiten aufs Laken und er beugte sich so nah an mich, dass ich beinahe seine Lippen auf meinen fühlen konnte. »Bist du dir sicher?«, hauchte er dagegen und mein Herzschlag beschleunigte sich. Nicht, weil ich Bedenken hatte, sondern weil er eben einfach Scott war und ich in seinem Blick lesen konnte, dass er wie ein Tier über mich herfallen wollte. Und trotzdem hielt er sich zurück. Nur, um sicherzugehen, ob ich das hier wollte. Craig war sich hingegen sehr sicher, die Antwort zu kennen, denn von ihm hörte man nur ein belustigtes Schnauben, bevor er sich von der Wand abdrückte und ebenfalls zu uns herüberschlenderte. Ich legte als Erwiderung auf Scotts Worte meine Hand auf seinen Oberkörper, strich über seine Muskeln und leckte mir über die Unterlippe, bevor ich meinen Blick wieder zu Craig streifen ließ. Auch dieser hatte sich nun seinem T-Shirt und seiner Hose entledigt. Ich keuchte, als beide so vor mir standen und Craig seine Hand über meinen Oberarm wandern ließ.

»Komm schon, Scott. Du. Ich. Unser Mädchen«, raunte Craig und seine Worte hörten sich in meinen Ohren viel zu gut an. Niemals hätte ich gedacht, in eine solche Position zu kommen, und nun wollte ich nicht mehr raus. Meine Mitte fing an zu pulsieren, ich konnte kaum noch einen klaren Gedanken fassen. Ich schmolz förmlich dahin vor Verlangen.

»Ich brauche euch beide jetzt. Ich brauche euch komplett«, wisperte ich leise. Das waren die einzigen Worte, die ich noch herausbrachte, bevor mich Scott mit einer einzigen Bewegung zurückstieß und ein: »Okay, verdammt«, von sich gab. Danach pressten sich Lippen auf meine, aber es waren nicht seine, sondern Craigs. Das spürte ich sofort, ohne meine Augenlider aufzuschlagen, die ich geschlossen hatte, sobald mein Rücken das Laken berührt hatte. Ich keuchte in den Kuss. Gleichzeitig legte sich Scotts Mund auf meinen Hals, fuhr weiter zu meinen Brüsten. Craigs Hand bewegte sich zu meinem Rücken, um meinen BH zu öffnen und Scott den Weg freizumachen.

Dann glitt seine Zunge über meine entblößten Brüste. Stöhnend wand ich mich unter ihm, presste mich ihm entgegen und nahm dabei umso mehr seine harte Erregung wahr, die noch in der Jeans gefangen war. Weshalb meine eine Hand anfing, sich an Scotts Hose zu schaffen zu machen, und die andere über Craigs Brust fuhr. Mit ein paar Griffen hatte ich seinen Schwanz aus den Boxershorts befreit, bewegte meine Hand langsam auf und ab. Er stöhnte tief. Ich fühlte Craigs Finger, die von meinem Rücken zu meiner Hüfte und in meinen Slip wanderten. Deutlich merkte ich, wie ich mit jeder Sekunde feuchter wurde und lauter in den Kuss stöhnte, als Craig über meine Mitte fuhr.

Sanft drang er einen winzigen Augenblick in mich ein, um die Nässe zu verteilen und über meine Perle zu reiben, nur um das Ganze zu wiederholen. Weiter massierte ich in unregelmäßigen, schneller werdenden Bewegungen Scotts Schwanz. Unsere Geräusche vermischten sich in dem Raum, wurden hemmungsloser und immer lauter. Craigs Stöhnen an meinem Mund, Scotts an meinen Brüsten und meines, das sich immer wieder mit Craigs Atem vermischte. Ich öffnete meine Lider. Zwei Augenpaare fixierten mich, betrachteten mich voller Verlangen. Jeder auf seine Weise brachte mich um den Verstand. Ich saß sowas von in der Falle. Scotts Hände legten sich an meine Hüften, Craig entfernte seine Hand von meiner Mitte, fuhr über meinen Körper, zwischen meine Brüste und legte seine Finger sanft an mein Kinn. »Sieh mich an«, verlangte er und leckte sich über die Lippen. »Ich will jeden Fetzen von deiner Lust mitbekommen, wenn er dich fickt.« Ein weiteres Kribbeln durchjagte mich und ich tat, was er sagte. Es turnte mich an, brachte mich ein weiteres Mal um den Verstand, als ich die Spitze von Scotts Schwanz an meiner Mitte spürte und er mit einem Mal tief in mich stieß. Ein Stöhnen kam aus meiner Kehle. Craig musterte mich, fing jede Reaktion von mir auf, als würde er genau sehen wollen, wie geil ich es fand, von Scott gefickt zu werden. Dann beugte er sich zu mir herunter, leckte mit seiner Zunge über meinen Hals, während seine Hand meine Brust umfasste. Scotts Finger krallten sich dabei in das Fleisch von meinem Hintern, brachten mich noch mehr in Position und er rammte sich wieder und wieder in mich. Dabei spürte ich Craigs Schwanz an meinem Bein und fragte mich, wann er sich die Boxershorts ausgezogen hatte. Doch mein Kopf drehte sich und meine Fähigkeit, zu denken, hatte sich schon lange verabschiedet. Mit meiner Hand griff ich nach seiner Erektion, fuhr über seinen Schaft und übte sofort Druck aus. Kein langsames Vorspiel. Ich verteilte seine Lusttropfen und fuhr mit meiner Hand auf und ab. Sein Grollen prallte an meine Nippel, Scotts an meinen Nacken und ich gab selbst ein ausgedehntes, lautes Stöhnen von mir. Ich fühlte mich, als hätte mich jemand in einen Vulkan gestoßen, nur ohne das furchtbare Ende. Obwohl ich nicht wusste, ob von mir nicht auch nur Asche zurückbleiben würde. Scott rammte sich härter und schneller in mich und ich pumpte Craigs Schwanz. Meine Mitte zog sich immer mehr zusammen, die Explosion war kurz und heftig und ich stöhnte jeweils die Namen der beiden, woraufhin von beiden gleichzeitig ein: »Fuck«, zu hören war, bevor ich Scotts Lippen auf meinen spürte und er mich hart küsste, während ich seine Hand an meinem Hals wahrnahm. Abermals keuchte ich, er reizte weiter meinen Körper, während noch die letzten Wellen meines Höhepunkts abebbten. Wild und hemmungslos drang er mit seiner Zunge in meine Mundhöhle, stöhnte in den Kuss, bevor er sich in mir ergoss. Gleichzeitig spürte ich auch Craigs Erlösung an meinem Bein. Mein Puls raste, mein Brustkorb hob und senkte sich schnell, aber ich sah, dass es den Jungs auch so ging. Scott löste sich von meinen Lippen, hauchte mir einen Kuss auf den Hals, während Craig mir einen zärtlichen Kuss auf die Unterlippe gab.

Doch der Sturm in mir ließ noch nicht nach. Meine Haut kribbelte und auch Jungs waren weiterhin hart. Kurz schnappte ich nach Atem, als sich Craig neben mir auf das Bett fallen ließ, sich zu mir beugte und eine Linie aus heißen Küssen auf meinem Dekolletee verteilte. Sofort stellten sich meine Nippel auf und zwischen meinen Beinen kribbelte es, sodass ich meine Oberschenkel zusammenpresste und den nächsten Orkan in meinem Inneren willkommen hieß. Er massierte meine Brüste, strich sanft an ihnen entlang und ich genoss seine Berührungen in vollem Umfang. Dabei starrte ich Scott in die Augen, dessen geweitete Pupillen mir verrieten, wie erregt er war. Lustvoll leckte er sich über die Lippen, nahm seinen Schwanz in die Hand und pumpte ihn. Ich hatte vorhin meine Worte ernst gemeint, als ich gesagt hatte, ich brauchte sie beide gleichzeitig, weshalb ich mich rasch aufrichtete und rittlings auf Craig setzte. Seine heiße Härte drückte sich gegen meine feuchte Mitte, ich rieb mich daran und grinste, als er meine Hüften fest packte und kehlig aufstöhnte. Von hinten spürte ich Scotts Präsenz, der sich wohl auf die Matratze gekniet hatte, und ließ meinen Hinterkopf gegen seine Schulter sinken, als er mit seinen Händen um mich herumgriff und meine Brüste bestimmend massierte. Gott, ich wurde bald wahnsinnig. Wie viel Lust konnte ein Mensch aushalten? Ich wollte schreien und um mich schlagen, bis ich endlich von den beiden meinen Frieden bekam. Meine Klit pochte, sehnte sich nach dem nächsten Reiz, dem sich Craig automatisch widmete, als hätte er meine Gedanken gelesen. Er massierte sie und schaute dabei zu meinen Brüsten. Es war ihm ihn Gesicht geschrieben, wie sehr es in anturnte, dass ich gleichzeitig auch von Scott in eine andere Sphäre gelockt wurde und, verdammt … es war der Himmel auf Erden. Jeder Berührung entlockte mir ein heiseres Stöhnen und ich spürte, dass der nächste Orgasmus nicht weit entfernt war. Ich hielt es nicht mehr aus, wollte sie beide in mir und richtete mich selbstsicher auf. Ich griff nach Craigs pulsierendem Schwanz, positionierte ihn an meiner Mitte und ließ mich quälend langsam auf ihn sinken, während er mich dehnte und zuletzt meinen empfindlichen Punkt traf. Scotts Griff wurde fester, er kam näher, sodass ich seine Härte an meinem Rücken spüren konnte. Craig kam mir mit seiner Hüfte entgegen und ich beschleunigte meine rhythmischen Bewegungen und ritt ihn unersättlich. Unser Stöhnen schallte von den Wänden, mir wurde unendlich heiß und einige Strähnen lösten sich aus meinem Zopf. Craig rammte sich grob in mich, ich schrie auf und erschrak zugleich von den Küssen in meiner Halsbeuge. Es war nicht genug für mich, ich wollte so viel mehr und zog Scott hinter mir näher an mich, während mich Craigs Schwanz aufspießte, meine feuchten Wände stimulierte und meine Klit über seine warme Haut rieb.

»Ich will euch beide«, hauchte ich erneut, blickte hinunter zu Craig, der mich sogleich im Nacken packte und heftig küsste. Seine Zunge drang bestimmend in meinen Mund ein, unsere Zähne prallten aufeinander und es wurde hemmungsloser denn je. Wir hatten schon immer eher wilden Sex gehabt, aber das hier war mit nichts zu vergleichen. Diese angespannte Stimmung, weil jeder von uns nach mehr gierte, war kaum zu ertragen. Ich bewegte mein Becken schneller, ließ Craig etwas aus mir herausgleiten, um ihn dann wieder mit rauen und fast schmerzhaften Stößen in mich eindringen zu lassen. Er fickte mich um den Verstand, als hätte es all die vielen Male davor nicht gegeben. Wir betraten heute eine völlig neue Ebene der Lust, die ich nicht für möglich gehalten hatte. Aber gerade davon ließ ich mich nur allzu gerne eines Besseren belehren. Hinter mir vernahm ich Geräusche und spürte einen kalten Luftzug. Scott zog sich aus. Gott, wie lange wollte er mich noch zappeln lassen?

Keine Minute später löste sich Craigs andere Hand von meiner Hüfte und glitt zu meinen Brüsten, während Scott plötzlich anfing, meine Pobacken zu kneten. Gleich passierte es. »Tu es endlich«, richtete ich mich an Scott, indem ich den Kopf etwas zur Seite bewegte, und japste bei Craigs nächstem Stoß auf. Mein Hintern ragte quasi zu Scott, seitdem ich mich mit dem Oberkörper direkt über Craig befand, der anfing, nacheinander an meinen harten Knospen zu saugen. Ein Finger glitt durch meine hintere Spalte, massierte meine Rosette und tauchte für einen Moment einige Millimeter ein.

»Fuck«, kam es lüstern von mir, ehe ich den Kopf in den Nacken warf. Wenn allein diese Berührung mich in Ekstase brachte, was passierte dann, wenn –

»O ja«, schrie ich auf, nachdem sich Scott kurz von mir gelöst und scheinbar seinen Finger befeuchtet hatte, komplett mit diesem in mich eintauchte und anfing, mich langsam zu dehnen. So gut es ging, drängte ich mich ihm entgegen, während Craigs Schwanz mich weiterhin penetrierte.

»Gefällt dir das?«, raunte mir Scott ins Ohr und sein heißer Atem brachte mich um den Verstand. Wir mussten gerade aussehen wie ein verdammtes Sandwich. Craig unter mir und Scott, der sich über mich lehnte.

»Fick mich endlich«, antwortete ich bestimmend und wollte, dass es endlich passierte. Dass mich beide Männer, denen ich mehr als jedem anderen vertraute und für die ich Gefühle hegte, ausfüllten. Scott lachte heiser, richtete sich auf und legte mir eine Hand auf den

Rücken, ehe ich bemerkte, wie mein hinterer Eingang noch weiter gedehnt wurde, und ich mich aufbäumte. Craig erstickte mein schmerzhaftes Stöhnen mit einem Kuss, grinste in ihn hinein und, ja, der Druck, der sich gerade in mir durch die doppelte Penetration aufbaute, war unerträglich. Aber ich genoss das Ziehen und den Schmerz, gepaart mit der Reibung an meiner Perle und dem Necken meiner harten Brustwarzen. Alles verschmolz zu einem, und als ich mich langsam an Scotts großen Schwanz gewöhnt hatte, fing er an, sich zu bewegen. Mir kam kein Laut über die Lippen, obwohl diese offen standen, denn ich war gefangen in dieser Mischung aus Euphorie, Lust und hemmungsloser Berührungen. Sie füllten mich komplett aus und dehnten mich, während sie mich beide mit ihren groben Stößen befriedigten.

Die Jungs stöhnten beide mit jeder Bewegung mehr auf, Craig packte mich im Nacken und schaute mir intensiv in die Augen. »Sieh mich an …«, flüsterte er und es schien ihn tierisch anzumachen, zu wissen, dass mich noch ein anderer Schwanz ausfüllte. Meine Nippel fuhren an seiner erhitzten Haut entlang, ich fühlte die Wärme in meinen Wangen und versank in Scotts immer härter werdenden Bewegungen. Craig schien etwas Kraft herauszunehmen, wohl, weil er ebenfalls kurz davor war, abzuspritzen, und es sich aber nicht nehmen lassen wollte, dass wir alle drei gleichzeitig kamen.

»Ich, ich –«, fing ich an, doch konnte meinen Satz nicht zu Ende bringen, während Scott meine Pobacken auseinanderzog und seinen Schwanz immer und immer wieder in mich rammte. »Ah!«, entkam es mir lauthals. Ich krallte meiner Fingernägel in Craigs Oberarme, ritt ihn heftiger als zuvor und gab mich meinem Orgasmus vollends hin, der mich so stark überrollte, dass mir für einen kurzen Moment schwarz vor Augen wurde. Die Jungs pumpten sich weiter in mich und ich bemerkte ihre Hände auf meinem Körper, als sich kurz darauf beide mit einem letzten Stoß in mich drängten und sich in mir ergossen. Wir verharrten ineinander verschlungen in der Position. Scott hatte sich nach seinem Orgasmus auf meinen Rücken niedergelassen und ich spürte seinen Atem in meinem Nacken. Mir dröhnte der

Kopf, jeder Körperteil tat mir weh und ich setzte all meine Habseligkeiten darauf, wund zu sein. Aber das war es mir wert gewesen. Diese Befriedung von meinen tiefsten Gelüsten, die dank der Jungs entfacht worden waren.

Wir rangen alle drei nach Atem, als sich Scott zuerst von mir löste und ich direkt seine Nähe vermisste. Kurz darauf ließ ich Craig aus mir herausgleiten und sank neben ihm in die Kissen. Ich war nicht fähig, etwas zu sagen oder gar mich aufzurichten, sondern wollte nur die Nachwehen genießen und für einen Moment die Augen schließen. Es war ein Fehler gewesen, mit beiden gleichzeitig zu ficken. Nicht im negativen Sinne, aber jetzt wusste ich, dass ich unaufhaltsam süchtig nach den beiden war.

VIERUNDDREISSIG

CRAIG

Blake, Scott und ich waren den Plan, mich bei diesem James einzuschleusen, noch einmal bis ins kleinste Detail durchgegangen, ehe ich mich darangesetzt hatte, mir eine komplett neue Identität auszudenken. Um der Pestratte näher zu kommen, hatte ich allerdings nicht viel Zeit verstreichen lassen und mich, so wie es Travis erzählt hatte, täglich vor dem AMC-Kino in der Nähe des Navy Piers herumgetrieben. Zu jeder Zeit, bei jedem Wetter. Ich kam mir etwas dumm dabei vor und die Leute starrten mich unentwegt an, wenn sie aus den Sälen stürmten und ich immer noch vor dem Gebäude stand. Zwar kamen auch mal welche vorbei und quatschten etwas mit dem Kassierer in seinem Häuschen, doch meistens verschwanden sie nach einigen Minuten wieder. Ich hielt Ausschau wie ein Luchs und überlegte, ob Rafael schon längst unter ihnen gewesen war. Vielleicht wäre es schlau gewesen, den kleinen Bastard nach seinem Aussehen zu fragen. Fiel mir leider nur viel zu spät ein, schließlich war Travis schon längst begraben.

An meinem vierten Tag vor dem Kino holte ich mir im Imbiss nebenan etwas zu essen, setzte mich davor auf einen der Klappstühle neben einem wackeligen Tisch und aß genüsslich mein Sandwich. Meine Laune war bereits im Keller, mir ging alles und jeder auf den

Sack, der mich auch nur ansatzweise komisch von der Seite anschaute. *Leckt mich alle …*

Fuck, ich konnte währenddessen nicht einmal Kontakt zu Blake, Scott oder den anderen aufnehmen – für den Fall, dass ich erfolgreich war und womöglich gefilzt wurde. Sobald eine Verbindung zu Blake hergestellt werden würde, würde mein Kopf aber sowas von rollen. Nicht einmal zu Chloe hatte ich Kontakt. Weder per Anruf noch per Nachrichten oder Rauchzeichen. Bei ihr würden sie vielleicht keinen Verdacht schöpfen, aber genauso wenig wollte ich, dass sie in deren Fadenkreuz geriet. Ich biss ein großes Stück des Sandwichs ab, kaute es und schaute dabei mit halb gesenkten Lidern auf den Boden, als zwei Schuhe in meinem Blickfeld auftauchten. Sofort versteifte sich mein Körper, jedoch richtete ich mich langsam und weniger beeindruckt auf und schaute in zwei leere, ausdruckslose Augen. Ein mir unbekannter Kerl stand vor mir. Tiefsitzende dunkelblaue Jeans, weißes Tanktop und einen Haufen Goldketten, die um seinen Hals hingen. Direkt auf seinem Kehlkopf prangte ein Tattoo einer blutenden Rose. Wenn mich nicht alles täuschte, dann …

»Ich hab dich beobachtet«, wurde ich mit eiskalter Stimme angesprochen. Okay, ein Hallo wäre wohl zu viel gewesen. Wobei, in Clans herrschte eben ein ganz anderer Umgangston. Ich war nur verwöhnt. Dass ich das mal sagen konnte.

»Aha, und wer genau bist du?«, erwiderte ich trocken und noch mit vollem Mund, ehe ich herunterschluckte und den nächsten Bissen nahm.

»Muss ich dir das wirklich beantworten, wenn du vier Tage lang vor diesem Kino standest? Ich denke, du weißt ganz genau, wer ich bin.« Volltreffer. Also hatte er mich tatsächlich beobachtet? Von wo? Ich hatte nichts Auffälliges bemerkt. Entweder er hatte er sich in einem der vielen Imbisse in der Nähe aufgehalten oder … Moment. Mir fiel die rote Familienkutsche mit den hinteren verdunkelten Scheiben ein, die ich einige Male vorbeifahren gesehen hatte. Ich war der Meinung gewesen, der ältere Kerl hinter dem Steuer wäre einfach nur auf dem Weg zur Arbeit gewesen. Fuck, okay. Der Kerl war gerissen. Eigentlich hätte ich selbst darauf kommen können, so, wie der Typ während des Fahrens umhergeschaut hatte. Auf meiner Stirn machten sich kleine Fältchen breit, als ich weniger überrascht nur nickte.

»Ah, okay«, kam es mir leise über die Lippen, »hat es Spaß gemacht, mich zu beobachten? Hättest du dich nicht eher bemerkbar machen können?« Rafael lachte und legte dabei seinen Kopf in den Nacken.

»Na klar, als wäre es völlig ungefährlich mitten in Chicago wie ein blinkendes Neonleuchtschild am Straßenrand zu stehen und darauf zu warten, dass ihr Bastarde auf der Suche nach schnellem Geld seid. Außerdem zeig ich mich nicht gleich, weil einer für ein paar Stunden dort steht. Du könntest sonst jemand sein.«

»Und das bin ich jetzt etwa nicht mehr?« Ich lugte an Rafael vorbei und entdeckte ein paar Meter hinter ihm einen weiteren Kerl, der zwar so tat, als würde er telefonieren und sich die Gegend anschauen, doch ich wettete mit ziemlicher Wahrscheinlichkeit darauf, dass er einer seiner Männer war.

»Das müssen wir noch herausfinden. Wie ist dein Name?«

»Dean. Dean Schmidt«, antwortete ich blitzschnell, stopfte mir das letzte Stück Sandwich in den Mund und knüllte das Papier in meinen Händen zusammen, bevor ich es in den Mülleimer neben mir warf. Rafael begutachtete mich von oben bis unten. Dachte er vielleicht, dass es mir auf der Stirn stehen würde, wenn ich ihn beschiss? Wohl kaum. Er wusste nicht ansatzweise, wie gut mein Pokerface sein konnte. Ich lebte meine neue Identität bis ins letzte Detail.

»Woher?«

»Westchester.« Auf die Antwort war ich wirklich stolz, denn ich hatte mich zuvor natürlich informiert, woher Travis kam, damit meine Lüge in trockenen Tüchern lag. »Und bevor du mich fragst, ich bin durch meinen kleinen Bruder Travis auf dich aufmerksam geworden. Er hat mir erzählt, dass er über dich Kontakte knüpfen konnte und gesagt, ich solle mich an dich wenden, wenn ich … na ja. Kohle brauche. Nur ist er seit ein paar Tagen verschwunden und ich hab das miese Gefühl, dass der andere Clan dahintersteckt.« Rafael verzog keine Miene.

»Er hat nie von einem Bruder gesprochen.«

»Sprecht ihr denn wirklich über solche Dinge? Ich hätte gewettet, dass das nicht gerade von eurem Interesse ist, was völlig legitim ist. Er hat mir auch erst einen Tag vor seinem Verschwinden von seinem Job erzählt, da war er betrunken. Travis labert gern, wenn er viel gesoffen hat. Niemand kann ihn dann stoppen. Aber muss ich dir meine Beweggründe gleich hier erzählen? Oder geht es nun zu deinem Boss weiter? Ich wiederhole mich nämlich ungern und erzähle ihm nochmal das Gleiche«, grinste ich, stand auf und schob meine Hände in die vorderen Taschen meiner Jeans. Ich hatte absolut keine Angst vor Rafael und genau das sollte er merken. Nichts schüchterte mich ein. Weder der eiskalte Ausdruck in seinen Augen noch die Kerle, die sich in sicherem Abstand von uns aufhielten. Ich hatte sie alle gesehen. Drei hatte ich gezählt. Rafael hielt inne, zeigte keine Regung, eher er eine Zigarette hinter seinem Ohr hervorzauberte, ein Feuerzeug aus der Hosentasche zog und den Glimmstängel anzündete. Er nahm einen tiefen Zug, pustete mir den Rauch ins Gesicht und grinste, als ich nicht hustete oder mich wegdrehte. Come on, war das etwa alles?

»Irgendwie mag ich dich und gleichzeitig gehst du mir auf den Sack. Eine gute Kombi«, kam es scherzhaft von Rafael. Wenn er das sagte … Er winkte mich mit sich und mit einem Blick über die Schulter sah ich, dass sich auch seine Kollegen in Bewegung setzten. Wir liefen zu dem schwarzen Geländewagen und keiner sagte was zu mir, weshalb ich ihnen einfach weiter hinterherlief, bis mir einer die Hintertür aufhielt.

»Machen wir jetzt 'ne Spritztour, oder was?«, fragte ich, um herauszufinden, wohin es überhaupt ging. Gut, wenn sie vorhatten, mich direkt zu töten, würden sie mir sowieso nicht die Wahrheit sagen.

»Ich bring dich zu meinem Boss«, hörte ich Rafael noch sagen, als er auf der Beifahrerseite eingestiegen war und die Tür hinter sich zuzog. Alles klar, dagegen sagte ich nichts. Mal schauen, wohin es uns trieb.

Mit mulmigem Gefühl stieg ich ein, die Tür wurde zugehauen und ich fühlte mich im gleichen Moment völlig nackt. Natürlich nicht im herkömmlichen Sinne, doch ich trug weder eine Knarre noch ein Messer bei mir. Sollten sie mich angreifen, blieben mir nur meine Fäuste. Fuck. Überstand ich das hier unbeschadet, würde mir Blake so einiges schulden!

Das Auto setzte sich in Bewegung, bog an der nächsten Kreuzung ab und ich hatte mir den Weg von dem Kino bis zum Polecats mehrere Male auf Google Maps angeschaut. Deshalb war ich nicht überrascht, als wir vor einem Gebäude hielten, dessen Eingangstür aus schwarzem Glas bestand. Daneben stand ein Bodyguard und über dem Eingang prangte ein leuchtendes, blinkendes Schild. *Polecats* … na, das wurde bestimmt lustig.

Viele Clans hatten ihre Etablissements in der Stadt, ließen keine Laufkundschaft herein und wurden auch auf keiner Internetseite oder in keinem Tourguide angegeben. Der Bodyguard neben der Tür kümmerte sich hundertprozentig darum, dass niemand Falsches den Laden betrat. Wir stiegen alle aus dem Auto und statt stehen zu bleiben, bis mich einer von diesen Arschlöchern an die Hand nahm, ging ich langsamen Schrittes auf den Eingang zu, bis Rafael neben mir auftauchte und dem Türsteher zunickte. Dieser ließ uns, ohne auch nur einen Ton von sich zu geben, hinein und sofort umgab mich eine stickige und süßlich riechende Luft, die mir Kopfschmerzen verpasste. Ich folgte Rafael durch einen schmalen Gang, der durch einen schweren, in die Jahre gekommenen Vorhang vom restlichen Club abgegrenzt war. Er schob ihn mit der Hand zur Seite, ich lief an ihm vorbei und überblickte den Schuppen.

Es gab hier fünf Tanzplätze und diese waren – wie der Name des Ladens schon verriet – jeweils mit einer Poledance-Stange bestückt. Keine Ahnung, ob es noch einen weiteren Raum gab, aber ich ging stark davon aus, dass es hier auch Separees gab. Nein, es musste welche geben. Ein guter Stripclub besaß sie und mit diesem hier als Treffpunkt konnte ich absolut leben. An den Wänden befanden sich überall in gleichem Abstand Wandstrahler, die helles Licht nach oben und unten in schmalen Streifen warfen und den Raum nicht allzu stark erhellten. Die Bar im hinteren Bereich war rot und weiß beleuchtet, ebenso die Podeste. Mehr Licht gab es nicht und mehr würde auch den ganzen Reiz an der Sache nehmen. Neben der Bar führte eine Treppe ins Obergeschoss. Außerdem befanden sich hier mehrere Türen, auf denen nichts darauf hinwies, wohin sie führten. Folterkammer, Abstellkammer, Toilette und Küche. Es gab so viele Möglichkeit und schon alle hatte ich erlebt.

An drei der Stangen rekelten sich halbnackte Mädels. Zwei davon trugen nur noch ihr Höschen, was viel mehr einem Faden als einem Slip glich, und die Dritte im Bunde war splitterfasernackt. Und, fuck, ihre Titten standen wie eine Eins. Schnell lenkte ich den Blick von ihr ab, wollte mich zwischen den prallen Brüsten nicht verlieren und hörte rechts von mir schmatzende Geräusche, vermischt mit Stöhnen. Ich lugte an Rafael vorbei und entdeckte zwei Männer, die sich in einer Nische, die durch die Dunkelheit kaum einzusehen war, von zwei Nutten einen blasen ließen. Die Mädels hatten ihre Finger in deren Oberschenkel gekrallt und die Hände in ihren Nacken bewiesen, dass nicht sie das Sagen dabei hatten.

Die Männer stöhnten laut auf und kamen plötzlich schreiend, sodass ich die Augen aufriss und nicht wegschauen konnte. Was war das hier für ein Zuchthaus? Doch dem einen schien es nicht zu reichen, denn sein steifer Schwanz ruhte zwischen seinen Beinen, während er sich das Mädchen mit dem Rücken zu sich auf den Schoß zog. Ihrem schmerzerfüllten Gesichtsausdruck nach zu urteilen, hatte er die falsche Abbiegung genommen. Ich schüttelte mich unbewusst, lenkte meine Aufmerksamkeit ein weiteres Mal von diesen Leuten ab und wartete auf ein Kommando von Rafael. Er nickte in Richtung einer Tür, die links abging, lief hinter mir her, und nachdem ich die Türklinke heruntergedrückt hatte und die Holztür aufschwingen ließ, zielten plötzlich mehrere Knarren auf mich.

»Wooow«, sagte ich abwehrend, hob die Hände und direkt erschien Rafael vor mir.

»Nehmt sie runter«, befahl er und die Männer taten wie geheißen. Fuck, zu meinem Glück hatten sie nicht gleich abgedrückt. Dann wäre unser Plan komplett in die Hose gegangen. »Setz dich«, wandte sich Rafael mir zu und zeigte auf einen Tisch, der komplett frei im Raum stand. Die anderen mir unbekannten Männer saßen an einem runden schwarzen Tisch und schienen Karten zu spielen. Und mein Platz war höchstwahrscheinlich der Verhörsitz. Na super. Ich hatte weitaus Besseres zu tun, als mich so vielen Säcken vorzustellen. Wenn ich richtig gezählt hatte, waren mit mir und Rafael nun insgesamt zehn Männer im Raum. War James unter ihnen? »Ich habe jemanden dabei … okay«, hörte ich Rafael neben mir in ein Handy flüstern, ehe er auflegte und sich zu den anderen an den Tisch setzte. Keiner sagte ein Wort, und gerade als ich einen flapsigen Spruch von mir geben wollte, um diese verfickt angespannte Atmosphäre hier zu brechen, hörte ich ein weibliches Zischen. Wo kam das her? So wie der Hauptraum des Stripclubs war auch dieses Zimmer hier nur spärlich beleuchtet. Über dem Tisch hing eine runde Lampe von der Decke – mehr Klischee ging gar nicht für einen zwielichtigen Schuppen – und ehe ich mich versah, löste sich aus der Dunkelheit eine Gestalt. »Frischfleisch«, kam es zart und gleichzeitig stahlhart einer Latina über die Lippen. Sprachlos sah ich sie an. Wollte sie mir etwa erzählen, dass sie zu dieser Runde gehörte? Ihrem Blick nach zu urteilen, ja. Sie wirkte keinesfalls eingeschüchtert oder ängstlich. Respekt. Noch nie war mir eine Frau bei meinen Jobs begegnet oder zu Ohren gekommen, dass in einem Clan eine beschäftigt war. Zumindest nicht auf diese Art.

»Leckerbissen«, antwortete ich harsch, inspizierte ihre Figur und verkniff mir ein Pfeifen. Ihre schwarzen Haare, die ihr bestimmt bis zum Hintern reichen mussten, hingen ihr über die Schultern. Ihre perfekten Kurven wurden von einer enganliegenden langen Lederhose und einem schwarzen Shirt mit V-Ausschnitt betont. Und wenn ich Kurven sagte, meinte ich das auch. Schon allein durch das Shirt konnte ich erahnen, dass sie pralle, große Titten hatte, weshalb ich meinen Spitznamen für sie nicht hatte zurückhalten können. *Wie du mir, so ich dir.* Ebenfalls unterstrich die dunkle Kleidung ihren dunkleren Hautton. Alles schrie nach Latina und ich würde lügen, wenn ich sagte, dass mir ihr Anblick nicht gefiel.

Verdutzt schossen ihre Augenbrauen nach oben und abwehrend verschränkte sie die Arme von ihrem prächtigen Vorbau und kam wie eine Wildkatze zu mir geschlichen. »Wie bitte?«, kam es ihr abwertend über ihre fülligen, roten Lippen, untermalt von dem Klacken der Absätze ihrer schwarzen Stiefel.

»Du hast schon richtig gehört, Schätzchen«, entgegnete ich, wandte mich von ihr ab, sah stattdessen zur Tür und freute mich drauf, gleich zu erfahren, wen Rafael angerufen hatte.

»Pah, von was träumst du nachts?«, fragte die Unbekannte und lenkte meine Aufmerksamkeit gleich wieder auf sich.

»Von nicht allzu schönen Dingen, aber heute Nacht definitiv von dir«, zwinkerte ich ihr zu, woraufhin sie spielerisch ein bisschen würgte und sich die Hand vor die Brust hielt.

»Mein Gott, du lässt anscheinend nichts anbrennen.« Die Worte hörten sich abwertend an, kamen allerdings nicht an die Gleichgültigkeit, wie ich sie zum Beispiel von Blake kannte, heran. Eher spornte sie mich noch mehr dazu an, ihr Kontra zu geben oder sie zur Weißglut zu bringen. Die anderen Männer sparten sich ihre Kommentare, ich sah nur, wie sie sich gegenseitig anschauten und dumm grinsten.

»Bei dir nicht, nein. Da würde ich ungern zu viel Zeit verstreichen lassen.«

Sie lachte und schaute mich unglaubwürdig an. »Es ist schon fast bewundernswert, wie du hier reinkommst und mir deinen Schwanz anbietest, nachdem so viele Knarren auf dich gerichtet waren.« Oh, vulgär konnte sie also auch sein. Sehr schön.

»Eins solltest du wissen: Sowas macht mich absolut nicht nervös. Ich würd dich sogar vor allen hier direkt auf dem Tisch ficken.« Ein weiteres Zwinkern fand seinen Weg in ihre Richtung, woraufhin sie nur die Augen verdrehte und gleichzeitig mit uns allen zur Tür schaute, als diese aufschwang. Mein Herz blieb für einen Moment stehen, als mir vier weitere Männer gegenüberstanden, ehe sich zwischen ihnen eine Gasse bildete und der Fünfte durch diese hindurch auf mich zukam. James. Er musste es sein. Sein abgeklärtes Gesicht sprach Bände. Oder eher die Narbe, die sich von seiner rechten Augenbraue schräg über das Gesicht bis zu seinem linken Ohr erstreckte. Jesus, wer hatte ihm das angetan? Er trug einen pechschwarzen Anzug sowie ein Hemd in der gleichen Farbe, und seine ebenfalls schwarzen Haare waren nach hinten gegelt. Mehr Boss ging in einer Person eigentlich gar nicht.

»Wer bist du und was willst du?«, fragte er direkt. Anscheinend war James ein Mann, der schnell auf den Punkt kam. Wieso auch Zeit verlieren?

»Ich bin Dean Schmidt, komme aus Westchester und bin der große Bruder von Travis, der vor einigen Tagen einen Job für dich erledigt hat. Er ist seit der Nacht darauf verschwunden, dem möchte ich auf den Grund gehen und außerdem hängen mir ziemlich viele Wichser am Arsch, die Geld wollen. Travis sagte mir vor seinem Verschwinden noch, wo ich Rafael finden würde … und na ja. Hier bin ich«, grinsend streckte ich die Arme zu beiden Seiten aus und präsentierte mich wie ein beschissenes Willkommensgeschenk. »Mein Bruder konnte nie seine Klappen halten, wenn er gesoffen hat und redete immer wie ein altes Waschweib. Wenn ihr versteht, was ich meine.«

James lachte spöttisch auf, schaute seine Männer an, ehe er die letzten Schritte zu mir überbrückte und vor mir aufragte wie ein verdammter Wolkenkratzer. »Mir war von Anfang an klar gewesen, dass er eine kleine Labertasche ist.« Erstaunlich, dass er gar nicht auf die Tatsache einging, dass mein Bruder seit dem Job nicht mehr nach Hause gekommen war. Anscheinend interessierte es James, zumindest ging ich davon aus, dass dieser vor mir stand, nicht die Bohne, was mit seinen Laufburschen passierte, sofern der Job erledigt war. Was auch zu der Aussage von Travis passen würde, dass das Geld für den Überfall nicht wie ausgemacht vorbeigebracht wurde.

Fuck, aber solang sie mich hier nicht gleich erledigten, war mir alles recht.

Plötzlich ging alles ziemlich schnell, sodass ich nicht realisierte, wie schnell die Temperatur im Raum in Richtung Gefrierpunkt gefallen war. Im Augenwinkel hatte ich nur gesehen, wie James einem seiner Männer zunickte, und keine Sekunde später hatte dieser mich an der Kehle gepackt und drückte zu. Ich rang schwer nach Atem, krallte mich in die Hand des Wichsers und spürte, wie mein Puls anfing zu rasen. Was war plötzlich los? James kam mit langsamen, geschmeidigen Schritten auf mich zu, sah mich eindringlich an und beugte sich zu mir herunter, sodass sich unsere Nasenspitzen fast berührten. »Und wer versichert mir, dass du kein verdammter Spitzel bist?«, raunte er mir zu und mir wurde für einen Moment ganz schlecht. Sein heißer und nach Zigaretten stinkender Atem kitzelte in meiner Nase.

»Gute Frage«, stammelte ich und überlegte mir eine Möglichkeit, aus der Scheißnummer herauszukommen. »Ich würde ja sagen *mein Bruder*, aber der Pisser ist ja nicht da.« Ich versuchte, meine Stimme so hart wie es nur ging klingen zu lassen und gab James keine Chance, mich einzuschüchtern. Das Einzige, was mir passieren konnte, war, zu sterben. Und vor dem Tod hatte ich schon lange keine Angst mehr – wie sollte es dann so ein Wichser von Mensch schaffen, mir welche einzujagen? James lachte spöttisch und seine Gefolgsleute taten es ihm gleich. Fuck, wenn der Drecksack nicht gleich seinen Griff lockerte, war die Spitzelsache früher zu Ende als gedacht. »Sag mir, wie ich es dir beweisen kann«, würgte ich hervor und behielt dabei mein Pokerface. Niemals würde ich um mein Leben betteln und das musste auch James erkennen, denn nach einigen stillen Sekunden gab er meinem Peiniger mit einem: »Parar«, anscheinend die Anweisung, aufzuhören, denn der ließ sofort von mir ab und ich nahm einige kraftvolle Atemzüge.

»Wenn du wirklich so ein treuer Gefolgsmann sein sollst, wie du dich hier anpreist …« James hielt inne und ich hasste ihn für diese überhebliche und rauszögernde Taktik. *Bleib ruhig … das macht er mit*

Absicht. Ich ballte meine Hände zu Fäusten und starrte ihn unentwegt an. »Dann bring sie um.« Er zeigte auf die hübsche Latina, mit der ich mir eben noch einen kleinen Schlagabtausch gegönnt hatte. Okay, das war heftig. Mein Magen drehte sich um und zugleich fragte ich mich, was in dem Kopf der Frau vor sich ging. Ihre Augen waren geweitet, ihr Körper erstarrt und ich überlegte, ob das gerade ein verdammter Witz gewesen war. Zeitgleich erschien vor meinem Gesicht eine Waffe, die mir James freudig entgegenhielt. »Nimm«, sagte er und ließ keinen Zweifel übrig, dass ich nur eine Chance hatte, dieses Treffen lebend zu überstehen. Nämlich, wenn jemand anderes dafür starb. Ich schluckte schwer, nahm die Waffe in die Hand und versuchte die Stimmen in meinem Kopf zu ersticken.

Dafür kommst du in die Hölle, definitiv. Du killst keine Frauen. Minuten vergingen, in denen ich nur zu Boden blickte und einen inneren Kampf ausfocht. Was war die Alternative? Selbst sterben? Was hätte das alles dann für einen Sinn gehabt? Keinen. Aber mit der Gewissheit, eine Frau getötet zu haben, wollte ich nicht leben. Hände packten nach mir, hoben meine Hand hoch und entsicherten die Waffe. James stand ganz nah bei mir. Ich spürte seinen Körper an meinen gepresst. »Drück ab«, flüsterte er mir ins Ohr und zielte auf den Kopf der Latina. Mein Finger lag auf dem Abzug, während James mit der anderen Hand ein Messer an meine Kehle presste. Ich fühlte den Schmerz, den Schnitt durch die scharfe Klinge und die warme Brühe, die über mein Schlüsselbein floss. *Entscheide dich, Craig …*

»Nein«, kam es mir überzeugt über die Lippen, doch ich konnte mich durch James‘ Griff nicht bewegen.

»Nein? Junge, bist du lebensmüde?«, fragte er belustigt. »Wieso nicht?«

»Ich bring dir jeden Wichser um, aber keine Frauen und Kinder. Eher sterbe ich.« Und diese Worte meinte ich verdammt ernst. Mir kam es vor, als würde alles um mich herum einfrieren. Niemand bewegte sich oder sagte etwas. Ich hörte nur ein Zischen, Lachen oder Schnauben. Zeitgleich schloss ich die Augen und stellte mich auf den bittersüßen Schmerz ein, der mich gleich heimsuchen würde, sobald es James mit dem Messer vollendete. Doch stattdessen ließ er von mir ab, wischte das Messer an seiner Hose ab, klappte es zu und ließ es in seiner Hosentasche verschwinden.

»Mutig … dafür, dass dein eigenes Leben auf dem Spiel stand. Eigentlich hätte ich dich töten sollen, weil du meinen Befehl missachtet hast, aber zeitgleich imponiert es mir, dass du deine Prinzipien hast«, sagte James und, scheiße, nur zur gerne würde ich ihm meine Faust ins Gesicht zimmern. »Ich kann dir leider nicht sagen, was mit deinem Bruder … Travis passiert ist. Wir haben ihn seitdem auch nicht mehr gesehen, aber mit der Vermutung, dass es die Bastarde von diesem Blake waren, könntest du richtig liegen. Deshalb bewillige ich deinen Aufenthalt bei uns. Doch eins sollte dir bewusst sein. Du bekommst hier nichts, wenn du nicht auch deine Hände schmutzig machst. Geld gibt es nur für Sachen, bei denen sich dein Magen umdreht, wenn du verstehst, was ich meine«, zog er mich auf. Dennoch schreckte mich seine Art nicht ab. Wie sollte er auch sonst als Boss auftreten? Mit Blumen im Haar und in einem rosa Tutu? Wohl kaum. Ich nickte und grinste zugleich.

»Das ist das kleinste Problem für mich. Ich hab unseren Dad von ein paar Jahren abgestochen, weshalb mir blutige Arbeit absolut nichts macht«, erwiderte ich. Damit warf ich ihm noch einen kleinen Knochen als Hinweis zu meinen Hintergründen zu. Zwar waren die Worte nicht ansatzweise wahr, dennoch musste ich mir selbst eingestehen, diesen Gedanken in der Vergangenheit oftmals gehabt zu haben. Bei der ganzen Scheiße, die mein Dad unserer Familie angetan hatte, war das kein Wunder. Mein Gegenüber schaute mich intensiv an und verzog keine Miene. Sicherlich wartete er darauf, ob ich durch sein selbstbewusstes und in seinen Augen angsteinflößendes Auftreten einknicken würde, doch ich begegnete ihm mit gleichem ausdruckslosen Gesichtsausdruck und straffte die Schultern. »Also: Wann kann ich anfangen?«, warf ich die wohl wichtigste Frage in den Raum und stand auf. Direkt richteten sich wieder alle Waffen auf mich. *Keep cool, Leute.* Dachten die wirklich, ich wäre so verblödet und würde ihren Boss mit bloßen Händen angreifen?

James hob eine Hand und senkte sie mit der Handfläche nach unten langsam in Richtung Boden, woraufhin alle die Knarren wegsteckten. »Du solltest aufpassen, dass dir deine große Klappe nicht irgendwann zum Verhängnis wird.«

»Ich komm klar«, antwortete ich selbstbewusst und streckte den Rücken durch, um wenige Zentimeter größer zu werden. Von denen zwang mich keiner so schnell in die Knie, auch wenn es ein klein wenig beängstigend war, völlig allein bei einem anderen Clan zu sein. Was tat man nicht alles für seine Freunde …

Er lachte auf, schlug dem Typen neben sich mit dem Handrücken gegen die Schulter und sah zu Boden. »Naira wird dich für den Anfang mitnehmen. Wenn du dich bewiesen hast, können wir weiterreden.« Er schaute zu der Schönheit herüber, die ich eben noch töten sollte, und sah, wie sie genervt die Augen verdrehte. Na, wenn das mal kein Zufall war. Sie schien von seiner kleinen Einlage nichts gehalten zu haben, oder kam das vielleicht öfters vor? Dass sie als Zielscheibe benutzt wurde? Ich könnte schwören, dass ihr Erstaunen vorhin nicht gespielt gewesen war.

Zur Antwort nickte ich ihm zu und so schnell, wie er wieder den Raum verlassen hatte, konnte ich gar nicht schauen. Hier war ich also. Beim Clan *Rosa Sangrando*.

FÜNFUNDDREISSIG

CRAIG

Mittlerweile waren einige Tage ins Land gezogen, seit ich für die Rosa Sangrando arbeitete. Obwohl man es schlecht arbeiten nennen konnte. Bisher durfte ich nur einen Deppen herumkutschieren oder mit Naira unterwegs sein, während sie alles klärte und ich nur stumm danebenstand. Das einzig Gute daran war, dass ich mittlerweile wusste, wohin der Clan seine Verbindungen hatte. Wobei ich davon ausging, dass das nicht mal ansatzweise alle Kunden waren. Ich wusste, welche Läden unter ihren Fittichen standen, wer für sie arbeitete, und bei manchem Namen stockte mir tatsächlich der Atem. Zum Beispiel schien der Besitzer des kleinen Schnapsladens an der Ecke Halsted Street ein verfickter Spitzel zu sein. Ich war mir ziemlich sicher, dass Blake schon mal mit ihm ein Geschäft abgeschlossen hatte, damit er ihm mitteilte, wenn er etwas mitbekam. Tja, und jetzt musste ich Blake leider sagen, dass der Hurensohn ein Spitzel von Pablos Leuten war. Glückwunsch. Nur würde das kein einfacher Weg werden, wobei ich mir einen relativ sicheren ausgedacht hatte, um mit Blake in Kontakt zu treten. Denn alle beobachteten mich hier im Clan mit Argusaugen und mir lag so oft ein flapsiger Spruch auf der Zunge, wenn einer dachte, mich blöd von der Seite anzumachen. Doch stattdessen lächelte ich und machte das, was man mir aufgetragen hatte.

Bei meinem ersten Auftreten vor James hatte ich den Coolen gemimt, aber recht schnell bemerkt, dass die Kerle, mit denen ich es hier zu tun hatte, absolut keinen Spaß verstanden. Zumindest die meisten … und ich wollte auf keinen Fall riskieren, dass ich aufflog oder eine Kugel in den Kopf kassierte.

Wie jeden Tag saß ich im Polecats und wartete auf Naira. Mittlerweile war es später Nachmittag. In solchen Situationen vermisste ich mein Handy enorm. Es gab zwar nichts groß zu erzählen, aber dennoch hätte ich ziemlich Bock darauf, den Jungs mal zu schreiben. Witzig, wie man etwas bisher so Selbstverständliches vom einen auf den anderen Tag herbeisehnte. Oder Chloe … mein Gott, wie ich mich freute, heute Abend endlich wieder ihre Nähe zu spüren.

»Hey, Frischfleisch. Sag bloß, du machst ein Nickerchen?«, erklang es hinter mir, ehe ich dumpf einen Tritt gegen den Sessel, in dem ich saß, spürte. Hier hockte ich schon eine gefühlte Ewigkeit, den Kopf im Nacken, und starrte die Decke an, während im Hintergrund irgendeine billige Popschnulze nach der anderen lief. Ich lauschte dem Klappern der Schuhabsätze der Stripperinnen, aber warf ihnen keinen Blick zu, denn ich hatte mich sattgesehen – und die großen Augenweiden waren sie sowieso nicht. Gerade wollte ich nur eine in solchen Posen sehen. Über eine Woche war schon viel zu lang eher.

»Ha, ha, nicht wirklich. Aber du hast wohl einen Clown zum Frühstück gehabt, was?«, reagierte ich harsch, richtete mich auf und schaute über meine Schulter. Dort entdeckte ich Naira, wie sie über mir aufragte und wieder eine dieser hautengen Lederhosen trug. Wollte sie den Männern damit den Kopf verdrehen, oder was war ihr Plan? Sie musste wissen, dass sie darin zum Anbeißen aussah. »Hast du was?« Damit meinte ich irgendetwas zu tun, bevor ich noch mit dem Sessel verschmolz.

»Ja, komm mit.« Mehr gab es nicht als Antwort, wobei ich nicht mehr erwarten konnte. Mit Informationen hielt sie sich größtenteils zurück, bis wir an unserem Ziel ankamen, und meist waren auch diese dann nur spärlich. Eher waren es Befehle, die sie mir gab. *Mach dies, mach das, blah, blah, blah.* Jetzt wusste ich zumindest mal, wie sich unsere Laufburschen fühlen musste, wenn wir sie von A nach B kommandierten und keine klaren Infos herausgaben. Naira verließ den Stripclub, ehe ich ihr hinterhereilte und die Straße überblickte. Tatsächlich war ich in ihren Augen einmal zu langsam gewesen, weshalb sie einfach ohne mich weggefahren war. So tickte sie und ich wollte hier unbedingt wegkommen.

Ich sah noch, wie sie in ihren roten Sportwagen stieg, und hörte den Motor aufröhren, ehe ich Gas gab und auf der Beifahrerseite einstieg. »Was müssen wir tun?«

»Ich dachte, wir versuchen heute mal etwas Neues. Du bist jetzt schon ein paar Tage mit mir unterwegs und solltest nun wissen, wie der Hase läuft. Im Kofferraum hab ich eine Sporttasche voller Kokain, die wir gleich zu einem Club bringen, in dem das Zeug an die Gäste vertickt wird. Dieses Mal übernimmst du das Ruder, ich bleibe in deinem Schatten«, klärte mich Naira auf, wobei sie mich nicht einmal anschaute und die Straße entlangfuhr. Der Plan ließ mich staunen. So schnell hatte ich eigentlich nicht damit gerechnet, dass sie mir das Ruder überließ. Wobei … sie war ja immer noch dabei. Würde ich nach ihrem Geschmack etwas falsch machen, griff sie bestimmt sofort ein. Doch was sie nicht wusste: In solchen Dingen war ich mehr als geschult. Gleich würde sie Augen machen. Ich lachte in mich hinein, ehe ich antwortete.

»Okay«, kam es mir so gleichgültig wie möglich über die Lippen, bevor ich zum Beifahrerfenster hinausschaute und mir Fragen im Kopf zusammenkratzte, die essentiell in diesem Job waren. »Sind das Stammkunden oder verticken die das erste Mal für uns?« Naira grinste, schaute dabei vehement auf die Straße.

»Sehr gut …«, flüsterte sie und linste einmal kurz zu mir herüber, »du scheinst vorbereitet zu sein.«

»Ich bin ja nicht blöd«, antwortete ich und stützte mich mit dem Ellenbogen in der Mittelkonsole des Cockpits ab.

»Sie dealen schon länger mit unserem Zeug, deshalb kannst du unbesorgt die Ware gegen das Geld tauschen. Du gibst mir den Koffer, wie ich bisher dir, und wir zählen dann im Wagen das Geld. Wenn irgendetwas nicht stimmen sollte, sind wir nicht aus der Welt. So schnell entkommt uns keiner, nur war diese Maßnahme bisher noch nicht nötig. Ich hoffe, das bleibt so.« Es überraschte mich, wie sie vorgingen, denn bei Blake gehörte es dazu, das Geld direkt nachzuzählen – egal bei wem. Da konnte noch so ein treuer Kunde vor einem stehen, der seit Jahren über Mino das Zeug gekauft hatte und nun bei meinem Kumpel. Misstrauen war Blakes zweiter Vorname. Aber okay, ich war gewillt, anderes zu lernen.

Ich nickte und genoss die restliche Fahrt durch Chicago, die mich an vielen Plätzen vorbeiführte, an denen ich mit den Jungs schon gewesen war. Sogar an der Minigolfanlage, die ich vor kurzem noch mit Chloe besucht hatte, fuhren wir vorbei. Fuck, ich wurde richtig melancholisch. Was war nur los mit mir? Ich sehnte mich regelrecht mal wieder nach einer Nacht in meinem eigenen Bett. Seitdem ich mich bei den Rosa Sangrando eingeschleust hatte, lebte ich in einem spärlichen Motel etwas außerhalb der Stadt. Ich wollte Mom nicht mit hineinziehen, falls die Wichser auf die Idee kamen, mir hinterherzuspionieren.

Knapp zwanzig Minuten später hielten wir vor dem Club, stiegen beide aus und ich holte die Sporttasche aus dem Kofferraum. Nicht ein Mal schaute ich dabei Naira an, nicht, dass sie noch auf die Idee kam, mir irgendwelche Tipps mit auf den Weg zu geben. Ich würde das gleich rocken und sie staunen. Selbstbewusst betrat ich den Laden, schaute mich zu allen Seiten um, ehe hinter der Bar eine Tür aufschwang und ein Mann mittleren Alters auf uns zukam.

»Naira …«, begrüßte er meine Begleitung und streckte einladend die Arme zu beiden Seiten aus.

»Hey«, erwiderte sie weniger herzlich und blieb hinter mir.

»Ich bin Dean«, schritt ich sogleich ein, damit er sie nicht weiter vollquatschte und mir die Show vermieste. Fuck, hatte ich Bock auf diesen Deal, auch wenn es nichts Besonderes war. Eine Woche auf Entzug und schon gab ich mich mit dem kleinen Finger zufrieden. »Habt ihr einen Nebenraum, wo wir einmal kurz die Ware begutachten können?« Der Kerl nickte, lief los und führte uns in ein Separee. Dort stellte ich die Tasche auf den Tisch, zog den Reißverschluss auf und ermöglichte ihm damit einen Blick auf die Tütchen, die anscheinend schon in kleine Portionen abgewogen waren. Meine Fresse, was ein Service. Das gab es bei uns nie.

»Sieht gut aus.« Er machte nicht einmal Anstalten, etwas aus der Tasche herauszunehmen. Anscheinend beruhte das Vertrauen auf Gegenseitigkeit. Respekt. »Ich bin übrigens Jeff«, sagte er zu mir und streckte mir die Hand entgegen. Verwundert schaute ich erst ihn, dann seine Hand an, ehe ich zögerlich einschlug. »Paco!«, rief er daraufhin und keine fünf Sekunden später stand neben ihm ein junger Mann, der einen Koffer mit sich trug. Jeff nahm ihm diesen ab und reichte ihn mir, sodass ich ihn Naira übergeben konnte. Was ein Durcheinander, aber okay, jetzt hatte ihn jeder mal in der Hand.

»Wenn irgendetwas mit der Ware sein sollte oder ihr Nachschub braucht, meldet ihr euch, okay? Ich denke, du wirst eine Nummer haben.« Vielleicht bekam ich ja bald endlich selbst ein Handy und musste nicht wie ein Streuner durch die Welt gehen. Jeff nickte, reichte mir ein weiteres Mal die Hand und schlug mir mit der anderen freundschaftlich auf den Rücken. Sein Verhalten verwirrte mich total, doch ich ließ mir nichts anmerken und sah stattdessen zu, wie sich dieser Paco mit unserem Kokain entfernte. Unser Kokain … witzig, wie schnell mir das in den Kopf geschossen war.

»Natürlich, natürlich«, antwortete Jeff, »und wenn du mal feiern willst, es ist immer ein Separee für euch reserviert. Auch meine Mädels sind erste Sahne.« Er zwinkerte mir zu, während wir das Separee verließen und Richtung Eingang liefen. Das war doch mal eine schnelle Übergabe gewesen und Naira schien auch zufrieden zu sein. Jedoch hoffte ich, dass der nächste Job, den Naira mir überließ, etwas größer werden würde.

»Gut zu wissen!« Ich streckte den Daumen nach oben, verabschiedete mich daraufhin und trat hinaus an die frische Luft. Auf der anderen Straßenseite sah ich Naira schon hinter dem Steuer sitzen und zu mir herüberschauen.

Rasch überquerte ich die Straße, als keine Autos kamen, beugte mich zum Beifahrerfenster herunter, woraufhin sie die Scheibe herunterließ. »Was ist? Steig ein.«

»Wir sind ja durch, oder?«, fragte ich als Gegenfrage und bekam von Naira ein Nicken als Antwort. »Ich hab noch was vor. Du kannst ohne mich fahren.«

»Wo willst du denn hin?«, kam es neugierig von ihr und sie schaute mich intensiv an, während sie sich über die Mittelkonsole beugte.

»Sei doch nicht so neugierig«, erwiderte ich rasch, klopfte auf das Dach ihres Sportwagens, »wir sehen uns morgen.« Sie schien ihre Kiefer zusammenzupressen, sagte jedoch nichts auf meine Aussage hin und fuhr stattdessen davon. Die letzten Tage hatten wir uns das ein oder andere Wortgefecht gegönnt, und was zu Anfang noch recht schnippisch gewesen war, hatte sich mit den vielen Stunden am Tag, die wir zusammen verbracht hatten, gelegt. Zwar wollte ich keinesfalls von einer Freundschaft sprechen, aber wir kamen miteinander aus. Das war die Hauptsache – wobei ich mich immer noch an den Umstand gewöhnen musste, mit einer Frau zusammenzuarbeiten. Eigentlich hatte ich immer gedacht, dass sie für solche Jobs nicht gemacht waren, doch Naira überzeugte mich vom kompletten Gegenteil. Sie war genauso abgeklärt und eiskalt, wie wir Männer es sein konnten. Der eine mehr, der andere weniger. Zwischen ihr und uns gab es absolut keinen Unterschied und das merkte man auch am Umgang untereinander. Keiner der Clanmitglieder wagte es, ihr gegenüber ausfällig zu werden. Sie genoss den Respekt der anderen.

Ich wartete noch, bis ihr roter Sportwagen um die nächste Ecke bog, und ging dann in die entgegengesetzte Richtung, wank mir paar Blocks weiter ein Taxi ran und gab dem Fahrer eine Adresse durch. Nach einer halben Stunde hielten wir vor dem Columbus Park, außerhalb von Chicago. Rasch bezahlte ich den Fahrer, stieg aus und zog mir die Kapuze meines grauen Hoodies über, damit mich ja niemand erkannte. Zwar war die Wahrscheinlichkeit, dass sich hier einer vom Clan aufhielt und mich sah, ziemlich gering, aber ich wollte kein Risiko eingehen. Zügig durchquerte ich den Park, passierte den Spielplatz, der noch gut besucht war, den kleinen See, auf dem Enten ihre Kreise zogen, und visierte das Footballfeld im hinteren Teil des Parks. Schreie drangen schon zu mir und ich sah die Menschenmenge, die dem Spiel folgte. Ich hatte lange überlegt, wo ich mich mit Chloe treffen konnte, ohne dass es zu gefährlich werden würde, und hatte dann in einer Zeitung die Anzeige des Vereins gesehen, der das Spiel austrug.

Mit gesenktem Kopf lief ich die auf dem Boden sitzenden Leute ab, bis ich fast den Rand des kleinen angrenzenden Waldes erreichte und ein bisschen versteckt einen blonden Schopf entdeckte. Davon gab es hier zwar reichlich viele, dennoch würde ich Chloe unter Millionen wiedererkennen.

Vorsichtig pirschte ich mich an sie an. Sie saß im Schneidersitz hinter den Leuten und schaute in die falsche Richtung, um sicherlich Ausschau nach mir zu halten. Hinter ihr ging ich auf die Knie, setzte mich auf den Boden und streckte meine Beine zu ihren Seiten aus, ehe ich sie an der Taille umfasste und mich zu ihr vorbeugte. »Hey«, flüsterte ich ihr ins Ohr, als sie zusammenzuckte und sich meinetwegen enorm erschrak. Ein Japsen entfuhr ihr, bevor sie sich zu mir herumdrehte, mich freudestrahlend anschaute und mir um den Hals fiel. Dabei konnte ich ihre Euphorie gerade noch abfangen, statt rücklings ins Gras zu fallen.

»Craig«, hauchte sie und küsste mich. Ich stöhnte in den Kuss hinein und schloss die Augen. Fuck, unser letztes Treffen war erst ein paar Tage her und trotzdem fühlte es sich gerade wie eine Ewigkeit an. Gleichzeitig musste ich grinsen, dass es ihr genauso ergangen war. Wir lösten uns voneinander, bevor es hier in der Öffentlichkeit in etwas anderes ausartete, und ich genoss es, wie sie sich an mich kuschelte. Das Spiel interessierte uns einen feuchten Dreck. Die Menschenmenge war nur dafür da, um in ihr unterzugehen. »Wie geht es dir?«

»Ganz okay«, antwortete ich und das war nicht einmal gelogen. Mir könnte es als Frischling im Clan weitaus schlechter gehen. »Und dir?« Scheiße, ich wollte ihr so viele Fragen stellen, allerdings war ich hier, um den kurzen Moment mit Chloe zu genießen, sie zu halten und meinen Akku aufzuladen, um die ganze Scheiße durchzustehen.

»Ja, auch«, kam es zögerlich von ihr. »Ich vermisse dich.« Ihre Offenheit entlockte mir ein Lachen und ich schloss sie fester in meine Arme.

»Ich dich auch.« Chloe nestelte an dem Bund meines Hoodies herum, während sie ihren Kopf weiterhin gegen meine Brust gelehnt ließ. Irgendetwas schien sie zu bedrücken und wie ich es nicht anders kannte, rückte sie nicht direkt mit der Sprache raus.

»Was ist los? Ich bin nicht hier, um dich so bedrückt zu sehen.« Liebevoll stupste ich sie mit dem Finger in die Seite, woraufhin sie auflachte und den Kopf schüttelte.

»Ich denke viel an dich. Wie es dir dort geht, was sie mit dir anstellen und –«

»Moment«, unterbrach ich sie, »wenn ich dir sage, dass es mir gut geht, lüge ich dich nicht an. Und du kannst gerne meinen Körper untersuchen, ich hab keine Blessuren. Die Arbeit ist okay. Sie beobachten mich natürlich – ich habe allerdings auch schon damit gerechnet, dass ich nicht gleich vollends ihr Vertrauen habe. Aber nimm es mir nicht böse, Chloe … ich bin nicht hier, um über den Fuck zu sprechen. Damit beschäftige ich mich tagein und tagaus.« Sanft strich ich ihr eine Haarsträhne aus dem Gesicht, als die Leute um uns herum jubelnd aufschrien und aufsprangen. Doch uns interessierte das nicht.

»Okay«, grinste Chloe verlegen, küsste mich und setzte sich rittlings auf meinen Schoß. »Danke übrigens für die Blumen. Ich war richtig überrascht. Wieso hab ich die vorher noch nie bekommen?« Ja, es war etwas kitschig, ihr einen Strauß Blumen mit meiner Nachricht zu schicken, aber etwas anderes war mir auf die Schnelle nicht eingefallen, als ich das mit dem Schnapsladen herausgefunden hatte.

»Wenn du willst, schicke ich dir jetzt öfters welche, damit du weißt, dass es mir gut geht. Wie hört sich das an?« Aus mir war ein richtig sentimentaler Klumpen geworden, dass ich so etwas vorschlug. So etwas aus meinem Mund zu hören, mein Gott. Aber für Chloe würde ich es tun. Allein aus dem Grund, damit sie sich keine Sorgen mehr machte. Sie nickte grinsend, doch ihre Augen sprachen eine ganz andere Sprache. Rasch zog ich sie an mich, legte meine Lippen auf ihre und küsste sie leidenschaftlich. Ihre Finger fanden ihren Weg unter meine Mütze, vergruben sich in meinen Haaren und zogen leicht daran. Ob sie in der Zwischenzeit etwas mit Scott gehabt hatte? Nein, das zu fragen, war gerade absolut fehl am Platz, weshalb ich die Frage schnell wieder herunterwürgte. Ich fuhr mit meinen Händen ihre Oberschenkel entlang, wanderte wenige Zentimeter unter ihr Shirt und hielt mich sofort zurück. Ihre warme und zarte Haut unter den Fingerspitzen zu spüren, ließ einige Synapsen in meinem Kopf durchbrennen, weshalb ich nicht weitergehen durfte. In meinem Schritt spannte es schon schmerzhaft. Aber ich wollte sie so sehr. Begehrte sie sehnsüchtig und wäre gerne mit ihr allein. Wieso hatte ich nur diesen beschissenen Park ausgesucht? Für unser nächstes Treffen musste definitiv etwas anderes herhalten.

Ich löste mich widerwillig von Chloe und musste über ihre direkt geschwollenen und geröteten Lippen schmunzeln. Die letzten Tage hatte ich mich nicht wirklich rasiert, was nun merklich störend war. »Steht dir«, sagte Chloe, als könne sie meine Gedanken lesen und fuhr mir mit den Händen über die stoppeligen Wangen. Rasch drückte ich ihr einen weiteren kurzen, aber sanften Kuss auf, statt zu antworten.

»Wie geht es den anderen?«, fragte ich nach einem Moment der Stille, als wir uns nur umarmten und die Wärme des anderen genossen. Ich wollte sie nie wieder loslassen und bereute meine Entscheidung, mich in den Clan einzuschleusen, für wenige Sekunden. Normalerweise könnte ich jetzt mit ihr in meinem Bett liegen, nachdem wir gigantischen Sex gehabt hätten. Stattdessen musste ich schon bald wieder zurück in mein schäbiges Motelzimmer, damit niemand Verdacht schöpfte.

»Auch gut. Sie sind wegen der ganzen Situation alle angespannt und machen sich Sorgen, falls es schieflaufen sollte«, antwortete Chloe und schaute mir dabei nicht in die Augen. Sie wollte nicht, dass ich die Besorgnis in ihren sah. Doch ich spürte sie in jeder ihrer Berührungen, was mein Herz schwer werden ließ. Ich hätte mir auch einen anderen Weg gewünscht, diesen Krieg zu beenden. Dennoch mussten wir einsehen, dass das hier das weitaus Klügere war, bevor noch mehr Männer ihr Leben lassen mussten.

»Ich verstehe, aber ich hab das alles mit ihnen besprochen, und schließlich war es auch Blakes Idee gewesen«, erwiderte ich gefühllos, um nichts von all dem an mich heranzulassen. Sonst fiel mir der Abschied nur umso schwerer.

»Klar, aber du bist ihnen nicht egal, Craig. Sie wollen die genauso lebendig zurück wie ich. In niemands Augen sollst du der Kollateralschaden sein, auf den man getrost verzichten könnte.« Ihre Worte saßen und ich entschuldigte mich direkt für meine dumme Aussage. Was ich gerade absolut nicht wollte, war Streit oder Chloe das Gefühl vermitteln, dass mir ihre scheißegal waren.

»Sorry«, druckste ich herum, zog sie an mich, sodass sie ihren Kopf auf meiner Schulter ablegte. Bevor ich es noch vergaß, zog ich dabei einen Brief aus meiner Hosentasche und gab ihn Chloe. »Kannst du den bitte Blake geben? Es ist wichtig.«

Sie nickte, schaute mich tieftraurig und fragend an, nur kamen aus ihrem Mund keine Worte, obwohl er sich einige Millimeter öffnete.

»Ich vermisse euch. Dich besonders und die Jungs auch«, sagte ich kurz darauf und könnte schwören, dass ihr Kinn ein klein wenig bebte. Auch mir wurde es plötzlich speiübel, sodass ich den Blick abwandte und keinen Ton mehr herausbrachte. Es waren erst einige Tage vergangen, wie würde es mir nach Monaten ergehen? Keiner konnte mir versichern, dass ich bald wieder nach Hause kam oder es jemals daraus schaffte, ohne ein Kopf kürzer zu sein.

»Ich dich auch«, hörte ich Chloe flüstern und mied weiterhin ihren Blick. Ich konnte sie nicht ansehen, denn wenn mich das Beben in ihrer Stimme nicht täuschte, standen ihr auch Tränen in den Augen. Doch ich wollte mich nicht mit ihr treffen, um in Trauer zu verfallen, sondern, um Zeit mit ihr zu verbringen. Deshalb drehte ich mich nach einigen Minuten wieder zu ihr.

»Lass uns das Spiel ansehen«, sagte ich und Chloe drehte sich herum, bis sie zwischen meinen Beinen saß und sich mit dem Rücken gegen meine Brust lehnte. Es interessierte uns absolut nicht, was auf dem Spielfeld passierte oder wer gewann. Wir wussten nicht einmal, welche Mannschaften überhaupt spielten. Wir hielten uns einfach nur – für die kurze Zeit, die uns blieb. Ich zog den hauchzarten Duft ihres Parfums mit der Nase ein, vergrub sie in ihrem Haar und genoss es, hier mit ihr zu sitzen. Wobei der ganze Fuck Nebensache wurde und ich nicht einen Gedanken daran verschwenden musste.

SECHSUNDDREISSIG

CHLOE

Es war schon spät am Abend, als ich meinen Wagen vor dem Anwesen von Mino parkte, wo auch Blake wohnte. Dunkelheit umgab mich nach dem Aussteigen aus meinem Wagen und begleitete mich auf dem Weg um das Grundstück herum, bis ich den schmalen Pfad entdeckte, der zu einer Treppe führte. Über sie gelang ich in den Club. Nicht mal im Schlaf würde ich daran denken, die richtige Haustür des Hauses zu nehmen. Zwar hatte ich Mino mittlerweile schon einige Male getroffen, aber dennoch war er mir nicht geheuer. Und seinen komischen Gefolgsleuten wollte ich ebenso nicht ausgesetzt sein. Zumal Craig das erste Mal nicht an meiner Seite sein würde, wenn ich gleich Minos vier Wände betrat. Nachdem ich Blake geschrieben hatte, hatte er mir gesagt, dass er heute Abend im Club abhing, weshalb ich die Stufen rasch herunterlief und dem Türsteher zunickte. Er kannte mich schon, was mir sogar ein klein wenig zu denken gab. Was war in den letzten Monaten nur mit meinem Leben passiert? In so einem zwielichtigen Club kannten mich die Angestellten als Craigs Freundin. Meine Grandma würde sich wohl im Grab herumdrehen, wenn sie wüsste, in was für Gefilden ich mich herumtrieb. Aber wer hätte gedacht, dass es so weit kommen würde, obwohl ich meine beste Freundin nur auf eine Party mit ihrem Bruder und seinen Kumpels begleitet hatte? Ich ganz bestimmt nicht.

Selbstbewusst betrat ich den Club, gelangte durch den kleinen Vorraum in das Herz des Ladens, der düster wirkte. Jedes Mal sobald ich einen Fuß hier reinsetzte, fröstelte es mich. Nicht vor Angst, sondern eher aus reiner Neugier. Ich dachte mir manchmal Geschichten zu Personen aus, die mies und grüblerisch dreinschauten, in Unterhaltungen oder Geschäfte vertieft waren oder auch eine Nutte auf dem Schoß hatten. Hier war alles möglich. Und manchmal waren ihre Storys offensichtlicher, als man es sich vorstellen konnte. In der Mitte des Raums befand sich die Bar, um die sich eine ellenlange Theke und die dazu passenden mit Leder überzogenen Hocker erstreckten. Die Glasvitrine wurde durch Deckenfluter beleuchtet und sprang einem direkt ins Auge. An den Seiten reihten sich die Separees aneinander. Sie waren zwar nicht durch Vorhänge vom Rest des Clubs abgegrenzt, doch wenn man ganz hinten in der Sitznische abtauchte, sah dich niemand mehr, denn grelles Licht suchte man hier vergeblich. Nur schwach gedimmtes Licht gab gerade so viel preis, dass man erkannte, was sich an den Tischen abspielte.

Ich passierte die Separees, beobachtete in einer, wie zwei Kerle um den mit Waffen gespickten Tisch saßen und sich darüber austauschten, in der anderen, wie große Mengen Kokain in Tütchen verpackt wurde und sich anscheinend niemand darüber Gedanken machte, dass die Polizei hier auftauchte. Im letzten Separee auf der linken Seite des Clubs sah ich zuerst nur den nackten Hintern einer Nutte und wie sie einen Kerl ritt. Sofort wandte ich den Kopf ab. Die zwei hatten es wohl nicht in eines der angrenzenden Zimmer geschafft. Zwar hatte ich sie noch nie selbst betreten, aber von Craig wusste ich, dass eine weitere Tür im hinteren Teil des Clubs in einen kleinen Flur führte, über den man zu den Einzelzimmern kam. Was dort vonstattenging, konnte man sich sicherlich denken, wenn man hier die vielen Nutten herumlaufen sah. Denn von ihnen gab es hier haufenweise.

Vielleicht sollte ich mir Gedanken darüber machen, dass mich das hier alles kein bisschen verängstigte. Für mich war es etwas völlig

Normales, den Machenschaften der Leute zuzusehen. Jeder kümmerte sich hier um seinen eigenen Mist und niemand, absolut niemand, wagte es, sich bei den anderen einzumischen oder seinen Senf dazuzugeben. Von dieser Art sollten sich weiß Gott mehr Menschen eine Scheibe abschneiden. Gleichzeitig versetzte mich der Anblick hier einige Monate zurück. Zu dem Tag, an dem ich mit Aylin, Scott und den anderen auf Craigs Party gegangen war. Ohne Hintergedanken, ohne jedwede Idee, etwas mit einem Kerl anzufangen. Es hätte mich damals schocken sollen, wie wir das Haus vorgefunden hatten – voller Nutten, Alkohol und Drogen –, sodass eigentlich unsere Alarmglocken hätten schrillen sollen. Spätestens, nachdem sich Craig als der Gastgeber vorgestellt hatte, hätte ich weit wegrennen sollen. Doch stattdessen hatte es mir unheimlich imponiert, wie er sich nicht von seinem Weg abbringen ließ und einen Scheiß darauf gab, was andere von ihm dachten.

Damals …

»Hier ist wirklich die Hölle los«, sagte ich zu Aylin, während wir uns einen Weg durch die Menschenmassen von der Tanzfläche herunter bahnten. Wir waren völlig verschwitzt von der Tanzerei, aber es hatte richtig gutgetan. Zwar waren die Blicke der Jungs absolut unheimlich gewesen, besonders Blakes, der auf Aylin geruht hatte wie der eines Falken. Aylin nickte nur und schaute sich um. Sicherlich suchte sie ihren Bruder, der wie vom Erdboden verschluckt war, und streifte dabei aber auch den Tisch, an dem Blake und die anderen saßen. Die Jungs waren gerade in ein Gespräch vertieft, weshalb sie uns nicht bemerkten, und ehe ich mich versah, entschuldigte sich meine beste Freundin kurz auf die Toilette. Ich zuckte nur mit den Schultern und lief zwischen den Leuten hindurch zu unserem Tisch zurück.

Bisher hatte ich noch nie eine derartige Party besucht, aber musste mir eingestehen, dass ich Scott gerne dafür abknutschen würde, dass er seine Schwester und somit mir erlaubt hatte, mitzukommen. Auch jetzt hörte ich noch Aylins freudige Stimme, als sie mich deshalb angerufen hatte. Wir hatten es beide nicht glauben können, dass Scott sich darauf eingelassen hatte. Aber na ja, es war zu unserem Vorteil, also wieso sollten wir uns beschweren?

»Machst du mal Platz?«, bat ich Blake, der gerade eben Craig von seinem Stuhl geschubst hatte und zorniger denn je aussah. Was war nur sein Problem? Die anderen Jungs verstummten in ihrem Lachen, wodurch ich mir ziemlich sicher war, dass ich von ihrer Unterhaltung nichts mitbekommen sollte. Blakes Kopf ruckte zu mir herum und er schaute mich an, als wäre ich ein Auftragsmörder, der es auf ihn abgesehen hatte. »Wo ist Aylin?« War ja klar, dass er genau diese Frage stellen musste. Verdammt, er sollte mir nur Platz machen!

»Die wollte auf die Toilette«, erwiderte ich trocken und erschrak in der nächsten Sekunde, als Blake wie von der Tarantel gestochen von seinem Stuhl aufsprang. Ich sprang einen Schritt zur Seite, bekam das Gefühl, als wäre das absolut nicht okay gewesen, Aylin allein auf Toilette zu lassen, aber Mann … sie war eine erwachsene Frau. Blake sollte sich mal beruhigen und seine Rolle als Aufpasser nicht zu ernst nehmen. Aylin hatte mir davon erzählt, dass Scott ihn beauftragt hatte, auf sie aufzupassen. Aber für meinen Geschmack ging es hier nicht allein nur um das Aufpassen. In seinem Blick flammte noch so viel mehr auf, sobald er sie ansah, was ich nicht richtig deuten konnte. Statt zu antworten, ließ er mich links liegen und drängte die feiernden Leute zur Seite, ehe er im Flur verschwand. Schulterzuckend nahm ich wieder am Tisch neben Craig Platz, der es anscheinend endlich mal einrichten konnte, sich zu uns zu gesellen. Wir hatten uns vorhin nur kurz gesehen, aber auch da war mir schon sein intensiver Blick aufgefallen.

Er grinste mich neckisch an, begutachtete mich von oben bis unten, ehe er seinen linken Unterarm auf dem Tisch ablegte und sich in meine Richtung drehte. »Du bist also Aylins beste Freundin.« Seine raue Stimme jagte über meinen Körper und verpasste mir ein nicht zu unterdrückendes Beben. Himmel, seit wann sprang ich so auf einen

Mann an? Ich kannte ihn kaum, aber irgendetwas hatte er an sich, was mich unheimlich anzog. Vielleicht diese unerschrockene Art, wie er seinen Lifestyle hier auslebte und nicht damit rechnete, dass hier gleich ein S.W.A.T-Team das Haus stürmte. Oder womöglich auch seine offene und zugleich verschlossene Art, die mir sofort aufgefallen war. Er gab sich allen gegenüber überaus freundlich und begrüßte hier jeden herzlich. Ja, eventuell hatte ich ihn ein kleinwenig beobachtet. Ich grinste in mich hinein und schüttelte sachte, sodass er es nicht mitbekam, den Kopf.

»Und du bist nochmal …?«, fragte ich und verkniff mir das Zucken meiner Mundwinkel. Ich wollte ihm nicht direkt das Gefühl vermitteln, dass ich mir seinen Namen gemerkt hatte, der sich mir in den Kopf eingebrannt hatte. Dafür war er doch ein klein wenig überheblich. Ich würde allerdings lügen, wenn ich behaupten würde, dass mir das nicht auf eine gewisse Art gefiel.

»Craig Parker. Blake, Scott und ich arbeiten zusammen in der Bank«, antwortete er rasch wie auswendig gelernt und auch bei mir zog sich aufgrund dieser Antwort mein Magen zusammen. Aylin hatte mir schon von Scotts Beruf erzählt, doch so ganz konnten wir das beide nicht glauben. Nicht, dass nicht auch Bänker auf diese Weise Partys feiern konnten. Eher gaben die Jungs für mich nicht das klassische Bild eines Bankiers her. Blake in einer Bank glich ja wohl eher einem Gorilla im Porzellanladen.

»Ach so, stimmt ja. Irgendwas hatte ich in die Richtung mitbekommen«, winkte ich rasch ab und sah zu den anderen Jungs, die damit beschäftigt waren, die weiblichen Gäste mit ihren Augen auszuziehen. Komischer Haufen. Und obwohl ich versuchte, Craig nicht mit voller Begeisterung darüber, ihn kennengelernt zu haben, ins Gesicht zu springen, hörte er nicht auf, mich anzustarren. Er ließ sich anscheinend nicht von meiner zurückhaltenden Art abweisen oder gar erschrecken. Ich schielte zu ihm und sah ein Funkeln in seinen Augen aufblitzen. Und ihm gleichen Moment rückte er mit seinem Stuhl ein klein wenig zu mir.

Heute …

Ich stand neben der Bar, als ich weiterhin in Erinnerungen schwelgte, und grinste breit. Der Abend hatte damals wirklich unerwartet geendet, indem ich bei Craig übernachtet und Aylin danach erzählt hatte, dass wir nur etwas Spaß miteinander hatten haben wollen. So ganz hatte das nicht geklappt, wenn man uns heute betrachtete. Nur noch schwer konnte ich mir einen Abend vorstellen, an dem ich nicht neben ihm einschlief, weshalb die Tage, seitdem Craig bei dem anderen Clan arbeitete, unerträglich für mich waren.

»Die Jungs und Bänker«, lachte ich vor mich hin und schaute zu Boden, damit die anderen Gäste mich nicht sahen und mich für eine Irre hielten, die mit sich selbst sprach. Obwohl … genau das tat ich gerade. Aber die Lüge brachte mich bis heute noch zum Lachen. Wer von ihnen hatte sich die wohl ausgedacht? Das musste ich demnächst mal unbedingt einen von ihnen fragen. Lustigerweise hatte ich, nachdem ich die Wahrheit erfahren hatte, keinen Funken Angst empfunden. Keinem von ihnen gegenüber. Irgendwas in die Richtung hatte ich nach der ausgelassenen Party schon gedacht, allerdings nicht in diesem Ausmaß. Was mir eindeutig zeigte, dass ich mir über meinen Menschenverstand Sorgen machen sollte.

»Chloe«, hörte ich es zischen, und ehe ich mich versah, wurde ich am Handgelenk gepackt und in eines der leeren Separees gezogen. Verwirrt und überrumpelt schaute ich mein Gegenüber an und fasste nicht, wie böse ich angefunkelt wurde. Scott baute sich vor mir auf, stemmte die Hände in die Hüften und starrte mich fassungslos an. »Was zur Hölle machst du hier?« Giftiger konnten ihm die Worte gar nicht über die Lippen kommen, wodurch auch mein Puls in die Höhe schoss. Zuerst musste er die Leute immer dumm anmachen, bevor er sich überhaupt ihre Geschichte anhörte. Meinte er etwa, ich kam zum Spaß hierher? Der Brief in meiner Tasche wog schwer, doch statt ihm gleich preiszugeben, weshalb ich hier war, zog ich die Stirn kraus und schaute in den Club. Die Separees auf der anderen Seite waren durch die Dunkelheit komplett versteckt und aus denen neben uns hörte ich nur Stimmen und andere Geräusche, so gut es eben durch die Musik im Club überhaupt ging.

»Ich bin hier, um Blake etwas von Craig zu geben«, antwortete ich mehrere Sekunden später, die anscheinend ziemlich nervtötend für Scott gewesen waren, denn seine Augenbrauen berührten sich fast. »Er hat mir gesagt, dass er heute hier ist.«

Scott schien überrascht zu sein, seine Schultern spannten sich an und er schüttelte energisch den Kopf. »Ich fasse es nicht, dass sie dich da mit reinziehen«, wütete er und ballte seine Hände zu Fäusten. »Vor allem Craig …«, nuschelte er, doch für mich war es laut genug, um seine Worte verstanden zu haben. Ich zuckte mit den Schultern, weil es mir gerade völlig egal war, was er von der Sache hielt.

»Für mich ist das absolut kein Problem«, reagierte ich auf seine übertriebene Reaktion, »ich finde es gut, dass mir Craig das zutraut, nicht in allem eine Gefahr sieht und mich in Watte packt.« Scott verstand meine Message dahinter wohl richtig, denn sofort konzentrierte er sich vollständig auf mich, wirkte erbost und lachte schnippisch auf.

»So empfindest du das also? Dass ich dich in Watte packe?«, fragte er und der Unterton in seiner Stimme ließ mich erahnen, dass er kurz vor dem Platzen war. Die Adern an seinem Hals traten hervor, sofern ich es in dem gedimmten Licht erkennen konnte, und es fehlte nicht mehr viel, dass er komplett durchdrehte. So schnell bekam man Scott auf die Palme. Eine einfache Anspielung brachte ihn dazu, gleich durchzudrehen. Eigentlich sollte ich nun meine Klappe halten, das trichterte ich mir gedanklich auch ein. Doch die Worte lagen mir quasi schon auf der Zunge und brannten darauf, in die Freiheit entlassen zu werden.

»Ja. Zuerst hast du Aylin in Watte gepackt und nun ziehst du mit mir das gleiche Spiel ab. Und ja, ich weiß, dass du mich nicht in Gefahr bringen möchtest. Aber eins beachtest du dabei nicht: Indem du mich von dir stößt, verletzt du mich.«

Er wirkte verwirrt, das sah ich seinem Blick ganz genau an, und in seinem Kopf schien es zu rattern. »Verstehe ich richtig … ich verletze dich, indem ich versuche, zu vermeiden, dass du verletzt wirst?« Okay, das hörte sich wirklich absurd an, jedoch entsprach es der Wahrheit. Ich wollte mich auf ihn einlassen – scheiße, wir hatten Sex – und wie oft sollte ich ihm noch klarmachen, dass er mich nicht aus seiner Welt ausschließen sollte? Man hatte doch anhand seiner Schwester gesehen, wo das Ganze hingeführt hatte.

»Du hast absolut keine Ahnung von Frauen, Scott«, erwiderte ich harsch und wollte schon die Flucht aus dem Separee ergreifen, als er mich am Oberarm zurückhielt.

»Jedenfalls nicht, wenn ich eine behalten möchte.« Seine Worte ließen mich innehalten, obwohl ich mich gerade seinem Griff entreißen hatte wollen. War das etwa ein Eingeständnis? Normalerweise tickte er doch immer nur aus, wenn ich ihm Anschuldigungen an den Kopf warf, und versuchte, sich herauszureden, oder ignorierte mich einfach. Das war das komplette Gegenteil von Leugnung. Eher glich es einer Offenbarung. Scott zeigte mir einen kleinen Einblick in seine Gedanken, was mich baff vor ihm stehen ließ. Mein Herz fing an zu rasen, mein Kopf dröhnte unentwegt und ich fragte mich tatsächlich, ob ich das eben geträumt hatte. Ich war immer der Meinung gewesen, bei Scott gegen eine Wand zu reden. Oder hatte zumindest das Gefühl, dass er nicht das Gleiche empfand, sondern nur Spaß am Sex hatte. Doch seine Aussage brachte mich zum Stocken. Was sollte ich darauf antworten? Er umging den Augenkontakt, indem er die Wand anstarrte. Mein ganzer Körper kribbelte, Gänsehaut überzog ihn und ich fasste mir ein Herz, das auszusprechen, was mich seit einiger Zeit beschäftigte.

»Ich will einfach mehr«, kam es mir zögerlich über die Lippen und ich konnte es selbst nicht glauben, es laut ausgesprochen zu haben. Ja, es war verwirrend, denn im Prinzip fühlte ich für Craig das Gleiche. Ich wollte ihn nicht verlieren, Scott auch nicht. Mein Gott, wie kompliziert konnten Gefühle eigentlich sein? Wieso musste mir das passieren? Aber egal, wie oft ich es abstritt oder mir einredete, dass dieses Dreierding eine falsche Idee gewesen war, eines ließ sich nicht leugnen: Die Jungs ergänzten sich in so vielen Dingen und gaben mir das Gefühl, jemand Besonderes zu sein. Geliebt zu werden und immer eine Schulter zum Anlehnen zu haben. Wie um Himmels willen sollte ich darauf verzichten wollen? Es ging schlichtweg nicht. Ich brauchte sie beide in meinem Leben. Craig und Scott.

Völlig in seinen Gedanken versunken fuhr sich Scott mit einer Hand durch die Haare und kaute auf seiner Unterlippe herum. Was er wohl gerade dachte? Zu gerne würde ich in seinen Kopf hineinsehen und ihm all die Sorgen und den Zwiespalt nehmen. Ich wollte gerade zu einer Frage ansetzen, als er abrupt meine Hand packte und mich aus dem Separee rauszog. »Was ist jetzt los?«, wandte ich mich entgeistert an ihn und versuchte, Schritt zu halten. Er zog mich durch die Tür, die er zuvor aufgeschlossen hatte, und zog mich eine Treppe hinauf.

»Wir gehen jetzt zu Blake. Er ist gerade in seinem Büro oben und dann werde ich etwas tun, was ich ganz bestimmt heftig bereuen werde«, antwortete Scott grüblerisch und drehte sich nicht mehr zu mir um. Was meinte er? Seine Hand in meiner setzte alle Schmetterlinge in meinem Bauch frei und das Adrenalin strömte nur so durch meine Adern.

SIEBENUNDDREISSIG

SCOTT

Ich war komplett bescheuert. Wie kam ich nur auf diese bekloppte Idee? Nachdem wir Blake Craigs Brief übergeben hatten, hatten wir uns gleich wieder von ihm verabschiedet. Zwar hätte ich nur allzu gerne gleich erfahren, was unser Kumpel zu erzählen hatte, aber wollte gleichzeitig auch nicht, dass Chloe noch weiter in die Scheiße mit reingeritten oder innerlich völlig von der Sorge um ihn zerfressen wurde. Als sie Blake den Brief überreicht hatte, erzählte sie noch von ihrem Treffen mit Craig und in jedem ihrer Worte hatte ich den Schmerz herausgehört. Ich musste sie auf andere Gedanken bringen, auch wenn die Art und Weise relativ fragwürdig sein würde. Doch sie hatte darum gebeten. Hatte mir immer wieder vorgeworfen, sie aus meinem Leben fernzuhalten. Deshalb wollte ich das heute ändern.

Wir stiegen die Treppen ins Erdgeschoss hinunter, passierten die bewachte Haustür von Minos Anwesen und liefen den Kiesweg bis zu meinem Geländewagen entlang. »Willst du mich jetzt nach Hause fahren, oder wie? Das brauchst du nicht. Ich bin selbst mit dem Auto da«, sagte Chloe und blieb neben meinem SUV stehen.

»Nein, ich muss noch etwas erledigen und du kommst mit. Falls du das möchtest.« Meine Aussage schien sie zu überraschen, denn statt ihren griesgrämigen Gesichtsausdruck aufrecht zu erhalten, weil sie ganz bestimmt mit einer Ablehnung meinerseits gerechnet hatte, erhellte sich ihre Miene und ihre Mundwinkel zuckten nach oben.

»Du willst mich zu einem Job mitnehmen?«

»Ja«, erwiderte ich, entriegelte den Wagen mit der Funktastatur und stieg ein. Nervös wartete ich darauf, dass sich die Beifahrertür öffnete und Chloe einstieg, was sich wenige Sekunden später bewahrheitete. Sie rutschte aufgeregt auf dem Sitz herum, schnallte sich an und schaute mich abwartend von der Seite an.

»Und was steht heute auf dem Plan?«, fragte sie und stützte sich mit dem linken Ellenbogen auf der Mittelkonsole ab.

»Nichts Wildes.« Wobei das etwas untertrieben war. Für meine Verhältnisse stimmte es schon, denn ich hatte schon weitaus Schlimmeres getan. Doch Chloe hatte in diesem Bereich noch nie bei einem Job mitgewirkt und trotzdem wollte ich sie nicht beunruhigen. Es gab immer ein Risiko. Egal, was mir machten. Da reichte es auch schon, über eine Kreuzung zu laufen, damit uns ein Typ von einem anderen Clan eine Kugel in den Kopf jagte. Aber das wollte sie nicht verstehen, deshalb musste sie es einmal am eigenen Leib erfahren. Auch wenn mir dabei kotzübel wurde. »Uns wurde vor kurzem Kokain geklaut und dafür wollen wir uns heute revanchieren.« Zuerst hatte ich vorgehabt, Mike oder Paul mitzunehmen, weil es nur ein kleiner Auftrag von Blake war. Mit ihnen würde das allerdings bestimmt in einem Blutbad enden, worauf ich heute keine Lust hatte. Versuchten wir halt mal einen anderen Weg.

»Okay«, hörte ich es neben mir, ehe ich den Wagen startete und Minos Grundstück durch die großen, aufschwingenden Eisentore verließ.

Ich fuhr in den Norden der Stadt, wo wir eine kleine Lagerhalle von den Rosa Sangrando ausgemacht hatten. Es war nicht die absolute Ödnis, weshalb sich mein Plan vielleicht perfekt anbot, denn hier war es völlig normal, dass Passanten herumliefen, und um die Lagerhalle herum gab es auch Wohnhäuser. Von der Innenstadt bis hierher brauchte man vielleicht zehn bis fünfzehn Minuten. Eine Straße weiter parkte ich den Wagen an der Bordsteinkante und zog den Schlüssel aus dem Zündschloss, bevor ich mich Chloe zuwandte.

»Wir haben die Lagerhalle schon einige Tage beobachtet. Davor stehen immer zwei Wachleute. In der Lagerhalle befindet sich meistens ein Kerl, der die Ware bewacht. Außerdem gibt es einen Nebeneingang, durch den ich die Halle betreten würde, während du die zwei Typen vorne ablenkst. Erzähl ihnen irgendetwas über Gott und die Welt oder –«

»Ich verstehe schon. Gibst du mir ein Zeichen, wenn du fertig bist?«, fragte Chloe, als würde es darum gehen, wer den Wagen volltankte und wer bezahlte. Sie machte sich absolut keine Sorgen und das faszinierte mich. Wieso? Wieso hatte sie keine Angst davor, mir bei dem Raub zu helfen? Die Chance aufzufliegen, war fifty-fifty.

»Stell dein Handy auf Vibration und stecke es in deine Hosentasche. Wenn ich fertig bin, klingel ich dich an, dann kommst du unverzüglich zurück zu meinem Wagen.« Wir schauten uns beide an, und ehe ich mich in ihren Augen verlor, stiegen wir beide aus. Während Chloe die Hauptstraße und direkt auf die Lagerhalle zuging, nutzte ich die Chance einer Seitengasse, lief hinter zwei Gebäuden hervor und rannte rasch über die Straße, als ich bemerkte, dass die beiden Kerle schon ein Auge auf Chloe geworfen hatten.

»Jungs, ich hab mich völlig verirrt«, hörte ich sie mit bebender Stimme, als ich am Seiteneingang ankam und den Knauf drehte. Nicht verschlossen. Perfekt. Anders wäre unser Plan für die Tonne gewesen. Die Männer nuschelten etwas, was ich nicht verstehen konnte. Stattdessen öffnete ich die Tür einen Spalt breit und spähte in die Halle. Überall standen Tische herum, mit viel zu vielen Kartons, Taschen und anderem Zeug wie Waagen und Papiertütchen bestückt. Tja, bald würden sie das nicht mehr brauchen. Zumindest nicht für den ganzen Scheiß. Ich hielt Ausschau nach dem dritten Kerl im Bunde und entdeckte ihn mit dem Rücken zu mir auf einem Klappstuhl sitzen, während er auf sein Handy starrte. Geräuschlos pirschte ich mich auf Zehenspitzen an ihn heran und bemerkte, dass er sich einen Porno anschaute. Das Stöhnen der Frauen übertünchte etwas das seichte Quietschen meiner Sohlen auf dem Linoleumboden. Gezielt griff ich nach Blakes Messer in meiner hinteren Hosentasche, trat an ihn heran und packte ihm direkt eine Hand auf den Mund, ehe ich ihm die Kehle durchschnitt. Er hatte absolut keine Zeit gehabt, zu reagieren oder einen Ton von sich zu geben. Sein Röcheln wurde von meinem Griff unterdrückt und draußen hörte ich Chloes laute Stimme. Die zwei hatten gerade andere Dinge im Kopf, als sich Sorgen um ihren Kollegen zu machen. Nach wenigen Minuten war der Todeskampf von dem Kerl zu Ende. Er sackte zusammen und im letzten Moment konnte ich vermeiden, dass sein Handy geräuschvoll auf den Boden fiel, das er bis gerade eben krampfhaft festgehalten hatte. Ich legte den Leichnam neben dem Klappstuhl auf den Boden. So, dass man ihn nicht direkt sah, wenn die zwei anderen Deppen in die Halle schauen sollten.

»Ich glaube, ich hab mich bisher in den völlig falschen Stadtteilen von Chicago aufgehalten, wenn ich euch beide so sehe«, drang Chloes Stimme zu mir, woraufhin ich die Augen verdrehte. Gleichzeitig stahl sich ein Lächeln auf meine Lippen, da ich absolut nicht fassen konnte, was für Gefühle sich gerade in mir breitmachten. Mir behagte es ganz und gar nicht, dass sie dort draußen stand und diese Wichser um den Finger wickeln wollte, auch wenn ich wusste, dass das alles gespielt war. Trotz allem wollte ich am liebsten jeden Moment dazwischen springen, um sie zu beschützen. Und doch erwischte ich mich dabei, dass es mir irgendwie auch Spaß machte, mit ihr zusammenzuarbeiten. Es war etwas völlig anderes als mit den Jungs, denn mit einer Frau an meiner Seite ergaben sich ganz andere Möglichkeiten der Ablenkung. Denn damit rechneten all die Hurensöhne mit Sicherheit nicht.

Die Männer lachten auf und ich konnte nur den Kopf über ihre Dummheit schütteln, während ich durch ihre Lagerhalle lief, mir vier der Taschen schnappte und sie mit den großen Paketen voll Koks füllte. Fuck, sie waren ziemlich schwer, aber ich warf mir zwei über die Schultern, jeweils eine links und rechts, und nahm die beiden anderen in die Hand, ehe ich durch den Seiteneingang das Weite suchte.

»Ich bin nur auf der Durchreise und auf der Suche nach etwas

Spaß. Und ihr beide passt ziemlich gut in mein Beuteschema«, sagte Chloe und ich lugte um die Ecke der Halle, um sicherzugehen, dass die Luft rein war, damit ich die Straße überqueren konnte. Dabei streifte mich Chloes Blick, die sofort kapierte und sich in Bewegung setzte. Sie stellte sich so hin, dass sie die Fassade der Lagerhalle im Rücken hatte und die beiden Männer somit nicht zur Straße schauten. »Habt ihr mal was zu schreiben?« Chloe klimperte mit ihren Wimpern und verzückte diese beiden Penner komplett. Das war die Schwäche der ganzen Clanmitglieder. Frauen. Es hätte keinen besseren Plan geben können. Und dafür klopfte ich mir selbst gedanklich auf die Schulter, obwohl es mich nebenbei auch traurig machte, Chloe in diesen Teil meines Lebens gelassen zu haben. Doch was war die Alternative? Sie von mir zu stoßen? Fuck, dazu war ich nicht mehr fähig, weshalb ich mich mit erhobenen Händen ergeben hatte. Chloe sollte verstehen, dass sie keine dahergelaufene Frau für mich war. Auch wenn ich mir das viel zu oft hatte einreden wollen.

Als ich mir sicher sein konnte, dass die Männer abgelenkt waren und Chloe dabei beobachteten, wie sie etwas auf einen Zettel kritzelte, rannte ich mit den Sporttaschen über die Straße und dankte Gott, dass ich trainiert war. Dieses Gewicht auf den Schultern war enorm. Ich passierte die Gasse, gelangte zu meinem Wagen und stellte die Taschen ab, bevor ich den Kofferraum öffnete und sie dort hineinlegte. Dabei zog ich mein Handy aus der Hosentasche und klingelte Chloe an, deren lautes Lachen durch die Straßen schallte. Verdammt, sie war ein Naturtalent.

»Okay, Jungs, wir sehen uns!«, rief sie den Kerlen nochmal zu, als sie an der Straßenecke angekommen war und – kaum aus ihrem Sichtfeld – ihre Schritte schneller werden ließ. Ich hielt ihr schon die Beifahrertür auf, damit sie direkt einsteigen konnte, und erhaschte noch einen Blick auf ihr breites Lächeln, ehe sie sich anschnallte. Rasch umrundete ich den Wagen, stieg ein und startete den Motor. Ich verließ das Gebiet unverzüglich und raste über die nächste Kreuzung, da zum Glück keine Autos zu sehen waren. Es würde nicht lang dauern, bis die Penner bemerken würden, dass ihr Kollege tot und ein

Teil der Ware weg war. Und wenn das eintraf, sollten wir so weit entfernt wie nur möglich sein. Denn sie zählten dann sicherlich eins und eins zusammen.

»Das war brillant«, sagte ich in die Stille hinein und hörte nur das Dröhnen des Motors im Cockpit. Zuerst blieb Chloe still, ehe sie mir zustimmte und sich außer Puste anhörte.

»Ja, mein Puls war, glaube ich, kurz vorm Durchdrehen, aber es war mal eine etwas andere Art, den Abend zu verbringen«, lachte sie und hatte dabei keine Spur von Angst in der Stimme. Es war immer noch unfassbar für mich. Woher kam diese Stärke?

»Und es ist in keinem Blutbad geendet. Das ist bemerkenswert. Normalerweise ist das Standard. Nur der Kerl in der Halle musste dran glauben, ich verbuche es mal als einen Fortschritt, dass wir uns unbemerkbar wieder hausstehlen konnten – oder zumindest ich.«

»Fällt es dir eigentlich schwer?«, fragte Chloe und zuerst konnte ich mir auf diese Frage keinen Reim machen und schaute sie nur von der Seite an. »Das Töten, denn ich weiß, dass es nicht so spurlos an Craig vorbeigeht.« Ich atmete tief ein und hörbar wieder aus.

»Am Anfang ist es mir richtig schwergefallen, aber ich hab schnell kapiert, dass ich in unserem Job nicht lang drumherum komme. Ich hab mir dann immer vor Augen geführt, weshalb ich das mache. Damit Aylin in Sicherheit ist und ich die Chance besitze, ihr dadurch ein besseres Leben bieten zu können. Und solange ich daran festhalte, es für die wichtigsten Menschen in meinem Leben zu tun, kann ich damit leben.« Chloe antwortete nicht, sondern starrte mich nur an. Ich spürte ihren messerscharfen Blick auf mir, meinen Puls in die Höhe schießen und konzentrierte mich auf die Straße vor uns.

»Zuerst hast du nur über Aylin gesprochen … und dann über die wichtigsten Menschen in deinem Leben. Wer gehört denn alles dazu?«, kam es ihr leise und zurückhaltend über die Lippen. Hinter meinen Schläfen fing es unaufhörlich an zu pochen. Darauf konnte ich ihr keine Antwort geben. Es war zu früh … deshalb ließ ich die Frage unbeantwortet, schüttelte nur den Kopf und war froh, dass Chloe verstand.

Gerade war nicht der richtige Zeitpunkt, darüber zu sprechen, nicht, nachdem ich bei einem Kerl die Lichter hatte ausgehen lassen, und nicht, während mein Kofferraum voller gestohlener Ware war. Chloe schien darüber nicht gerade happy zu sein, denn sie senkte den Kopf und starrte auf ihre Hände in ihrem Schoß.

»Soll ich dich nach Hause fahren?«, fragte ich sie nach kurzem Schweigen. Sie schaute auf die Uhr im Cockpit und schüttelte dann den Kopf. Leise fluchte sie.

»Nein, ich muss noch arbeiten.«

»Um die Uhrzeit?« Ich konnte den überraschten und argwöhnischen Unterton in meiner Stimme nicht abstellen. War das auch der Grund, warum sie ihre Schultern straffte und meine Frage ignorierte?

»Aber die Zeit reicht nicht mehr, um meinen Wagen bei Mino zu holen. Fahr mich bitte zum The Bridge Teen Center.« Mit diesem Center konnte ich absolut nichts anfangen, was Chloe an meinem Stirnrunzeln bemerken musste, denn kurz darauf gab sie die Adresse in das eingebaute Navigationssystem ein. Wo würde ich sie da nur absetzen?

ACHTUNDDREISSIG

SCOTT

Ich parkte meinen Wagen vor einem Backsteingebäude, über dessen Eingang ein großes Schild hing. *The Bridge Teen Center.* Davon hatte ich noch nie etwas gehört, was vielleicht daran lag, dass ich mich nie in solchen Centern herumgetrieben hatte. War das wie eine Art Freizeitcenter für Teenager? Bevor ich Chloe die Frage stellen konnte, hatte sie sich schon abgeschnallt und war ausgestiegen. Okay, da hatte es wohl jemand eilig. Rasch tat ich es ihr gleich, knallte die Tür hinter mir zu und schaute dabei zu, wie sie kurz davor war, im Inneren zu verschwinden.

»Jetzt warte doch mal«, rief ich hier hinterher, woraufhin sie abrupt stehen blieb und sich zu mir drehte.

»Sorry, es ist nur … zu spät zu kommen, ist gar nicht meine Art und sie warten sicherlich schon auf mich«, erwiderte sie rasch und drehte sich wieder herum.

»Was ist das hier überhaupt?«

»Wenn du das wissen möchtest, komm doch einfach mit rein, wenn du magst.« Sie grinste mich schüchtern über die Schulter an, zog die Glastür auf und betrat das Center. Zuerst überlegte ich und blieb weiterhin auf dem Parkplatz stehen, ehe ich mir ein Herz fasste und Chloe folgte. Ich musste unbedingt wissen, was es damit auf sich hatte. So wie sie sich eben ausgedrückt hatte, war das nicht das erste Mal, dass sie hier aufkreuzte. Fragen über Fragen tummelten sich in meinem Kopf, ehe ich mich in Bewegung setzte und in das Center gelangte.

Von innen machte es definitiv viel mehr her als von außen. Die Fassade hatte trist und alt gewirkt, weshalb ich kurzerhand gedacht hatte, es würde sich um eine Absteige handeln. Doch die Einrichtung sprach eine ganz andere Sprache. Links kam man in einen Raum, der durch eine Wand aus Plexiglas vom Rest des Eingangsbereiches abgegrenzt war. Dadurch konnte ich sehen, dass dort mehrere Tische im Raum standen und in den Wänden kleine Sitznischen mit dicken Kissen eingelassen worden waren. Ein oder zwei waren sogar besetzt, von Jugendlichen, die entweder ein Buch lasen oder auf dem Handy herumtippten. Rechts von mir hörte ich Stimmen, darunter auch Chloes, und wandte mich in ihre Richtung. Zuerst entdeckte ich die offen geschnittene Küche in rustikalem Stil. Darin befand sich eine u-förmige Küchenzeile und vor dieser eine Kücheninsel, um die sich mehrere Barhocker reihten. Ich lief daran vorbei, staunte, wie sehr sie blitzte, und betrat den nächsten Raum, der sicherlich der Freizeitraum sein sollte. Hier gab es zwei Billardtische, ein Air-Hockey-Spiel, einen Basketballkorb, verschiedene Spielautomaten und auch eine Dartscheibe konnte ich an der hinteren Wand entdecken. In der linken hinteren Ecke standen Spinde aus Metall, davor gab es eine Sitzgelegenheit wie aus einem Diner und an der gegenüberliegenden Wand stand eine Couch, auf der ein junger Kerl der Länge nach lag und glücklich dreinschaute. Ich musste fast sagen, dass das hier einem kleinen Paradies glich und mir absolut kein anderer Ort in Chicago einfiel, wo sich Jugendliche so unbeschwert mit ihren Freunden treffen konnten.

»Ich hoffe, ihr habt noch nicht allzu lang auf mich gewartet«, drang Chloes Stimme zu mir und die Kids widersprachen ihr sofort. Um sie herum standen zwei junge Mädchen und ein Junge, der sich aber eher im Hintergrund hielt und nur mit dem Kopf schüttelte. Sie schien sich nur auf sie zu konzentrieren und würdigte mich keines

Blickes mehr. Doch das war mir egal. Ich genoss es, ihr dabei zuzusehen, wie freundschaftlich und familiär sie mit den Jugendlichen umging, mit ihnen anfing, Billard zu spielen, und mich sogar fragte, ob ich einsteigen wollte. Natürlich konnte ich da nicht nein sagen, schnappte mir ein Queue und ging mit vollem Tatendrang an die Sache heran. Nur leider stellte sich heraus, dass die Kids weitaus geübter darin waren als ich, denn sie zogen mich bis auf die Boxershorts aus. Metaphorisch gemeint. Wir lachten viel, besonders die Kids, die Chloe und mich immer wieder mit strahlenden Augen anstarrten und stets wiederholten, wie viel Spaß sie hatten.

Mir lagen so viele Fragen auf der Zunge und trotz allem konnte ich gerade keine davon stellen. Was machte Chloe hier? Kannte sie die Kids? War das hier ein Nebenjob? Ich wurde noch verrückt. Nach der Runde Billard gingen alle wie selbstverständlich in die Küche und fingen an, Kochutensilien aus den Schränken und dem Kühlschrank zu räumen. »Gibt‘s jetzt essen?«, fragte ich neugierig und eines der Mädchen drehte sich zu mir herum.

»Ja, das machen wir immer, wenn Chloe hier ist«, antwortete sie und schenkte mir damit ein völlig neues Bild von Chloe. Erst da wurde mir bewusst, dass ich nicht wirklich viel über sie wusste. Sie studierte mit Aylin, lebte in einem prunkvollen Haus und ihre Eltern waren ständig auf Reisen. Und jetzt offenbarte sie mir, dass sie sich in einem Jugendhaus engagierte. Einfach so, als wäre es etwas total Belangloses.

»Hunger?«, wandte sich mir Chloe zu und zwinkerte. Keiner würde mir jemals glauben, dass sie vor nicht weniger als einer Stunde noch mit mir einen Job erledigt hatte. Kerle um den Finger gewickelt hatte, während ich ihr Koks geklaut hatte, das übrigens noch in meinem Wagen draußen auf dem Parkplatz lag. Hoffentlich kam niemand auf den Gedanken, in den Kofferraum zu spähen. Wobei es die getönten Scheiben unheimlich schwer machten, irgendetwas zu erkennen. Ich wusste schon, weshalb ich damals auf sie bestanden hatte.

Ich nickte, wobei mein Magen lautstark anfing zu knurren. Verräter. Chloe lachte in sich hinein, drehte mir wieder den Rücken zu und fing an, Zwiebeln zu schnippeln. Da der stumme Junge einen fertigen Pizzateig aus dem Kühlschrank holte, musste ich auch nicht fragen, was es geben würde. Deshalb suchte ich mir lieber einen Platz zwischen den Kids und fing an, Paprika in kleine Stücke zu schneiden. Sie quasselten ohne Ende mit Chloe, ich hörte ihren Gesprächen aufmerksam zu und lernte Aylins beste Freundin auf eine komplett neue Art kennen. Wer war sie? Und wieso war sie mir so fucking sympathisch? Das versetzte mich in eine Schockstarre. Ich sollte sie eigentlich so fern wie nur möglich von mir halten, doch das hier machte es mir sowas von schwer. Es zeigte mir, dass Chloe etwas besaß, von dem ich dachte, dass ich es nicht hatte. Ein Herz, voll mit Gefühlen für andere. Stattdessen hatte ich mich immer in mir selbst versteckt, nichts zugelassen und nur für den Moment gelebt, Aylins Schutz über alles gestellt. Aber was, wenn mir diese Lebensart so viel Zeit gestohlen hatte, von etwas, für das es sich zu leben lohnte? Ich hatte mich stets vor der Liebe und allem, was damit zusammenhing, verschlossen und jetzt stand ich hier, schnippelte Paprika mit Chloe und diesen Kids. Und das Schlimmste: Es fühlte sich hervorragend an und lenkte mich von meinem eigentlichen Job ab. Ruhe breitete sich in mir aus und ein Lachen entfuhr meiner Kehle, als mich das andere Mädchen – wenn ich richtig verstanden hatte, hieß sie Medina – fragte, ob ich auch ehrenamtlich hier arbeitete. Erstaunt schaute ich Chloe an, die ihren Blick senkte und so tat, als hätte sie die Frage nicht gehört. »Nein, ich bin ein guter Freund von Chloe und sie hat mir erlaubt, heute mal etwas hier reinzuschnuppern«, antwortete ich und widmete mich dem letzten Stück Paprika. Neben mir erklang Getuschel, gefolgt von einem leisen Lachen, was mich aufblicken ließ. Ich bemerkte, wie Chloe Medina einen sanften und spielerischen Hieb mit dem Ellenbogen in die Seite verpasste und ihr etwas zutuschelte, woraufhin mich Medina mit geröteten Wangen ansah. War ich dumm oder redeten sie über mich? Ich vergaß … das hier waren Teenager und meine Antwort hatte die perfekte Vorlage für Gerüchte gegeben.

Mit der Zungenspitze fuhr ich über meine Unterlippe und

verkniff mir einen Kommentar. Ich würde es nur noch schlimmer machen und Chloe nicht dazu drängen, den Kids Frage und Antwort zu stehen. Obwohl ich mir ziemlich sicher war, dass ihr nächster Besuch hier mit genau diesen starten würde. Teenager konnten verdammt penetrant sein.

Nachdem wir alle Zutaten für die Pizza in perfekte Stücke geschnitten und Chloe die Tomatensoße auf dem ausgerollten Teig verteilt hatte, verstreuten wir die Lebensmittel darauf. Jeder belegte sich ein kleines Stück des Teigs, ehe die Pizza in den Ofen wanderte und wir uns dem Air Hockey zuwandten und einige Runden spielten. Wir verbrachten noch einige Stunden zusammen und aßen die Pizza, bevor die ersten Kids nach Hause gingen. Erst als sich ein Junge, sein Name war Tim, wie ich kurz zuvor mitbekommen hatte, zur Bushaltestelle aufmachte, suchte Chloe ihre Sachen zusammen und wurde dann von zwei anderen Kollegen herangewunken, gerade, als wir den Laden verlassen wollten. »Chloe, danke. Was würden wir nur ohne dich machen?«, fragte ein in die Jahre gekommener Mann mit Halbglatze. »Ich hoffe, es war nicht allzu umständlich, heute die Abendschicht von Doug zu übernehmen.«

»Nein, alles gut. Josh, du weißt doch, dass ich gerne Zeit mit den Kids verbringe. Mach dir keinen Kopf. Wenn nochmal so ein Fall eintreten sollte, ruf mich gerne an. Soweit es die Uni zulässt, unterstütze ich euch immer.«

Die andere Frau nahm sie zum Abschied in den Arm, ehe ich Chloe die Eingangstür aufhielt und wir beide an die frische Abendluft traten.

»Wieso machst du das hier? Hast du mit der Uni nicht schon genug um die Ohren?«, fragte ich schließlich.

»Weil ich es gerne machen und die Kids mir am Herzen liegen. Das hier ist nicht einfach ein Jugendzentrum, in dem sie sich ihre Zeit vertreiben, weil sie nichts Besseres zu tun haben. Die meisten von den Jugendlichen sind allein, die Eltern nicht regelmäßig zu Hause oder es herrscht eine beschissene Stimmung dort. Sie haben keine Schulter zum Anlehnen und dadurch manchmal auch Probleme in der Schule, werden gemobbt. Ich gebe ihnen das, was ich kann, verbringe Zeit mit ihnen und hab ein offenes Ohr für sie. Wenn sie hier sind, sollen sie sich nicht allein fühlen, weshalb ich die Einrichtung gerne unterstütze.« Ihre Antwort zog mir den Boden unter den Füßen weg, denn damit hatte ich nicht gerechnet. Chloes Stimme war zum Ende hin immer dünner und leiser geworden, was mich vermuten ließ, dass dahinter noch etwas mehr steckte. Doch darauf wollte ich sie nicht ansprechen oder es gar aus ihr herauspressen. Sie hatte ihre Gründe, hier zu sein, und das akzeptierte ich. Es rückte sie in ein ganz anderes Licht und ein klein wenig musste ich schmunzeln, denn bisher war mir Chloe eher wie eine Bad Bitch gegenübergetreten. Stur, trotzig und nahm nie ein Blatt vor den Mund. Und sie heute Abend mit den Kids zu sehen, ihren weichen Kern zu entdecken, machte mich sprachlos. Es hatte sich auch keinesfalls aufgesetzt angefühlt. Das war Chloe, in all ihren Facetten. Diese neu entdeckte Seite an ihr imponierte mir sehr.

»Okay«, erwiderte ich, denn mehr war nicht notwendig. Ich sah ihr an, dass sie langsam extrem müde war, entriegelte den Wagen und hielt ihr die Beifahrertür auf. Während sie einstieg, ging ich auf die Fahrerseite und tat es ihr gleich. Langsam fädelte ich mich in den Verkehr ein und erinnerte mich plötzlich daran, dass Chloe vorhin bei dem Job irgendetwas auf einen Zettel gekritzelt hatte.

»Was hast du den Kerlen vorhin eigentlich für einen Zettel gegeben?«

Sie lachte auf. »Sie denken, es wäre meine Nummer, aber eigentlich ist es die von der Berufsberatung.« Ich schüttelte grinsend den Kopf und umfasste das Lenkrad ein klein wenig fester, weil sie es sagte, als hätte sie vor wenigen Stunden mit irgendwelchen Kerlen in einem Club herumgeshakert anstatt mit Drogendealern und womöglich Mördern. Diese Frau war krank, auf eine positive Art und Weise, und machte es mir unmöglich, mich von ihr fernzuhalten.

»Soll ich dich nach Hause fahren?« Ich warf ihr einen Blick von der Seite zu und sah, dass sie ihren Kopf schon gegen die Fensterscheibe gelehnt hatte.

»Ja, bitte«, kam es leise und erschöpft von ihr. Wer hätte gedacht, dass der Abend so endete? Eigentlich hätte ich sie nach dem Job nur nach Hause fahren und dann die Drogen in die Scheune bringen wollen. Stattdessen hatte sich mir so viel mehr offenbart als das raue und dunkle Leben, das ich führte. Ich hatte einen Blick in Chloes Welt erhaschen dürfen und war ihr dafür so dankbar. Diese Kids gingen mir nicht mehr aus dem Kopf und auch ihre Worte nicht. Ein scheiß Zuhause kannte ich nur allzu gut. Hätte mich dieses Center damals vielleicht auf einen anderen Weg gebracht? Hätte das Leben für mich eine andere Bestimmung gehabt, wenn ich über meinen Schatten gesprungen wäre, um über meine Probleme zu reden, anstatt mit dem Kopf durch die Wand zu wollen? Fuck, es hatte keinen Sinn, darüber nachzudenken. Nichts würde sich dadurch an meiner Situation ändern, weshalb ich mir das Gedankenkarussell sparte und eher daran dachte, wie groß Chloes Herz war, dass sie den Kids so viel Liebe und Aufmerksamkeit schenkte.

NEUNUNDDREISSIG

SCOTT

Chloe hatte es bei ihr zu Hause angekommen verdammt eilig gehabt, aus dem Wagen zu steigen. Die Müdigkeit war ihr ins Gesicht geschrieben gewesen und ich hatte sie nicht davon abhalten wollen, direkt ins Bett zu fallen. Es würde noch viele Möglichkeiten geben, uns zu unterhalten, denn nach dem Abend im Center wollte ich tatsächlich noch so vieles von ihr erfahren. Sie besser kennenlernen. Gott, ich hörte mich an wie irgendein Softie aus so einem Schnulzenfilm. Und daran war nur Chloe schuld. Sie erweckte in mir das Interesse, mehr zu wissen, sie in- und auswendig zu kennen. Fast so, wie es bei ihr und Craig war. Wurde ich etwa eifersüchtig? Fuck, ich musste runterkommen. So kannte ich mich nicht. Zu Hause würde ich mir gleich erstmal ein kaltes Bier gönnen.

Ich fuhr von der Interstate auf den versteckten Waldweg, der über mehrere Abzweigungen zu unserer Hütte führte. Kein Mensch benutzte diesen Weg. Nur ab und an erkannte ich Wanderer auf der anderen Seite des Sees. Mit Schrittgeschwindigkeit und eingeschaltetem Fernlicht näherte ich mich der Waldhütte, als ich abrupt auf die Bremse trat und entgeistert durch die Frontscheibe schaute. Überall in der Hütte brannten die Lichter und eins wusste ich ganz genau: Aylin war nicht da, denn sie hatte mir vorhin noch geschrieben, dass sie bei

Blake übernachten würde. Adrenalin pumpte durch meine Adern und brachte mein Herz zum Rasen. Welcher Bastard hielt sich dort drin auf? Wer wollte heute sterben?

Sicherlich hatte mich der Eindringling schon entdeckt, allein wegen des Fernlichts – das war so sicher wie das Amen in der Kirche. Deshalb ließ ich den Motor laufen und öffnete die Fahrertür langsam so weit, dass ich mich hinauszwängen und hinten um das Auto herumschleichen konnte. Durch das grelle Licht musste mein Besucher dermaßen geblendet sein, dass er von meinem Manöver nichts mitbekam. Lebensmüde war ich allerdings nicht und entscheid mich dafür, durch den Keller in die Hütte zu gelangen. Geduckt lief ich unter dem Küchenfenster vorbei, erhaschte einen kurzen Blick hinein, doch sah niemanden. Mist. Derjenige würde mich gleich richtig kennenlernen. Ich fischte meinen Schlüsselbund aus der Hosentasche und schloss die Kellertür auf, die mit einem leisen Knarzen aufschwang. Dabei zog ich Blakes Messer hervor, wappnete mich für einen Angriff, aber nichts passierte. Ich atmete tief aus, ließ die Schultern jedoch angespannt. Mit bedachten Schritten betrat ich den Raum, lief an den zugedeckten Möbeln und mehreren Kisten vorbei, ehe ich die Treppe nach oben nahm. Zum Glück kannte ich das Haus wie meine Hosentasche, wodurch ich die Stufen, die besonders laut knarzten, übersprang und geräuschlos zur Tür kam, die in den Wohnraum führte. Dahinter hörte ich allerdings nichts. Keinen Mucks. Wollte mich da jemand verarschen? War Aylin vielleicht doch zu Hause gewesen, hatte eine Lichterparty geschmissen und nur vergessen, sie wieder auszuschalten? Nein, das machte sie nicht. Sie wusste, wie sehr ich es hasste, wenn überall die Lichter brannten wie der verdammte Eiffelturm in Paris bei Nacht. Ich griff den Knauf, drehte ihn langsam nach rechts und gab der Tür einen Schubs. Das Messer fest im Griff, falls einer dachte, mich aus dem Hinterhalt zu überrumpeln. Nichts.

Ziemlich angepisst betrat ich den schmalen Flur, der in die Küche und den offenen Wohnraum führte und auf dessen rechter Seite die Treppe ins Obergeschoss lag. Wenn ich mich hier ohne Grund zum

Clown machte, war der Abend schon gelaufen für mich, denn ich merkte, wie sich meine Laune immer mehr in den Keller verabschiedet, aus dem ich gerade gekommen war. Das würde kein Bier der Welt mehr kitten können. Nur Whiskey.

Im nächsten Moment hörte ich ein Klirren in der Küche, blickte in die Richtung und fletschte gedanklich die Zähne. Diesen Wichser würde ich einen Kopf kürzer machen. Dieses Mal gab ich mir keine Mühe mehr, leise zu sein, denn aus der Küche gab es keine andere Fluchtmöglichkeit als den Weg durch den Flur. Außer, der Pisser wollte sich durch die kleinen Fenster drücken, wobei ich auch dabei seinen Arsch noch zu fassen bekommen würde. Ich rannte förmlich in die Küche und sah am Kühlschrank eine dunkel gekleidete Person mit einem Hoodie.

Meine Hand schloss sich fester um den Griff des Messers, als ich ausholte und in der letzten Sekunde verhindern konnte, dass sich die Spitze in den Körper des Eindringlings bohrte, als sich dieser zu mir umdrehte. Mit weit aufgerissenen Augen schaute ich mein Gegenüber an und erstarrte.

»Meine Fresse. Das ist ja mal 'ne nette Begrüßung«, sagte Craig und hielt in der Hand eine Schale von dem Schokopudding, den Aylin gestern gemacht hatte. Was zur verfickten Hölle machte er hier? Ich schnaubte, brauchte jedoch einige Minuten, bis sich in meinem Kopf alles zusammengesetzt hatte.

»Bist du lebensmüde?!«, schrie ich laut, woraufhin mein Kumpel nur mit den Schultern zuckte. »Was soll die Scheiße überhaupt? Dein Job ist es, dich von uns fernzuhalten, du Pfeife«, fuhr ich fort und legte das Messer auf den Küchentisch, ehe ich auf einen der Stühle fiel. Sofort schoss mir ein Gedanke in den Kopf, für den ich Craig eigentlich direkt eine in die Fresse hauen wollte. »Besonders … wieso ziehst du Chloe mit in die Kacke, gibst ihr einen Brief für Blake mit, wenn du sowieso selbst hier aufkreuzt? Du hast riskiert, dass sie jemand mit uns in Verbindung bringt, wenn Minos Anwesen überwacht wird. Was hast du dir –?« Fuck, ich konnte mich gar nicht mehr zurückhalten, doch Craig unterbrach mich mit einem Wink und erschien von einem Moment zum anderen bitterböse.

»Zumindest bin ich nicht so bescheuert und nimm sie zu einem Job mit. Verflucht, wie dämlich bist du eigentlich? Scheiße, ich dachte, du bist der Klügste von uns«, konterte er und ich musste eingestehen, dass er recht hatte. Blieb nur die Frage, wer von uns beiden bescheuerter war. Als ich seine Worte kapierte und mich fragte, wie er davon wissen konnte, blieb mein Herz für eine Sekunde stehen. Craig wusste nichts von Blakes Anweisungen, da er nicht für uns arbeitete. Das konnte also nur bedeuten … FUCK!

Ich sprang vom Stuhl auf, raufte mir die Haare und ging auf und ab. Schockiert über meine eigene Einfältigkeit, dass ich davon ausgegangen war, Chloe mitzunehmen wäre gar keine so schlechte Idee gewesen. »Sie haben es rausbekommen?« Fuck, scheiße, ich hasste mich so sehr! Von Anfang an hätte ich es besser wissen müssen. Ich war doch kein Anfänger mehr in diesem Milieu. Niemals hätte ich mich von meinen Gefühlen beeinflussen lassen dürfen. *Ich brauche mehr.* Die Worte waren immer noch in meinen Kopf, wie in Stein gemeißelt. Niemals hätte ich ihr das geben dürfen. Am besten, ich rammte mir das Messer selbst in die Brust. Und Chloe musste ich auch Bescheid geben. Sie war, soweit ich wusste, allein zu Hause. Wenn sie uns verfolgt hatten, war sie dort nicht mehr sicher. Gerade wollte ich mein Handy aus der Tasche ziehen und Chloe anrufen, als Craig mich davon abhielt, indem er es mir abnahm.

»Nein, haben sie nicht, kannst dich beruhigen. Die Kerle haben von einer äußerst sexy Blondine mit frechem Mundwerk gesprochen, die sie gezielt abgelenkt hatte, und ich kenne sonst keine, die für einen Clan arbeitet – außer natürlich Aylin. Aber ich dachte mir schon, dass Blake nicht so gedankenlos ist und sie zu einer Mission mitschleppt.« Bei seinen letzten Worten hob er belehrend eine Augenbraue. »Gerade, weil er weiß, dass du ihn dafür umbringen würdest. Und was macht du? Fuck, ich würde dir so gerne eine reinhauen. Weil du Chloe mitgenommen hast und weil du keinen der Jungs dabei hattest! Es hätte dir sonst was passieren können. Meine Fresse …«, redete sich

Craig in Rage und ich verkniff mir, etwas darauf zu erwidern, dass er meine Schwester eben sexy genannt hatte. Denn er machte sich offenbar nicht nur um Chloe Sorgen, sondern auch um mich. Ich presste die Lippen aufeinander. »Es hätte sonst was passieren können«, fügte er abermals leise hinzu und schwieg anschließend. So standen wir stumm da, beide die Hände in den Hosentaschen und sahen uns einfach an.

»Seit wann machst du dir Sorgen um mich?«

»Verflucht, das mache ich immer«, brummte Craig dieses Mal und lief in der Küche auf und ab. Dann lehnte er sich mit dem Rücken gegen die Arbeitsplatte und stemmte die Hände darauf. Irritiert sah ich ihn an. Es überraschte mich. Nach Blake war Craig mein engster Vertrauter und wir unternahmen relativ viel zusammen, wobei es privat in letzter Zeit weniger geworden war – wegen Chloe und der ganzen Sache. Doch seitdem dieses Dreierding bei uns lief, hatte ich mich ihm halbwegs wieder angenähert, weil ich es davor nie ertragen hatte, die beiden zusammen zu sehen. Alles in mir verkrampfte sich in mir, wenn ich an ihre Worte dachte, die sie mir im Club gesagt hatte.

»Ich hab auf Chloe aufgepasst. Zu keiner Zeit war sie in Gefahr, das musst du mir glauben«, verteidigte ich mich, hob entschuldigend die Hände und erkannte in Craigs Mimik, dass sie sich entspannte. Er wusste ganz genau, dass ich auf meine Partner zu hundert Prozent aufpasste und besonders bei Chloe keine Ausnahme machen würde. »Fuck, aber als ich sie im Club angetroffen hatte, als sie Blake deinen Brief geben wollte, meinte sie zu mir, dass sie mehr möchte, also hab ich sie mitgenommen.« Wobei ich mir immer noch nicht sicher war, was dieses *Mehr* bedeuten sollte. Hatte ich ihren Wunsch erfüllt oder ihn komplett verhauen? Ganz so schlimm konnte es für sie nicht gewesen sein, schließlich hatte sie mich mit ins Center genommen.

Craig raufte sich die Haare, löste sich von dem Küchenschrank und atmete tief ein und aus. »Seit wann bist du so unvernünftig? So kenne ich dich nicht, normalerweise ist das doch immer mein Part«, grinste er schief und genau das Gleiche fragte ich mich auch.

»Ist gut jetzt, ich hab‘s kapiert.«

»Nein, ist es nicht, Scott. Scheiße, ich mach alles mit, aber wenn du anfängst, Chloe in die Scheiße mit reinzuziehen, mach ich dich kalt. Nimm sie mit, wenn der ganze Mist vorbei ist, aber nicht jetzt! Du hast es selbst gesagt: Dieses Leben braucht sie nicht. Du hältst jeden von dir fern – und jetzt? Genau in diesem Moment, wo wir nicht wissen, was unser Feind vorhat, entscheidest du dich, zu nachlässig zu sein? Und dann auch noch ihr beide allein … nimmst lieber sie mit als jemanden, der dich zur Not rausboxen kann«, machte er mir weiter Vorwürfe. Und ich wusste gerade nicht, was ihn mehr aufregte. Dass ich Chloe in Gefahr gebracht hatte – oder mich selbst. Beinahe wirkte es, als hätte Craig um uns beide gleichermaßen Angst. »Ich bin gerade mal eine Minute weg, da übernimmst du den Part des Rüpels, der euch in Schwierigkeiten bringt.« Warte – was?

»Wie hast du mich genannt?«, fragte ich ihn mit dunkler Stimme und spürte, wie sich jeder Muskel an meinem Körper anspannte. Verstand er nicht, dass ich mich darum gekümmert hatte, dass Chloe in Sicherheit war? Fuck, eher würde ich mich ins Getümmel stürzen und eine Kugel einfangen, als sie der Gefahr auszusetzen. Am liebsten wäre es mir auch gewesen, wenn sie nicht dabei wäre, aber ich musste eine Balance finden. Sonst würde ich sie verlieren und das wollte ich nicht. Warum durfte nur er Mist mit ihr anstellen? Wieso sollte ich immer der Vernünftige sein?

»Du hast schon richtig gehört«, erwiderte mein Kumpel und straffte die Schultern. »Das war das letzte Mal, dass sie dich begleitet hat. Sonst lernen wir uns richtig kennen.« Craig runzelte die Stirn und schien nicht klein beizugeben, würde ich ihm jetzt noch einmal widersprechen.

»Sie war keine Sekunde in Gefahr«, presste ich zwischen den Zähnen hervor, denn ich wollte die Anschuldigungen nicht über mich ergehen lassen und die Klappe halten.

»Das ist mir scheißegal, Scott. Halte dich daran.« Er trat auf mich zu. Zwar war er wenige Zentimeter kleiner als ich, doch sah er mich feste an. Ihm lag viel an Chloe. Das wusste ich, aber gerade jetzt machte er es nochmal richtig deutlich. In ihrem Fall gab es seiner

Meinung nach nichts zu verhandeln. Das unterschrieb ich sofort, jedoch ließ ich mich nicht als lebensmüde und als das größte Arschloch darstellen, weil ich ihren Arsch riskiert hatte.

»*Mehr* bedeutet nicht, dass du mit ihrem Leben spielen sollst, sondern dich ihr gegenüber etwas mehr öffnen sollst. Und dabei spreche ich nicht von deiner dunklen Seite«, sagte Craig nach einigen Minuten und schüttelte den Kopf.

»Verpiss dich«, reagierte ich scharf und betonte die Worte besonders stark. Ich wollte ihn nicht mehr sehen und mich über Dinge belehren lassen, die ihn absolut nichts angingen. Ja, die Offensive damals war von ihm aus gekommen. Craig hatte Chloe die Freiheit gelassen, etwas mit mir anzufangen, und hatte damit absolut kein Problem. Aber das hieß nicht, dass er so über mich urteilen durfte und mich als das böse Ungeheuer darstellen konnte. Er war ebenfalls kein Messias und hatte genug Blut an den Händen.

»Sag mir nicht, was ich tun und lassen soll. Du hast sie ebenfalls in Gefahr gebracht, als du dich mit ihr getroffen hast, also halt deine Fresse.«

Craig lachte auf, entfernte sich einige Schritte von mir und trat in den Flur. Ich dachte, er würde darauf nichts mehr sagen. Doch dann blieb er stehen, drehte sich noch einmal zu mir herum und warf mir einen bitterbösen Blick zu. »Ich biete ihr zumindest das, was sie möchte, und stelle mein Wohl nicht über ihrs«, giftete er mich an und dabei brach mein Damm. Mit großen Schritten eilte ich auf ihn zu, packte den Stoff seines Hoodies und starrte ihm unentwegt in die Augen.

»Zieh Leine, aber ganz schnell. Sonst verlässt du das Haus nicht mehr lebend«, zischte ich ihm zu, woraufhin er meine Hände wegschlug und davonschritt. Kurz darauf knallte die Haustür ins Schloss. Scheiße, seit wann fetzten wir uns dermaßen? Wann war das das letzte Mal vorgekommen? Ich konnte mich nicht mal mehr daran erinnern. Normalerweise stritten wir uns um Lappalien. Wer die nächste Runde zahlte oder wer die Drecksarbeit bei den Jobs übernehmen musste. Aber nie ging es um eine Frau.

»Fuck!«, brüllte ich, spürte die Anspannung immer weiter in mir hochkochen, die unterdrückte Wut, die in mir brodelte und in meinen Adern pumpte. Mit voller Kraft schlug ich mit der Faust gegen den Türrahmen. Er hatte recht, verdammte Scheiße. Und gleichzeitig wurde ich das Gefühl nicht los, obwohl ich bei Craig zehn Schritte zurück gemacht hatte, bei Chloe einen weitergekommen zu sein.

VIERZIG

SCOTT

Der Morgen kam viel zu schnell. Aus dem Augenwinkel bemerke ich, wie sich Chloe zu mir herunterbeugte und sich langsam meine Brust heraufküsste. Ihre Lippen waren wieder so weich und warm. Sie schickte mit dieser Aktion mehrere Stromstöße durch meinen Körper und brachte mich dazu, von der Zeitschrift in meinen Fingern abzulassen. Dann waren unsere Lippen verschmolzen. Das tiefe Grollen in meiner Brust motivierte sie nur noch mehr und ihre Hände bewegten sich zu meinen Haaren, fuhren hindurch und zogen daran, während ihre Zähne an meinem Mund knabberten. Irgendwie könnte ich mich daran gewöhnen, so den Morgen zu verbringen.

Nach meiner Auseinandersetzung mit Craig hatte ich es nicht lange im Haus ausgehalten. Ich war nur hin und her getigert und hätte beinahe den Verstand verloren, aus Sorge um sie. Was für ein Arsch ich bitte war, sie dermaßen in meine Scheiße mit reinzuziehen, und wie nachlässig die Aktion von mir gewesen war. Niemals hätte ich der Versuchung nachgeben dürfen, sie mitzunehmen, auf alles einen Fick zu geben und sie zu einem Teil meiner Welt zu machen. Craig hatte recht gehabt. Er zog sie nur ein Stück weit in die Dunkelheit mit rein, ließ sie nur durch einen kleinen Spalt sehen. Ich hingegen lief Gefahr, sie ganz hineinzustoßen.

Also war ich noch zu ihr gefahren, um sicherzustellen, dass alles in Ordnung war und James Männer sie nicht … na ja. Aber alles, was ich gefunden hatte, waren ihre verschlafenen, verwunderten blauen Augen, die mich sehnsüchtig angeblickt hatten, obwohl ich nur drei Stunden weggewesen war. In dem Moment waren die ganzen Stimmen in meinem Kopf ausgeschaltet. Da hatte es kein Unmöglich mehr gegeben, kein Zu-viel-Risiko, kein Sinnlos. All meine Angst und die Zweifel waren nichtig in dem Augenblick geworden.

Und jetzt lag ich hier in ihrem Bett, nur mit Boxershorts bekleidet, während sie in meinem T-Shirt rittlings auf mir saß und mir erneut versuchte, den Verstand zu rauben. Ihre Haare fielen ihr offen über die Schulter und ich konnte es mir nicht nehmen lassen, eine dicke Strähne hinter ihr Ohr zu streichen, damit ihr Gesicht von nichts bedeckt wurde. Sie war so unglaublich hübsch. »Du wirkst abgelenkt«, stellte sie irritiert fest und beendete dabei den innigen Kuss.

»Du hast mich auch aus einer sehr interessanten Lektüre gezogen«, log ich mit einem amüsierten Unterton und hoffte, dass sie nicht weiter nachhakte. Allerdings bedachte sie mich eher mit einem misstrauischen Gesichtsausdruck. Aber natürlich, Chloe wäre nicht Chloe, wenn sie es einfach still akzeptieren würde.

»Erst tauchst du gestern Abend wieder auf …«, begann sie und glitt dabei mit ihrer Hand aus meinen Haaren, »siehst aus, als wärst du hergeeilt, und küsst mich dann stürmisch, nur um dann einfach neben mir einzuschlafen.« Ja, ich musste zugeben, ich war neben einer Frau eingeschlafen, ohne vorher mit ihr zu ficken. Und das hatte mich noch mehr durcheinandergebracht, als ich es ohne hin schon war. Mit Chloe tat ich Sachen, die für mich nie infrage gekommen wären. Dennoch fühlte es sich verdammt gut an.

»Und damit hast du ein Problem?«, fragte ich witzelnd nach und versuchte, den Unwissenden zu spielen. Als hätte ich keinen blassen Schimmer, worauf sie hinauswollte. Sachte fuhr sie die Linien meiner Bauchmuskeln nach. Chloes Miene verdüsterte sich, als ahnte sie, was für ein Spiel ich hier trieb. Normalerweise würde ich nun die Augen verdrehen, einfach aufstehen und gehen. Bei einer anderen würde es mich nicht interessieren, was sie dachte. Ich behandelte Frauen nicht wie den letzten Dreck, aber mein Innerstes ging niemanden etwas an.

Bei Chloe allerdings konnte ich nicht einfach gehen, ich musste wohl irgendwie einfach drumherum reden. Natürlich wäre es einfacher, zu erzählen, dass ich gestern Abend Krach mit Craig wegen ihr gehabt hatte. Aber ich wollte nicht, dass sie verletzt war, dass sie sich die Schuld gab, weil ihr Wunsch nach *mehr* mich dazu getrieben hatte. Was auch immer dieses verfickte Wort zu bedeuten hatte. Laut Craig hatte ich es nicht erfüllt und ich war mir nicht sicher, ob er nicht recht hatte. »Viel mehr habe ich eins damit, dass du dich diesem Gespräch entziehst und in deine Gedanken flüchtest. Muss ich etwas tun, damit du mir zuhörst? Ist es zu langweilig?«, brachte sie nun etwas gereizt hervor, aber gleich darauf folgte ein amüsiertes Schnauben. Chloe fuhr vom Bauchnabel weiter südlich entlang der Muskeln, die dort ein V formten. Hörbar zog ich scharf die Luft ein und spürte, wie mein Schwanz pulsierte. Das ließ ihre Mundwinkel weiter nach oben zucken. Ich glaubte, sie liebte es, dass ich bei ihr nicht die Kontrolle behalten konnte. Im Job oder bei einer anderen wäre nicht so leicht meine Pokerfacemiene gefallen. »Also, wo war ich stehen geblieben? Ach ja, …«, fuhr sie fort und glitt dabei mit ihren Fingern in meine Boxershorts. Sanft umfasste sie meinen Schwanz. Viel zu sanft. Und aus ihren großen, glänzenden Augen konnte ich die pure Absicht dahinter entdecken. »Nachdem du die Nacht bei mir verbracht hast, siehst du mir einfach dabei zu, wie ich an meinem Schreibtisch lerne, weil du mich dran erinnert hast, dass ich nächste Woche eine Prüfung habe …« Zum Ende hin klang sie absolut nicht mehr begeistert, aber ich konnte nichts dafür, dass sie zusammen mit meiner Schwester studierte und ich ihren Plan somit kannte. Daher hob ich nur eine Augenbraue und war gespannt, was sie als Nächstes sagte oder tat. Denn mein Schwanz zuckte weiterhin verlangend gegen ihre Handinnenfläche. Natürlich könnte ich mich einfach in ihre Hand stoßen, einfach versuchen, den Druck etwas zu lindern, aber dafür war ich viel zu sehr auf sie konzentriert. »Um dann meine

Zeitschriften durchzugehen und die *Cosmopolitan* zu lesen?«, fragte sie zweifelnd nach und ich glaubte, das wäre das Ende ihrer Ansprache.

»Der Artikel, warum Porridge der beste Start in den Tag ist, klang gar nicht so …«

»Verarsch mich nicht, Scott«, presste sie hervor, fuhr dabei mit ihrem Daumen über meine Spitze. Ein raues Stöhnen drang aus meiner Kehle, und auch wenn Chloes Miene immer noch misstrauisch war, spiegelte sich dort der gleiche Funken Verlangen wider, den sie sicher auch bei mir fand. Blitzschnell griff ich nach ihrer Hüfte, drückte sie enger an mich und entlockte ihr damit ein Keuchen. Nun lag sie halb auf mir, mein T-Shirt war leicht an ihr hochgerutscht und ihre nackte Haut streifte meine. Mein kleiner Finger glitt an ihrer Seite unter ihren Slip, da sie unter dem Shirt nur den trug.

»Pack ruhig fester zu«, raunte ich, fuhr mit der ganzen Hand in ihren Slip und rammte meine Finger in ihr Fleisch. Ein Stöhnen prallte dabei auf meine Haut, als ich mit der Hand über ihren Arsch wanderte. Augenblicklich glitt ihre Hand schneller über meine Härte, brachte mich dazu, die Augenlider zu schließen, aber ich sah sie weiter an. Und an ihrer Miene erkannte ich, dass sie noch nicht aufgegeben hatte.

»Du wolltest also einfach so hier herumliegen und ein Artikel über Porridge lesen? Musst du nicht arbeiten?«, hakte sie nochmals heiser nach und hauchte einen Kuss auf meine Brust. Mit meiner rechten Hand machte ich mich auf den Weg zu ihrer Brust und fing an, sie über dem Shirt zu massieren.

»Nicht, dass ich wüsste«, brummte ich, dann drehte ich uns beide, sodass sie mit dem Rücken auf meinem Unterarm lag und dabei nach wie vor fest an mich gepresst war. Ich wollte, dass nicht einmal ein Blatt zwischen uns passte.

»Ich glaube dir nicht«, brachte sie heraus, nachdem sie überrascht nach Luft geschnappt hatte und sich meine Lippen nun an ihrem Hals befanden. Meine Härte lag immer noch pulsierend in ihrer Faust, aber jetzt hatte ich die Oberhand und bewegte mich etwas, damit mein

Schwanz über ihren Slip streifte. Direkt drängte sie mir gierig ihre Hüfte entgegen.

»Weißt du, wie heiß ich dich in meinen Sachen finde?«, raunte ich gegen ihren Hals, fuhr mit der Zunge drüber und genoss die Laute, die ihr dabei entfleuchten.

»Scott«, flüsterte sie flehend und ich wusste nicht, ob sie nach Antworten oder mir verlangte. Vermutlich beides, aber ich konnte ihr nur eins bieten. Der letzte Teil war nicht einmal gelogen, ich hatte heute noch nicht auf mein Handy gesehen und wusste somit nicht, was ich noch erledigen sollte. Aber ob ich jemandem am Vormittag oder spät abends das Leben aushauchte, war doch nun wirklich nicht wichtig. Was tat sie nur, dass ich plötzlich so dachte?!

Chloe rieb sich an meinem pulsierenden Schwanz, suchte nach Erlösung und es würde mich nichts davon abbringen, ihr diese zu geben. Ihr Körper war mir schon vollkommen erlegen, doch ihr Verstand hatte noch nicht aufgeben, denn sie öffnete den Mund, um etwas zu sagen. »Nicht reden«, mahnte ich, »sonst höre ich auf«, stellte ich nun klar und zog mit meinen Fingern ihren Slip leicht an ihren Schenkeln herab. Ich verteilte Küsse auf ihrem Hals, spürte ihre feuchte Mitte an meinen Fingern, bevor ich meinen Schwanz von ihrer Handfläche befreite und ihn selbst umfasste. Nur, damit die Spitze an ihre Klit stieß. Ein Feuer tobte in ihren Augen. Ich nahm ihr Verlangen wahr und genoss jeden Laut, der über ihre Lippen kam, während ich meinen Schwanz an ihr rieb. Ich würde mich am liebsten in sie rammen, aber hielt mich zurück, saugte ihre Geräusche auf und stimulierte sie weiter. Immer wieder versenkte ich lediglich meine Spitze in ihr, bevor ich mich zurückzog und wieder bis zu ihrer Klit fuhr.

»Scott«, wimmerte sie, wollte mehr und fing an, unter mir zu erzittern. Fuck, am liebsten würde ich ihr mit dem Messer mein Shirt vom Körper schneiden, doch das befand sich in der Hosentasche, die gerade unerreichbar schien. Denn ich konnte diese Nähe nicht lösen. Auf keinen Fall. Ich schlang meinen Arm, der unter ihr lag, mehr um ihre schmale Taille. Ihr Atem ging schnell und ihre zarte Haut war vor

Erregung gerötet. Ungeduldig hob sie ihr Becken, doch ich verteilte weiterhin ihre Feuchtigkeit auf ihre Mitte und zog kreisende Bewegungen an ihrer Klit. Ich ließ mit meinen Lippen von ihrer Haut ab und legte meine Stirn gegen ihre. Ich wollte Chloe ansehen, wenn sie durch mich kam. Erneut keuchte sie auf, sie bettelte förmlich um mehr. Doch bevor ich ihr das geben konnte, stöhnte sie laut auf. Würde ich jetzt meinen Schwanz in sie rammen, würde ich wohl spüren, wie sich ihre Wände eng zusammenzogen. Allein der Gedanke daran ließ einen elektrisierenden Schauer meinen Rücken hinabrieseln. Stattdessen küsste ich sie leidenschaftlich, fuhr mit der Zunge über ihre Lippen und drang in ihre Mundhöhle ein. Das Zucken ihrer Beine ebbte langsam ab und ich glitt mit meiner Hand zu ihrem Unterschenkel, um ihr einen Moment Pause zu ermöglichen.

Meine Finger fuhren danach über ihren nackten Bauch, dann zum Ansatz ihrer Mitte. Vorsichtig glitt ich darüber, strich über ihre nasse Pussy. Erschöpft keuchte sie auf, hatte wohl nicht erwartet, dass ich erneut dorthin wanderte.

»Willst du mir durch Orgasmen meine Fragen aus dem Hirn treiben?«, hauchte sie immer noch erregt.

»Ich verschwende keine Worte, wenn sie nicht nötig sind.« Wohl nicht die Antwort, die sie haben wollte, aber mehr würde sie nicht erfahren. »Genieß es einfach, dass ich nicht arbeiten bin«, fügte ich hinzu, auch wenn ich ihr Misstrauen nachvollziehen konnte. Damit schlief ich definitiv besser, als wenn sie naiv durchs Leben ging.

Im nächsten Moment neigten wir beide den Kopf zur Seite, denn die Tür wurde geräuschvoll aufgezogen. Und zum ersten Mal war ich glücklich, diesen Penner vor mir zu sehen, und nicht Chloes Dad.

Ich versuchte, das Gefühl zu verdrängen, dass Craig wohl einen Schlüssel zu diesem Haus besaß, und auch den ganzen anderen Scheiß blendete ich aus. Es ging nur ums Hier und Jetzt. Wir schauten uns an und in seinen Augen sah ich den Zorn über unsere Auseinandersetzung bei mir zu Hause. Sofort hatte ich wieder seine Worte im Kopf. Scheiße, ich sollte das hier abbrechen und ihm aus dem Weg gehen. Für einen kurzen Moment haderte ich mit mir selbst. Craig und ich schauten beide gleichzeitig zu Chloe, als diese überrascht quiekte, sich allerdings nicht vom Fleck bewegte. Ich könnte jetzt den ganzen Moment versauen, meine Erregung von mir drängen und nicht kleinbeigeben. Im Endeffekt ging es meinem Kumpel und mir um das Gleiche. Chloe. Wir wollten beide das Beste für sie. Wenn man es so betrachtete, waren wir uns nicht vor lauter gegenseitigem Hass fast an die Gurgel gegangen, sondern weil wir beide für einige Augenblicke die Sicherheit von Chloe vergessen und nur nach unseren Köpfen entschieden hatten. Ich, als ich sie in den Fall mit eingespannt hatte, und Craig, während er sich mit ihr in einem öffentlichen Park getroffen hatte, obwohl er einen verdammten Undercover-Einsatz ausführte. Das mussten wir uns beide eingestehen. Ich schluckte schwer, sah die Begierde in seinem Blick und ließ die Erinnerungen an unseren Streit in dem Dunst der Leidenschaft verschwinden. »Geh zu meiner Hosentasche und hol das verfickte Messer raus«, brummte ich. Perplex starrte er mich an, doch gleichzeitig trieften seine Iriden vor Lust. Er fixierte uns, die Situation und leckte sich über die Lippen. »Jetzt«, brachte ich ungeduldig hervor und seine Mundwinkel zuckten amüsiert.

»So ungeduldig, Scott«, gab er ein heiseres Lachen von sich, aber tat, was ich ihm befohlen hatte.

EINUNDVIERZIG

CHLOE

Die Situation kam mir vor wie ein feuchter Traum. Vor wenigen Minuten hatte ich noch versucht, herauszufinden, wieso Scott sich so seltsam verhielt und mir seit gestern Nacht nicht mehr von meiner Seite wich, und nun lag ich halb unter ihm, während er mich dazu brachte, keinen klaren Gedanken mehr fassen zu können. Dazu der Blick von Craig, welcher mit Scotts Messer in der Hand aufs Bett kletterte. Erst hatte ich gedacht, Scott würde ausrasten, als Craig plötzlich ins Zimmer geplatzt war. Langsam sollte ich allerdings wohl kapiert haben, dass er gegen solche Situation nichts hatte – jedenfalls, wenn sie Scott betrafen. Aber mein Gehirn schaffte es noch nicht, es vollkommen zu realisieren. Dass ich beide haben konnte. Jedenfalls für eine Weile, denn mein Herz war nicht so naiv, daran zu glauben, dass es dauerhaft so sein könnte zwischen uns. Gerade jedoch gab es kein Später, sondern nur ein Jetzt.

Craig gab Scott das Messer, als käme es gar nicht infrage, dass er die Aufgabe übernehmen durfte. Dann vernahm ich ein Geräusch, spürte, wie dass Metall mich berührte, und beobachtete mit einem erschrockenen Japsen, wie mein Shirt in zwei geteilt neben mir auf der Matratze landete. Ich hörte, wie das Butterfly auf den Boden fiel, bevor sich Scotts Lippen an meinen Brüsten zu schaffen machten.

Seufzend wand ich mich unter ihm, spürte, wie Craigs Hände über meine Schenkel fuhren und sie sanft auseinanderdrückten. Fuck, wenn das hier ein Traum war, wollte ich nicht, dass er endete. Scott streifte meinen Hals, fuhr mit seiner Hand über meine Taille und griff fest hinein. Craigs heißer Atem traf meine empfindliche Mitte und ich keuchte erneut auf. Jede Zelle meines Körpers war den beiden verfallen. Scotts Zunge glitt von meiner Kehle zu den Brüsten zurück, arbeitete sich quälend langsam ihren Weg zwischen ihnen hindurch und umspielte meine Nippel. Ich stöhnte, wimmerte, als Craig Küsse auf meine empfindsame Stelle verteilte, aber nicht meine Perle berührte. Und obwohl ich gerade eben erst gekommen war, drängte ich ihm mein Becken entgegen und wollte, dass er mich nahm. Fest umfassten seine Hände meine Schenkel, fuhren über die Außenseite, doch seine Zunge berührten endlich meine Klit. Er leckte mich, mit tiefen, kreisenden Bewegungen. Immer wieder flatterte Craig über meine Perle, drängte gegen meine Mitte und brachte eine erneute Hitzewelle über mich. Scotts stürmischer Kuss fing mein Stöhnen ab. Seine Finger fuhren über meinen Körper, waren überall, während Craigs Zunge mich meinem zweiten Höhepunkt entgegentrieb.

Zwischendurch stöhnte ich seinen Namen. Scotts Namen. Mein Puls raste und ich vergaß alles um mich herum – nur die zwei existierten für mich. Sie und der heiße Schauer, den sie in mir auslösten. Scott packte mich mehr an der Taille, sodass ich mein Becken nicht gegen Craig bewegen konnte, reizte mich, zögerte meine Erlösung hinaus und ich spürte Craigs heiseres Lachen an meiner Mitte. Er merkte wohl, was der Mistkerl vorhatte, denn seine Zunge umkreiste nur noch sanft meine Klit. Wieder stöhnte ich auf. Meine Atmung überschlug sich. Nach einer gefühlten Ewigkeit ließ Scott meine Hüfte los, fing an, gefühlvoll meine Brüste zu kneten, drängte erneut mit der Zunge in meine Mundhöhle ein und eroberte mich. Craig fuhr schneller über meine Spalte, ließ mich innerlich beben und ich drückte mich ihm entgegen. Verlangend spreizte ich meine Beine breiter. Mein Körper war so unglaublich heiß. Mit beiden Händen griff ich nach Scott und Craig, berührte seinen muskulösen Körper, packte dem anderen ins Haar und krallte mich fest. Dann verkrampfte ich mich, spürte, wie sich meine Wände zusammenzogen und wie mir die Luft wegblieb. Die Jungs küssten meinen Körper, während der Höhepunkt abklang und ich mich augenblicklich müde fühlte, als die Welle der Lust von mir fiel.

»Also so, würde ich gerne öfter hier ins Zimmer kommen«, ergriff Craig als Erster das Wort und erntete von Scott nur ein Augenrollen.

»Vergiss es«, brummte jener, fuhr sich durch die Haare und betrachtete Craig finster. »Was machst du überhaupt hier?«, blaffte Scott ihn dann an und vorbei war die eben noch hitzige Stimmung. Ich presste die Lippen aufeinander, um nicht zu lachen. Die beiden konnten nicht miteinander, ohne sich wie ein altes Ehepaar zu streiten. »Was an Fernbleiben hast du nicht verstanden?«

»Du willst mir etwas über Regeln erklären, Scott?«, fuhr Craig ihn an und ich wusste nicht genau, was er damit meinte, aber ich würde einen Teufel tun, nachzufragen, eher wollte ich das Ganze schnell beenden.

»Halloooo, ich liege hier nackt unter euch, falls ihr das vergessen habt«, erinnerte ich die beiden, wedelte mit den Händen und ihr Fokus war wieder auf mich gerichtet. Craig legte sein Kinn auf mein Knie und betrachtete mich.

»Sorry«, murmelte er. Scott fuhr mit seiner Hand durch mein Haar, aber sagte nichts zu der Situation. »Okay, eigentlich bin ich hergekommen, um dir Frühstück zu machen«, sprach Craig dann weiter. Ich wusste, er mochte Stille nicht und versuchte immer, diese zu füllen. Ich konnte mir vorstellen, dass sich die beiden bei ihren Aufträgen gut ergänzten. Der eine still und der andere ein Wasserfall. Der Gedanke ließ mich lächeln. Auch wenn mich ihre Unterschiede am Anfang gewundert hatten und somit auch, wie ich Gefallen an beiden haben konnte, doch langsam verstand ich, dass es unter anderem gerade dieser Aspekt war, der mich dazu brachte, sie zu mögen.

»Wie schade, wir hatten uns schon für Porridge entschieden«, brummte Scott, dabei zuckten seine Mundwinkel amüsiert.

»Ich glaube, selbst das kriegst du nicht hin«, erwiderte Craig belustigt und bekam von Scott prompt einen Schlag gegen die Schulter.

»Im Gegensatz zu dir brauche ich es auch nicht. Du hingegen könntest die Proteine ganz gut gebrauchen«, stichelte er zurück und Craig sah direkt von seinem Oberkörper zu Scotts.

»Nicht jeder kann so ein sexy Körper aus Stahl haben«, brummte Craig und ich schüttelte den Kopf. Klar, Scott war definitiv muskulöser als Craig, aber auch er war definitiv einfach nur heiß. Während ich aber die beiden musterte und mich nicht entscheiden könnte, entging mir nicht, wie Craig seinen Kumpel musterte, und ich räusperte mich, woraufhin er aufhörte und sie beide wieder zu mir sahen.

»Ich gehe duschen. Dann könnt ihr klären, was wir gleich machen. Denn wie es aussieht, scheint ihr beide heute aus merkwürdigen Gründen frei zu haben.« Ich stand auf, schüttelte dabei den Kopf und wusste nicht, ob ich überhaupt im Entferntesten wissen wollte, was sie hier in Wirklichkeit taten. Und auch, wenn ich den Grund nicht erfahren wollte, blieb ich noch einen Moment vor der Tür stehen, nachdem ich sie zugemacht hatte, und lauschte an dieser.

»Verflucht, was machst du hier? Porridge … – dein fucking Ernst?«, brummte Craig und Wut mischte sich in seine Stimme. »Wenn ihr oder dir etwas passiert, weil du hier den Retter spielen willst …«

»Ach, und was machst du hier? Blake hat dir Anweisungen gegeben …«, knurrte Scott zurück und ich biss mir auf die Unterlippe. Ich wusste nicht, worum es ging, aber es klang nicht gut. Es klang verdammt ernst.

»Blakes Forderungen hatten nichts mit Chloe zu tun, nur mit dir und den anderen. Viel mehr bist du es, der sich ihm widersetzt, indem du in ihrer Nähe bist und mein Weg som–«

»Wag es nicht.« Jetzt klang Scotts Stimme beinahe bedrohlich, sodass ich überlegte, wieder in den Raum zu platzen. »Wir werden sie beide beschützen. Jeder auf seine Art. Du und ich«, vernahm ich Scotts Stimme und hörte Craig leise zischen.

»Ich will euch nicht beide aus dem Feuer ziehen müssen«, erwiderte jener und Scott lachte heiser.

»Hör endlich auf, dich um mich zu sorgen. Was stimmt nur nicht mit dir?« Vielleicht kapierte ich nicht, worüber sie genau redeten, aber in dem Augenblick wurde mir eine andere Sache klar: wieso Craig ausgerechnet bei Scott nichts dagegen hatte, mich zu teilen. Weshalb er sich so um ihn sorgte, ihn einerseits in meiner Nähe haben wollte und andererseits doch nicht.

Er wollte nicht nur mich.

Craig wollte uns beide.

Und ich konnte es ihm nicht einmal verübeln.

Zumindest zog sich mein Herz bei dem Gedanken nicht schmerzhaft zusammen, denn es schlug ebenfalls für Scott. Wir waren weit über diesen Punkt hinaus, uns so leicht aus der Affäre ziehen zu können. Ich hatte mich schon einmal flüchtig gefragt, was Craig zu dem Dreier mit Scott angetrieben hatte. Allerdings hatte ich es nie weiter vertieft, da ich mir viel mehr darüber den Kopf zerbrochen hatte, ob ich es wollte und was die Nähe zu Scott in mir auslösen würde. Also wer war ich, dass ich in meiner Position über ihn urteilen durfte? Ich wusste nur nicht, ob diese Empfindungen auf Gegenseitigkeit beruhten.

Mit dieser Erkenntnis löste ich mich endlich von der Tür, um mich auf den Weg ins Badezimmer zu machen.

ZWEIUNDVIERZIG

SCOTT

Eine Woche später …

Wie mit Blake verabredet, betrat ich am frühen Morgen das Anwesen von Mino und steuerte sein Büro im Obergeschoss an. Das Anklopfen sparte ich mir, laut meinem besten Kumpel hatte ich zu jeder Zeit das Recht, hereinzukommen. Irgendwie musste ich darüber grinsen, als ich an dem Knauf drehte, die Tür aufdrücken wollte, und verharrte dann aber plötzlich in der nächsten Sekunde. Sie war abgeschlossen. Merkwürdig. War ich etwa zu früh? Ich zog mein Handy aus der Hosentasche, entsperrte das Display und sah, dass ich genau auf die Minute pünktlich war. Wo war dieser kleine Scheißer? Ich lief den Flur zu seinem Zimmer entlang, klopfte vorsichtshalber an, da ich nicht wusste, ob Aylin bei ihm war, bekam jedoch keine Antwort. Ich schnaubte genervt.

Wenn der Penner mich jetzt allen Ernstes versetzt hatte, würde ich ihn einen Kopf kürzer machen. Chef hin oder her. Ich rüttelte am Türknauf. Ebenfalls verschlossen. Mir entrann ein kehliger Ton, ehe ich mich umdrehte, die Treppe nach unten nahm und in der großen Küche auf einige Männer von Mino traf, die ich noch von damals kannte. »Wisst ihr, wo Blake ist?«, fragte ich in die Runde, die mehr als müde aussah. Tiefe, dunkle Augenringe prangten in ihren Gesichtern. Sicherlich hatten sie im Club die Nacht durchgemacht, und statt mir jetzt die perfekte Antwort auf meine Frage zu liefern, schüttelten sie nur alle mit dem Kopf. Mist. Während ich auf die Haustür zulief, wählte ich Blakes Nummer, lauschte dem ekelhaften Piepsen und verdrehte die Augen, sobald die Mailbox ansprang. War er vielleicht bei Aylin gewesen? Nachdem Blake auch nach dem fünften Anruf nicht dranging, rief ich meine Schwester an, die nach dem zweiten Tuten mit verschlafener Stimme abnahm.

»Hast du heute keine Uni?«, entfuhr es mir perplex. Normalerweise war ich davon ausgegangen, dass sie schon längst auf dem Weg wäre.

»Erst zur dritten Stunde. Was gibt's?«, erwiderte sie, gefolgt von einem Gähnen.

»Ist Blake bei dir?«

»Nein, wieso?« Sofort hörte sie sich hellwach an. Und das verstand ich nur allzu gut. Unter normalen Umständen würde man sich nicht direkt Sorgen machen, wenn man einen Kumpel nicht erreichte. In unseren Kreisen war das allerdings etwas völlig anderes. Vor allem, wenn uns gerade irgendwelche Hurensöhne an den Kragen wollten und mein Kumpel das Ziel war.

»Ach, nur so, nichts Wildes«, wiegelte ich schnell ab, wünschte ihr einen guten Tag und legte auf, bevor sie noch mehr Fragen stellte. Was ich absolut nicht gebrauchen konnte, war, dass sich Aylin auch noch Gedanken machte. Denn es blieb immer noch die Scheune übrig. Vielleicht war es gestern länger gegangen, womöglich war Alkohol geflossen und da konnte ich mir gut vorstellen, dass Blake noch in irgendeiner Ecke schlummerte.

Gleichzeitig jedoch kam ein ganz anderer Gedanke bei mir auf. Es hatte gestern echt wichtig geklungen, worüber er heute mit mir sprechen wollte – wieso sollte er sich dann am Abend zuvor die Birne volllaufen? Ich schüttelte die Spekulationen von mir ab, stieg in meinen Wagen und fuhr vom Gelände. Erst wenn ich in der Scheune gewesen war und ihn nicht finden würde, würde ich weiterdenken. Auch wenn mein Puls etwas ganz anderes sagte. Er rauschte in meinen Ohren, meine Hände lagen fest um das Lenkrad, sodass die Adern an meinen Unterarmen hervortraten.

Scheiße, Blake, wo bist du?

Ich verließ den Ortskern von Chicago und fuhr nur wenige Minuten später die Einfahrt der Scheune hinauf. Einige Autos standen an den Seiten, doch Blakes war nicht darunter. Fluchend stieg ich aus, denn meine Laune verschlechterte sich mit jeder Sekunde ein bisschen mehr. Auf so eine beschissene Schnitzeljagd hatte ich am frühen Morgen absolut keine Lust, und wenn er dachte, sich damit einen Spaß zu erlauben, fuck … dann gnade ihm Gott. Vermutungen fuhren in meinem Kopf Karussell, kämpften gegeneinander an, denn ich wollte nicht daran glauben, dass etwas anderes der Grund für Blakes Verschwinden sein könnte. Lieber sprang er gleich hinter einer Ecke hervor und seine Nase machte Bekanntschaft mit meiner Faust, als dass ich …

»Scott!«, hörte ich hinter mir Mikes Stimme, der hinter der Scheune hervorkam. An sich wäre an der Situation nichts falsch gewesen, da sich immer mehrere Männer hier befanden, egal zu welcher Uhrzeit. Doch das Blut in seinem Gesicht und auf seinem Arm sprach eine ganz andere Sprache. Ich hob zur Begrüßung die Hand und nickte ihm zu.

»Hast du Blake gesehen?« Ich stoppte vor dem Eingang zur Zentrale, wie ich es so schön nannte. Der Raum mit den Computern und dem White Board erinnerte mich immer an das Großraumbüro einer riesigen Firma. Zu meinem Unglück schüttelte auch Mike den Kopf.

»Nein, ich hab ihn seit gestern nicht mehr gesehen.« Darauf antwortete ich schon gar nicht mehr, sondern gab der Tür vor mir einen starken Stoß, sodass sie aufflog. Ich vernahm zwar, dass Mike noch etwas sagte, aber es war nicht von Belang, solange es nichts mit Blake zu tun hatte. Langsam wurde es immer komischer. Etwas lag in der Luft, ich konnte es spüren. An den Schreibtischen in dem großen

Raum saßen drei Kerle, die aufschreckten und große Augen machten, als sie mich sahen. Sicherlich wirkte ich etwas furchteinflößend, denn meine Hände waren zu Fäusten geballt und meine Miene grimmig verzogen, während ich mit großen Schritten zu dem hintersten Zimmer lief, das durch Glaswände vom Rest des Raumes abgetrennt war. Aus der Hosentasche holte ich einen Schlüsselbund, an dem unter anderem der Schlüssel zu diesem Büro hing, schloss die Tür auf und trat ein. In dem kleinen Büro bei Mino zu Hause lagerte Blake meist allgemeine Sachen zu seinen Geschäften, über die er vor seinem Onkel keine Geheimnisse machte. Jedoch war es in diesem Fall mit den ganzen Anschlägen etwas anderes. Es sollte niemand mitbekommen, wen wir observierten und dass wir Craig als Spion eingeschleust hatten. Vielleicht gab es hier irgendeinen Hinweis auf Blakes Verbleib. Hatte er eventuell irgendeine Spur entdeckt und verfolgte sie allein? Nein, das konnte nicht sein. Er würde Bescheid geben.

Ich trat an seinen Schreibtisch, überblickte die Unterlagen, die darauf lagen, aber fand nichts, was ich nicht schon kannte. Ich häufte die Blätter von der einen zur anderen Seite, schaute mich im Raum um und fluchte vor mich hin. Langsam ging mir das Ganze ziemlich auf den Sack. Ich hasste sowas. Mein Herz pochte immer schneller, schlug schmerzhaft gegen meine Rippen. Und doch konnte ich die Hoffnung, dass Blake gleich zur Tür hereinkam, nicht abschalten. Nur passierte es nicht, so oft ich auch in ihre Richtung sah. Das Handy in meiner Hosentasche vibrierte, ich zog es heraus und sah Aylins Namen aufblinken. O nein, dafür hatte ich jetzt keinen Kopf. Sicherlich hatte sie es nach meinem Anruf ebenfalls bei Blake versucht und nur die Mailbox erreicht. Fuck.

Nachdem ich auch die Schubladen, die nicht abgeschlossen waren, durchsucht hatte und nicht fündig geworden war, warf ich mich in den Bürostuhl und stemmte die Ellenbogen auf die seitlichen Armstützen. Was sollte ich jetzt tun? Abwarten und Tee trinken? Oder eher eine Flasche Whiskey? Das kam nicht infrage. Wenn jemand von uns vermisst wurde, egal für wie viel Minuten oder Stunden, schrillten bei mir alle Alarmglocken. Das war nicht Blakes Art. Und schon gar nicht meiner Schwester gegenüber. Dieser überraschte Unterton in ihrer Stimme hatte mich vorhin darauf schließen lassen, dass sie bestimmt der Meinung gewesen war, er würde sich in seinem Büro oder bei mir aufhalten. Ich überblickte das offene Regal hinter mir, in dem mehrere Ordner nebeneinanderstanden und die Fächer ausfüllten.

Plötzlich blieb ich an einer Reihe hängen, entdeckte unter der Ordneransammlung eine braune Mappe, in der sich einige Blätter befanden. Rasch sprang ich auf, nahm sie an mich und klappte sie auf. Mir stockte der Atem. Es waren mehrere Bilder von James, was mir das Post-it mit seinem Namen darauf bezeugte. *James Azevedo.*

Ich sah ihn in verschiedenen Lagen, einmal bei einem Treffen mit seinen Gefolgsleuten, wobei ich in der hinteren Reihe auch Craig erkannte, in einem Auto auf der Rückbank sitzend … – und dann kam das Interessanteste.

»Was hat der Mistkerl mir alles verheimlicht?«, flüsterte ich vor mich hin und traute meinen Augen nicht. Auf den nächsten Aufnahmen waren zwei fremde Personen zu sehen. Eine Frau und ein Mann. Und schnell wusste ich auch, um wen es sich handelte, denn seine Geburtsurkunde war angeheftet.

Luiz und Adryelle Alves Dos Santos. Seine Eltern. Blake hatte ziemlich viel herausbekommen in der letzten Zeit und nichts gesagt. Warum? Wenn er doch sogar jemanden auf die Eltern von James angesetzt hatte, wieso hatte er mir nichts davon erzählt? Wollte er vielleicht erstmal auf Nummer sicher gehen? Fuck, das brachte doch nichts. Das alles hier fühlte sich wie ein verdammter Juckreiz im Hirn an, an den man nicht herankam. Egal wie stark ich grübelte, mir wurde immer noch nicht klar, wo Blake verdammt nochmal sein könnte.

Besonders interessant fand ich es allerdings, dass James den Namen seines Onkels angenommen hatte. Nur weil er den Clan weiterführte und auf Rache sann? Hatten die beiden so ein enges Verhältnis? Und wieso hatten wir ihn noch nie zu Gesicht bekommen? Bei dem letzten Clan-Clinch wäre er mir definitiv aufgefallen. Angepisst schmiss ich die Mappe auf den Schreibtisch, wodurch die Blätter herausfielen und sich auf der Tischplatte verteilten. Die vielen Bilder, die Geburtsurkunde von James, die Adresse seiner Eltern und weitere Nachforschungen, die ins Nichts geführt hatten. James war nicht auffindbar gewesen. Scheiße. Doch etwas fiel mir ins Auge … am hintersten Blatt Papier heftete ein kleiner, blauer Zettel. Ich nahm ihn aus der Heftklammer heraus und stockte.

Blake wollte sich in weniger als einer halben Stunde mit jemandem treffen. Auf dem Zettel war eine Adresse und die Uhrzeit notiert. Kurzzeitig wurde mir schwarz vor Augen. Hatte das Treffen mit seinem Verschwinden zu tun? Aber wieso wurde dann ein Termin ausgemacht und er vorher schon entführt? Das ergab keinen Sinn. Ich presste mir Daumen und Zeigefinger gegen den Nasenrücken. Es gab nur einen Weg, das herauszufinden.

»FUCK!«, schrie ich lauthals, hörte im Vorderraum das Scharren von Stuhlbeinen und fegte alle Blätter mit einer Hand von dem Schreibtisch herunter. Langsam segelten sie zu Boden, während ich mit schnellen Schritten das Büro und die Scheune verließ und an die frische Luft trat. *Beherrsch dich, Scott …*

Nur einer konnte mir jetzt helfen. Hier durfte ich keine große Welle schlagen, sonst flippten all unsere Männer aus, und ich hatte keine Ahnung, auf was die Rosa Sangrando hinauswollten. Vielleicht einen riesengroßen Bandenkrieg? Standen sie schon in Stellung? Alles Fragen, die ich nicht beantworten konnte. Ich schnappte mir mein Handy, öffnete die Kontakte und wählte Craigs neue Nummer aus, die er von seiner neuen Partnerin bekommen und uns für den Notfall hinterlassen hatte. Na ja, eigentlich nur Blake, aber gerade jetzt wurde mir klar, was für eine gute Idee es gewesen war, sie selbst einzuspeichern.

Das nervige Piepen verstummte, ich hörte ein Rauschen im Hintergrund, doch keiner meldete sich. »Ich bin‘s«, sagte ich nur und stieg dabei in meinen Wagen ein. Allein meine Stimme musste ihn hören lassen, um wen es sich handelte. Mehr sagte ich nicht – keine Ahnung, ob die Leitung abgehört wurde.

Ein genervtes Schnauben erklang. »Und ich hab gesagt, ihr sollt nicht wahllos anrufen. Sondern nur –«, pflaumte mich Craig direkt an, jedoch unterbrach ich ihn.

»Das kann er aber nicht, weil er verschwunden ist!« Stille zog ein und nur Craigs schwerer Atem unterbrach sie. Ich krallte meine freie Hand um das Lenkrad, bis es schmerzte, und ließ meinen Kopf sinken.

»Fuck«, antwortete er und ich brachte ihn schnell auf den neuesten Stand.

»Ich werde zu dem Treffen gehen und schauen, wer mich dort erwartet. Vielleicht ist es eine neue Spur oder es führt mich zu Blake«, sagte ich und startete den Wagen.

»Warte, du kannst da nicht blindlings reinlaufen. Wo ist das Treffen? Ich komme. Wenn es keine Männer von uns sind, will ich dabei sein. Wir können dich nicht auch noch verlieren.« Ich nickte und dankte ihm gedanklich für die Worte, ehe ich ihm die Adresse durchgab, auflegte und vom Gelände raste.

DREIUNDVIERZIG

CRAIG

Nachdem mir Scott die notierte Adresse von Blake durchgegeben hatte, hatte ich für wenige Minuten noch an ein Wunder geglaubt und gehofft, dass ich gleich vor einem ganz anderen Laden landen würde als gedacht. Nur leider kam es genau so, wie ich vermutet hatte. Ich stand auf der anderen Straßenseite vor einem total angesagten Sushi-Restaurant in Chicago und wartete auf den Moment, in dem ich aufwachte. Hier wollte sich Blake also mit einem angeblichen Informanten treffen? Das hieß nichts Gutes. Denn in diesem Schuppen tummelten sich oft die Rosa Sangrando herum. Ich zog mir die Kapuze meines Hoodies weiter ins Gesicht, wartete auf Scotts Wagen, der kurz darauf vor mir hielt. Rasch stieg ich auf der Beifahrerseite ein, blieb allerdings in Deckung.

»Dir sagt der Schuppen also was?«, fing Scott direkt an und ich war erstaunt darüber, dass es unserer Vertrautheit keinen Abbruch tat, dass ich seit einigen Wochen anderweitig unterwegs war. Wir kannten uns in- und auswendig. Besonders dahingehend, was unseren Job anging. Sicherlich hatte er die tiefen Sorgenfalten auf meiner Stirn entdeckt und seine Schlüsse daraus gezogen.

»Ja, die Rosas gehen hier ein und aus«, kam es mir gepresst über die Lippen. Das war nicht gut … sowas von nicht. Nach unserem Telefonat vorhin hatte ich es selbst bei unserem Kumpel versucht, aber wie Scott nur die Mailbox erreicht. Die Frage war, seit wann er von der Bildfläche verschwunden war. Scott meinte, Mike hätte ihn gestern noch gesehen – nur wann das letzte Mal? Ich verstand, dass er noch keine großen Wellen schlagen wollte, aber vielleicht sollten wir das nicht allzu lang auf die lange Bank schieben. Wenn Blake nicht auftauchte, mussten wir alle handeln, auch wenn es mich meinen Arsch kosten könnte, sobald mich jemand mit ihnen sehen würde. »Hat Blake einen Anhaltspunkt gegeben, mit wem er sich treffen wollte?«

»Nein, nichts«, antwortete Scott schmallippig auf meine Frage und starrte finster durch die Frontscheibe. »Er hat mir nichts von einer heißen Spur erzählt. Ich fand in seinem Büro in der Scheune Unterlagen von James. Geburtsurkunde und Fotos von seinen Eltern … ich verstehe das alles nicht«, murmelte Scott und behielt den Sushi-Laden dabei fest im Blick. Irgendetwas nagte an mir. Etwas passte nicht zusammen, doch ich kam zuerst nicht drauf. Dann schaute ich auf die Uhr, wieder zum Laden, ehe es Klick machte.

»Wir haben kurz nach zehn«, sprach ich verwundert aus und zog die Augenbrauen argwöhnisch zusammen. Wer wollte um diese Uhrzeit Sushi essen? Beziehungsweise … welcher Laden hatte um diese Uhrzeit schon auf? Mir war bekannt, dass manche unserer Mitglieder gegen Abend hier einkehrten und Soju fließen ließen, doch um 10:08 Uhr war das ganz bestimmt noch nie der Fall gewesen. Scott schielte mich von der Seite an, als hätte ich nicht mehr alle Tassen im Schrank.

»Das seh ich auch.« Er nickte in Richtung der Uhr im Cockpit, während ein Fragezeichen über seinem Kopf schwebte.

»Es muss einen guten Grund geben, weshalb der Laden offen ist. Sicherlich warten die nicht auf die große Meute«, redete ich weiter, als bei Scott ein Licht aufging und sich seine Augen weiteten. »Ich geh mal rein und check die Lage.«

»Bist du bescheuert? Was, wenn es eine Falle ist?«, widersprach

Scott mit sorgenvoller Stimme, was ich tatsächlich ziemlich süß fand. Gefühlsregungen waren bei ihm nicht in der Standardausstattung dabei gewesen.

»Dann werde ich mich schon rauszureden wissen. Von mir aus sage ich denen, dass ich hier entlanggelaufen bin und nur nach dem Rechten schauen wollte, weil der Schuppen schon auf ist«, winkte ich ab und kleisterte mir im Kopf schon etwas zusammen. »Außerdem ist Blake einer meiner besten Freunde und er würde genau das Gleiche für mich tun. Scheiße, wenn es nicht anders möglich wäre, würde er im Kugelhagel einen Raum betreten, um meinen Arsch zu retten. Das bin ich ihm also schuldig.« Mein Kumpel sah mich finster an. Ihm gefiel der Plan absolut nicht, aber er konnte noch weniger in den Laden spazieren. Außerdem wollte ich ebenso wenig, dass ihm etwas passierte. Er gehörte im Gegensatz zu mir nicht zu den Rosas. Daher war es sicherer, wenn ich den Mist übernahm.

Ich nickte ihm schnell zu und stieg aus dem Wagen, ehe ich es mir noch anders überlegte oder in ewige Diskussionen mit Scott verfiel. Zuerst lief ich noch einige Meter die Straße entlang, bis ich sie überquerte und kurz neben dem Ladeneingang pausierte. Als aller Erstes fiel mir auf, dass an der Tür noch das GESCHLOSSEN-Schild hing. So, als sollte keiner mitbekommen, was hier drin gleich passieren würde. Doch auch ein Schild würde die Rosas nicht davon abhalten, reinzukommen, wenn sie Bock auf Sushi hatten.

Ich drückte die Tür auf, trat ein und schaute mich zuerst nach Kameras um. Nichts. Perfekt. Sicherlich hatten die Rosas darauf bestanden, damit auf keinem Film zu sehen war, was sie hier manchmal trieben. Das hatte ich schon bei einigen Stammlokalen mitbekommen, denn die alten Halterungen konnte ich in den Ecken des Restaurants noch erkennen. Überall im Raum verteilt standen kleine runde Tische aus dunklem Holz, gepaart mit jeweils zwei Stühlen. Darauf waren Flaschen mit Sojasauce und Servietten verteilt. Zu meiner Rechten gab es die klassischen Raumtrenner, hinter denen sich sicherlich eigens eingerichtete Separees für Feiern befanden. An den Wänden hingen perfekt aneinandergereihte Bilder. Darauf zu sehen waren Kirschblüten, Geishas und viele asiatische Schriftzeichen, die mir natürlich nichts sagten. Doch zumindest sah hier alles picobello aus und nicht so wie in dem letzten Schuppen, in dem Scott und ich ein nettes Gespräch mit Tomas gehabt hatten.

Ich zog mir die Kapuze vom Kopf und lauschte der vollkommenen Stille. Normalerweise lief immer Musik, nur jetzt nicht, und die Beleuchtung im hinteren Bereich, wo die Küche lag, war äußerst gedämpft. Schritt für Schritt lief ich über den Linoleumboden, auf dem meine Schuhsohlen ekelhaft quietschten, schaute zu allen Seiten und erschrak sogar selbst, als die Ladentür hinter mir zufiel. »Fuck«, fluchte ich und schaute überrumpelt über die Schulter. Fast wäre mir das Herz in die Hose gerutscht.

Doch das Rumpeln der Tür war anscheinend ein Auslöser dafür gewesen, dass eine Seitentür aufschwang und ein Mann mittleren Alters atemlos an die Theke trat. Er schien zuerst erleichtert zu sein – jedenfalls, bis er mich sah. Vom einen auf den anderen Moment wurde sein Gesicht aschfahl. Bingo. Da hatte wohl jemand auf Blake gewartet. Bekannt durfte ich ihm eigentlich nicht sein, denn ich selbst hatte hier noch nie gegessen. Um ihm zu zeigen, dass von mir keine Gefahr ausging, hob ich langsam die Hände. Keine Ahnung, ob der Spinner eine Knarre hatte. Ich wollte es nicht riskieren, gleich abgeballert zu werden. Wer den Boss eines verfeindeten Clans in seinen Laden bestellte, musste mit allen Wassern gewaschen sein.

»W–w–was wollen sie?«, stotterte er und trat einige Schritte zurück. Sein Blick fiel runter auf den Bund meiner Hose, wo ich, durch das Heben meiner Arme, einen kleinen Teil meiner Waffe offenbart hatte. Wie kam ich jetzt weiter? Gab ich mich als einen der Rosas aus, würde er direkt türmen. Kurz überlegte ich, ehe ich einen Entschluss fasste. Hier war keine Sau außer uns beiden – ich konnte also Klartext reden und musste keine falsche Identität annehmen.

»Sie wollten sich heute mit meinem Kumpel treffen. Doch er ist seit gestern verschwunden. Ich bin Craig«, sagte ich leise und ging sachte in seine Richtung weiter. Der Mann schien verunsichert und einen inneren Kampf zu führen, ob er mir glauben sollte. *Fuck, komm schon, Craig … du schaffst das!* »Wir haben in seinen Unterlagen einen Zettel gefunden, der uns hierhergeführt hat, deshalb gehen wir davon aus, dass Sie Kontakt mit ihm aufgenommen haben?« Ich ließ es wie eine Frage klingen, weil wir absolut im Dunkeln tappten und der Kerl nicht gerade aussah, als würde er einen Menschen entführen. Angestrengt überlegte mein Gegenüber, als ich an der Theke ankam und er sich dahinter mit dem Rücken gegen einen Schrank gelehnt hatte, damit noch genug Abstand zu mir bestand. Minuten vergingen, in denen keiner was sagte, bis der Mann die Stille durchbrach.

»Zuerst hat er mich kontaktiert. Er stand nach Ladenschluss einmal vor der Tür, wollte mit mir reden und bot mir sehr viel Geld, wenn ich ihm Infos über die Rosas, die hier fast jeden Abend auftauchten, weiterleiten würde. Er versprach mir, dass er dafür sorgen würde, dass meine Tochter aus Chicago rauskommen würde, um in New York Modedesign zu studieren. Das war meine einzige Bitte an ihn, soweit er die Rosas auslöschen würde. Ich hasse es, wenn diese Hunde meinen Laden verwüsten, ihre Prostituierten mitbringen und meine anderen Kunden vergraulen.« Zum Ende hin wurde seine Stimme wütend, doch keine Sekunde später huschte Traurigkeit über sein Gesicht, als er realisierte, dass sein Traum mit Blakes Verschwinden geplatzt war. »Gestern hatte ich ihn dann angerufen und ihn herbestellt, weil ich eine wirklich interessante Unterhaltung mitbekommen habe, die womöglich alles verändern würde.« Ich hörte auf, spannte die Schultern an und sah den Mann abwartend an. Jedoch stockte er … fuck! *Jetzt werde nicht stutzig. Ich bin nicht der Feind.*

»Um was ging es da?« Mir schossen so viele Gedanken durch den Kopf und ich konnte keinen einzigen davon fassen. Was hatte der Kerl gehört, was so eine äußerst wichtige Information darstellte? Laut Scott hatte Blake James beschatten lassen und wusste auch, wer die Eltern waren. Was konnte noch interessanter sein?

Der Blick des Mannes kam mir wie ein Röntgenstrahl vor. So, als würde er meine Gedanken scannen wollen, testen, ob ich vertrauenswürdig war. Allerdings schien er sich nun zu besinnen. Wenn Blake nicht auftauchte, war ich wohl die größte Hoffnung, auf die er setzen konnte. »Hier saßen mal zwei Männer, ich glaube sogar, dass einer von ihnen ein Vertrauter von James ist, und er meinte zu seinem Partner – «

So schnell wie im nächsten Moment alles passierte, konnte ich fast nicht reagieren. Ich duckte mich, nachdem eine Kugel direkt durch den Kopf des Mannes gedrungen und sein Hirn auf dem Tresen vor mir verteilt worden war. Einige Spritzer spürte ich auf der Haut und wischte sie mir ab, während ich zwischen zwei Barhockern kauerte und meine Knarre zog. Wo war dieser Wichser plötzlich hergekommen? Wieso hatte ich nicht mehr auf diese verdammte Tür geachtet? Ich hörte Schritte hinter der Bar, ein schweres Atmen, und entsicherte meine Knarre.

»Dean, komm raus. Ich hab dich gesehen«, zerriss es die Stille im Restaurant und mir lief es eiskalt den Rücken hinunter. Diese Stimme kannte ich. Fuck. Jetzt glaubte ich, zu wissen, von wem der Informant gesprochen hatte. Gustavo. Einer von James Wachmännern. »Du warst mir von Anfang an nicht ganz koscher, aber das hier … puh … ich werde deinen Kopf auf meiner Motorhaube festbinden und durch euer Viertel fahren, damit jeder sieht, was aus dir geworden ist, du kleine, dreckige Schlange.« Ja, da musste ich ihm recht geben. Er hatte mich schon vorher ständig mit komischen Blicken übersät. Gustavo war einer von der misstrauischen Sorte. Ein weiterer Schuss hallte ohrenbetäubend durch den Laden. Gebückt lief ich zu meiner Linken, als ich an seinen Schritten erkannte, dass er sich von mir entfernte. Dabei zog ich rasch das Handy, klickte die letzte Nummer, die mich angerufen hatte, an und schickte eine kurze Nachricht mit »Verstärkung« an Scott.

Im nächsten Moment sprang ich auf, entdeckte Gustavo auf der anderen Seite der Theke und schoss, doch verfehlte ihn leider. »Porra de merda«, schrie dieser auf, zuckte zusammen und ließ in meine Richtung einen Kugelhagel los. In letzter Sekunde bückte ich mich, verschanzte mich hinter dem Tresen und sah im gleichen Augenblick, wie die Ladentür aufschwang und Scott das Magazin seiner Waffe entlud. Am liebsten hätte ich; »Scheiße ja!«, geschrien und meinem Kumpel zugejubelt, doch stattdessen revanchierte sich Gustavo bei ihm, weshalb ich aus der Deckung herauskam, in seine Richtung feuerte und seinen linken Oberarm traf, an dessen Ende er seine Knarre in der Hand hielt. Mein Puls raste unaufhörlich, sodass ich das Gefühl bekam, gleich umzukippen. Gustavo ließ die Waffe fallen, sank auf die Knie und sogleich gingen Scott und ich auf ihn zu, während er die Waffe in eine andere Ecke kickte und ich Gustavo einen Tritt gegen die Brust verpasste, damit er gegen die Wand hinter ihm prallte. Das Blut lief wie ein Bach aus der Schusswunde in seinem Arm, doch das hielt ihn nicht davon ab, mich giftig anzusehen und mir den Tod zu wünschen.

»Ich hab James von Anfang an gesagt, dass mit dir Hurensohn nichts stimmt, aber er wollte mir nicht glauben«, spukte er mir entgegen, nachdem Scott die Ladentür verriegelt und ihn am Hemdkragen gepackt hatte.

»Tja, hat wohl nicht so gefruchtet, wie du es dir vorgestellt hast, was? Ich bin noch hier und ich werde es auch noch sein, wenn du unter der Erde verrottest.« Wir waren uns nie sonderlich sympathisch gewesen, weshalb es mir nicht besonders schwerfallen würde, ihn zu töten. Tat ich es nicht, würde er mich entlarven und wir wussten alle, was das bedeuten würde. Es gab also nur eine Option. Doch zuvor mussten wir erfahren, ob er was mit Blakes Verschwinden zu tun hatte. »Du warst also dieser engste Vertraute, den der Kerl belauscht hatte«, legte ich die Fakten auf den Tisch und baute mich vor Gustavo zu meinen Füßen auf.

»Fick dich«, kam es als Antwort.

»Hm, nein, ist mir ein bisschen zu kompliziert«, erwiderte ich, holte mit dem Fuß aus und gab ihm einen schmerzhaften zweiten Tritt in den Bauch, woraufhin er aufstöhnte und nach Luft schnappte.

»Weißt du, wo Blake ist?«, fragte Scott, packte ihn am Hals und drückte zu. Gustavo lächelte nur widerlich, während sein Gesicht rot anlief, und leckte sich mit allerletzter Kraft über die Lippen.

»Ich war es, der ihn eingesackt hat«, antwortete er kurzatmig und sein Grinsen wurde breiter. Dieser. Beschissene. Wichser. Er musste mitbekommen haben, wie der Ladenbesitzer ihn belauscht und dann Blake kontaktiert hatte. Anders konnte ich mir das nicht erklären, und um all dem einen Strich durch die Rechnung zu machen, hatte er Blake ab dem Zeitpunkt bespitzeln lassen und ihn letztendlich entführt. Die Info für Blake musste etwas sein, was nie jemand erfahren sollte – oder wieso handelte einer von James Wachmännern derart im Alleingang? *Nur um seinen eigenen Arsch zu retten, weil er Mist gebaut hatte*, kam es mir in den Kopf. Ich musste pokern, eine andere Erklärung gab es für mich nicht.

»James weiß nicht, dass du hier bist, oder?«, fing ich an und kassierte einen steinernen Gesichtsausdruck von Gustavo, der schwer nach Atem rang und sich den Arm hielt. Er wollte mit seiner starren Miene bestimmt bezwecken, dass er mir nichts preisgab, aber ein kleines Zucken seines Augenlids bewies mir etwas ganz anderes. Ich hatte ins Schwarze getroffen. »Perfekt … dann stelle ich jetzt mal eine Theorie auf. Du hast dich hier im Laden verplappert, bekamst mit, dass der Kerl zugehört und Kontakt zu Blake aufgenommen hat, und dachtest dir ‚Fuuuuuck' …«, gab ich theatralisch von mir und sah, dass Scotts Mundwinkel zuckten. Er hielt Gustavo in Schach, während ich vor ihm auf und ab ging. »Eine Lösung musste her. Du konntest Blake nicht einfach hier reinspazieren lassen, damit der Ladenbesitzer ihm Infos zukommen lässt, die deinen Kopf kosten würden. Also dachtest du dir, hmmm … Blake wird von uns sowieso schon beschattet, machen wir James doch eine Freude und kassieren ihn direkt ein, bevor es irgendwie dazu kommt, dass sich die zwei treffen.«

Von Gustavo kam keine Reaktion. Er saß nur da, starrte mich an und presste seine Lippen aufeinander. »Hey! Er redet mit dir«, sagte Scott harsch, zog sein Messer aus der hinteren Hosentasche und versenkte es in Gustavos Oberschenkel. Ein Schmerzenslaut erklang.

»Dir kleinen miesen Ratte sag ich gar nichts. Lieber sterbe ich!«, schrie Gustavo und beobachtete die immer größer werdende Blutlache unter sich. Scott hatte wohl die Hauptschlagader getroffen. Sehr schön. Aber seine Worte kaufte ich ihm ab. Er wirkte entschlossen und würde wohl nicht den Mund aufmachen, denn er wusste ganz genau, dass sein Schicksal schon besiegelt war. Entweder brachten wir ihn um, oder er starb durch den starken Blutverlust. Ich ging selbstbewusst auf ihn zu, tastete ihn ab und fand zuletzt sein Handy. Gustavo fing sofort an, sich zu wehren, weshalb ich es als einen kleinen Fortschritt vernahm und es entsperren wollte. Fingerabdruck-Sensor. Ich ließ keine Zeit verstreichen, packte die Hand von James' Vertrautem und legte den Daumen auf das Display, das sich sogleich entsperrte. Nebenbei hörte ich unsere Geisel auf Portugiesisch fluchen, drehte mich von ihm weg und überlegte. Irgendwas musste hier zu finden sein, wenn er so einen Aufstand machte.

»Hey, wir sollten uns beeilen. Bestimmt kommen gleich die Mitarbeiter«, hörte ich Scott hinter mir und strengte mich weiter an. Ich ging seine Nachrichten durch, konnte allerdings keine einzige lesen, da sie auf Portugiesisch waren, durchsuchte das E-Mail-Fach und die Galerie, aber fand nichts. »Komm schon …«, nuschelte ich. Im Hintergrund rangelten Scott und Gustavo, der im gleichen Moment schmerzhaft stöhnte, miteinander. Wenn Gustavo Blake entführt hatte, dann musste er ihn irgendwo hingebracht haben … er hatte ein iPhone und kein verkacktes Prepaidhandy bei sich – das musste uns in die Karten spielen. Aber wie? Ich ging alle Apps und die Einstellungen durch, als mir die Idee kam. Standorte! Wenn wir Glück hatten, hatte der Penner den Ortungsdienst nicht ausgeschaltet, wodurch seine Standorte gespeichert wurden. Ich klickte mich im Menü durch und fand Gustavos Standorte der letzten 18 Monate. Bingo. Die meisten befanden sich in Chicago, nur einer durchbrach die Gewohnheit und lag etwas außerhalb der Stadt in einem Waldgebiet. Zudem hatte er ihn erst heute besucht. »Ich glaube, ich hab was«, sagte ich zu Scott, drehte mich herum und entdeckte, dass Gustavo mittlerweile auch eine blutige Nase und eine aufgeplatzte Lippe besaß. Mit meinem Kumpel legte man sich besser nicht an. Rasch zeigte ich es Scott, der kurz innehielt und unseren Freund weiter gegen die Wand presste.

»Kann auch ein Reinfall sein«, flüsterte er mir zu, bloß … was blieb uns anderes übrig? Auch wenn es Gustavo nicht aussprach, wusste ich zu hundert Prozent, dass er etwas mit Blakes Verschwinden zu tun hatte. Wieso sollte er sonst den Kerl hier im Restaurant erschießen, wenn nicht, um seine Spuren zu verwischen? Scott und ich schauten uns kurz an, ohne etwas zu sagen. Ich nickte ihm nur zu und er verstand, was ich ihm damit sagen wollte. Wir mussten der Spur nachgehen.

»Irgendwelche letzten Worte, du Wichser?«, wandte er sich an unseren Freund.

»Dafür werdet ihr –« Boom. Die Mündung meiner Knarre war nur wenige Zentimeter von Gustavos Kopf entfernt gewesen, als sich die Kugel daraus gelöst hatte. Seine Hirnmasse verteilte sich auf der Wand hinter ihm und sein Kopf … verdammt. Sein Kopf war eine reine Kraterlandschaft. Instinktiv fingen Scott und ich an, unsere Spuren zu verwischen, indem wir unsere Patronenhülsen aufsammelten. Ehe wir den Laden verließen, schnitt ich Gustavo den rechten Daumen ab, zog ich mir die Kapuze wieder über den Kopf und folgte Scott, der mit gesenktem Haupt auf die Straße trat. Wir hatten keine Zeit, die Leiche wegzuschaffen, und mussten damit rechnen, dass die Rosas Kameras in der Umgebung abklappern würden. Damit meine Tarnung weiterhin aufrechterhalten blieb, durften sie mich nicht erkennen. Wir stiegen also schnell in Scotts Wagen, dessen Kennzeichen er heute, wie ich ihn kannte, noch wechseln würde.

Er startete sein Auto, während ich das Navigationssystem zu dem Standort im Wald auf Gustavos Handy einschaltete. Irgendwie ein ekelhaftes und zugleich geiles Gefühl, ein fremdes Smartphone mit einem abgetrennten Finger zu entriegeln. Scott raste förmlich durch die Straßen, überfuhr sogar eine rote Ampel, wobei ich mich fest in die Armatur des Cockpits krallte und das erste Mal in meinem Leben gedanklich betete, heil anzukommen. Dieser Kerl hatte einen verfickten Bleifuß. Nach gut 35 Minuten preschten wir einen matschigen Trampelpfad entlang, auf dem sich Reifenspuren abzeichneten. »Scheiße, Scott!«, schrie ich fassungslos, als ich zwischen den Bäumen Rauch aufsteigen sah.

»Was zur Hölle?«, kam es neben mir, ehe der Motor aufjaulte und Scott Gas gab, sodass der Schlamm zu allen Seiten spritzte. Das Heck brach durch, als er vor einer Hütte eine Vollbremsung hinlegte. Fuck, seit wann ging Scott so mit seinem Wagen um? Erstaunt schaute ich ihn an und sah genau das in seinem Gesicht, was ich fühlte. Angst. Was für ein Zufall konnte das sein? Gustavo war heute hier gewesen, Blake verschwunden und die Hütte brannte gleich ab! Mein Herz pochte so heftig, dass ich glaubte, es würde mir gleich aus der Brust springen, während wir beide aus dem Auto sprangen und auf die Hütte zuliefen. Jetzt hieß es alles oder nichts. Wir zückten unsere Waffen, machten uns dafür bereit, gleich allem und jedem ausgesetzt zu sein.

Nur kamen wir nicht weit, da die Holztür mit einem Krachen aufgestoßen wurde und uns einen furchtbaren Anblick bescherte. Blake kam mit zerrissenem Shirt und blutüberströmt herausgehinkt, seine Haare fielen ihm strähnig ins Gesicht und er sah verdammt beschissen aus. Er starrte zu Boden, sah uns nicht und schien wie in Trance, denn ich rief seinen Namen und bekam keine Reaktion darauf. Im Hintergrund sah man Flammen an den Wänden hochzüngeln. Auf dem Boden, soweit ich es sehen konnte, lagen mehrere Leichen. Erst da erkannte ich die Knarre in Blakes zittriger Hand.

»Fuck, Blake!«, hörte ich nun auch Scott rufen. Gleichzeitig setzten wir uns in Bewegung, und kurz bevor wir Blake erreichten, schien er zu bemerken, dass jemand auf ihn zukam, denn er hob die Hand mit der Waffe und zielte ins Leere. Sein Blick war komplett verschwommen, er taumelte und hielt sich mit der anderen Hand den Bauch. Strauchelnd machte Blake zwei Schritte in unsere Richtung, ehe ihm die Knie wegsackten und wir ihn in letzter Sekunde auffangen konnten. Völlig kraftlos hing er in unseren Armen, schaute zu Boden und Blut tropfte von seinen Lippen.

»Wir müssen ihn hier wegbringen. Sofort«, sagte ich, ehe Scott und ich einen letzten Blick in die Hütte warfen. Blake musste die Kerle mit letzter Willenskraft umgebracht haben. Wenn wir allerdings nicht aufgetaucht wären, hätte er es in seinem Zustand nicht weit geschafft. Gott, ich wollte mir gar nicht ausmalen, wie es hätte enden können. Scott und ich legten uns jeweils einen Arm von Blake über die Schulter, lotsten ihn hinüber zu Scotts Wagen und verfrachteten ihn auf den Rücksitz, bevor wir mit durchdrehenden Reifen das Weite suchten.

VIERUNDVIERZIG

SCOTT

Mir kam es vor, als hätten wir uns von der Hütte im Wald zur Scheune gebeamt. Wie auf Autopilot war ich dorthin gerast und hatte dabei nur an eins gedacht: *Auf dem Rücksitz liegt Blake. Verletzt.* Keiner von uns drei hatte während der Fahrt etwas gesagt. Nur von Blake war ab und an ein unterdrücktes Stöhnen zu hören gewesen und ich wollte mir gar nicht ausmalen, was in diesem verdammten Dreckloch passiert war.

»Wir sind gleich da«, sagte ich und bog an der letzten Kreuzung ab, bevor man nach einer Meile die Scheune erreichen würde. Ich schaute weder nach rechts noch nach links und ja, diese Fahrweise war ziemlich riskant. Aber hier ging es um Blake und schon nach den wenigen Stunden, in denen er in den Fängen von Gustavo und seinen Männern gewesen war, sah er wie ein Häufchen Elend aus. Wollte ich wissen, was sie ihm angetan hatten? Eigentlich nicht, ich konnte es mir gut vorstellen. Aber eins hatte die Sache. Hätte Blake sie nicht alle schon umgelegt, hätte ich es getan. Mit meinen bloßen Händen.

Ich fuhr die Einfahrt zur Scheune hoch und hielt mit dem Wagen direkt vor der Zentrale. Craig und ich sprangen schleunigst aus dem Wagen, öffneten eine der hinteren Türen und halfen Blake heraus. Was wir dabei allerdings nicht im Auge behalten hatten, war die Tür zur Zentrale. Nur ein Schnauben machte uns darauf aufmerksam, dass wir gerade nicht allein war. Blake hatte sich in der Zwischenzeit wieder etwas gefangen, konnte jedoch noch nicht allein laufen, weshalb wir ihn stützten und alle drei zur Scheune schauten. Aylin und Chloe. Was zur verfickten Hölle machten die beiden hier? Ich war kurz davor, komplett durchzudrehen und einen Tobsuchtsanfall zu bekommen. Dass Blake verletzt war, war schlimm, aber noch schlimmer war die Tatsache, dass sich meine Schwester selbst in die Schusslinie brachte. Okay, womöglich war ich mit meinem Anruf heute Morgen sogar schuld daran, aber wieso konnte sie nicht einfach abwarten, anstatt mit ihrer besten Freundin hier aufzutauchen? Es könnte sonst ein Krieg toben, Aylin wäre es scheißegal, Hauptsache, sie wusste, wie es Blake ging. *Das ist verdammte Liebe, du Penne*r.

»Wir bringen ihn rein«, sagte ich und konzentrierte mich wieder auf Blake, bevor ich Aylin und Chloe näher ansah. Wir liefen an ihnen vorbei, passierten die Schreibtische und visierten Blakes Büro an, wo wir ihn auf das Sofa in der Ecke legten.

»Scheiße, Jungs, mir geht's gut«, krächzte er und Craig und ich glaubten ihm kein Wort. Er machte einen auf dicke Hose, nur sah man ihm die inneren Schmerzen wahrhaftig an. Sein ganzer Körper war angespannt und Schweißtropfen hatten sich auf seiner Stirn gesammelt. Er machte Anstalten, sich hinzusetzen, doch ich drückte ihn direkt zurück in die Kissen und warf ihm einen bitterbösen Blick zu. Ehe ich etwas erwidern konnte, hörten wir hinter uns laute Schritte, die näherkamen. Durch die Glasscheiben sah ich, dass sich mehrere Männer versammelt hatten und zu uns stierten.

»O Gott, Blake«, wimmerte Aylin und sank neben der Couch auf die Knie. Sie streichelte Blake über den Kopf, wischte ihm die Haarsträhnen aus dem Gesicht und versuchte auch, den Dreck und das Blut loszuwerden. Nur vergebens. Dafür würde es weitaus mehr brauchen als eine Hand. Den Schmerz in ihren Augen und die unterdrückten Tränen zu sehen, brach mir fast das Herz, sodass ich mich mit zusammengepressten Lippen kurzerhand abwandte. Zu meinem Leidwesen war das ein großer Fehler, denn nun starrte ich direkt in

Chloes aufgerissene Augen. Ich wollte sie anschreien, was sie hier tat und wieso sie nicht verstand, dass das alles hier nicht gut für sie war. Und gleichzeitig wollte ich sie nur in meine Arme ziehen und küssen. Craigs und Blakes Stimmen nahm ich nur am Rande wahr. Ich verstand kein einziges Wort von dem, was sie sprachen, aber ich würde darauf wetten, dass Craig ihm alles erzählte.

Chloe und ich sahen uns weiterhin in die Augen, hielten Abstand. Besser gesagt bestand ich darauf, denn sie kam mir einige Schritte entgegen, die ich dann nach hinten machte. Auch ihr sah ich die Strapazen an. Wie hatte sie sich gefühlt, nachdem Aylin ihr von meinem Anruf berichtet hatte? Dass irgendetwas mit Blake sein musste? Sie musste es nicht aussprechen. Ihre rotunterlaufenen, geschwollenen Augen und die zusammengezogenen Brauen sprachen Bände. Pure Verzweiflung stand ihr ins Gesicht geschrieben, sodass ich auf den Boden starrte. Nichts von alldem wollte ich sehen. Weder, wie meine Schwester um ihren Freund weinte, noch wie Blake unter Schmerzen litt.

»Wir brauchen einen Arzt und Handtücher«, stellte Aylin im nächsten Moment fest. Plötzlich stand Mike neben uns, sagte, er würde Minos Arzt anrufen, der Stillschweigen über all unsere Verletzungen behielt, und verließ den Raum.

»Ich hole welche«, antwortete Chloe knapp auf die Aussage ihrer besten Freundin und verschwand ebenfalls, nachdem Craig ihr gesagt hatte, wo sie Handtücher finden konnte. Fuck, das hier war alles mehr als kompliziert. Wir standen alle auf Messers Schneide. Wie gut waren die Rosa Sangrandos vorbereitet gewesen, wenn sie sogar Blake aus dem Hinterhalt überwältigen hatten können? Zugegeben, es war nur Gustavo, aber ich ging davon aus, dass all die anderen Anhänger genauso gut in ihrem Job waren wie er. Craig riskierte gerade seinen Kopf, indem er bei uns blieb. Wenn das die falschen Personen sahen, waren wir geliefert. Ebenso die Mädels. Aylin lebte als Freundin von Blake sowieso ein riskantes Leben. Doch hier bei uns zu sein, mit Chloe, war quasi Selbstmord. Ich würde es nicht überleben, wenn ihnen etwas passieren würde, und musste etwas dagegen tun. Nur was?

Ich löste mich aus der kleinen Gruppe, ging hinüber zum Schreibtisch, setzte mich auf den Stuhl und schaute dem Treiben zu. Gerade konnte ich sowieso nichts ausrichten, und Aylin jetzt dazwischenzufahren und sie von Blake wegzuholen, würde meinen Kopf kosten.

Alle versammelten sich um meinen besten Freund, was mir auch recht war. So beachtete mich niemand und sah mir die verfickt schwersten Gedanken meines gesamten Lebens an. Ich wollte wieder so rastlos und unnahbar sein wie früher. Als mich nichts interessiert hatte und ich nur meinem Job nachgegangen war. Stattdessen saß ich hier und betrachtete meine engsten Freunde, meine Schwester, die alle Gefahr liefen, zu sterben. Mit diesem Gewissen konnte ich nicht leben, es würde mich zerreißen. Egal, wen es treffen würde. Blake war heute den Dämonen entkommen, die schon viel zu lange versuchten, ihn auf ihre Seite zu ziehen. Hätten die anderen vielleicht mehr Glück? Nein, wohl eher das komplette Gegenteil. Blake war geübt, ebenso wie Craig. Aber die Mädels … nein, das wollte ich mir gar nicht ausmalen.

Sie hatten einander. Craig hatte Chloe, auch wenn mir der Gedanke einen Stich versetzte, und Aylin hatte Blake. Auf mich konnte die Welt getrost verzichten. Auf mich würde niemand warten und für mich gab es keine glorreiche Aussicht auf ein Happy End, wenn meine Freunde dadurch weiterhin in Lebensgefahr schweben würden. Chloe würde über mich hinwegkommen, denn Craig wusste genau, was sie brauchte. Irgendwann würde ich nur noch eine kleine Erinnerung sein, obwohl noch so viele unausgesprochene Dinge zwischen uns standen. Nur dafür war keine Zeit. Ich hatte meinen Entschluss gefasst. Die Scheiße musste endlich beendet werden und James brauchte dafür einen deftigen Denkzettel. Bevor ich es mir anders überlegte, suchte ich nach den Unterlagen über seinen Eltern, faltete sie und stopfte sie in meine Hosentasche. Hastig stand ich auf, ließ einen letzten Blick zu Blake gleiten, der sich gegen Aylins Waschversuche sträubte und immer noch behauptete, es ginge ihm gut. Jeder sah, dass dem nicht so war.

Ich sah meine Chance, unbemerkt rauszukommen, verließ das

Büro, als mich jemand am Handgelenk packte. »Wo willst du hin?«, hörte ich Chloes Stimme und kämpfte dagegen an, mich ihr zuzuwenden. Im Augenwinkel erkannte ich, dass sie weitere Handtücher zwischen ihren Arm und Oberkörper gepresst hielt, atmete einmal tief durch, ehe ich ihre Hand von meiner löste. *Nicht ansehen,* redete ich mir ein und starrte unentwegt auf den Boden. Einmal Augenkontakt und ich würde meinen Plan über den Haufen werfen, hierbleiben und viel zu viel riskieren. Ich wollte, dass Aylin und der Rest ein friedliches Leben hatten und nicht mehr damit rechnen mussten, jeden Moment in ein Auto gezerrt zu werden. Diese Fehde musste ein Ende finden. Hier und heute.

»Es beenden«, entgegnete ich mit ruhiger Stimme und wartete nicht darauf, eine Antwort zu bekommen. Denn Chloe würde mir tausend Fragen stellen und die anderen rufen, die dann versuchen würden, mir meinen Plan auszureden. Wie erstarrt blieb sie stehen, als ich die Zentrale verließ und mit schnellen Schritten zu meinem Wagen lief. Kaum fuhr ich die Einfahrt entlang, sah ich im Rückspiegel, wie Craig aus der Scheune gerannt kam und mir nachschaute. *Zu spät, Kumpel … den Weg beschreite ich allein. Für euch.*

FÜNFUNDVIERZIG

SCOTT

FAST EINE STUNDE später stand ich auf der anderen Stadtseite in einem Vorort vor diesem kleinen freistehenden Häuschen. Es sah teilweise aus wie in einem beschissenen Bilderbuch. Im manchen Vordergärten waren Büsche und Blumen gepflanzt und der Weg zu der kleinen Veranda und der Haustür mit Marmorplatten gepflastert, während in anderen Vorgärten, wenn man das überhaupt so nennen konnte, Krempel herumstand. Rostige Fahrräder, Plastikstühle oder Kohlegrills, die schon bessere Tage gesehen hatten. Widersprüchlicher konnte eine Wohngegend nicht sein.

Auf der Straße tat sich zum Glück absolut nichts. Weder fuhren Autos dort entlang, noch waren Fußgänger zu sehen. Perfekt für mich, damit ich Luiz und Adryelle einen Besuch abstatten konnte. Während der Fahrt hierher hatte mein Handy unentwegt geklingelt, sodass ich es letztendlich ausgeschaltet und auf den Rücksitz geschmissen hatte. Mir war klar gewesen, dass Chloe nicht lange warten würde, bis sie den anderen meinen Entschluss mitteilte. Und die vielen Anrufe von Craig, Blake und Mike waren ein ganz neues Level von penetrant.

Kaum fasste ich nach dem Griff der Fahrertür, regte sich das schlechte Gewissen. Wieso dachte ich so selbstzerstörerisch und ging davon aus, dass den anderen mein womöglicher Tod nichts ausmachte? Aylin wäre am Boden zerstört. Genau wie der Rest. Doch rasch führte ich mir vor Augen, dass ein Toter eine bessere Bilanz als vier Tote wäre. Einen anderen Ausweg fand ich nicht, ohne dass alle daran glauben mussten. Deshalb stieg ich aus und tastete noch einmal mein Shirt und den darunterliegenden Hosenbund ab, ob Knarre und Messer auch wirklich griffbereit waren. *Perfekt. Alles da.*

Mit einem Blick durch das Fenster in die Küche, dessen rotweißkarierte Vorhänge aufgezogen waren, erspähte ich James Eltern am Esstisch sitzen. Gebeugt über ihre Teller und in ein Gespräch verwickelt realisierten sie nicht, dass ihr größter Albtraum gerade vor ihrem Haus stand. Noch einmal schaute ich mich in der Nachbarschaft um. Alle Einfahrten waren leer, und auch wenn mich jetzt jemand sah, war es mir egal. Es würde nur meinen Plan unterstützen. Denn je mehr Augenzeugen es gab, desto mehr Leute konnten James davon erzählen.

Ich ging um das Haus herum, um nach einer weiteren Tür Ausschau zu halten, und fand sogar eine, die direkt in die Küche führte. Zwar hätte ich auch durch die Haustür gehen können, doch mir war das Risiko zu groß, dass die zwei abhauten, ehe ich mit ihnen sprechen konnte. Gebückt ging ich vor der Tür in die Hocke, drehte ganz sachte am Knauf und schaute, ob sie abgeschlossen war. Fuck. Dann eben die harte Tour. Entschlossen richtete ich mich auf, zog die Waffe aus dem Hosenbund, entsicherte sie und gab der Tür einen Tritt, sodass sie scheppernd aufflog und das Schloss in den Seilen hing. Luiz und Adryelle schreckten auf, sie schrie schrill, doch als sie meine erhobene Knarre sahen, sanken sie zurück auf ihre Stühle. Hier drin sah es gar nicht so vornehm und sauber aus, wie das Haus von außen den Anschein gemacht hatte. Auf den Arbeitsplatten standen überall Teller, Töpfe und leere Lebensmittelverpackungen. Die Möbel waren teilweise kaputt und heruntergekommen. Mehr Schein als Sein also …

Ihre Gesichter wurden kreidebleich und mir tat mein Auftritt ein klitzekleines bisschen leid. Obwohl … nein, was dachte ich da? Diese Menschen hatten einen Wichser gezeugt, der uns allen an die Eier wollte. Mit großen Schritten trat ich an den Tisch, hielt Luiz den Lauf an die Stirn und hörte Adryelle wimmern und flehen. Schnell redete ich mir ein, dass es keinen anderen Weg gab, um herauszufinden, was James vorhatte. Seine Eltern mussten von seinen Plänen Bescheid wissen. Davon ging ich schwer aus. Durch diese Hölle musste seine Mom leider durch.

»Halt die Klappe«, schrie ich sie an, woraufhin sie zusammenzuckte und ganz klein auf ihrem Stuhl wurde. Tränen liefen ihr unentwegt über die Wangen und ihr Oberkörper zitterte. Im Gegensatz zu ihr saß Luiz mucksmäuschenstill da und rührte sich keinen Millimeter.

»Ich bin vom Aquila-Clan. Was sind James Pläne?«, fragte ich klar heraus und hoffte, dass mich die beiden nicht allzu lange auf eine Antwort warten ließen. Natürlich war mir bewusst, nicht direkt beim ersten Mal erwarten zu können, alles ins kleinste Detail unter die Nase gerieben zu bekommen. Den Lauf meiner Knarre presste ich Luiz daher fester gegen die Schläfe und wiederholte meine Worte, als auch nach einigen Sekunden kein Sterbenswörtchen über seine Lippen gekommen war. Adryelle schnappte nur nach Luft, stotterte vor sich von, wovon ich nichts verstand. »REDE!« Meine Stimme hallte gefühlt durch das ganze Haus und Zorn kroch in mir hoch. Ich hatte keinen Bock auf Spielchen und mein Geduldsfaden war nicht besonders lang. Endlich schien ich bei Luiz durchgebrochen zu sein, denn ein erstickter Laut entrann seiner Kehle.

»Was meinen Sie? Was ist der Aquila-Clan?«, stammelte er und kassierte dafür einen Schlag mit dem Lauf mitten ins Gesicht.

»Verscheißer mich nicht, du Bastard. Oder soll ich mich deiner Frau widmen?« Auf Kommando fing diese an, laut zu heulen, schlug die Hände vors Gesicht und schüttelte ungläubig den Kopf. Für die Eltern eines verdammten Clanchefs waren sie ziemlich dünnhäutig. Sollten sie nicht viel abgehärteter sein und wissen, was auf sie zukommen könnte? Besonders … warum lebten sie hier völlig ohne Schutz?

»Wir haben keine Ahnung, was Sie meinen, Sir!«, antwortete Luiz gedämpft, denn das Blut schoss nur so aus seiner Nase, über die er schützend eine Hand hielt. Ich richtete meinen Blick auf Adryelle, die der Ohnmacht nah war und abwehrend die zittrigen Hände hochstreckte. Mein Gott, die würden dich vor einer Kugel auch nicht retten.

»James studiert doch in Vancouver … w–w–ir wissen nicht, was Sie meinen, glauben Sie meinem Mann«, fand sie mit flehendem Unterton ihre Stimme wieder. Schwarze Mascara vermischte sich mit ihren Tränen, doch auf dieses Laientheater fiel ich ganz bestimmt nicht herein. Ich lachte laut auf und bekam selbst Angst vor mir.

»Erzähl mir keinen Scheiß. Euer Sohn ist hier, will uns verdammt nochmal ficken und Pablo Azevedos Gebiet übernehmen. Und ich will wissen, wieso! Er führt die Rosa Sangrando an, also verkauft mich nicht für dumm.« Die Augen von Luiz und Adryelle weiteten sich wie auf Kommando. Anscheinend machte es bei beiden klick, denn sie starrten sich nur an. Ungeduldig wartete ich mehrere Sekunden ab, ehe ich die Schnauze voll hatte und Luiz ein zweites Mal den Lauf gegen den Kopf knallte. »Ich warte!«

Wirre Worte verließen seinen Mund, nachdem er schmerzerfüllt aufgeschrien hatte. »Rede deutlich oder du kassierst noch eine«, brüllte ich ihn an, woraufhin er sich entschuldigte und erneut das Wort ergriff. Adryelles Weinkrampf wurde dabei stetig stärker.

»Ich hätte nie gedacht, dass James Pablos Gebiet übernehmen möchte, die beiden kannten sich doch nur flüchtig«, stotterte er durchgehend, machte eine kleine Pause, ehe er fortfuhr. »Wer hätte gedacht, dass er seinem leiblichen Vater folgen möchte …?« Mir stockte der Atem. Was hatte er da gerade gesagt? Pablo war James leiblicher Vater? Ich dachte, er wäre sein Onkel gewesen? Das passte nicht zusammen, wieso wussten wir das nicht? Fuck.

»Moment«, sagte Adryelle urplötzlich. »Aquila-Clan … euer Boss hat Pablo umgebracht. Dieser Blake, richtig?« Mittlerweile waren ihre Tränen versiegt, wahrscheinlich, weil sie ahnte, dass nicht ihre Köpfe rollen sollten. Sie klang nur noch endlos müde und entsetzt. Ihre Stimme glich einem Flüstern.

»Falsch«, unterbrach ich sie, »richte James aus, dass ich es war. Scott. Und wenn er Blake noch einmal näherkommen sollte, ist er der

Nächste.« Was gab es Schlimmeres, als das eigentliche Ziel zu töten? Genau, die Familie für seine Untaten zu bestrafen. Das schien auch Adryelle bei meinen Worten zu realisieren, denn ihr Gesicht verzog sich in dem Moment zu einer Fratze, als ich den Lauf auf Luiz' Kopf richtete und abdrückte. Der Schuss war markerschütternd und in meinen Ohren piepste es schmerzhaft. Nun war es ausgesprochen. Die Wahrheit. Die Wahrheit, dass nicht Blake Pablos Mörder war, sondern ich.

Blake würde mich dafür hassen.

»Neeeeeein«, schrie Adryelle und sah ihren Mann tot von dem Stuhl kippen. Das Blut sammelte sich schnell unter seinem leblosen Körper und breitete sich zu einer riesengroßen Pfütze aus. Sie sprang vom Stuhl auf, lief um den Tisch herum und kniete sich neben ihn, während ihre Schreie immer lauter wurden. Immer herzzerreißender. In meinem Hals bildete sich ein Kloß und mein Herz wurde schwer, diese Frau so leiden zu sehen. Ich wollte das wirklich nicht, aber es war die einzige Sprache, die solche Wichser wie James verstanden. Es tat mir leid, dass die beiden nichts von den Machenschaften wussten, hinter denen er steckte, dass er ihnen keinen Schutz bot und sie in so einem schäbigen Haushalt leben mussten. Doch das war alles nicht mein Problem. Ich musste meine Freunde beschützen. Die Menschen, die ich liebte.

Und zwar, indem ich dafür sorgte, dass ich das Ziel wurde, und Blake aus der Schusslinie nahm. Klar, sie würden alle meinen eventuellen Tod betrauern, aber sie würden darüber hinwegkommen. Aylin brauchte Blake und umgekehrt. Sie würden sich Kraft und Halt geben. Und Chloe … nein, an sie konnte ich gerade nicht denken.

Das einzig Wichtige für mich, damit ich mir sicher sein konnte, dass alles nach Plan lief, war, dass James es so schnell wie möglich erfuhr. Die Hetzjagd auf Blake sollte ein sofortiges Ende nehmen, und wenn ich mir die kurz vorm Kollaps stehende Adryelle anschaute, bezweifelte ich, dass sie nach ihrer Trauerphase noch im Stande war, meine Worte zu wiederholen. Am Ende hatten wir hier womöglich nur eine Leiche und keiner wusste, wer es gewesen war. Ich trat einen

Schritt vor, blieb neben Adryelle stehen, die Luiz‘ leblosen Oberkörper auf ihren Schoß gezogen hatte. »Und jetzt rufst du deinen Sohn an und erzählst ihm alles«, sagte ich, unterbrochen von ihren tiefen Schluchzern und quälendem Wimmern. Sie hörte mich nicht, nahm mich überhaupt nicht wahr und schien nur auf die Leiche ihres Mannes fixiert zu sein. Verständlich, aber dennoch nervig. Laut räusperte ich mich, meine Hand legte sich fester um die Waffe, während ich mich herunterbeugte und ihr den Lauf gegen den Hinterkopf presste. »Ich habe gesagt, schnapp dir dein verdammtes Handy und ruf deinen Sohn an«, raunte ich ihr bedrohlich mit zusammengebissenen Zähnen zu, da ich in diesem Haus nicht allzu viel Zeit verbringen wollte. Mit der Schande, die ich begangen hatte, vor meinen Augen, wegen der ich wahrscheinlich für immer in der Hölle schmoren würde. Nämlich dem Tod eines Unschuldigen.

»Bitte, bitte, bitte«, flehte James‘ Mutter, ließ von Luiz ab, dessen Augen leblos in Richtung Decke starrten, und legte ihn sanft auf dem Boden ab, ehe sie mit wankenden Bewegungen aufstand, zu einer Kommode torkelte und ihr darauf liegendes Smartphone schnappte. Bei ihren zittrigen Händen ging ich davon aus, dass es ihr gleich herunterfiel, doch ich irrte mich, denn keine Sekunde später hielt sie es sich ans Ohr, während ich meine Knarre auf sie richtete und mit langsamen Schritten auf sie zuging.

»Lautsprecher«, kam es harsch von mir und kurz darauf hörte ich das Piepen der freien Leitung. Plötzlich verstummte es und am anderen Ende erklang eine männliche Stimme, die irgendetwas auf Portugiesisch sagte. Durch Adyrelles unentbehrliches Heulen hörte ich es nur bruchstückhaft, was aber nichts zur Sache tat, denn ich verstand sowieso kein Wort in ihrer Sprache.

»James …«, wimmerte sie, »hier ist ein Mann. Er hat … er hat Luiz getötet!« Die letzten Worte schrie sie förmlich ins Handy und James verstummte. Ich schwang die Knarre herum, damit sie fortfuhr und nicht allzu lange Pause machte. Argwöhnisch schaute sie mich mit geschwollenen und rotgeränderten Augen an. »Sein Name ist Scott und er ist vom Aquila-Clan. Er sagt, dass er der wahre Mörder von Pablo ist. Nicht dieser Blake«, stammelte sie und ich würde gerade alles dafür geben, James' Gesicht zu sehen. Wenn ihn die Erkenntnis erreichte, dass er den Falschen gejagt hatte.

»WAS?«, ertönte es aus dem Lautsprecher des Smartphones und Adryelle setzte erneut an, um das Gesprochene zu wiederholen. »Ich habe es schon verstanden!«, schrie James auf Englisch und ich unterdrückte ein dümmliches Grinsen, obwohl mir der Puls bis in den Hals hämmerte. »Ist der Wichser noch bei dir?« Seine Mom brach in lautes Weinen aus und nuschelte irgendetwas auf Portugiesisch. »Ist er noch bei dir?« Seine Stimme schallte durch die Küche, während sich die Blutlache von Luiz langsam bis zu meinen Schuhsohlen vorarbeitete. Adryelle starrte mich an, weil sie anscheinend nicht wusste, was sie antworten sollte. Ich nickte.

»Ja«, antwortete sie und im gleichen Moment schien James mit jemandem zu reden. Sie würden herkommen. Hundertprozentig. Er switchte sofort in seine Muttersprache und ich wusste genau, was er zu seiner Mutter gesagt hatte, ohne es zu verstehen. *Wir sind auf dem Weg.*

Kaum wurde die Leitung unterbrochen, ließ Adryelle ihr Handy zu Boden fallen und schaute mich von unten herauf an, als wollte sie sagen: Was willst du noch? Doch um ehrlich sein, gab es nichts mehr. Ich war fertig mit ihr, wich der Blutlache zu meinen Füßen aus und verließ die Küche, während ich James' Mom im Auge behielt. Ich unterschätzte sie lieber nicht, denn so schnell, wie ich mich herumdrehte, so schnell konnte ich auch ein Messer im Rücken haben.

Auf dem Weg zu meinem Auto begleitete mich das laute Geheule von Adryelle. Niemand begegnete mir und ich hörte auch keine Sirenen, was die Vermutung hätte aufkommen lassen, einer der Nachbarn hätte die Cops gerufen. Ich glaubte, zu wissen, was das hier für eine Nachbarschaft war. Jeder kümmerte sich um seinen eigenen Scheiß und niemand hatte Kontakt zu seinem Nebenmann. Mit dem Zuschlagen der Fahrertür verbannte ich Adryelles Wimmern, atmete einmal tief ein und aus und warf die Knarre in den Fußraum der Beifahrerseite. Es war erledigt. Jetzt hieß es abwarten. Aus dem Handschuhfach holte ich mir ein Handtuch, wischte mir das blutüberströmte Gesicht daran ab und startete den Wagen.

»Komm und hol mich«, murmelte ich vor mich hin und schaute starr aus der Frontscheibe, während ich das Lenkrad fest umgriff und meinem heftigen Herzschlag lauschte, der mir fast den Brustkorb zerriss.

Fortsetzung folgt …

DANKSAGUNG

Danke an das wundervolle Heartcraft-Team, welches uns immer wieder zur Seite steht. Gerade dieses Buch hat sehr viel Arbeit gekostet, weil wir den Release-Termin aufgrund von Vorkommnissen verschieben mussten. Und wir sind dankbar, dass uns der Verlag dies ermöglicht hat und uns dabei unterstützt hat.

Auch weil euch allen Broken Souls so unter die Haut gegangen ist, hatten wir wirklich Panik, wie es bei Dark Souls sein wird. Viele haben sich Scotts Geschichte gewünscht und – Gosh! – er war so widerspenstig. Trotzdem haben wir es geliebt, mit ihm auf die Reise zu gehen, etwas tiefer graben zu können. Vieles jedoch wird erst in Dark Souls Band 2 ergründet. Keine Angst, ihr werdet noch viel über Scott erfahren dürfen, aber gerade wollte er sich noch nicht gaaanz nackig machen. Und auch bei Craig wird es noch die ein oder andere Überraschung geben. Aber nun zum wichtigen Teil: Schreibt uns gerne auf Instagram oder in einer E-Mail, wie sehr ihr Scott gerade dafür hasst, dass er sich als Zielscheibe darbietet. Ahhhh! Es passt so zu ihm, aber wir hätten ihn am liebsten gekillt. Ja, liebe Leser, uns geht‘s auch so.

Vielen Dank auch an unsere geduldigen Testleser, die die ganze Scheiße mit uns mitgemacht haben. Denn wie gesagt … wir steckten zeitweise echt in einer Krise und wussten nicht, wann wir das Wörtchen Ende unter dieses Buch setzen können. Deshalb ein riesengroßes Dankeschön an: Aaliyah, Yvonne, Tanja, Anika, Christiane, Sunni, Kathleen, Carina und Isabell.

ÜBER YULE TYREN

Das Autorenduo Yule Tyren möchte die Leser mit ihren verführerischen, leidenschaftlichen und sinnlichen Geschichten verzaubern. In ihren Büchern trifft man auf dunkle Vergangenheiten, Intrigen, Machenschaften und den ein oder anderen Bad Hero. Die Liebe spielt ebenfalls eine große Rolle, auch wenn dieser einige Steine in den Weg gelegt werden.

Hinter dem Pseudonym stecken Yumi und Eule, die sich durch ihre Leidenschaft für das Lesen kennengelernt haben und mittlerweile als dynamisches Duo funktionieren. Beide sind bekennende Nachteulen und bekommen ihre kreative Phase erst, wenn die Dunkelheit anbricht, weshalb die Nacht oft zum Tag gemacht wird. Obwohl einige hundert Kilometer zwischen den beiden liegen, agieren sie größtenteils als eine Person. Stundenlanges Reden und Suchten von Serien sind nur zwei Vorlieben von erschreckend vielen, die sie sich teilen.

BROKEN SOULS

Meine Haut kribbelte und alle Gedanken wichen bei dem sehnsüchtigen Verlangen, ihn zu spüren. Den besten Freund meines Bruders.

Blake

Die zerstörerische Energie, die mich umgibt, stößt dich nicht weg, nein, sondern zieht dich an. Du bist verloren gegangen und schon längst in den Abgrund gefallen. Doch das möchte dein Bruder nicht sehen. Er will dich beschützen. Aber ich bin nicht hier, um dir zu helfen. Ich bin die Dunkelheit. Scott ist mein bester Freund, ich sollte mich von dir fernhalten. Wie zum Teufel soll ich das hinbekommen?

Aylin

Eine Sünde sollte sich nicht so gut anfühlen. Er möchte mich als Licht der Sonne sehen. Aber dafür habe ich zu viel von der falschen Seite der Menschheit gesehen. Niemand kennt meine Wahrheit. Jeder denkt, ich komme aus einem privilegierten Haushalt. Das alles ist eine verdammte Lüge. Nur bei dir kann ich mich verlieren. Du ziehst mich in deinen Bann, egal welche Gefahren deine Nähe birgt.

HEARTCRAFT